霁光人文丛书

生命意识与文化启蒙

中国现代文学专题研究

李洪华 著

商务印书馆

创于1897　The Commercial Press

图书在版编目(CIP)数据

生命意识与文化启蒙：中国现代文学专题研究／
李洪华著. —北京：商务印书馆,2017
（霁光人文丛书）
ISBN 978－7－100－14329－5

I.①生… Ⅱ.①李… Ⅲ.①中国文学—现代文学—
文学研究 Ⅳ.①I206.6

中国版本图书馆 CIP 数据核字(2017)第 141163 号

生命意识与文化启蒙
——中国现代文学专题研究
李洪华 著

商 务 印 书 馆 出 版
（北京王府井大街36号　邮政编码100710）
商 务 印 书 馆 发 行
山东鸿君杰文化发展有限公司印刷
ISBN 978-7-100-14329-5

2017 年 8 月第 1 版　　　　开本 710×1000　1/16
2017 年 8 月第 1 次印刷　　印张　18
定价：58.00 元

《霁光人文丛书》编辑委员会

主　任：黄细嘉

副主任：黄志繁

委　员：王德保　张芳霖　江马益　习细平

出版前言

　　2015 年,国家提出高等教育的"双一流"战略。为了对接这一伟大的战略部署,南昌大学实施了"三个一"工程,即建设一批"一流学科"、"一流平台"和"一流团队"。南昌大学人文学科也有幸被列入"一流学科"建设行列,获得了一定的经费资助。出版高水平的学术论著是人文学科学术发展的重要内容。为了提升人文学院的学术水准,经过教授委员会讨论,学院选取了 16 本质量比较高的学术论著,命名为"霁光人文丛书",统一由商务印书馆出版发行。

　　谷霁光先生是我国著名的历史学家,他虽是湖南人,但却长期在江西工作,对江西的学术产生了深刻的影响,至今学术界提起江西史学研究,必提谷老。他亲手创办的历史系,也成为目前南昌大学人文学院的三个系之一。2017 年 5 月,南昌大学人文学院在学校支持下,举办了"纪念谷霁光先生诞辰 110 周年暨传统中国军事、经济与社会"学术研讨会,目的在于继承谷老精神,弘扬人文学术。因此,我们把这套丛书命名为"霁光人文丛书",一方面是为了承续谷老所倡导的刻苦、专一和精深的优良学术传统,另一方面,也希望借助"霁光"这个名字,隐喻南昌大学人文学科的美好愿景。

丛书编委会

2017 年 8 月 1 日

序

陈世旭

2016年暑假,对于青年学者李洪华而言,显然是灿烂而愉快的日子。

"结束在杜克大学既漫长又短暂、既新奇又单调的访学生活","听着窗外盛夏肆意的蝉声",把"在杜克整理完成的《生命意识与文化启蒙——中国现代文学专题研究》,连同基本打烊的《20世纪以来中国大学叙事小说研究》"装入行囊,满怀"一年来的访学也算差强人意了"的欣喜,以及与家人"自驾纵横美利坚,耳闻目染异国风情、徜徉美丽的杜克校园,聆听后现代主义大师和导师的精彩授课"之类的"难忘的记忆",即将离开美国返回久违的家国,正所谓"漫卷诗书喜欲狂……青春作伴好还乡"。

所有这些,让作为朋友的我也深为之高兴。

长期从事文学创作的我对文学研究工作关注得不是太多。从逻辑上讲,中国现代文学的研究应该是一门很年轻的学科。

"中国现代文学三十年虽然历程不长,但却俊采星驰,名家辈出,华章璀璨。"(作者导言)"现代"作为一个时间概念,有多种分法。作者在本书的研究采取的是传统的分法,即1917—1949年。数十年来,相关的著作已经蔚为大观,以此研究而称名于世的学者层出不穷。学者们的研究工作将中国现代文学放在中国近现代史和世界现代史中,把握其发生、发展,把文学放在中国近代思想史中同时作为艺术来进行研究。取得了丰硕的成绩。一位青年学者要想在这个领域崭露头角、有所作为,不止需要莫大的勇气,更需要足够充分的理论功底。

洪华谦虚地说:"从现代文学专题角度而言,尽管本书在体制上并不周详,难免有诸多不尽人意处。"然而,我们在其中看到的更多是思想的亮光。

事物存在总有其意义。理论是为了建立一套连续完整的认识所产生的思维产物。研究工作的主要任务包括描述研究对象的规律,解释研究对象规律的意义。作为一位勤奋努力的青年学者,洪华完成这一堪称重量级任务的理论准备是充分的。《中国现代文学专题研究》是继其《上海文化与现代派文学》《中国左翼文化思潮与现代主义文学嬗变》和《古典韵致与现代焦虑的变奏》之后的又一力作。在具体的历史背景中分析和研究中国现代文学的作家创作和作品生成以及文学的接受过程和对创作的影响,作者历史在场的观念以及审美的观念显而易见。其用美学的眼光对中国现代文学加以观照的一家之言建立在扎实的学理基础之上,避免了某些学者常常难以避免的无限衍义。

从事学术研究,自然与作者的职业有关。但选择什么样的课题以及如何阐发其中的意义,则取决于作者的世界观。通观全书,我最突出的感觉是作者明确坚定的现实立场。

中国现代文学既是作家作品的历史,也是文学和文化思想的历史,以及中国社会接受和运用现代文学的历史。中国现代文学的狂飙发端于"五四"运动。"五四"的核心乃是"新文化","五四"新文化精神乃是中国现代文学的灵魂。中国文学走到 20 世纪初叶,中国社会内部已发生巨大的历史性变化,古典文学已近尾声。人们的生活乃至思维方式,思想情感,心理结构发生了巨大变化,中国固有的古典文学模式已再也不能满足人们思想情感表达的需要。新的文学广泛接受外国文学影响,不仅用现代语言表现现代科学民主思想,而且在艺术形式与表现手法上都对传统文学进行了革新,在叙述角度、抒情方式、描写手段及结构组成上,都有新的创造,具有现代化的特点,从而与世界文学潮流相一致,成为真正现代意义上的文学。可以说,没有外国文学、文化的影响,中国现代文学的产生是无法想象的。在"五四"反封建及其封建意识形态遭到质疑的今天,在鲁迅——这样一个最彻底、最决绝的国民劣根性的批判者、否定者和精神斗士被赶出教科书的今天,在各类以发扬"国学"为名的历史糟粕沉渣泛起、妖孽横行的今天,以翔实可靠的思想资料和实事求是的理论语言肯定以鲁迅为代表的中国现代文学的主流,肯定现代文学为中国的近现代社会创造了民族共同的想象空间,对中国近现代民族精神的形成和凝聚,民族国家的形成具有不可替代的重要作用,无疑有着莫大的现实意义。

康德有一句名言:"有两种东西,我对它们的思考越是深沉和持久,他们在我心灵中唤起的惊奇和敬畏就会越来越历久弥新：一是我们头上浩瀚的星空，另一个就是我们心中的道德律。他们向我印证，上帝在我头顶，亦在我心中。"

我们不妨把它看作康德对理性意义的揭示。

在一个物质主义和实用主义的时代，一切事物的价值，都被以增进了多少财富来衡量，思辨和理论的价值被轻而易举地否定。但人类文明史证明，这样的否定是可笑的。

理论的价值就在于它能使得我们从狭隘的当下的经验现实之中摆脱出来，迈入另一个无限开阔、充盈丰富的时间的序列，与一切时代建立起精神联系。

这就是我在洪华这部新著中读到的最大意义。

2016 年 7 月 20 日

目　　录

导　言

　　长期以来,以"五四"文学革命为起点的现代文学被赋予了"启蒙"与"救亡"的坚硬品格与神圣使命。这既是"载道""言志"等古代文学传统的现代赋形,也是内忧外患的时代语境使然。然而,作为一种精神生产的文学创作,在本质上还应该是"人的生命表现的对象化"①活动。文学活动中的"生命表现"主要呈现为一种审美情感体验,追求的是对象的精神价值(审美价值),而非实用功利价值。毋庸讳言,在很大程度上,现代文学的启蒙意义长期被放大,而生命维度被遮蔽。

一

　　文学自诞生起,就伴人类一道成长,随生命一起丰富。从远古的神话传说到当下的现代生活,文学以审美的方式描绘了各个时期人类丰富多彩的生命活动。一部浩瀚的文学史其实就是一部丰富的生命史。在这个意义上,我们说,所谓现代文学就是现代作家运用现代语言和文学形式对现代生命活动的审美表现。生命意识是个人对生命问题的自觉体认与把握。它以意识到自己本身的生命存在为前提,所追问的是生命的价值与意义、人的本质与处境等人生的终极问题。生命意识的存在是"人"之所以为人的关键所在。翻阅现代文学,我们不难发现,现代作家的经典创作无不彰显出自觉的生命意识。鲁迅在翻译厨川白村的《苦

---

① 马克思:《1844年经济学哲学手稿》,《马克思恩格斯全集》(第42卷),人民出版社,1972年,第125页。

闷的象征》时，深悟出"文艺是纯然的生命的表现"，"自己生命的表现，也就是个性的表现，个性的表现，便是创造的生活"①。在《狂人日记》中，"狂人"一旦挣脱了社会道德律令的束缚，便表现出狂放不羁的生命冲撞力。狂人的压抑感和孤独感正是鲁迅本人对现实境遇的生命体察。由《狂人日记》所奠定的这一对生命体悟的叙说方式是鲁迅小说贯穿始终的最重要特色。散文诗《野草》更是鲁迅作为个体生命对外部世界展开生命体悟的集中体现。那面临"冻灭"与"烧尽"二难选择的"死火"，彷徨于"明暗"之间的"影子"，"不知从哪里来，也不知道哪里去"的过客，陷入"无物之阵"的战士，这些无不烛照出鲁迅生命深处最真实的幽微。郭沫若认为，"艺术是我的表现，是艺术家的一种内在冲动的不得不尔的表现"②，"生命是文学底本质"，"文学是生命底反映"，"一切生命都是 Energy 底交流"，而"Energy 常动不息"③。在《天狗》中，气吞宇宙的天狗"如烈火一样地燃烧！""如大海一样地狂叫！""如电气一样地飞跑"。在《凤凰涅槃》中，更生后的凤凰"新鲜""净朗""华美""芬芳"。在《炉中煤》中，"我为我心爱的人儿，燃烧了这般模样"。这些从"命泉中流出来的 Strain（乐曲），心琴上弹出来的 Melody（旋律）"，是"生底颤动，灵底喊叫"④。郁达夫说，他写小说只是想"赤裸裸地把我的心境写出来"，以求"世人能够了解我内心的苦闷就对了"⑤。在《沉沦》《茑萝行》《南迁》《茫茫夜》等作品中，无论是第一人称"我"，还是化名的于质夫或者黄仲则，这些忧郁成疾的"零余者"无不是在生命的苦闷中彷徨无着。巴金曾说，他的信条是"忠实地生活，正当地奋斗，爱那需要爱的，恨那摧残爱的"⑥。无论是前期以《家》为代表的青春"激流"，还是后期以《寒夜》为代表的家园"守望"，不同的生命形态及其遭遇（飞扬与萎顿）是作者始终关注的主题。沈从文在谈及创作时说："我要表现的本是一种'人生的形式'，一种优美、健康、自然，而又不悖乎人性的人生形式。"⑦他从地域的、民族的、文化的视角，

---

① 厨川白村著，鲁迅译：《苦闷的象征》，人民文学出版社，2007 年，第 6 页。
② 郭沫若：《印象与表现》，《郭沫若论创作》，上海文艺出版社，1983 年，第 607 页。
③ 郭沫若：《生命底文学》，《郭沫若论创作》，上海文艺出版社，1983 年，第 3 页。
④ 郭沫若：《致宗白华信》，《三叶集》，安徽教育出版社，2000 年，第 48 页。
⑤ 郁达夫：《郁达夫文集》（第 7 卷），花城出版社，1983 年，第 155 页。
⑥ 巴金：《海行杂记》，《巴金选集》（第八卷），四川人民出版社，1982 年，第 12 页。
⑦ 沈从文：《〈边城〉题记》，《沈从文选集》（第 5 卷），四川人民出版社，1983 年，第 231 页。

构建起独具魅力的湘西生命世界。从《边城》到《长河》，在他笔下，无论是农民、水手、士兵，还是童养媳、店伙计和下等娼妓，他们虽生活艰辛却倔强坚韧，虽原始古朴却恬淡自守，在女性的柔美和男性的雄强中显露出生命的本色。

在现代文学中，施蛰存小说向来以揭示人物生命本能的精神分析特征而著称。无论是现代都市男女，还是古代高僧武士，施蛰存都以精细的笔触描画出他们隐秘的内心和萌动的情欲。《周夫人》《春阳》《梅雨之夕》等作品，生动地呈现了性欲压抑着的"苦闷"心理；《鸠摩罗什》《将军的头》和《石秀》等小说，用精神分析的手法审视历史人物扭曲的本能欲望。曹禺的剧作向来被人们作为社会问题剧来接受，然而事实上，社会性内涵并不是曹禺剧作的重心，生命和人性才是作者的主要关切，引发作者创作冲动的是难以遏制的生命力量。正如作家本人所说："我并没有显明地意识着我要匡正讽刺或攻击什么。也许写到末了，隐隐仿佛有一种情感的汹涌的流来推动我，我在发泄着被压抑的愤懑。"[1]《雷雨》《日出》《原野》《北京人》等剧作鲜明地表达了作者对自然人性的赞美和对生命力萎顿的嘲讽或怜悯，譬如《雷雨》中充满破坏力量的繁漪，《日出》中在"狭的笼里"生命逐渐萎顿的陈白露、《原野》中充满原始蛮性的仇虎，《北京人》中在现实的枯井里生命衰颓的曾浩、曾文清父子。徐訏小说对表征生命的情爱和性爱有着自觉的探讨热情。在《风萧萧》《江湖行》《鬼恋》《赌窟里的花魂》等作品中，作者通过男女主人公之间的情爱或性爱关系对不同的生命形态进行了审美的和文化的探讨。《风萧萧》中，三位女性三种颜色，代表了三种不同的性格特征和生命形态。白苹喜欢银色，"象征着潜在的凄凉与淡淡的悲哀"；梅瀛子喜欢红色，象征着人生中永不妥协的进取精神和支配力量；海伦喜欢白色，"像稳定平直匀整的河流"，"恬静温文"。张爱说，"生命是一袭华美的袍，上面爬满了蚤子"[2]，她注重的是"人生安稳的一面"，"只是写些男女间的小事情"，因为它有着"永恒的意味"[3]。无论是《倾城之恋》《金锁记》《留情》等小说中旧家族的遗老遗少，还是《心经》《红玫瑰与白玫瑰》《封锁》等作品中新公寓的洋场新人，都在拥挤逼仄的环境中和都市生存的压力下精明算计、自私重利、淡薄亲情，作者

---

[1]　曹禺：《雷雨·序》，人民文学出版社，1994年，第179页。
[2]　张爱玲：《天才梦》，《流言》，花城出版社，1997年，第1页。
[3]　张爱玲：《自己的文章》，《流言》，花城出版社，1997年版，第173页。

通过这些具有永恒意味的饮食男女表露出生命的"悲凉"。由此不难发现,具有自觉生命意识的现代作家执着地向生命世界穿透,大胆地揭示生命本能的冲动,呈现出痛苦、感伤、压抑、对抗、分裂、破碎等各种生命状态,从而使得现代文学彰显出过去从未有过的现代品质。

二

当然,凸显现代作家的生命意识绝不意味着对现代文学启蒙意义的否定。"五四"时期,晚清以降的改良、革新运动循着器物、制度的路线,终至思想文化层面。现代作家自觉地担负起文化启蒙的使命,宣扬科学和民主,倡导"改造民族的灵魂"。胡适最初"打定二十年不谈政治的决心","要想在思想文艺上替中国政治建筑一个革新的基础"[1],无论是宣扬"文学改良"的"刍议",还是提倡妇女解放的《终身大事》,都是文化启蒙的文学实践。作为文化启蒙最深刻、最坚韧的代表者,鲁迅坦陈道:"说到'为什么'做小说罢,我仍抱着十多年前的'启蒙主义',以为必须是为'人生',而且要改良这人生。"[2]在他笔下,"狂人"的呐喊、阿Q的悲哀、闰土的沉默、祥林嫂的哭诉、孔乙己的迂腐等,鲁迅画出一个个"沉默"的国人的灵魂,以引起"疗救"的注意。当然不止是小说,在那些匕首、投枪式的杂文中,鲁迅更直接以"文明批评"和"社会批评"的方式进行着改造民族灵魂的启蒙使命。众所周知,"五四"以来,先进知识分子的"文化启蒙"是与个性解放思潮和现代个人观念的兴起分不开的。伴随着思想文化界的个性解放思潮和现代个人观念的确立,新文学创作的重要主题和基本诉求之一就是发现"个人",张扬"个性"。对此,郁达夫说:"五四运动的最大的成功,第一要算'个人'的发现。"[3]茅盾也指出:"人的发见,即发展个性,即个人主义,成为'五四'期新文学运动的主要目标。"[4]觉醒了的现代知识分子举起个性解放的大旗,冲破一切专制束缚,发出了现代"人"的呐喊:"我是我自己的,他们谁也没有干涉我的

① 胡适:《我的歧路》,《胡适文集》(3),北京大学出版社,1998 年,第 363 页。
② 鲁迅:《我怎样做起小说来》,《鲁迅全集》(第 4 卷),人民文学出版社,1981 年,第 513 页。
③ 郁达夫:《〈中国新文学大系·散文二集〉导言》,上海良友图书印刷公司,1935 年。
④ 茅盾:《关于"创作"》,《茅盾文艺杂论集》上,上海文艺出版社,1981 年,第 298 页。

权利"①,"身命可以牺牲,意志自由不可以牺牲,不得自由我宁死"②。这些觉醒的声音和叛逆的身影彰显了现代文学初期的"启蒙"姿态。

然而,不容忽视的是,现代作家的文化启蒙一开始就遭遇到困惑与尴尬:首先,他们清醒地意识到,那些用来启蒙大众的思想武器并不是在本土文化中酝酿而生的,而是来自给国人制造过无数屈辱的西方列强,于是他们只得在启蒙的文化"广场"上采取小心避开的策略,从而造成了以"反帝"为导火线的"五四"运动,在更深广的文化层面上彰显的是激进的"反封建"色彩,而遮蔽了本应同时展开的"反帝"内涵。其次,这些宣称"我剥我的皮,我食我的肉,我吸我的血,我啮我的心肝",彻底与"旧我"决绝之后更生的"新我"(郭沫若《天狗》),无一例外都是在中国传统文化中成长起来的。他们一方面在作品中以反封建的斗士姿态进行文化启蒙,另一方面,在现实中却常常成为新旧之间的"彷徨者",甚至成为旧习惯和旧势力的"牺牲品"。"五四"以来,现代作家大多是早年受传统文化的熏陶,具有深厚的旧学修养,后来又接受了西方文化的濡染,具有了开阔的现代视野。这种东西文化的融合与冲撞必然在他们的文化启蒙中反映出来。陈独秀一方面提出"个人本位主义",强调"除去个人,便没有社会",另一方面又主张"人生在世,个人是生灭无常的,社会是真实存在的"③。李大钊一方面感叹中国农业文明"衰颓于静止之中",另一方面也对西方工业文明"疲命于物质之下"保持必要的警惕。④ 鲁迅教育年轻人"到宽阔光明的地方去,幸福的度日合理的做人",自己却"背着因袭的重担,肩住了黑暗的闸门",准备"陪着做一世的牺牲"⑤。在鲁迅、巴金、冰心、庐隐、冯沅君、罗家伦等现代作家笔下,子君、觉新、颖铭、露莎、隽华、程叔平等知识青年,一方面接受了西方现代民主思想的影响,自我意识觉醒,有了个性解放和民主自由的要求;另一方面,早期所接受的传统思想观念仍然盘踞内心,再加之外部滞后力量的制约和束缚,从而使得他们在追求个性解放和民主自由的时候多了很多顾虑和羁绊,出走后的子君不得不又回

---

① 鲁迅:《伤逝》,《鲁迅全集》(第1卷),人民文学出版社,1981年,第114页。
② 淦女士:《隔绝》,《创造》(季刊),1923年7月。
③ 陈独秀:《独秀文存》,安徽人民出版社,1987年,第126页。
④ 李大钊:《李大钊文集》(上卷),人民出版社,1984年,第560页。
⑤ 鲁迅:《我们现在怎样做父亲》,《鲁迅全集》(第1卷),人民文学出版社,1981年,第127—129页。

到旧的家庭,支持弟弟们出走的觉新始终走不出高府,热衷爱国运动的颖铭被父亲关在家中"斯人独憔悴",露莎、隽华、程叔平在追求个性解放、爱情自由的过程中充满了痛苦和烦恼。

毋庸讳言,以个性解放和个人本位为中心的"启蒙主义"很快在随后到来的政治革命和民族救亡语境中发生了转向。在 30 年代的"左翼文学"和 40 年代的"抗战文学"中,阶级、民族、国家取代了"五四"时期的个人、个性和自由,普罗大众的主体地位和文艺的民族形式不断得到强调。这种现代文学主题、启蒙与被启蒙位置、现代与传统关系的置换,被后来大多数研究者描述为"革命中断了启蒙",或者"启蒙让位于救亡"。但事实并非如此,现代文学乃至 20 世纪中国文学的"启蒙"进程并未"中断",而是一直在"未完成"的进行中。在这里,我们有必要厘清一下"启蒙"的概念。《说文解字》曰:"启,教也。从攴,启声。""蒙"则指"蒙昧"。《辞海》对此解释为:"开发蒙昧,因指教育童蒙,使初学的人得到基本的、入门的知识。一指通过宣传教育,使后进的人们接受新事物而得到进步。"①在西方,康德说,"启蒙乃是人走出由人自己所造成的懵懂无知的开始","启蒙需要的唯有自由而已,而且在一切可以称之为自由之中的最无害的东西,乃是在所有事情上都公开使用理性的自由"②。可见,在东西文化传统中,"启蒙"的基本含义都强调去蒙昧开文明的教化功能。不同的是,东方"启蒙"传统偏向于感性,主要运用"诗教"的方式,即孔子所说的"兴、观、群、怨";西方更强调"理性"的方式,即康德所说的"理性的自由"。虽然"五四"以来,现代知识分子主要借鉴西方"民主""科学"思想,"启"国民大众的封建思想之"蒙",但现代文学中的"启蒙"并非只有西方一脉,不同时代或者同一时代在启蒙的内容和形式上都可能各不相同。正如康德所说,"任何时代都不可能排除谬误,都需要不断更新自己的认知,所以,任何时代都不能拒绝启蒙"③。30 年代左翼文学宣扬的"革命"和 40 年代的抗战文学倡导的"救亡",与 20 年代进行的"反封建"一样,都是"启蒙"题中的应有之义。因此,当我们讨论现代文学中的"启蒙"时,不能忽视两个问题。一是两种不同类型的启蒙,即理性的与非理性的。鲁迅、巴

---

① 《辞海》(缩印本),上海辞书出版社,1999 年,第 319 页。
② Kant, Kant Werke, Bd. 9, *Darmstadt: Wissenschaftliche Buchgesellschaft*, 1983, S. 53 – 55.
③ Kant, Kant Werke, Bd. 9, *Darmstadt: Wissenschaftliche Buchgesellschaft*, 1983, S. 54.

金、老舍、钱锺书等的现实主义创作主要属于理性的启蒙,郭沫若等浪漫主义创作、田汉等现代主义创作(新浪漫主义)、徐訏等后期浪漫派创作主要属于非理性的启蒙。但是,理性与非理性并不是泾渭分明的,而是融合共生的,有时甚至在同一作家或同一作品中得到体现。二是不同阶段的启蒙。不同时代语境中启蒙的主题和任务也各不相同。"五四"时期主要是反封建主义,提倡个性解放的民主启蒙;20 年代后期至 30 年代中期,主要是反专制主义,致力于阶级解放的革命(政治)启蒙;30 年代中期至 40 年代后期,主要是反帝国主义,争取民族独立的救亡启蒙。当然,需要注意的是,三个阶段的启蒙并不是独立不依、矛盾冲突的,而是彼此联系,互为补充的。民主启蒙中蕴含着革命和救亡的因子,革命启蒙是为了救亡和民主。正因如此,我们说,"启蒙"一直是现代文学乃至整个20 世纪文学的主题,而并非此前一些学者所说的"革命中断了启蒙",或者"启蒙让位于救亡"。正如黄子平、陈平原、钱理群等在《论"二十世纪中国文学"》中所指出:"启蒙的基本任务和政治实践的时代中心环节,规定了二十世纪中国文学以'改造民族的灵魂'为自己的总主题。"①

三

中国现代文学三十年虽然历程不长,但却俊采星驰,名家辈出,华章璀璨。本书分为"体悟与表征""先锋与革命""乡土与人性""都市与传奇""同遇与殊途"等五个部分,从文化、生命、人性、政治、乡土、都市等多个视角,探讨鲁迅、郭沫若、茅盾、巴金、曹禺、沈从文、张爱玲、艾青、戴望舒、施蛰存、穆时英、徐訏等中国现代作家的创作道路及其风格特征,并对相同文化语境中现代作家的不同选择和追求进行比较阐析。

在中国文学的现代化进程中,鲁迅始终是一个无法回避的精神高山。鲁迅是以创作的实绩代表了"五四"新文学的最高成就。鲁迅的小说、散文、散文诗和大量的杂文,以"思想的深切和形式的特别"开创了现代白话小说、忆旧散文、散文诗和杂文的新范式。鲁迅创作上的开创性成就既肇因于他向外实行大胆的

---

① 黄子平、陈平原、钱理群:《论"二十世纪中国文学"》,《文学评论》,1985 年第 5 期。

"拿来主义","别求新声于异邦",更与其向内"尊个性而张精神"的生命体悟与思想启蒙分不开。第一章"体悟与表征",是鲁迅的专题研究,从生命体悟与文化启蒙的角度,对鲁迅小说中的男女形象、鲁迅的现代主义影响与左翼倾向、鲁迅长篇小说创作的遗憾、鲁迅与宗教等问题进行了较为深入的探讨。

作为世界性思潮的一部分,中国现代主义思潮与左翼思潮同样具有反传统的先锋特质,前者注重艺术的现代性,后者倾向革命的现代性。"五四"时期,在注重思想启蒙的文化语境中,中国现代作家在引进西方现代主义思潮时,关注的是其反传统的现代性和艺术革新的先锋性,而悬置了包含其中的颓废性因素,或者说颓废主义和唯美主义因素并没有妨碍他们拥抱现代性的热情。然而,这一状况在"文学革命"转向"革命文学"的20年代后期发生了变化。"五四"落潮以后,知识分子的现代性诉求发生了由文化启蒙向社会革命的转变。在新的文化语境中,注重阶级分析和提倡社会革命的马克思主义在中国思想意识领域获得了更多的关注,从而使得曾经作为先锋思潮的现代主义唯美颓废的一面被凸显,先锋进步的一面被遮蔽,现代主义逐渐被指称为腐朽、堕落的艺术,而成为革命文学的反面。第二章"先锋与革命",主要从思想主张和创作倾向两个方面,探析郭沫若、茅盾、艾青、徐訏等人从现代主义到左翼的转变过程、缘由及表征。

五千多年的乡土传统濡养了中国人安土重迁、故土难离的乡土情结。然而,民间的乡土既是一个生命淋漓的社会,也是一个藏污纳垢的世界。自"五四"以来,乡土便是现代作家的精神家园和文学重镇,无论是对故土家园的诗意想象,还是对鄙风陋俗的讽刺批判,乡土与人性始终是现代文学最重要的维度。第三章"乡土与人性",对沈从文、巴金、曹禺、施蛰存等人的创作进行了论析,沈从文的"湘西"、巴金的"家"、曹禺的"原野"、施蛰存的"小镇"等,都可以从乡土与人性层面上得到合理的阐释。

都市不仅是现代文明的象征符号,也是现代文学产生的重要土壤。在某种意义上,如果没有巴黎、都柏林、布拉格,就没有波特莱尔、乔伊斯和卡夫卡。然而,在中国现代文学进程中,都市常常作为道德与文化上的反面形象出现在作家的文学想象中。与作为精神家园和文学重镇的乡土比较,都市书写向来没有得到足够重视,都市生活也未得到充分表达。对此,鲁迅曾不无感慨地说:"我们有馆阁诗人,山林诗人,花月诗人……;没有都会诗人。"但是,值得注意的是,20

世纪三四十年代,都市获得了一些作家的青睐。穆时英、戴望舒、徐訏、张爱玲等人笔下呈现了异彩纷呈的都市景观和生活传奇。第四章"都市与传奇",探讨了穆时英、戴望舒、徐訏、张爱玲等的都市体验和书写方式。在穆时英的都市书写中,繁华与孤独同在。戴望舒的都市观念和生活方式虽然造成了他的爱情失败,但是却也成就了他的诗歌创作。徐訏的洋场叙事是在战争背景下进行的,充满了传奇色彩和生命感悟。张爱玲的都市传奇实际上更多的是遗老遗少们的日常生活。当然,现代文学中的都市书写并不止这些,至少还有老舍的市民社会、茅盾的工商世界、刘呐鸥的都市风景等是应该被提及的,这些遗珠之憾只好留待日后补充了。

自"五四"新文学伊始,现代作家置身于半殖民地半封建的文化语境,同样面临着启蒙与救亡的时代主题。新文学团体最初在"同一战阵"中携手并肩,除旧布新,为建立"国语的文学和文学的国语"而共同努力。然而,"五四"退潮以后,原本同一战营中的伙伴"散掉了,有的高升,有的退隐,有的前进"(鲁迅语)。实际上,现代作家们这种同遇与殊途的情形并非只是出现在"五四"退潮以后,而是持续在后来的整个现代文学时期,表现在他们的人生和创作中。第五章"同遇与殊途",探讨了20年代胡适与鲁迅、30年代现代派群体与左联、40年代九叶派与左翼文学界从"同仁"到"陌路"的过程及原因,试图分析现代作家同样境遇下的不同选择和表现。

现代作家处于新旧转型时期,肩负启蒙救亡使命。文学的现代化与现代中国所发生的"政治、经济、科技、军事、教育、思想、文化的全面现代化的历史进程相适应"[①],在这一过程中所产生的各种新的矛盾与困惑都对现代文学三十年的面貌,从内容到形式产生深刻的影响。因此,现代文学的丰富性与复杂性并非几个专题研究所能解决得了的,从这个意义上来说,本书只是一次自不量力的学术尝试而已,期待更多的人对此进行更长远、更深入的跋涉。

---

① 钱理群、温儒敏、吴福辉:《中国现代文学三十年》,北京大学出版社,1998年,第1页。

第一章　体悟与表征

在中国文学的现代化进程中,鲁迅始终是一座无法回避的精神高山。鲁迅以创作的实绩代表了"五四"新文学的最高成就。鲁迅的《呐喊》《彷徨》《故事新编》《朝花夕拾》《野草》和大量杂文以"思想的深切和形式的特别"开创了现代白话小说、忆旧散文、散文诗和杂文的新范式。此外,在现代学术史上,鲁迅开风气之先的成就也不容忽视。他的中国小说史研究,不但奠定了现代小说研究的基础,而且至今未有出其右者。鲁迅创作上的开创性成就既肇因于他向外实行大胆的"拿来主义","别求新声于异邦"①,更与其向内"尊个性而张精神"的生命体悟与思想启蒙密不可分。

第一节　生命的体悟与启蒙的表征

在现代文学史上,鲁迅首先是以小说创作代表了"五四"文学革命实绩的。鲁迅在小说创作中所表现出来的深切的思想内涵和先锋的艺术形式,彰显出非常自觉的现代意识。一方面,作为"尊个性"的创作主体,鲁迅在其创作中灌注了自觉的生命意识;另一方面,作为"新文化"的倡导者,鲁迅创作中彰显出鲜明的文化启蒙色彩。这种交织着生命感性与启蒙理性的创作方式引领了中国现代作家的创作历程。然而,值得注意的是,鲁迅小说中的男女形象不止在数量上,更在精神特质上存有明显的差异,并由此折射出鲁迅文化心理的某些方面。

---

① 鲁迅:《摩罗诗力说》,《鲁迅全集》(第 1 卷),人民文学出版社,1981 年,第 63 页。

一、男性生命世界的深刻体悟

鲁迅的《呐喊》与《彷徨》一发表便成为现代文学的经典。虽然鲁迅本人曾认为主要是因为"表现的特别"和"思想的深切"而"颇激动了一部分青年读者的心"①，但研究者历来认为不止如此。其实《呐喊》与《彷徨》中的许多篇目在技巧和语言的运用上都不如当下小说娴熟与细腻。在一次次的重读之后，笔者认为鲁迅的特别之处在于，他是以对生命的体悟来完成现代小说典型的最初塑造的，从而留给了后人阐发不尽的思想资源。《狂人日记》中的"狂人"一旦挣脱了社会道德律令的束缚，便表现出狂放不羁的生命冲撞力。他从"惨白的月光""赵家的狗""古久先生的陈年流水账簿""狼子村的人们"以及大哥和赵贵翁他们的眼神和话语中体悟出孤独者的无助、寂寞、恐惧和悲哀，乃至发现了"礼教吃人"的秘密，发出了"救救孩子"的呐喊。狂人的压抑感和孤独感正是鲁迅本人对现实生存境遇的切身体察。这种对人的生命状态和过程的体悟与揭示必然同时伴随着对人的生存环境的展示。作者的思想倾向也会在对人的生命过程的艺术解释中自然流露出来。由《狂人日记》所奠定的这一对生命体悟的叙说方式是鲁迅小说贯穿始终的最重要特色。《药》中的华老栓夫妇对儿子无可挽救的生命的奔忙和所表现出来的愚昧浸透了作者的悲哀。《孔乙己》中，作者在众人的嘲笑和小伙计的冷漠中植入了对一个科场失意者生命无意义的不尽悲凉。《故乡》中闰土的一声"老爷"让"我"在心内深处"打了个寒噤"，同时也引起了读者内心的震撼。《孤独者》中的魏连殳曾经愤世嫉俗地孤独前行，当他感到了个体生命在社会习惯这一强大的异己力量面前的渺小和卑微时，终于屈服了。那一声长嗥"像一匹受伤的狼当深夜在旷野中嗥叫，惨伤里夹着愤怒和悲哀"。这是有价值的生命向无意义的现实的屈服。《在酒楼上》中的吕纬甫，"觉得北方固不是我的旧乡，但南来又只能算一个客子"，在颓唐、消沉中耗尽了痛苦的生命。而寄宿在未庄土谷祠里的阿Q，作为一个个体生命的存在几乎面临人的一切生存困境：基本生存欲求不能满足的生的苦恼，无家可归的惶惑，不准革命

---

① 鲁迅：《中国新文学大系小说二集·序》，《鲁迅全集》（第6卷），人民文学出版社，1981年，第238页。

的威胁,断子绝孙的悲哀,面对死亡的恐惧。① 虽然作者最初"因为要切'开心话'这话题,胡乱加上些不必有的滑稽",但后来终于感到这"其实在全篇里也是不相称的"②。

厨川白村在《苦闷的象征》中说:"文艺是纯然的生命的表现","我们的生命本是天地万象间的普遍的生命。如这生命的力含在或一个人中,经了其'人'而显现的时候,这就成为个性而活跃了"。作为厨川白村的译者,鲁迅是感同身受的。不仅在小说中如此,其散文诗《野草》更是鲁迅作为个体生命对外部世界展开生命体悟的集中体现。那面临"冻灭"与"烧尽"二难选择的"死火",彷徨于"明暗"之间的"影子","不知从哪里来,也不知道哪里去"的过客,陷入"无物之阵"的战士,这些无不烛照出鲁迅生命深处最真实的幽微。生命和生存问题是哲学的最基本问题。鲁迅作品正是经由了个体生命的显现而获得了最深远而普遍的深层意蕴。

二、作为社会文化符码的女性形象

从第一篇白话小说《狂人日记》开始,鲁迅便把"暴露家族制度和礼教的弊害"作为启蒙的"第一要著"③。在鲁迅看来,受封建礼教毒害最深牺牲最大的当然是女性。在礼教的禁锢下,男子可以多妻,女人则必须守节。即便是"受过教育的女子,无论已嫁未嫁,有夫无夫,个个心如古井,脸若严霜","都要在那冷酷险狠的陶冶之下,失其活泼的青春,无法复活"④。在"三从四德""三纲五常"等各种封建道德律令禁锢下女性失去自由和独立的当时,娜拉即便出走,其结局"不是堕落,就是回来"⑤。在鲁迅笔下,无论是传统的旧式女子,还是现代的新式女性;无论是年迈的母亲,还是幼小的女孩,她们的言行举止无一不显露出深受封建思想文化毒害的痕迹。《药》中夏瑜母亲在给儿子上坟时竟然"现出些羞

---

① 钱理群等:《现代文学三十年》,北京大学出版社,1998 年,第 49 页。
② 鲁迅:《阿 Q 正传的成因》,《鲁迅全集》(第 3 卷),人民文学出版社,1981 年,第 376 页。
③ 鲁迅:《呐喊·自序》,《鲁迅全集》(第 1 卷),人民文学出版社,1981 年,第 417 页。
④ 鲁迅:《寡妇主义》,《鲁迅全集》(第 1 卷),人民文学出版社,1981 年,第 262 页。
⑤ 鲁迅:《娜拉走后怎样》,《鲁迅全集》(第 1 卷),人民文学出版社,1981 年,第 158 页。

愧的颜色"。革命者与群众之间的隔膜让人震惊。《风波》中的九斤老太天天食古不化地喊着"一代不如一代"。而与阿Q同为帮佣的吴妈竟被阿Q的"下跪求爱"吓得躲在房子里要寻短见。《祝福》中的祥林嫂在丧夫失子的打击中并未绝望,却最终死于"捐门槛"的失败。即便是有了一些反抗意识的爱姑也只敢在背后骂"老畜生、小畜生",一旦在"正襟危坐"的七大人面前便"仿佛失足掉在水里",说话"微细如丝","非常后悔起来"。而曾经毅然地走出家门,坚信"我是我自己的,他们谁也没有干涉我的权利"的子君,最终也不得不退回,在"烈日般的严威和旁人赛过冰霜的冷眼"中死去。对于这些缠着三千年"脚布"的女性,鲁迅是站在旁观者的立场,既"哀其不幸",又"怒其不争"。

鲁迅本是一个进化论者。他曾对青年和孩子抱有热切的希望,相信"后胜今,青年必胜老年","童年的情形便是将来的命运"①。"父母对于子女,应该健全的产生,尽力的教育,完全的解放。"②然而由于传统思想因袭的沉重和家庭教育的落后,使得中国的儿童大多"勾头耸背,低眉顺眼,一幅死板板的脸相",丧失了应有的朝气和纯真。"连少女也进了险境","使他们早熟起来","精神已是成人,肢体却还是孩子"③。鲁迅笔下不乏这样一些深受封建思想毒害的女孩:《狂人日记》中被"吃掉"的"妹子",《风波》中被强迫裹了脚的六斤,《过客》中不敢接过客布片的女孩,《在酒楼上》中瘦黄而早夭的阿顺和"长得简直像一个鬼"的阿昭。

"世界日日改变,我们的作家取下假面,真诚地深入地大胆地看取人生并且写出他们的血和肉来的时候早到了。"④从以上的分析中我们不难看出,鲁迅对女性采取的是"大胆地看",把她们看作几千年封建文化的受害者和牺牲品,抓住她们精神创伤的一点,深入地开掘,提炼出一系列社会文化形象的符码:她们或守旧(如九斤老太),或麻木(如华大妈),或刻薄(如杨二嫂),或愚昧(如刘妈),或粗俗(如七斤嫂),或悲哀无助(如祥林嫂),或背信弃义(如嫦娥)。

---

① 鲁迅:《上海的儿童》,《鲁迅全集》(第4卷),人民文学出版社,1981年,第565页。
② 鲁迅:《我们现在怎样做父亲》,《鲁迅全集》(第1卷),人民文学出版社,1981年,第129页。
③ 鲁迅:《上海的少女》,《鲁迅全集》(第4卷),人民文学出版社,1981年,第563页。
④ 鲁迅:《论睁了眼看》,《鲁迅全集》(第1卷),人民文学出版社,1981年,第237页。

三、男女形象失衡的表征

文学是人学。世界是由男人和女人共同构成的二元存在。因而女性的缺席是文学的残缺。"五四"时期,女性的自觉意识"浮出历史的地表"①。茅盾、庐隐、丁玲、冯沅君等人的笔下出现了一批追求自由独立和个性解放的现代女性。其时最具现代意识的鲁迅,虽然也塑造了一系列"旧中国的老儿女",但仍然以男性居多。据笔者粗略统计,鲁迅小说中大约写了300个人物形象,其中男性约228个,而女性约73个。然而,鲁迅小说中的男性与女性形象不止在外在的比例上存在明显的失衡,而且在对内在的精神气质的打磨上也存在着显著的不平衡状态。

当我们在分析鲁迅作品中的生命世界时,不难发现这样一个事实——那源源不断的生命启示与震撼大多来自男性世界:或如《狂人日记》和《长明灯》中"狂人"与"疯子"陷入困境时的压抑与挣扎;或如《故乡》和《祝福》中第一人称"我"的困惑与窘迫;或如《在酒楼上》和《孤独者》中吕纬甫与魏连殳的孤独与彷徨;或如《药》《白光》和《孔乙己》中隐身于文本深处的创作主体的悲凉与失望。在描写这些男性形象时,鲁迅常常能深入人物的精神深处,以自身对现实生存境遇的切身体察融入人物对周围世界的生命体验。这种对人的生命状态和过程的体悟与揭示必然同时伴随对人的生存环境的展示。作者的思想倾向也会在对人的生命过程的艺术解释中自然流露出来,从而给读者以灵魂深处的震撼。

然而在对待女性问题上,鲁迅则是一个清醒的现实主义者。他一方面常常从社会文化的角度,采取旁观者的视角,把女性看作几千年封建文化的受害者和牺牲品,从精神的高处俯视她们的创伤,提炼出一系列文化形象的符码:或守旧,或麻木,或刻薄,或愚昧,或粗俗。另一方面他又清醒地意识到封建势力的强大,民众麻木之深,个人奋斗的艰难。因此,在提倡妇女解放的同时,他又深刻地指出,在当时,娜拉即便出走,其结局"不是堕落,就是回来"。而"童养媳一做婆

---

① 孟悦、戴锦华:《浮出历史的地表》,河南人民出版社,1989年。

婆,也就像她的恶姑一样毒辣"①。因此我们不难发现,鲁迅笔下的女性虽然具有"母性"的宽厚和慈爱,却缺少"妻性"的温柔与贤惠。如华大妈、夏大妈、单四嫂、祥林嫂等无不对其儿子倾注了满腔的母爱,而七斤嫂对七斤的粗俗、嫦娥对后羿的背弃、禹太太对大禹的怨愤全然没有丝毫的温柔与体贴。显然,作者在描写这些女性形象时缺乏了如刻画男性形象那样既出乎其外"大胆地看",又入乎其内"深入地写出他们的血和肉来",在叙述过程没有及时转换身份,把淋漓的生命之气灌注到人物灵魂深处。因此,这些人物虽然深刻,但在某种程度上缺少了生命感性的丰富和生动。

四、失衡背后的文化心理

当我们明了鲁迅在女性形象塑造上缺失了如男性形象塑造时那样的生命体悟,不免产生了进一步寻找缘由的可能。为此我们必须首先回到鲁迅本身。众所周知,鲁迅出身于清末绍兴的一个没落的士大夫家庭。自小接受的是"四书五经"的熏陶。他说:"孔、孟的书我读得最早、最熟。"②虽然此后鲁迅不断地吸纳了进化论、超人哲学、精神分析学说和马克思主义等西方民主与科学的现代思想,决心"今且置古事不道,别求新声于异邦"③,并力劝青年"要少——或者竟不——看中国书,多看外国书"④。但他却深感到,"自己正苦于背了这些古老的鬼魂,摆脱不开,时常感到一种使人气闷的沉重"⑤。正是这些"古老的鬼魂"导致了生活中的鲁迅和文学中的鲁迅悖反的文化心理走向。在作品中,他对一切旧思想旧文化进行不懈的斗争;在生活中,他是母亲孝顺的儿子,弟弟们敬爱的长兄。明知自己与朱安没有丝毫感情,却把她当作"母亲送给我的一件礼物"接受了,并打算"陪着做一世的牺牲,以了却三千年的旧账"⑥。这些传统的"孝悌"思想最终使他吞下了婚姻悲剧和兄弟失和的两枚苦果。在一些为数不多的

① 鲁迅:《寡妇主义》,《鲁迅全集》(第1卷),人民文学出版社,1981年,第262页。
② 鲁迅:《写在〈坟〉后面》,《鲁迅全集》(第1卷),人民文学出版社,1981年,第282页。
③ 鲁迅:《摩罗诗力说》,《鲁迅全集》(第1卷),人民文学出版社,1981年,第63页。
④ 鲁迅:《青年必读书》,《鲁迅全集》(第3卷),人民文学出版社,1981年,第12页。
⑤ 鲁迅:《两地书·九五》,《鲁迅全集》(第11卷),人民文学出版社,1981年,第246页。
⑥ 鲁迅:《热风·随感录四十》,《鲁迅全集》(第1卷),人民文学出版社,1981年,第321页。

有关两性生活的作品中,鲁迅或是从科学理性的角度认为,性欲、性交与饮食一样是为了"保存永久的生命","并非罪恶,并非不净"。或是从精神分析的角度描写一些不健康的性幻觉、性心理,如阿Q对小尼姑滑腻的脸、蓝皮阿五对单四嫂的乳房、四铭对女乞丐的洗澡、高老夫子对女学生乱蓬蓬的头发。在这些作品中找不出关于男女性爱之美的片言只语。以上这些不能说完全没有鲁迅本人现实生活的投射。

其次,鲁迅的创作动机也能提供给我们一些启示。众所周知,鲁迅由学医转向从文的直接导火索是那次有名的"幻灯片事件"。社会启蒙是鲁迅创作贯穿始终的动力。鲁迅从一开始就决心要"画出沉默的国民的灵魂","暴露家族制度和礼教的弊害"。社会启蒙的动机决定了鲁迅创作中社会的文化的视角,而女性正是封建思想文化压制下最好的注释符号。当然,启蒙并不是鲁迅创作的唯一动机。文艺还是"纯然生命的表现",是"苦闷的象征","是能够全然离了外界的压抑和强制,站在绝对自由的心境上,表现出个性来的惟一的世界"。深受弗洛伊德和厨川白村学说影响的鲁迅,同时也把文学创作作为排遣苦闷的最好方式。近年来许多学者指出,孤独、寂寞、悲观,甚至虚无和绝望是鲁迅内心深处深刻的心理内涵。但显然鲁迅并未在孤独、寂寞、悲观、虚无和绝望中颓唐、沉沦下去。他一刻也没有停止思考,他采取"走"的策略,进行了"明知不可为而为之"的对绝望的反抗。这便是鲁迅的伟大之处。自《怀旧》之后,沉默了八年的鲁迅因钱玄同的一个劝告便一发而不可收地发出了震聋欲聩的"呐喊",排遣他多年的压抑和苦闷。那因禁于屋子里的"狂人"、愤世嫉俗的孤独者魏连殳、漂泊无根的吕纬甫、穷困潦倒的孔乙己、精神失常的陈士成和悔恨交加的涓生,这些陷于苦闷和彷徨中的主人公在标识作者的人文精神和现实情怀的同时,无不浸透了作者本人真切的生命感悟。由此我们是否可以这样说,当既要社会启蒙又想排遣个人苦闷时,鲁迅主要借助的是男性;而当单纯的社会启蒙的动机占据了清醒冷静的头脑时,鲁迅更愿意借助于女性。因而,鲁迅笔下的男性既有作者的现实思考又融入了作者的生命体验,而其笔下的女性则更多的是社会文化的思考,在某种程度上缺失了真切的生命体悟,从而造成了鲁迅笔下男女形象内在的一个失衡。

第二节　思想的深切与格式的特别

作为现代文学的开拓者,鲁迅在思想和创作中表现出深刻的孤独感、虚无感以及对冷漠庸众的持续批判,这些都与其早期所受到的现代主义思潮影响密不可分。"五四"前后,尼采、施蒂纳、叔本华、克尔凯郭尔等人的现代哲学在精神要旨上契合了鲁迅反叛传统、立人救国的启蒙诉求。在《呐喊》《彷徨》和《野草》等创作中,鲁迅大量借鉴吸收了象征主义、表现主义与精神分析等表现方法,以其"思想的深切"和"格式的特别"引起了读者的广泛注意。在 20 世纪 20 年代后期至 30 年代,马克思主义逐渐成为鲁迅文艺思想的主导,但他始终保持坚持清醒的"拿来主义",在同反动文艺阵营论战的同时,也谨防左翼内部的"突进"。鲁迅后期创作的历史小说《故事新编》既蕴含左翼革命倾向,也表现出现代主义色彩。

一、"别求新声于异邦"

20 世纪初,留学日本的鲁迅为启蒙大众弃医从文,开启译介域外文学思潮,发表了《人之历史》《科学史教篇》《文化偏至论》《摩罗诗力说》《破恶声论》等重要论文。从这里,我们不难发现鲁迅与尼采、施蒂纳、叔本华、克尔凯郭尔等的早期现代主义哲学思潮的诸多联系。"在本世纪初期,尼采思想乃至德意志哲学,在日本学术界是磅礴着的。"[1]这些风靡一时的现代主义思潮自然会引起在日本"别求新声于异邦"[2]的鲁迅的极大关注。

鲁迅最初主要是从"立人"的角度接受尼采、施蒂纳、叔本华、克尔凯郭尔等为代表的现代主义思潮的。青年时代的鲁迅是循着先"立人"后"立国"的思想路线而弃医从文的。他在《文化偏至论》中指出:"角逐列国是务,其首在立人,

---

① 　郭沫若:《鲁迅与王国维》,《郭沫若全集》(第 20 卷),人民文学出版社,1990 年,第 305 页。
② 　鲁迅:《摩罗诗力说》,《鲁迅全集》(第 1 卷),人民文学出版社,1981 年,第 63 页。

人立而后凡事举:若其道术,乃必尊个性而张精神。假不如是,槁丧且不俟夫一世。"①鲁迅认为,"立人"是首要问题,"人立"才能"事举",才能"立国",而"立人"的途径则是"尊个性而张精神"。显而易见,鲁迅的"立人"思想与尼采、施蒂纳、叔本华、克尔凯郭尔等人的超人学说和生命哲学在精神要旨上颇多契合。

首先,尼采等人对西方现代物质文明的批判引起了鲁迅的共鸣。鲁迅在考察西方文明进程时指出,"十九世纪末叶思潮之所以变",乃是因为尼采、施蒂纳、叔本华等非理性主义的"大人哲士"对物质理性主义弊端和偏颇的觉察与批判。鲁迅认为,"事若尽于物质矣,而物质果足尽人生之本也耶? 平意思之,必不然矣","然则十九世纪末思想之为变也,其原安在,其实若何,其力之及于将来也又奚若? 曰言其本质,即以矫十九世纪文明而起者耳"。在《文化偏至论》中,鲁迅引述了尼采《扎拉图斯忒拉如是说》,表达了对西方社会现代物质文明虚伪与偏颇的批判:"吾行太远,孑然失其侣……,见近世文明之伪与偏,又无望于今之人,不得已而念来者也。"其次,鲁迅汲取了尼采、施蒂纳、叔本华、克尔凯郭尔等反传统、"重个人"的思想观念,尤其是尼采"任个人而排众数"的超人哲学使鲁迅产生了终身对冷漠庸众的持续批判。鲁迅认为,尼采是"个人主义之至雄桀者";施蒂纳"乃先以极端之个人主义现于世";叔本华"则自既以兀傲刚愎有名,言行奇觚,为世希有";克尔凯郭尔"惟发挥个性,为至高之道德"。在年青的鲁迅看来,他们都是当时的"先觉善斗之士","力抗时俗",代表了"西方最近思想"和"二十世纪之新精神"。第三,尼采、克尔凯郭尔、叔本华等人崇主观、重心灵的思想主张和思维方式深得鲁迅赞同。鲁迅说,尼采"示主观倾向之极致",克尔凯郭尔"则谓真理准则,独在主观",叔本华"则以内省诸己,豁然贯通"。鲁迅认为,19世纪文明的通弊是"重其外,放其内,取其质,遗其神","使性灵之光,愈益就于黯淡",直至现代主义思潮"新神思宗徒出,或崇奉主观,或张皇意力,匡纠流俗,厉如电霆,使天下群伦,为闻声而摇荡","主观与意力主义之兴,功有伟于洪水之有方舟焉"。这些现代主义思潮大大改变了当时人们的思想观念、思维方式和文学写作方式,"于是思潮为之更张,骛外者渐转而趣内,

---

① 鲁迅:《文化偏至论》,《鲁迅全集》(第1卷),人民文学出版社,1981年,第51页。

渊思冥想之风作,自省抒情之意苏"①。

尼采等的现代哲学还进一步深化了鲁迅早年的进化论思想。鲁迅早年的进化论思想不仅来自达尔文和赫胥黎的"物竞天择,适者生存",而且还来自尼采等人的"物竞天择,强者生存"。他曾对冯雪峰说:"那时候(指 1907 年前后),相信精神革命,主张个性解放,简直是浪漫主义,也还是进化论的思想。"②在鲁迅看来,不管是个人还是国家,都只有强者才能致胜、生存与发展。就个人而言,"二士室处,亦有呼吸,于是生颖气之争,强肺者致胜";对国家来说,"人国既建,乃始雄厉无前,屹然独见于天下"③。鲁迅汲取了尼采等的反传统精神,日后对封建礼教和冷漠庸众展开了持续不断的批判,即便是"五四"退潮以后思想进入短暂的"彷徨"期,也未脱尼采的影响。他说:"我的'彷徨'并不用许多时,因为那时还有一点读过尼采的 Zarathustra 的余波。"④尼采等人对精神世界的重视也使得鲁迅疾呼吾国"精神界之战士",并产生对"国民灵魂"的持续关注。鲁迅早期更多的是站在启蒙救国的立场引进西方现代主义思潮的,他希望"异域文术新宗,自此始入华土。使有士卓特,不为常俗所囿"⑤,"施之国中,翕合无间。外之既不后于世界之思潮,内之仍弗失固有之血脉,取今复古,别立新宗,人生意义,致之深邃,则国人之自觉至,个性张,沙聚之邦,由是转为人国"(《文化偏至论》)。毋庸讳言,由于各种原因,早年的鲁迅还不能辩证地看待尼采等人思想中的偏颇和消极因素,不可避免地习染了一些影响终身的所谓"毒气和鬼气"⑥,时常会产生某些偏激和虚无的思维方式和思想观念。当然,随着岁月的变迁和阅历的增长,鲁迅对尼采等人的看法也不断发生改变,到"五四"前后开始有了更为辩证的态度。

1918—1920 年,鲁迅翻译了尼采的《察拉图斯忒拉序言》,并作《译者附记》及一系列文章中评介了尼采的思想。在《译者附记》中,鲁迅一方面称赞尼采文章的好,另一方面又指出它的不足,他说:"尼采的文章既太好,本书又用箴言

① 鲁迅:《文化偏至论》,《鲁迅全集》(第 1 卷),人民文学出版社,1981 年,第 57 页。
② 冯雪峰:《回忆鲁迅》,《雪峰文集》(第 4 卷),人民文学出版社,1985 年。
③ 鲁迅:《文化偏至论》,《鲁迅全集》(第 1 卷),人民文学出版社,1981 年,第 62 页。
④ 鲁迅:《我和'语丝'的始终》,《鲁迅全集》(第 4 卷),人民文学出版社,1981 年,第 168 页。
⑤ 鲁迅:《〈域外小说集〉序言》,《鲁迅全集》(第 10 卷),人民文学出版社,1981 年,第 155 页。
⑥ 鲁迅:《致李秉中信》,《鲁迅全集》(第 11 卷),人民文学出版社,1981 年,第 431 页。

（Sprueche）集成，外观上常见矛盾，所以不容易了解。"在《渡河与引路》中，鲁迅不赞成尼采"见车要翻了，推他一下"的态度，而赞成耶稣"扶他一下"的主张。在《随感录四十一》中，鲁迅一方面感到尼采式的超人"太觉渺茫"，另一方面又"确信将来总有尤为高尚尤近圆满的人类出现"①。在《随感录四十六》中，鲁迅称尼采等为"近来偶像破坏的大人物"，号召大家以他们为榜样破除一切旧偶像。可见，这一时期的鲁迅对尼采的看法有了些许变化，由十年前的一味称赞转变为既有认同也有怀疑与批评，但尼采反传统反偶像的超人哲学仍然对反封建礼教的鲁迅具有重要的积极影响。即便是在思想转变后的1929年，鲁迅仍然把尼采与歌德、马克思并列为伟大人物。在鲁迅的著作中，有20多篇杂文和10来封书信谈到尼采和关于尼采著作翻译出版的事情。这些都足以说明尼采思潮对鲁迅一生的深刻影响。曹聚仁在《鲁迅评传》中写道："我以为鲁迅的观察深刻，与眼光远大，并不由于接受了唯物史观的论据，而由于他的科学头脑以及尼采超人哲学的思想。"②作为亲历者曹聚仁对鲁迅思想的这一认识，应该是切近事实的。

二、从"苦闷的象征"到"科学底艺术论"

20世纪20年代，鲁迅对域外现代主义思潮的译介有了较大拓展，他不但通过翻译凯拉绥克的《近代捷克文学概观》、厨川北村的《苦闷的象征》、片山孤村的《表现主义》、山岸光宣的《表现主义的诸相》等理论著作引进现代主义思潮，而且通过译介安特莱夫、迦尔洵、阿尔志跋绥夫、勃洛克、波特莱尔、亚波里耐尔、望·蔼覃、芥川龙之介、菊池宽等作家作品介绍现代主义文学。

1921年，鲁迅翻译了捷克凯拉绥克的《近代捷克文学概观》，其中介绍了"捷克的现代派"，并在同年给周作人的信中多次谈到对象征主义和未来派戏剧的看法。1924、1929年，鲁迅先后翻译了片山孤村的《表现主义》和山岸光宣的《表现主义的诸相》较为系统地介绍了表现主义的世界观、人生观、艺术观、创作方

---

① 鲁迅：《随感录四十一》，《鲁迅全集》（第1卷），人民文学出版社，1981年，第325页。
② 曹聚仁：《鲁迅评传》，香港新文化出版社，1973年，第173页。

法及其表现形式等。当然,在鲁迅20年代译介的现代主义论著中,影响最大的莫过于厨川白村的《苦闷的象征》。《苦闷的象征》是日本大正时期著名的文艺批评家和思想家厨川白村(H. Kuriyagawa)在克罗齐、柏格森、弗洛伊德等理论基础上撰写的一部表现主义论著。《苦闷的象征》集中阐述了厨川白村关于文艺创作的本质、文艺的表现方法、文艺的鉴赏、文艺的批评标准以及文艺的起源等文艺思想。厨川白村认为,"生命力受了压抑而生的苦闷懊恼乃是文艺的根柢,而其表现法乃是广义的象征主义"。厨川白村对克罗齐、柏格森、弗洛伊德等人的理论既有所借鉴,又有所扬弃。他在强调"艺术是表现"的同时,又认为"表现云者,并非我们单将从外界来的感觉和印象他动底地收纳,乃是将收纳在内底生活里的那些印象和经验作为材料,来做新的创造创作"。在肯定弗洛伊德精神分析学说开拓性成就的同时,又指出泛性理论的局限,"这学说也还有许多不备和缺陷,有难于立刻首肯的地方。尤其是应用在文艺作品的说明解释的时候,更显出最甚的牵强附会的痕迹来","我所最觉得不满意的是他那将一切都归在'性底渴望'里的偏见"。鲁迅十分赞赏厨川白村的文艺思想。他称赞《苦闷的象征》具有"天马行空似的大精神",这是"萎靡锢蔽"的中国所需要的,"作者据伯格森一流的哲学,以进行不息的生命力为人类生活的根本,又从弗罗特一流的科学,寻出生命力的根柢来,即用以解释文艺,——尤其是文学","作者自己就很有独创力的,于是此书也就成为一种创作,而对于文艺,即多有独到的见地和深切的会心"[1]。不仅鲁迅的文艺思想和文学创作深受厨川白村的影响,而且他还经常把它向别人推荐,并把它作为自己上课的教材。有学者据此认为:"鲁迅前期的文学理论,始终是以厨川白村的见解作为基础的。我们只要看他在北京大学、中山大学教《文学概论》的时候,都用《苦闷的象征》那本书作为讲义的事,便可稍稍明白。"[2]这种看法虽然有失偏颇,但从另一个角度来看,也不无道理。

鲁迅对现代主义文学的译介有着十分鲜明的倾向。"五四"前夕,陈独秀、李大钊、鲁迅等新文化(新文学)先驱们曾以19世纪以来的欧洲资产阶级文学

① 鲁迅:《〈苦闷的象征〉引言》,《鲁迅全集》(第10卷),人民文学出版社,1981年,第232页。
② 刘大杰:《鲁迅与写实主义》,《宇宙风》,1936年12月,第30期。

作为中国新文学建设的榜样,这一状况到了"五四"以后有了很大变化,俄国"十月革命"及其社会主义建设的成功,使得先驱者们在吸收和借鉴西方各国文学的时,越来越倾向俄国。正如瞿秋白所说:"在中国这样黑暗悲惨的社会里,人都想在生活的现状里开辟一条新道路,听着俄国旧社会崩裂的声浪,真是空谷足音,不由得不动心。因此大家都要来讨论研究俄国。于是俄国文学就成了中国文学家的目标。"①因此,立足启蒙救国的鲁迅在译介现代主义文学时,首先是更多地倾向俄苏现代主义作家作品,其次才是日本和欧洲。早在1909年,鲁迅就翻译过俄国象征主义作家安特莱夫的《谩》《默》和迦尔洵的《四日》。"五四"以后,鲁迅又翻译了安特莱夫的《书籍》《黯淡的烟霭里》,迦尔洵的《一个很短的传奇》,阿尔志跋绥夫的《幸福》《医生》《工人绥惠略夫》等作品。他还在《"苏俄的文艺论战"前记》中概要介绍了俄国象征主义、神秘主义、恋爱性欲主义、印象派、未来派等"特殊的艺术";在《〈十二个〉后记》中详细论述了勃洛克的长诗《十二个》;在《〈穷人〉小引》中详细地介绍了陀思妥耶夫斯基的创作。此外,鲁迅还译介了日本芥川龙之介的《鼻子》《罗生门》,菊池宽的《三浦右卫门的最后》,荷兰望·蔼覃的《小约翰》,法国波特莱尔的《自己发见的欢喜》,亚波里耐尔的《跳蚤》等现代派作品。

值得重视的是,鲁迅还十分重视通过介绍印象派、象征派绘画来引进现代主义艺术。早在1913年,鲁迅便翻译了日本心理学家上野阳一的《艺术玩赏之教育》,其中对印象派的绘画和印象主义理论进行了较为具体的阐述,鲁迅称作者"所见甚挚,论亦绵密,近者国人,方欲有为于美育,则此论极资参考"②。"五四"初期,鲁迅进一步介绍了"自外向内"的印象派艺术,他说:"十九世纪以后的新艺术真艺术,又是怎样? 我听人说:后期印象派(Postimpressionism)的绘画,在今日总还不算十分陈旧,其中的大人物如 Cezanne(塞尚)与 Van Gogh(梵·高)等,也是十九世纪后半的人。"③译著《近美术史潮论》在论述近代欧洲美术发展史时介绍了"从罗曼蒂克到印象派的风景画"。此外,鲁迅还介绍了德国的霍夫曼、梅特那、珂勒惠支夫人、格罗斯、梅斐尔德以及墨西哥的理惠拉等现代派

---

① 瞿秋白:《俄罗斯名家短篇小说集序》,《瞿秋白文集》(第 2 卷),人民文学出版社,1986 年。
② 鲁迅:《艺术玩赏之教育·译者附记》,《鲁迅全集》(第 10 卷),人民文学出版社,1981 年。
③ 鲁迅:《随感录五十三》,《鲁迅全集》(第 1 卷),人民文学出版社,1981 年,第 414 页。

画家的作品(《介绍德国作家绘画展》《理惠拉壁画〈贫人之夜〉说明》)。① 鲁迅十分欣赏以印象派和象征派技法表现现实生活的年轻画家陶元庆的作品。在《当陶元庆君的绘画展览时》一文中,鲁迅站在世界艺术新潮流发展的高度,对陶元庆的绘画作了很高的评价。他称赞陶元庆的绘画"以新的形、尤其是新的色来写出他自己的世界","在那黯然埋藏着的作品中,却满显出作者个人的主观和情绪,尤可以看见他对于笔触,色彩和趣味,是怎样的尽力与经心,而且,作者是凤擅中国画的,于是固有的东方情调,又自然而然地从作品中渗出,融成特别的丰神了",他的绘画是"内外两面,都和世界的时代思潮合流,而又并未枯亡中国的民族性"的艺术。② 鲁迅介绍现代派艺术的初衷与译介现代派文学一样,也主要是立足本土,以资借镜。他一方面鼓励中国画家借鉴西方现代派绘画艺术,认为"一切事物,虽说以独创为贵,但中国既然是世界上的一国,则受点别国的影响,即自然难免"③,"倘只能在中国而偏要留心国外艺术的人,我以为必须看看外国印刷的图画"④。另一方面,鲁迅又提醒年轻画家,采取现代派画法要慎重,只能"偶一为之",不宜"轻作"⑤。譬如他说,日本现代派画家蕗谷虹儿的艺术"锋利而幽婉","这尤合中国现代青年的心,所以他的模仿就至今不绝","但可惜的是将他的形和线任意破坏"了。⑥

鲁迅思想在 20 世纪 20 年代后期发生了重要转变,他"从进化论进到阶级论,从绅士阶级的逆子贰臣进到无产阶级和劳动群众的真正的友人,以至于战士"⑦。鲁迅在前期生活、斗争的基础上,再经过 1927 年"大革命"失败后惨痛的血的教训,在严肃的思考和认真的学习之后,终于由量的积累实现了质的飞跃,接受了马克思主义。李泽厚认为,"这个飞跃的起点似应从 1926 年冬离开厦门前后算起,它的完成则可算在 1927 年秋冬到上海的前后"。他的理由是,鲁迅

---

① 鲁迅:《鲁迅全集》(第 8 卷),人民文学出版社,1981 年,第 318—323 页。
② 鲁迅:《当陶元庆君的绘画展览时》,《鲁迅全集》(第 3 卷),人民文学出版社,1981 年,第 549 页。
③ 鲁迅:《〈奔流〉编校后记(二)》,《鲁迅全集》(第 7 卷),人民文学出版社,1981 年,第 162 页。
④ 鲁迅:《致〈近代美术史潮论〉的读者诸君》,《鲁迅全集》(第 8 卷),人民文学出版社,1981 年,第 272 页。
⑤ 鲁迅:《致何清桢信》,《鲁迅全集》(第 12 卷),人民文学出版社,1981 年,第 200 页。
⑥ 鲁迅:《蕗谷虹儿画选·小引》,《集外集拾遗》,人民文学出版社,1981 年。
⑦ 瞿秋白:《〈鲁迅杂感选集〉序言》,《文学运动史料选》(第二册),上海教育出版社,1979 年,第 279 页。

"在厦门后期的思想和活动,《坟》的结集,《野草》的题辞,或象征或标志在走向一个新的开始。而1927年冬在上海的好些论著、演讲,如《卢梭和胃》《文学和出汗》《文学与政治的歧途》等,则可以看出鲁迅在集中地考虑和阐述文艺的阶级性问题,开始自觉地运用马克思主义阶级论作为理论武器进行战斗,与前期零散、自发的阶级观点很不一样了。"虽然李泽厚的"飞跃"观仍有商榷之处,但他对鲁迅思想转变由量变到质变过程的描述基本上是符合事实的。

其实,鲁迅对马克思主义的接触在"五四"时期便已开始。1918年鲁迅在《随感录五十六"来了"》《随感录五十九"圣武"》中便开始提及并赞颂了"十月革命"和马克思主义,称之为"新世纪的曙光"。1920年,陈望道将所译的《共产党宣言》寄给了鲁迅,鲁迅翻阅后称赞道,"这个工作做得好,现在大家都在议论什么'过激主义'来了,但就没有人切切实实地把这个'主义'真正介绍到国内来,其实这倒是当前最紧要的工作","把这本书翻译出来,对中国做了一件好事"①。1925年鲁迅编校了任国桢翻译的《苏俄的文艺论战》,并为之作《前记》。鲁迅在《前记》中介绍了十月革命后苏俄各文艺派别的情况,并称任国桢翻译《苏俄的文艺论战》"实在是最为有益的事",同时特别推荐"《蒲力汉诺夫与艺术问题》一篇,是用 Marxism 于文艺的研究","可供读者连类的参考"②。《〈苏俄的文艺论战〉前记》在一定程度上表明了鲁迅已经开始自觉关注马克思主义文艺理论,并尝试运用马克思主义观点研究文学现象。1926年7月,鲁迅在《马上日记之二》中第一次分析了苏联文艺界的一些现象,阐述了文艺与革命的关系,指出只有经过革命,经受革命锻炼与考验的文艺家,才能产生新的革命的文艺(《华盖集续编》)。1927年4月,鲁迅在《庆祝沪宁克复的那一边》中引用列宁的观点来分析中国革命问题,总结经验教训,提醒人们在革命"小有胜利"时不要"忘却进击",以防"敌人又乘隙而起"。这可以看作鲁迅思想发展的一个鲜明标志。8月,鲁迅发表了《革命文学》,深刻阐明了作家世界观对文学创作的根本影响,指出革命文学的"根本问题是在作者可是一个'革命人',倘是的,则无论写的是什么事件,用的是什么材料,即都是'革命文学'。从喷泉里出来的都

① 余延石:《鲁迅和〈共产党宣言〉》,《鲁迅研究资料》(第一辑),文物出版社,1979年。
② 鲁迅:《〈苏俄的文艺论战〉前记》,《集外集拾遗》,人民文学出版社,1981年。

是水,从血管里出来的都是血"(《而已集》)。1928 年"大革命"失败后,"异军突起"的创造社成员迅速转向左翼,在大力提倡"革命文学"的同时,把矛头指向了鲁迅、茅盾、叶圣陶、郁达夫等"五四"成名作家,批判他们是"时代的落伍者"(冯乃超《艺术与社会生活》)、资产阶级的"有闲"文学家(成仿吾《从文学革命到革命文学》),甚至是"封建余孽"和"双重反革命"(杜荃《文艺战线上的封建余孽》《桌子的跳舞》)。这场论战直接刺激了鲁迅开始大量阅读和翻译马克思主义文艺论著,并最终促使鲁迅思想由进化论到马克思主义阶级论的转变。自 1928 年 6 月,鲁迅开始了对马克思主义文艺思潮的大力译介,先后翻译了托洛茨基的《文学与革命》、布哈林的《苏维埃联邦从 Maxim Gorky 期待着什么》、片上伸的《无产阶级文学理论》(后改为《现代新兴文学的诸问题》),尤其值得重视的是 1929 年 3 月至 10 月间,鲁迅连续翻译了卢那察尔斯基的《艺术论》《文艺与批评》,普列汉诺夫的《艺术论》以及"联共"关于文艺政策的讨论与决议《文艺政策》等四部苏联文艺论著。

　　普列汉诺夫的《艺术论》包括《论艺术》《原始民族的艺术》和《再论原始民族的艺术》三篇。普列汉诺夫运用马克思主义唯物史观分析了艺术的本质与起源、文艺功利性与愉悦性的辩证关系、文艺的发展过程以及历史唯物史观的研究方法等重要问题。鲁迅在为《艺术论》所写的序言中,全面介绍了普列汉诺夫的生平、思想,高度评价了普列汉诺夫对俄国革命和马克思主义文艺理论所作出的重要贡献。他称赞"普力汗诺夫不但本身成了伟大的思想家,并且也作了俄国的马克思主义者的先驱和觉醒了的劳动者的教师和指导者了","他的艺术论虽然还未能俨然成一个体系,但所遗留的含有方法和成果的著作,却不只作为后人研究的对象,也不愧称为建立马克斯主义艺术理论,社会学底美学的古典底文献的了"[①]。卢那察尔斯基的《艺术论》包括艺术与社会主义、艺术与产业、艺术与阶级、美及其种类、艺术与生活五个部分。鲁迅评价卢氏的《艺术论》是一部"精粹的书","所论艺术与产业合一,理性与感情合一,真善美之合一,战斗之必要,现实底的理想之必要,执着现实之必要,直至于君主为贤于高蹈者,都是极为警

---

① 鲁迅:《〈艺术论〉序言》,《鲁迅全集》(第 17 卷),人民文学出版社,1981 年,第 8、17 页。

辟的"①。《文艺与批评》是鲁迅编译的卢那察尔斯基的论文集,共收入《艺术是怎样地发生的》《托尔斯泰之死与少年欧罗巴》《托尔斯泰与马克斯》《今日的艺术与明日的艺术》《苏维埃国家与艺术》《关于马克斯主义文艺批评之任务的提要》六篇论文。在这些文章中,卢那察尔斯基运用马克思主义理论分析了艺术的起源问题、社会主义艺术发展道路问题、托尔斯泰的成就与不足,以及关于马克思主义的文艺批评问题等。鲁迅不但选译了日本尾三漱敬止的《为批评家的卢那卡尔斯基》作为本书的序言,还作了《译者附记》,全面介绍和评价了作为"是革命者,也是艺术家,批评家"的卢那察尔斯基的马克思主义文艺思想,及其在新的历史条件下对待托尔斯泰等旧艺术家的态度。《文艺政策》主要包括1924年至1925年俄共中央关于文艺政策讨论会的记录、决议和全俄无产阶级作家协会第一次大会的决议。《现代新兴文学的诸问题》主要概述了苏联无产阶级文学运动的发展过程,分析了苏联各派别关于无产阶级文学的不同观点、无产阶级文学与文学传统、无产阶级作家与"同路人"关系等诸多问题。

鲁迅译介马克思主义文艺思潮的用意是十分明确的,一方面是为自己提供思想武器。他说:"从别国里窃得火来,本意却在煮自己的肉。"(《"硬译"与"文学的阶级性"》)鲁迅曾说:"我有一件事是要感谢创造社的,是他们'挤'我看了几种科学底文艺论,明白了文学史家们说了一大堆,还是纠缠不清的疑问。并且因此译了一本蒲力汉洛夫的《艺术论》,以救正我——还因为我而及于别人——的只信进化论的偏颇。"②马克思主义文艺论著的译介使得鲁迅的世界观、人生观和文艺观都产生了"质的飞跃"。"社会科学这大源泉"不仅让他"明白"了许多"纠缠不清的疑问",而且还"救正"了他"只信进化论的偏颇",明确认识到"惟新兴无产者才有将来"③,从而掌握、运用马克思主义唯物史观和阶级论的思想武器,分析各种文学现象。另一方面,鲁迅对马克思主义文艺论著的译介更是为了矫正革命文学阵营内的不良倾向和反对阵营外的攻击,促进无产阶级文艺运动,建设革命文学,即所谓"私运军火给造反的奴隶"④。鲁迅在《〈现代新兴

① 鲁迅:《〈艺术论〉小序》,《鲁迅全集》(第15卷),人民文学出版社,1981年,第174—176页。
② 鲁迅:《〈三闲集〉序言》,《鲁迅全集》(第4卷),人民文学出版社,1981年,第6页。
③ 鲁迅:《〈二心集〉序言》,《鲁迅全集》(第4卷),人民文学出版社,1981年,第151页。
④ 鲁迅:《鲁迅全集》(第4卷),人民文学出版社,1981年,第170页。

文学的诸问题〉小引》中指出,无产阶级文学运动是"势所必至"的,既要避免革命文学阵营内部的"空嚷",又要反对阵营外部敌对势力的"力禁",不能机械地照搬国外无产阶级文学理论。他说:"现在借这一篇,看看理论和事实,知道势所必至,平平常常,空嚷力禁,两皆无用,而先使外国的新兴文学在中国脱离'符咒'气味,而跟着的中国文学才有新兴的希望。"①当创造社指责鲁迅翻译《文艺政策》是不甘"落伍"时,他说:"其实我译这本书,倒并非救'落',也不在争先","我的翻译这书不过是使大家看看各种议论,可以和中国的新的批评家的批评和主张相比较,与翻刻王羲之真迹,给人们可以和自称王派的草书来比一比,免得胡里胡涂的意思,是相仿佛的。"②在《文艺与批评》的译者附记中,鲁迅特别推荐了《关于马克思主义文艺批评之任务的提要》一篇,并引用藏原惟人的按语"遗赠中国的读者们":"这是作者显示了马克思主义文艺批评的基准的重要的论文。我们将苏联和日本的社会底发展阶段之不同,放在念头上之后,能够从这里学得非常之多的事物。我希望关心文艺运动的同人,从这论文中摄取得进向正当解决的许多启发。"③

三、清醒的"拿来主义"

鲁迅向来主张对外来文化要"运用脑髓,放出眼光",实行"沉着,勇敢,有辨别,不自私"的"拿来主义","没有拿来的,人不能自成为新人,没有拿来的,文艺不能自成为新文艺"(《拿来主义》)。无论是早期对现代主义思潮的译介,还是后来对马克思主义思潮的引进,鲁迅无不是立足本土,实行清醒的"拿来主义"。20 世纪 20 年代后期至 30 年代,转向左翼的鲁迅仍然始终保持着清醒的"拿来主义",不但在坚持革命文学立场时,对左翼的极端化倾向保持着警觉,而且在提倡新兴的无产阶级文艺的同时,仍然关注新潮的现代主义文艺。

长期以来,在左翼文艺家的视野中,现代主义是与无产阶级的革命文学完全

---

① 鲁迅:《〈现代新兴文学的诸问题〉小引》,《鲁迅全集》(第 10 卷),人民文学出版社,1981 年。
② 鲁迅:《〈奔流〉编校后记(九)》,《集外集拾遗》,人民文学出版社,1981 年。
③ 鲁迅:《〈文艺与批评〉译者附记》,《鲁迅全集》(第 10 卷),人民文学出版社,1981 年。

对立的,是"资本主义的艺术,是揭示存在的无意义或荒诞的艺术"①,它们的"思想根源是主观唯心主义","创作方法是反现实主义的","反映了没落中的资产阶级的狂乱精神状态和不敢面对现实的主观心理"②。事实上,虽然产生于资本主义非理性思潮基础上的现代主义有其颓废的一面,但是现代主义思潮同样具有对资本主义不满和批判的一面,他们在创作方法上的开拓创新同样可以服务于左翼文艺,况且从政治倾向来说,现代派中更有左翼一脉,如一战前后,德国的左翼表现主义者反抗帝国主义战争,同情无产阶级革命;十月革命前后,苏俄象征派和未来派大多是激进的革命派;而30年代的一些超现实主义者支持国际共产主义,反抗纳粹主义。在中国,启蒙与救亡语境中的现代派大多数是左翼思潮的"同路人"。因而,在鲁迅的文艺视野中,现代主义思潮与左翼思潮并非水火不容,现代主义的创作方法与现实主义的革命精神是可以相辅相成的。首先,鲁迅在译介现代主义思潮时十分重视现代派与革命的关系,尤其关注现代派既对革命"抱着浪漫谛克的幻想",又在革命中"容易失望"的双重性。③谈到早期象征主义诗人波特莱尔时,鲁迅指出了他对革命的两面态度。他说,"法国的波特莱尔,谁都知道是颓废的诗人,然而他欢迎革命,待到革命要妨害他的颓废生活的时候,他才憎恶革命了","当巴黎公社初起时,他还很感激赞助,待到势力一大,觉得于自己的生活将要有害,就变成反动了"④。在分析安特莱夫的《黯淡的烟霭里》时,鲁迅引用克罗绥克的话指出,"这篇故事的价值,在有许多部分都很高妙的写出一个俄国的革命党来"⑤。在《〈一篇很短的传奇〉译者附记》中,鲁迅称赞迦尔洵是在沙皇政府压迫下"首先绝叫,以一身来担人间苦的小说家"⑥。在《"苏俄的文艺论战"前记》中,鲁迅介绍了十月革命后苏俄各现代主义文艺派别的状况,着重分析了左翼未来派对无产阶级革命艺术的意义。他说,由于激进革命思潮的影响,文艺暂时处于"麻痹状态中","但也有 Imaginist(想象派)和

① 麦·布鲁特勃莱著,王齐建译:《现代主义的称谓和性质》,《现代主义文学研究》,中国社会科学出版社,1989年,第214页。
② 茅盾:《夜读偶记》,《茅盾全集》(第19卷),人民文学出版社,1996年,第124页。
③ 鲁迅:《对于左翼作家联盟的意见》,《鲁迅全集》(第4卷),人民文学出版社,1981年。
④ 鲁迅:《鲁迅全集》(第4卷),人民文学出版社,1981年,第232、358页。
⑤ 鲁迅:《〈黯淡的烟霭里〉译者附记》,《鲁迅全集》(第10卷),人民文学出版社,1981年,第185页。
⑥ 鲁迅:《〈一篇很短的传奇〉译者附记》,《鲁迅全集》(第10卷),人民文学出版社,1981年,第458页。

Futurist(未来派)试行活动,一时执了文坛的牛耳。待到一九二一年,形式就一变了,文艺顿有生气,最兴盛的是左翼未来派","专一猛烈地宣传 Constructism(构成主义)的艺术和革命底内容的文学"①。在评述勃洛克的长诗《十二个》时,鲁迅十分赞赏他运用象征主义手法表现了俄国十月革命的真实情状,同时也指出革命对勃洛克创作的深刻影响。鲁迅说,"他之为都会诗人的特点,是在用空想,即诗底幻想的眼,照见都会中的日常生活,将那朦胧的印象,加以象征化",在"旧的诗人沉默、失措、逃走了,新的诗人还未弹他的奇颖的琴"的十月革命时,勃洛克"很能表现着俄国那时的神情;细看起来,也许会感到那大震撼大咆哮的气息",但鲁迅又同时指出勃洛克在革命中前后摇摆的弱点,"他向前,所以向革命突进了,然而反顾,于是受伤",鲁迅认为这首诗"还要永久地流传",但"这十月革命中的大作品《十二个》,也还不是革命的诗"②。鲁迅还以俄国象征主义诗人叶赛宁在革命前后的态度为例,提醒左翼作家正确地看待革命。鲁迅说:"听说俄国的诗人叶遂宁,当初也非常欢迎十月革命,当时他叫道,'万岁,天上和地上的革命!'又说'我是一个布尔塞维克了!'然而一到革命后,实际上的情形,完全不是他所想象的那么一回事,终于失望,颓废。叶遂宁后来是自杀了的,听说这失望是他的自杀的原因之一。"③

其次,鲁迅在译介现代派作家作品时,十分注重他们运用现代主义方法揭示精神世界深刻性与表现外部世界真实性的独到之处。在评介安特莱夫时,鲁迅十分赞赏"安特莱夫的创作里,又都含着严肃的现实性以及深刻的纤细,使象征印象主义与写实主义相调和。俄国作家中,没有一个人能够如他的创作一般,消融了内面世界与外面表现之差,而现出灵肉一致的境地。他的著作是虽然很有象征印象气息,而仍然不失其现实性的。"④在翻译迦尔洵作品时,鲁迅称赞它们"悲世至深","文情皆异,迥殊凡作"⑤。在介绍陀思妥耶夫斯基时,肯定作者敢于反映社会现实,善于解剖社会下层穷苦人的痛苦心理,"将人的灵魂的深,显

① 鲁迅:《"苏俄的文艺论战"前记》,《鲁迅全集》(第 7 卷),人民文学出版社,1981 年。
② 鲁迅:《〈十二个〉后记》,《鲁迅全集》(第 7 卷),人民文学出版社,1981 年,第 301 页。
③ 鲁迅:《对于左翼作家联盟的意见》,《鲁迅全集》(第 4 卷),人民文学出版社,1981 年,第 138 页。
④ 鲁迅:《〈黯淡的烟霭里〉译者附记》,《鲁迅全集》(第 10 卷),人民文学出版社,1981 年,第 185 页。
⑤ 鲁迅:《〈域外小说集〉杂识》,《鲁迅全集》(第 10 卷),人民文学出版社,1981 年,第 159 页。

示于人","是在高的意义上的写实主义者"①。在译介阿尔志跋绥夫著作时,鲁迅指出"阿尔志跋绥夫的著作是厌世的,主我的;而且每每带着肉的气息。但我们要知道,他只是如实描出",其作品"表现之深刻,在侪辈中称为达了极致"②。在译介菊池宽作品时,鲁迅指出他的创作"是竭力的要掘出人间性的真实来。一得真实,他却又怃然的发了感叹,所以他的思想是近于厌世的。"③

第三,20 年代后期至 30 年代,鲁迅思想转向左翼之后,并没有简单地否定现代主义,而是在译介马克思主义文艺思想的同时,仍然从文艺的角度在一定程度上重视或肯定现代主义。1929 年出版的《壁下译丛》中所收入的论文三分之二的文章"都依照较旧的论据",三分之一"和新兴文艺有关"。在这三分之二的文章中就包括有片山孤村的《表现主义》等介绍现代主义思潮的文章,"新兴文艺"即无产阶级文艺。鲁迅在《〈壁下译丛〉小引》中说,这样安排可以看看"相反的两派的主意之所在"④。鲁迅 1929 年所译的片上伸的《新时代的预感》,所评论的对象俄国象征派作家巴尔蒙特、梭罗古勃和革命作家高尔基十月革命前的创作。鲁迅在《附记》中说明翻译此文是"借此来看看他们的时代背景,和他们各个的差异的"精神。在翻译卢那察尔斯基的《文艺与批评》时,鲁迅特地选译了日本尾三漱敬止的《为批评家的卢那卡尔斯基》作为本书的序言。在这篇序言中,尾三漱敬止在介绍卢那察尔斯基文艺观时,特别提到了他关于象征主义与写实主义关系的观点。卢氏认为,无产者的艺术形式"非象征的(symbolic)东西不可"。通常认为象征主义是"和写实主义相对立的东西","然而他却相反,肯定着'为艺术之一形式的象征主义,严密地说起来,是绝非和写实主义相对的。要之,是为了开发写实主义的远的步骤,是较之写实主义更加深刻的理解,也是更加勇敢而顺序底的现实'","他相信象征主义是现实主义以上的东西"⑤。鲁迅对卢那察尔斯基关于象征主义更能深化现实主义的观点是深表同感的,他丝毫没有单纯地从意识形态出发否认现代主义艺术方面的成就,在《呐

---

① 鲁迅:《〈穷人〉小引》,《鲁迅全集》(第 7 卷),人民文学出版社,1981 年,第 103 页。

② 鲁迅:《译了〈工人绥惠略夫〉之后》,《鲁迅全集》(第 10 卷),人民文学出版社,1981 年,第 168 页。

③ 鲁迅:《〈三浦右卫门的最后〉译者附记》,《鲁迅全集》(第 10 卷),人民文学出版社,1981 年,第 228 页。

④ 鲁迅:《〈壁下译丛〉小引》,《鲁迅全集》(第 10 卷),人民文学出版社,1981 年。

⑤ 鲁迅:《〈文艺与批评〉译者附记》,《鲁迅全集》(第 10 卷),人民文学出版社,1981 年。

喊》《彷徨》《故事新编》和《野草》等创作中，正是现代主义艺术与现实主义精神的融合才达成了鲁迅作品"思想的深切"和"格式的特别"。

四、"冲破一切传统的思想和手法"

鲁迅曾说，他的创作"大约所仰仗的全在先前看过的百来篇外国作品"[①]，"所取法的，大抵是外国的作家"[②]。鲁迅向来把"绍介国外思潮"作为"运输精神的粮食的航路"[③]。他说："注重翻译，以作借镜，其实也就是催进和鼓励着创作。"[④]针对 20 年代现代主义提倡者重"主义"而轻"创作"的倾向，鲁迅指出，"我们能听到某人提倡某主义"，却"从未见某主义的一篇作品，大吹大擂地挂起招牌来，孪生了开张和倒闭，所以欧洲的文艺史潮，在中国毫未开演而又象已经一一演过了"[⑤]。因此，鲁迅译介域外文学的主要目的是"催进和鼓励"创作。

自 1909 年《域外小说集》出版后受挫，至 1918 年发表《狂人日记》，沉默了十年的鲁迅终于"一发而不可收"地作起小说来。人们在谈及鲁迅"怎么做起小说来"时，总是会想起那个关于"铁笼子"的著名譬喻和那句"我仍抱着十多年前的'启蒙主义'"的自白（《我怎么做起小说来》），在关于鲁迅如何进行"启蒙"的言说中过多地落实到"为人生"的现实主义思想，而常常忽略了"揭出病苦"时所采取的现代主义方式。其实，鲁迅早在《呐喊自序》中便对自己的小说进行了现代主义式的解说。在《自序》开头交代《呐喊》的"来由"时，鲁迅说"偏苦于不能全忘却"年轻时候曾经做过的梦，于是"使精神的丝缕还牵着已逝的寂寞的时光"；在结尾总结《呐喊》的"艺术"时，他又强调"我往往不恤用了曲笔"，譬如《药》中瑜儿坟上的"花环"和《明天》里单四嫂的"梦"。从"寂寞""梦""曲笔"这些字眼中，我们不难看出，一开始鲁迅便毫不讳言自己对现代主义艺术的青睐。

①　鲁迅：《我怎么做起小说来》，《鲁迅全集》（第 4 卷），人民文学出版社，1981 年，第 512 页。

②　鲁迅：《致董永舒信》，《鲁迅全集》（第 10 卷），人民文学出版社，1981 年，第 165 页。

③　鲁迅：《〈新俄画选〉小引》，《鲁迅全集》（第 7 卷），人民文学出版社，1981 年，第 343 页。

④　鲁迅：《关于翻译》，《鲁迅全集》（第 4 卷），人民文学出版社，1981 年，第 517 页。

⑤　鲁迅：《〈奔流〉编校后记（十一）》，《鲁迅全集》（第 7 卷），人民文学出版社，1981 年，第 186 页。

　　19 世纪末以来,现代主义作家把笔触伸向人的内心世界,力图展示人的本质和藏在内部的灵魂,从卡夫卡笔下被社会异化的格里高尔、乔伊斯笔下飘荡不定的斯蒂芬到马尔克斯笔下历经"百年孤独"的布恩蒂亚家族,孤独已经成为现代主义文学的一种普遍而本质的存在。传统的理性世界和人道主义的"理想王国"在非理性的主观世界面前显得支离破碎和力不从心。在《呐喊》《彷徨》《野草》等创作中,鲁迅经由个体生命在社会异己力量面前深刻的孤独体验而表露出现代主义幽深峻切的深层意蕴。《狂人日记》通过一个受迫害至狂的"狂人"表露出觉醒者身陷"图圄"的压抑、无助、孤独和悲凉。《孔乙己》在众人的嘲笑和小伙计的冷漠中植入了作者对一个科场失意者生命无意义的不尽悲凉。《孤独者》中曾经愤世嫉俗的魏连殳,感到了个体生命在世俗社会这一强大异己力量面前的渺小和卑微,那一声长嚎"像一匹受伤的狼当深夜在旷野中嗥叫,惨伤里夹着愤怒和悲哀"。《在酒楼上》中漂泊的吕纬甫,"觉得北方固不是我的旧乡,但南来又只能算一个客子",终于在孤独寂寞中耗尽了痛苦的生命。而《野草》这部直指内心的独语体散文诗更是充满了鲁迅"难以言说"和"无路可走"的孤独。"当我沉默着的时候,我觉得充实;我将开口,同时感到空虚。"鲁迅一开始便在《题辞》中表露出一种与他者无法沟通的孤独。作品中,那徘徊在"明暗之间"的影子、面临"冻灭"或"燃尽"的死火、陷入"无物之阵"的战士、默默行走的"过客"等,这些面临二难境遇的孤独者更是鲁迅孤独生命体验和人生哲学的集中体现。卡夫卡曾说人生的"目的虽然有,但无路可走。我们称作路的东西,不过是彷徨而已"①。虽然"五四"前后,落后闭塞的乡土中国不具备西方现代物质文明异化人性的语境,但是亲历了礼教制度的弊害、辛亥革命的失败、"五四"运动的落潮和情感风波的苦恼,鲁迅在"寂寞新文苑","荷戟独彷徨",其中的苦闷压抑和孤独寂寞不亚于异化社会中的卡夫卡们。因此,鲁迅才深感"人生最苦痛的是梦醒了无路可以走","唯黑暗与虚无乃为实有"。然而,需要指出的是,"抱着启蒙主义"的鲁迅毕竟不同于尼采、卡夫卡和安特莱夫等现代主义者,他"揭出病苦"是为了"引起疗救的注意"(《我怎么做起小说来》),他表现"寂寞的悲哀"时"仍不免呐喊几声,聊以慰藉那在寂寞里奔驰的猛士"(《呐喊自

---

① 转引自龚翰熊:《现代西方文学思潮》,四川大学出版社,1987 年,第 159 页。

序》），正是这种"反抗绝望"的姿态和努力使得鲁迅在接近现代主义者时仍然与现实主义保持着深刻的精神联系。正如李欧梵所指出："事实上没有一位五四作家比鲁迅更能使中国现代小说接近20世纪欧洲文学的现代主义风格。"①

　　鲁迅创作中的现代主义元素不止是体现在"冲破"传统的现代意识，还更多地表现在探索创新的艺术形式方面。首先，象征暗示的手法在鲁迅作品中得到广泛运用。《狂人日记》中古久先生的"陈年流水账簿"，《药》中夏瑜坟上的"一圈红白的花"，《白光》中陈士成眼前闪烁不定的"白光"，《长明灯》中吉光屯从梁武帝时一直传下来的"长明灯"等，这些小说中的意象无不具有深广悠远的象征意义。而散文诗《野草》则几乎是一座"象征的森林"：那默默地铁似的直刺着夜空的"枣树"、面临"冻灭"与"烧尽"二难选择的"死火"、彷徨于"明暗"之间的"影子"、"不知从哪里来，也不知道哪里去"的过客、陷入"无物之阵"的战士和斑斓瞬间傲霜挺立的"腊叶"，这些"废弛的地狱边沿的惨白色小花"无不烛照出鲁迅生命深处最真实的幽微。鲁迅对《野草》的现代主义表现方法是颇为自得的。他曾说，虽然《野草》"太颓唐了"，但"技术并不坏"②。其次，梦幻变形的形式也在鲁迅作品中时常出现。《阿Q正传》中，行刑前的阿Q刹那中"又仿佛旋风似"地感到四年前的恶狼"在那里咬他的灵魂"；《明天》中，单四嫂希望借梦境会见她的宝儿；《白光》中，那道莫名闪烁的白光让陈士成陷入了幻觉走向了死路；《补天》是按照弗洛伊德的学说描写"性的发动与创造"；而《肥皂》和《高老夫子》则分别借洗澡的肥皂和女生的头发表现了四铭和高尔础潜意识中的性幻想；至于《野草》，则大多是作者通过梦境对客观事物的扭曲变形来曲折表达内心复杂感受的；《影的告别》中，脱离了形体的影子向梦中的"我"诉说无地彷徨的痛苦与悲哀；《墓碣文》中，"胸腹俱破，中无心肝"的死尸竟然从墓穴中坐起，不动口唇而发声；《狗的驳诘》里的狗不但能发人声，而且还把梦中的"我"驳诘得羞愧难当，逃出梦境。这些诡异怪诞的方式表现出鲜明的现代主义色彩。第三，鲁迅小说对精神分析方法的运用也是显而易见的。《不周山》运用弗洛伊德精神分析学说叙述女娲造人的过程；《狂人日记》中主要表现的是狂人看似癫狂

---

① 李欧梵：《现代性的追求》，生活·读书·新知三联书店，2000年，第60页。

② 鲁迅：《致萧军信》1934年10月9日，《鲁迅全集》（第12卷），人民文学出版社，1981年。

实则清醒的意识流动；《伤逝》中贯穿始终的是涓生绵延不尽的悔恨；《白光》则主要以陈士成落第后的幻觉为线索，描写了他先是在官场的幻觉中游走，后在宝藏白光的魅惑中走向毁灭。在这些作品中，鲁迅常常依据人物的情绪变化与意识流动来结构全篇，一反传统小说的情节模式而呈现出重心理的散文化结构。

在鲁迅的文学创作中，《故事新编》对于考察鲁迅前后思想和创作的发展变化具有重要意义。这部取材于古代历史、神话与传说的小说集共八篇，从开始创作到编书成集前后十三年，其中前三篇《补天》（原题作《不周山》）、《奔月》、《铸剑》（原题为《眉间尺》）写于1922年11月至1927年4月，在创作时间和思想艺术方面与《呐喊》《彷徨》大体相近，属于鲁迅前期作品。前期鲁迅在经历了辛亥革命失败和"五四"运动落潮之后，曾经怀抱的启蒙热情遭遇挫折，其笔下多是充当冷漠看客的庸众和孤独彷徨的觉醒者，创作中充满了苦闷、孤独和悲凉的情绪。

鲁迅说，1922年冬天写成的《补天》，"不过取了弗罗特说，来解释创造——人和文学的——的缘起"[1]。作者根据远古神话和精神分析学说叙写了人类始母女娲抟土造人和炼石补天的故事。虽然作品中不乏描写天空瑰丽雄伟的气象、女娲抟土造人时的喜悦和炼石补天时的艰辛壮美，然而主人公女娲实际上却是一个孤独而悲凉的人类之母。她抟土造人、炼石补天，历尽千辛万苦，最终却遭到自己创造出来的人的侮辱、践踏，甚至于连死尸也被他们糟蹋和利用，"他们就在死尸的肚皮上扎了寨。因为这一处最膏腴"，同时还树起了"女娲氏之肠"的大旗。《奔月》取自后羿和嫦娥的传说。作品并未描写英雄射日的风光和美人相伴的爱情，而是尽显昔日英雄在射日后的尴尬、孤独和悲凉。在"射得遍地精光"之后，只能天天吃乌鸦炸酱面的羿不仅遭到昔日弟子逢蒙的暗算，还要承受妻子嫦娥的离弃。《铸剑》是根据干将铸剑，其子复仇的传说改写的。作品中，虽然眉间尺借宴之敖报了杀父之仇，然而复仇者英勇赴死而众人围观的场面既慷慨也悲凉。小说在开头和结尾两次着力描写了无聊看客围观的场景。在眉间尺去复仇的路上，"离王宫不远，人们就挤得密密层层，都伸着脖子"。当眉间尺、宴之敖与大王三头出丧时，"天一亮，道上已经挤满了男男女女"。与《呐喊》

---

① 鲁迅：《故事新编·序言》，《鲁迅全集》（第2卷），人民文学出版社，1981年，第341页。

《彷徨》一样,《故事新编》的前三篇在主题基调上,一方面表现了英雄的孤独与悲凉,另一方面也描写了庸众的愚昧与冷漠。

《故事新编》的后五篇《非攻》《理水》《采薇》《出关》《起死》,写于 1934 年 8 月至 1935 年 12 月,属于鲁迅后期创作。与前期作品相比,《故事新编》的后五篇小说在思想艺术方面都有了显著变化。作品大多摆脱了前期孤寂悲凉的氛围,而表现出坚定明朗的基调。鲁迅后期接受了马克思主义,已开始认识到人民大众的力量和"民族脊梁"的作用。鲁迅说,马克思主义不但让他"明白"了许多"纠缠不清的疑问",而且还"救正"了之前他"只信进化论的偏颇",明确认识到"惟新兴无产者才有将来"(《二心集序言》)。《故事新编》的后期作品一改前期孤独英雄(或知识分子)与愚昧大众对立的局面,群众的力量被发现,英雄不再苦闷孤独。《理水》中那"一群乞丐似的大汉,面目黧黑,衣服破旧","像铁铸的一样",他们不再是无聊的看客,而是跟随禹一起出生入死的治水伙伴。禹不再是脱离群众的孤独超人,而是深入实践依靠群众治水成功的英雄。他具有劳动大众一样的外貌与品质,"面貌黑瘦","粗手粗脚","满脚底都是栗子一般的老茧",深入实践,改"湮"为"导",赢得了舜帝的信任和百姓的拥戴。《非攻》里出身卑贱的墨子机智善辩、踏实苦干,为了制止不义战争,赴汤蹈火,同楚王和公输般展开了针锋相对的辩论,终于取得了胜利。在墨子的身后,站立着耕柱子、管黔敖和禽滑厘等一众支持他的弟子。

鲁迅后期置身于风云变幻的都市上海,一方面是左翼文艺运动的如火如荼,另一方面是国民党右派的血雨腥风。鲁迅既要坚持与敌对阵营"韧的战斗",还要遭受同一营垒放来的"冷箭",尤其是与周扬等左翼内部领导人的紧张关系,这些都让他不免时常感到尴尬和"齿冷"。显然,鲁迅把这种境遇和心理投射到后期《故事新编》的创作中。在《故事新编》的后期作品中,鲁迅时常运用戏讽手法,表现了主人公所遭遇的尴尬和嘲弄。《非攻》中墨子虽然历尽千辛万苦,最终成功地说服了楚王和公输般"义不攻宋",可是在归途上,一进宋国便遭遇了一连串的尴尬,先是"被搜检了两回",接着"又遇到募捐救国队,募去了破包袱",最后躲雨时还被巡兵赶开,淋了一身湿,"鼻子塞了十多天"。《起死》中庄子因怜悯之心请求司命复活死去的汉子,却不料反遭复活后汉子的埋怨和纠缠,要抢夺他的衣服。《出关》中本想"无为"的老子却在函谷关被关尹喜逼着讲学和编讲义，最后留下五千言的《道德经》，只送给老子一包盐和十五个饽饽算作稿费，"并且申明：这是因为他是老作家，所以非常优待，假如他年纪青，饽饽就只能有十个了"。《采薇》中义不食周粟的伯夷和叔齐却遭遇了华山大王小穷奇的"恭行天搜"，以及小丙君及其使女阿金的奚落，最后饿死首阳山。鲁迅笔下的这些狼狈不堪的主人公分明有着"自我指涉"的意味，不同程度地投射出鲁迅当时在左翼阵营中，表面上备受尊崇而实际被边缘和蒙蔽的尴尬境遇和复杂心理。

"急遽的剧烈的社会斗争，使作家不能够从容的把他的思想和情感熔铸到创作里去，表现在具体的形象和典型里，同时，残酷的强暴的压力，又不容许作家的言论采取通常的形式。作家的幽默才能，就帮助他用艺术的形式来表现他的政治立场，他的深刻的对于社会的观察，他的热烈的对于民众斗争的同情。"①瞿秋白在《鲁迅杂志选集·序言》中的这段话不仅适用于解释鲁迅的杂文创作，也大体上可以用来解读《故事新编》的创作。鲁迅在《英译本〈短篇小说选集〉自序》中说："现在的人民更加困苦，我的意思也和以前有些不同，又看见了新的文学的潮流，在这景况中，写新的不能，写旧的不愿。"②鲁迅这里所指的"新的文学的潮流"既指当时被称为"新兴文学"的无产阶级文学思潮，也指当时被称为"新潮文学"的现代主义文学思潮。而"旧的"是指《呐喊》《彷徨》《野草》等反映过去生活和思想的作品。既然"写新的不能，写旧的不愿"，于是便另辟蹊径，转向历史题材。环境的改变和思想的转换不仅使得后期《故事新编》在思想情感上与前期不同，而且在艺术形式上也出现了相应变化。

虽然鲁迅说他不能写"新的"，但他不仅"看见了新的文学的潮流"，而且还置身其中，大力译介现代主义思潮和马克思主义思潮，因而《故事新编》的创作必然受到这两种"新的文学的潮流"的影响。如果说《故事新编》在思想内容上主要倾向左翼，那么在艺术形式上则更多取法现代主义，尤其是表现主义。从题材处理来看，《故事新编》主要是从古代历史"取一点因由"，用现代意识"随意点染"。《理水》是大禹治水的改写，赞美的是"埋头苦干"的大禹，嘲讽的是不学无

---

① 瞿秋白：《鲁迅杂感选集·序言》，《瞿秋白文集》（第 2 册），人民文学出版社，1953 年，第 997 页。
② 鲁迅：《英译本〈短篇小说选集〉自序》，《鲁迅全集》（第 7 卷），人民文学出版社，1981 年，632 页。

术的学者。《非攻》是墨子故事的改编,突出的是墨子"为民请命"的精神。而《出关》《起死》则是对老庄"无为""不争"学说的演绎与嘲弄。茅盾说,《故事新编》是古今交融、一而二、二而一的作品,这种交融的黏合剂便是作家主观的感情和"自我"。这里的"古今交融"即是表现主义所主张的"并非就用现实的手段,也并不回避现实,却在更加热烈地拥抱现实,凭了精神的贯穿力和流动性和鲜明的憧憬。凭了感情的强烈和爆发力、以征服、制驭"现实。① 从人物塑造来看,《故事新编》运用的是古今杂糅的"间离"手法,有意制造出艺术与生活的距离感。譬如,文化山上的学者与水利局的大员们说的是洋泾浜式的英语"OK""古貌林";舜禹时代的人会说"莎士比亚""时装表演""维他命 W";函谷关的官员知道计算"稿费",标榜"优待老作家""提拔新作家";商周时代的人们谈论"文学概论""为艺术而艺术"等。这些"古今杂糅"的手法正是表现主义"从了主观底法则","从含在这些材料里的古人的生活当中,寻着与自己的心情能够贴切的触著的或物"②。从表现手法来看,变形、荒诞、戏拟、漫画化等表现主义艺术方法在《故事新编》中被大量运用,譬如《铸剑》描写了三头鼎中鏖战的奇观,《起死》表现了骷髅复活与人对话的荒诞,《理水》叙写了鸟头先生关于"禹是虫"的考辨,《出关》反复出现老子"好像一段呆木头"的隐喻,等等。

由此可见,《故事新编》彰显着鲁迅鲜明的主观表现意味,寄寓了针砭时弊、坚持文明批判的左翼立场,并且广泛运用了表现主义的艺术方法,从而成为考察鲁迅后期思想状况和艺术探索的重要文本。

第三节　长篇的遗憾与文学的选择

"五四"时期,鲁迅小说因其"表现的深切和格式的特别"显示了"文学革命"的实绩。但从鲁迅的全部创作来看,除了三部短篇小说集和两部散文集等纯文学作品之外,更多的则是"论时事不留面子,砭痼弊常取类型"的杂文。因而历来不乏关于鲁迅"伟大文学家"的异议,而没有藏名山传后世的鸿篇巨制

---

①② 片山孤村著,鲁迅译:《表现主义》,《鲁迅全集》(第 5 卷),人民文学出版社,1981 年,第 167 页。

则更成为"倒鲁"大军的利器。然而鲁迅并不是没有创作长篇的计划,至少有三部长篇曾纳入其创作计划,但都因种种原因而未能完成。一方面这无疑是中国文学的巨大遗憾,而另一方面这一文学选择也显示出鲁迅文学思想的端倪。

一、关于唐代历史题材

1922 年前后,鲁迅曾计划写一部关于唐代历史的长篇小说。他不但拟定了《杨贵妃》的题目,而且有了较为明晰的提纲,还到西安实地体验考察过。对于唐代文化,鲁迅有着深刻的认识和独到的见解。他认为:"唐人对于自己的文化抱有极坚强的把握,决不轻易动摇他们的自信力,同时对于别来的文化抱有极恢宏的胸襟与极精严的抉择,决不轻易地崇拜或轻易地唾弃。这是我们目前急切需要的态度。"①关于唐玄宗与杨贵妃的故事历来有"美色误国"和"忠贞爱情"两种主题,前者如陈鸿的《长恨歌传》,后者如洪昇的《长生殿传奇》。在小说创作中,鲁迅向来是主张"不把古人写得更死"的。他说:"所写的事迹大抵是有一点见过或听到过的缘由,但决不全用这事实,只是采取一端,加以改造,或生发开去。到足以几乎发表我的意见为止。"②

在《杨贵妃》中,鲁迅计划用倒叙的手法,从唐玄宗被暗杀写起,以玄宗与杨贵妃的情变为架构,来反映人情冷暖和国运兴衰。他打算用现代西方心理分析的方法去开掘《长恨歌》的新意。他认为,李、杨"七月七日长生殿"的盟誓实际上是他们情变的征兆。其实玄宗早已识破她与安禄山的私通,所以只以来生为约,实在是心里早生厌弃。而"马嵬兵变"则应该是玄宗对军士们的授意。因为以一国之君何以不能保全爱人的生命?后来到了玄宗老时,重想起昔日行乐的情形,心生后悔,所以"梧桐秋雨",就生出一场大大的精神病来。一位道士就用了催眠术来替他医病,终于使他和贵妃相见,这便是小说的收场。③

鲁迅是小说史的专家。他在《中国小说史略》中开创的小说研究范式影响

① 孙伏园:《鲁迅先生二三事》,《鲁迅回忆录》,北京出版社,1999 年。
② 鲁迅:《我怎么做起小说来》,《鲁迅全集》,人民文学出版社,1981 年。
③ 郁达夫:《鲁迅设想的〈杨贵妃〉腹案》,《鲁迅回忆录》,北京出版社,1999 年。

至今。对于历史小说,鲁迅认为大致有"博考文献,言必有据"和"只取一点因由,随意点染铺成一篇"两类。① 从选材、立意、构思来看,这部曾酝酿腹中的《杨贵妃》与"只取一点因由,随意点染铺成"的《故事新篇》不同的是,其人物与故事多在"博考文献,言必有据"的基础上运用现代西方心理分析学说进行了新的开掘。很显然,历来主张"冲破一切传统思想和手法"的鲁迅打算用现代的眼光去演绎古人的"爱情",探索"启蒙"的主题

二、关于红军长征题材

1932 年前后,鲁迅曾经打算写一部关于红军长征的小说。一方面是因为他长期与共产党人交往,关注无产阶级革命事业;另一方面更直接的动因则是他1932 年与陈赓将军的会面。鲁迅向他详细了解了苏区人民的生活和红军反"围剿"时艰苦的战斗情况。"当时党也很希望鲁迅能把苏区的斗争反映出来,以他的才能、修养,一定可以写得好的,在政治上会起很大的宣传作用。"②虽然由于种种原因,小说未能完成,但即便是在白色恐怖的日子里,鲁迅都一直收藏着这些珍贵的材料。

关于"革命时代的文学",鲁迅认为,"一切文艺固是宣传,而一切宣传却并非全是文艺"③,"大革命之前,所有的文学大抵是对种种社会状态觉得不平,觉得痛苦,就叫苦,鸣不平"。《呐喊》和《彷徨》可以说属于大革命之前"叫苦鸣不平"的一类,阿 Q、闰土、祥林嫂、单四嫂等一大批在生存困境中挣扎的人们无不引起读者灵魂的震撼。"到了大革命时代,文学没有了声音了,大家忙着革命,没有空闲谈文学了","等到大革命成功后,社会底状态缓和了,大家底生活裕余了,这时候就又产生文学了。这时候的文学有二:一种文学是赞扬革命,称颂革命……另有一种文学是吊旧社会的灭亡——挽歌——也是革命后会有的文学。"④从当时的实际情况来看,鲁迅始终处于思想战斗的前沿。作为精神界之

---

① 鲁迅:《〈故事新编〉序言》,《鲁迅全集》,人民文学出版社,1981 年。
② 张佳邻:《陈赓将军和鲁迅先生的一次会见》,《鲁迅回忆录》,北京出版社 1999 年。
③ 鲁迅:《文艺与革命》,《鲁迅全集》,人民文学出版社,1981 年。
④ 鲁迅:《革命时代的文学》,《鲁迅全集》,人民文学出版社,1981 年。

战士的他无时不举起"匕首""投枪",迎战四面八方的敌人。因而这个时期杂文成为他最为得心应手的"武器"。而长篇小说的创作,不但需要长期的生活积累和文学的沉淀,还需要有充足的时间和裕余的心态。在生命的最后十年中,鲁迅说:"在创作上,则因为我久不在革命的漩涡中心,而且久不能到各处去考察,所以大约仍然只能暴露旧社会的坏处。"①

三、关于知识分子题材

知识分子问题是鲁迅向来十分关注的。它们在《呐喊》和《彷徨》中有过杰出的表现。那唯一"穿着长衫站着喝酒"的孔乙己,在虚幻的白光中溺水身亡的陈士成,表面上道貌岸然而内心男盗女娼的四铭和高老夫子,对"吃人"历史与现实有了深刻认识的"狂人",漂泊无定沉于琐屑的吕纬甫,在旷野中嗥叫的孤独的魏连殳,以及追求个性解放而最终沉浸于悔恨和悲哀中的涓生,鲁迅笔下不但活画出旧知识分子衰败的生活和腐朽的灵魂,而且刻画了新知识分子处于嬗变时代的彷徨和痛苦的心灵。

1936年6月大病之后,鲁迅想写一部反映知识分子生活的长篇。他曾对冯雪峰谈及关于四代知识分子的问题。一代是章太炎先生他们,其次是鲁迅自己的一代,第三是相当于瞿秋白等人的一代,最后是冯雪峰那类年龄的青年。鲁迅不仅熟知知识分子思想与生活,而且意识到反映知识分子问题的必要性和紧迫性。他说,"倘要写,关于知识分子我是可以写的,而且我不写,关于前两代恐怕将来也没人能写了"②。而"说到为什么做小说罢,我仍抱着十多年前的启蒙主义,以为必须是'为人生',而且要改良这人生……所以我的取材多采取病态社会的不幸的人们中,意思是在揭出病苦,引起疗救的注意"③。这部关于四代知识分子的长篇,鲁迅打算从一个读书人的大家庭的衰落写起,一直写到当时的社会为止。大家庭的衰落和读书人的变迁是鲁迅所亲身经历的。这部小说若能面世,定然是气势恢宏而深切动人的。"然而这将反映中国近六十年来的社会变

---

① 鲁迅:《答国际文学社问》,《鲁迅全集》,人民文学出版社,1981年。
② 冯雪峰:《关于知识分子的谈话》,《鲁迅回忆录》,北京出版社1999年。
③ 鲁迅:《我怎么做起小说来》,《鲁迅全集》,人民文学出版社,1981年。

迁,中国知识分子阶层的真实的历史,并将创造新形式的巨制的计划终于因为鲁迅先生的死从我们的文学史上被剥夺去了。"①

四、鲁迅为什么没有写长篇

三部长篇均未能完成,虽然于中国文学是莫大的损失,但这一文学选择对于鲁迅来说似乎又在情理之中。首先,从其文学思想来看,鲁迅对于文学创作向来主张"选材要严,挖掘要深"②,"当先求内容上的充实和技巧的上达,不必忙于挂招牌",并始终坚持"写不出的时候不硬写"③的原则。鲁迅一贯是带着明确的启蒙目的和冷静的理性思考投入创作的。他十分清楚鸿篇巨制对于一个作家的重要性,但他又曾明确表示过他之所以放弃长篇的原因。他说:"我一个人不能样样都做到。在文化的意义上,鸿篇巨制自然是重要的,但还有别人在,我是斩除荆棘的人,我还要杂感杂感下去。"④很显然,相对于展示时代风云,反映家族变迁,记录心灵历程的鸿篇巨制,鲁迅更愿意着眼于社会现实和实际效果,而采取了自由灵活、泼辣幽默的杂感文体,这一选择充分显示了他独特的文学性格和自觉的社会启蒙意识。

其次,鲁迅的思想特点和心理气质恐怕也是他不能成为长篇小说家的深层原因。从《狂人日记》开始,鲁迅的创作始终以思想深刻见长。他能用极省俭的笔墨三两笔勾画出代表一种思想的人物的类型,却很少在动态叙述中完成一个丰满形象的呈现。在文本中,他机智的议论性话语随处可见,而描述性的语言则相对较少,他冷静的理性总是排斥着细腻的感性。正如他自己所说:"我对于自然美,自恨并无敏感,所以即使恭逢良辰美景,也不甚感动。"⑤鲁迅的多疑善怒和有仇必复的心理是众所周知的。无论是在杂文还是在小说中,鲁迅常常会含沙射影,旁逸斜出,如《铸剑》中的"宴之敖者"(指涉他的日本弟媳羽太信子)和

---

① 冯雪峰:《鲁迅先生计划而未完成的著作》,《鲁迅回忆录》,北京出版社,1999 年。
② 鲁迅:《关于小说题材的通信》,《鲁迅全集》,人民文学出版社,1981 年。
③ 鲁迅:《答北斗杂志社问》,《鲁迅全集》,人民文学出版社,1981 年。
④ 冯雪峰:《鲁迅先生计划而未完成的著作》,《鲁迅回忆录》,北京出版社 1999 年。
⑤ 鲁迅:《厦门通信》,《鲁迅全集》,人民文学出版社,1981 年。

《理水》中的"大红鼻子学者"（讽刺他的老对头顾颉刚）等。敏感多疑、想象丰富，对于小说家来说是不可缺少的。但善怒和记仇不免会陷入油滑和讥刺，往往会破坏形象的真实和丰满，对长篇小说来说是不太适合的。这一点鲁迅心里十分清楚。他说，"油滑是创作的大敌，我对于自己很不满，决计不再写这样的小说"①，而"讽刺小说是贵在旨微而语婉的，假如过甚其辞，就失了文艺上底价值"②。此外，没有裕余的时间和沉潜的心态，未能广泛地接触社会，或许也是鲁迅未能创作长篇的原因之一。

第四节　宗教文化视域中的鲁迅研究

如果从 1913 年《小说月报》的编者恽铁樵第一次评点鲁迅的文言小说《怀旧》开始算起，迄今鲁迅研究已有 90 多年了。从最初的单篇作品评析到现在"鲁迅学"③体系的建立，从研究视角的不断开拓，到研究方法的推陈出新，鲁迅研究可以说已蔚为大观。但是在检阅 90 多年以来鲁迅研究成果的时候，我们不难发现，在关于鲁迅与宗教文化思想的问题上并不突出。这从陈金淦的《鲁迅研究的历史与现状》、纪维周的《鲁迅研究书目》和袁良骏的《鲁迅研究史》等收集的鲁迅研究论文和专著上可以反映出来，可谓言者寥寥，即便王富仁的长篇综述《中国鲁迅研究的历史与现状》（连载于 1994 年的 1—12 期《鲁迅研究月刊》，第 7 期除外），作者从 1913 年谈到 1994 年的鲁迅研究综述中竟未涉及一篇关于鲁迅与宗教文化思想方面的文章。鲁迅研究领域的这一长期弱化甚至缺失也许与现代文学时期"启蒙与救亡双重变奏"④的时代主旋律和当代文学时期长期以来的文艺社会学干预不无关联。值得庆幸的是，鲁迅与宗教文化研究这一领域到 80 年代开始受到重视，在文化思想多元化的 20 世纪 90 年代，日益受到关注，取得了一些突破性的成果。然而，关于鲁迅与宗教文化思想的专著，至今只有郑

① 鲁迅：《〈故事新编〉序言》，《鲁迅全集》，人民文学出版社，1981 年。
② 鲁迅：《中国小说的历史的变迁》，《鲁迅全集》，人民文学出版社，1981 年。
③ 彭定安：《鲁迅学导论》，中国社会科学出版社，2001 年。
④ 李泽厚：《中国现代思想史论》，天津社会科学出版社，2003 年。

欣淼1996年出版的《鲁迅与宗教文化》一书,这不得不说仍是一个不小的遗憾。在梳理有关鲁迅与宗教文化的研究成果时,我们发现鲁迅与宗教文化研究主要集中在以下几个方面:一、鲁迅与宗教文化思想综论;二、鲁迅与佛教文化思想;三、鲁迅与基督教文化思想;四、鲁迅与道教文化思想。另外也有个别涉及了其他宗教领域,比如原始宗教、伊斯兰教、摩尼教等。

一、鲁迅与宗教文化思想综论

在对鲁迅与宗教文化思想的综合考察中,研究者主要探讨了鲁迅对宗教起源、实质、作用等基本问题的认识,鲁迅前后期宗教观的发展与变化,以及宗教研究对鲁迅思想发展的影响。鲁迅对待宗教主要采取辩证的态度,既肯定了宗教对人类精神需求和文化艺术的重要作用,也批判了宗教对科学、民主、自由等进步思想的压制和阻挠。

王晓华的《鲁迅论宗教》是80年代以来较早对鲁迅与宗教文化思想进行探讨而颇有洞见的文章。[①] 论者对鲁迅所购买的400多册宗教书刊和6000多张拓片和造像进行了统计,并对鲁迅研究和批判宗教的特点进行了分析。论者认为,鲁迅是把现实和历史结合起来批判宗教的理论基础和反动作用,同时也肯定宗教在思想内容方面的积极因素和学术文艺方面的价值。王家平的《鲁迅宗教文化思想综论》把鲁迅宗教文化思想放置到他的总体思想体系中进行分析[②],认为鲁迅早期在立人思想的基点上对宗教文化展开了深入细致的思索,挖掘和利用宗教文化遗产,为重建现代中华民族文化的信仰体系寻找精神寄托。鲁迅首先从考察原始宗教的起源入手,论证了宗教的产生和存在的必然性,肯定了宗教本质,认为宗教就是那些积极上进的人民希望超越有限相对的现实世界趋向无限绝对而至高无上之境界的一种精神追求。王氏认为,虽然鲁迅前后期宗教观存在差异,但维护前后期宗教文化思想的是他始终不变的改良国民性的思想和实

---

① 王晓华:《鲁迅论宗教》,《求是学刊》,1984年第4期。
② 王家平:《鲁迅宗教文化思想综论》,《鲁迅研究月刊》,1998年第8期。

践。曹振华的《关于鲁迅宗教文化思想的几点思考——与王家平先生对话》①，针对王家平提出鲁迅宗教文化思想在"五四"前后发生巨变，前期称赞、褒扬，后期批判、否定的观点进行了反驳。曹氏认为，鲁迅早期论及宗教，多从宗教的产生、宗教的本质等方面进行论述，强调崇高的信仰对于人生的意义，希望有识之士探讨改造国民精神的根本途径。"五四"以后论及宗教，则注重发掘宗教衰落甚至邪变的根源，即批判人心的败坏，目的还是改变国民精神。鲁迅有关宗教的文字，真正关注的不是宗教如何，而是人心高下。曹氏甚至认为王文是将宗教与迷信混为一谈，是对鲁迅宗教文化思想理解的偏差，根本误解了鲁迅。

郑欣淼的《鲁迅与宗教文化》是迄今为止第一部研究鲁迅与宗教文化的专著。② 作者全面梳理了鲁迅对中外宗教的论述，探讨了宗教研究对鲁迅思想发展的影响，系统阐发了鲁迅的宗教观。全书共七章，第一章鲁迅宗教观概述，第二章鲁迅与佛教，第三章鲁迅与道教，第四章鲁迅论"三教合流"，第五章鲁迅与基督教，第六章鲁迅与伊斯兰教，第七章鲁迅与其他宗教。在鲁迅宗教观概述中，着重探讨了鲁迅对宗教起源、实质、作用等基本问题的认识及其发展。在宗教起源问题上，鲁迅主要强调三点，即强调宗教产生是人类精神满足需要驱动的结果；强调信仰在宗教产生中的作用；强调宗教是人类对"无限""绝对"的探求。在宗教的实质和社会作用上，鲁迅反对用简单的观点对待宗教；重视宗教在社会生活中的积极因素；重视和肯定中国古代宗教。此外，著者还论及了鲁迅与伊斯兰教及一些其他宗教的关系，从鲁迅关于伊斯兰文化的论述中得出鲁迅重视伊斯兰教以及伊斯兰科学的成就和地位的结论。而鲁迅在他的文章中提及如摩尼教、古代希腊、罗马宗教等一些其他的宗教，往往是从文章的需要出发，运用这些宗教发展中的史实或神话传说，以增强文章的知识性和说服力。

杨希之的《试论鲁迅的宗教观》认为，鲁迅对宗教的认识经历了一个由基本肯定到全面肯定，再到彻底批判和否定的演变过程。③ 周义的《鲁迅早期思想中的宗教观》从宗教与科学发展、与个体精神张扬、与审美超越三个方面考察了鲁

① 曹振华：《关于鲁迅宗教文化思想的几点思考——与王家平先生对话》，《鲁迅研究月刊》，1998 年第 8 期。
② 郑欣淼：《鲁迅与宗教文化》，陕西人民教育出版社，1996 年。
③ 杨希之：《试论鲁迅的宗教观》，《重庆教育学院学报》，2002 年第 3 期。

迅早期思想中的宗教观①,认为鲁迅借助宗教思想祛除"黑暗与伪诈",渴求"精神界之战士",是和启蒙的主张联系在一起的。鲁迅把宗教道德与审美艺术结合起来,他一方面从西学中得到"异化"理论,另一方面从本土文化中承继了对道德敏感与关切的传统。这双重的汇合决定了鲁迅的超越论是道德与审美的整合。鲁迅的宗教观有道德论和形而上两种属性,达到了那个时代的最高水平。张富贵的《鲁迅宗教观的文化意义:思想启蒙与道德救赎的衍生形态》对鲁迅宗教观的文化意义及其衍生形态进行了分析②,认为早期鲁迅的宗教观是具有辩证性的悖论,他从宗教原始起源来肯定形而上的人类精神在社会文化发展中的积极作用,获得了评价人生、批判社会的价值尺度,又从对宗教教义的怀疑而否定其神学价值体系,显示出理性主义时代的光彩。鲁迅早期宗教精神表现为内外两种转化形式,一是将宗教意识的追求与宗教徒的献身精神内化为实践性的个人人格:自我牺牲式的救世精神;一是以宗教信仰的价值意义为尺度,批判物化、虚假和马虎的病态人格和社会。作者的另一篇《鲁迅宗教观与科学观的悖论》则从鲁迅宗教观与科学观的悖论方面展开分析。③ 在早期思想中,鲁迅对宗教和科学及其二者关系的认识表现出矛盾性。他以科学理性否定宗教的非理性原始崇拜,又以非理性的自由精神来否定科学至上主义。这种矛盾性统一于他所一贯坚持的人格理想与现实批判中,其宗教观和科学观最终都成为现实批判的武器。鲁迅早期这种思想的矛盾性是西方 19 世纪科学理性主义与 20 世纪非理性人本主义哲学的共同反映。李洪华的《文化启蒙与宗教情感——论鲁迅、许地山笔下的女性形象》从鲁迅、许地山笔下的女性形象着手④,探讨了二人在思想情感、心理气质和审美趣味上的不同特征,分析了二人在不同程度上所受到佛教和基督教思想的影响,在接近和超越宗教的方式上又不尽相同的特点。鲁迅一方面吸取了佛教"人生即苦"和个人苦行的思想,而扬弃其悲观厌世的一面,从基督教中吸取了牺牲和救世的精神,另一方面又剔除其宽恕思想,而提倡

---

① 周义:《鲁迅早期思想中的宗教观》,《鲁迅研究月刊》,1996 年第 2 期。
② 张富贵:《鲁迅宗教观的文化意义:思想启蒙与道德救赎的衍生形态》,《东北师范大学学报》,1998 年第 3 期。
③ 张富贵:《鲁迅宗教观与科学观的悖论》,《东北师范大学学报》,1992 年第 3 期。
④ 李洪华:《文化启蒙与宗教情感——论鲁迅、许地山笔下的女性形象》,《江西社会科学》,2004 年第 5 期。

复仇精神。许地山受到佛教"人生本苦""苦乐随缘"思想的影响,又从基督教中吸取了"宽恕""博爱"的精神,彰显世俗情爱。论者最后认为,鲁迅对宗教的接近,是在社会现实的基础上,以文化启蒙为旨归,吸取其积极的入世的一面。他常常把对社会的思考,经由自我的分析,形诸于笔下的人物,从而获得文化的意义。而许地山的小说则往往通过对人生的思考,经由宗教的观照,从而获得人生哲学的意味。

二、鲁迅与佛教文化思想

关于鲁迅与佛教文化思想的关系,研究者主要围绕鲁迅近佛的缘由、习佛的特点、识佛的洞见以及佛学对其思想和创作的影响等问题展开了分析和探究。颇有洞见的成果主要有哈迎飞的专著《"五四"作家与佛教文化》和郑欣淼的《鲁迅与宗教文化》中的鲁迅与佛教部分、王富仁的《鲁迅与中国文化》、谭桂林的《鲁迅与佛学问题之我见》、陈一民的《鲁迅与佛学因缘谈》、陈爱强的《鲁迅与佛教》、朱晓进的《鲁迅的佛教文化观》、顾农《关于"鲁迅佛教文化观"的通信》、潘正文的《立人中的本体论内涵? 鲁迅早期文化思想的佛学透视》、姚锡佩的《鲁迅对佛教的探求及遗存的佛典》、陈建的《人格范型的历史性蜕变——梁启超、鲁迅与佛学关系的比较研究》等。

在鲁迅近佛缘由的问题上,一般认为主要有四个原因:一是少时鲁迅故乡绍兴的佛学氛围的影响。二是老师章太炎的影响。三是"五四"前后社会性的佛学思潮的影响。四是辛亥革命失败后鲁迅自身精神困境所导致。陈一民认为,鲁迅与佛教因缘的形成主要因三个方面的因素:民间文化中神佛内容的熏陶;当时的社会佛学思潮及其恩师章太炎的影响;自身所处的精神困境导致的对佛教文化的亲近。[①] 谭桂林认为,鲁迅深受近代佛学振兴思潮的影响,走的是一条佛经注我的道路。[②] 郑欣淼认为,鲁迅故乡绍兴的佛学氛围以及其母鲁瑞和老师章太炎对他近佛影响较大。[③]

---

① 陈一民:《鲁迅与佛学因缘谈》,《辽宁师范大学学报》,2004 年第 2 期。
② 谭桂林:《鲁迅与佛学问题之我见》,《鲁迅研究月刊》,1992 年第 10 期。
③ 郑欣淼:《鲁迅与宗教文化》,陕西人民教育出版社,1996 年。

关于鲁迅习佛的特点、识佛的洞见以及佛学对其思想影响方面,研究者或从文化启蒙的角度阐释了鲁迅对佛学思想的批判吸收,或从主体精神和人生体验方面分析了佛学思想对鲁迅精神人格的影响。王富仁把佛教作为传统文化的一部分,全面分析了鲁迅对待中国传统文化的态度及其所受到的影响,认为鲁迅与"佛家文化对于物质世界虚幻性的揭示和对于人生痛苦的解析"产生了强烈的共鸣,并受到佛家文化动态的体验性的把握社会人生的方式的影响,但鲁迅对佛家文化的虚无主义人生哲学持否定态度。① 朱晓进也从文化的角度,对鲁迅接受佛教文化的特点进行了分析,认为鲁迅对佛教问题的评价,其目的往往与佛教问题自身无关,而只是以佛教为一窗口作文化的延伸,以达到文化批判的目的。② 其后,顾农以通信的方式就朱晓进《鲁迅的佛教文化观》一文进行了商榷。③ 顾氏认为,鲁迅与佛教的关系应分阶段来讨论。早年留日之初醉心于科学工业时,对佛教态度严峻,重点在于反封建迷信。留日后期,思想比较成熟了,高度重视文化问题,肯定了宗教文化的积极意义。但辛亥以后,鲁迅更深入地研究了佛教,这时是把佛教思想作为人类文化思想的一类来看,借以研究其人生观。而后期受马克思主义思想影响,鲁迅对佛教的态度更严峻深刻了。他在杂文中涉及佛教大抵是作社会批评和文明批判的相关材料来用。谭桂林则从主体精神角度分析了鲁迅在不同时期对待佛经的接受。④ 他认为鲁迅走的是一条佛经注我的道路,以主体自我的精神倾向接触佛学,并形成一个或许不太完整但呈现鲜明精神个性的佛学思想结构。鲁迅在研究佛经时侧重于华严与唯识二宗。鲁迅中年的沉默,退回内心与自我心灵对话,是受到佛学思想重要影响的表现。鲁迅早年对人生根本问题思考的三个方面,一是对人生的价值判断,即"苦痛总是与人生连带的";二是对宇宙世界所作的本质界定,即"唯黑暗与虚无乃是实有";三是对生死问题的体验证误,即死亡是"生命的飞扬的极致的大欢喜"。这三个结论与佛教的"生存即苦""万法皆空"和"涅槃"三个基本观念相对应。陈爱强分析了佛教思想对鲁迅精神气质的影响,认为鲁迅以辩证的态度否定和批

① 王富仁:《鲁迅与中国文化》,《鲁迅研究月刊》,2001 年第 2—6 期。
② 朱晓进:《鲁迅的佛教文化观》,《鲁迅研究月刊》,1990 年第 11 期。
③ 顾农:《关于"鲁迅佛教文化观"的通信》,《鲁迅研究月刊》,1991 年第 2 期。
④ 朱晓进:《鲁迅的佛教文化观》,《鲁迅研究月刊》,1990 年第 11 期。

判了佛教出世的思想,肯定了小乘佛教通过自我严格的道德自律、苦修苦行以获得个体解脱的思想。① 潘正文一改过去鲁迅没有本体论思想的观点,从文化哲学的角度着手剖析鲁迅本体论的真正内涵,认为鲁迅立人本体论中的核心,实质上是对文化的创造力和人的创造力的追寻。鲁迅的本体追寻并不是诗学逻辑式的浪漫抒情,而是围绕文化逻辑并服务于启蒙的现实展开和反溯。② 陈建在晚清以来佛学流变的背景下,考察了梁启超与鲁迅因佛学而表现出的人格范型的历史性蜕变的异同。③ 他认为这种蜕变的内涵是,他们入乎佛学又出乎佛学,即人生多艰、理想受挫也无意于遁入空门,隐逸山林,重复传统士大夫超然世外的人生道路。二者的区别是,梁启超精神气质中受大乘义理的影响,并从中汲取了淑世新民的养料,比附西学,阐发新知。鲁迅的自我牺牲精神含有大乘"自觉觉他""度己度人"的意蕴,但他更倾向于从小乘义理的体味中坚忍自持、砥砺品行,获取反抗的精神定力,展现出现代知识分子的人格风采。

在佛学思想对鲁迅文学创作影响方面,哈迎飞把鲁迅置于"五四"时代和中西文化思想比较的背景上,从"鲁迅、尼采与佛教""以一身来担人间苦""谈鬼物正像人间"等三个方面,分析了佛教思想对鲁迅思想性格和文学创作的影响。她认为,佛教文化的修养使鲁迅趋向沉着、冷静、深邃,在冷与热、进与退中保持适当的张力。④ 佛教"人生苦"的命题、性"空"理论、般若智慧,不仅影响了鲁迅的精神世界,而且渗透了他生活的方方面面,其作品尤其是《野草》对佛教文化中地狱、大欢喜、火宅等佛教典故、术语、意象的化用,超越了具体时空的束缚,具有了深刻性、精辟性,增添了作品的奇特美。佛典表现的严密的逻辑分析、细致的名相辨析以及论战态度和驳论与立论相结合的论战方法,对鲁迅的杂文创作产生了深远影响。郑欣淼认为,鲁迅分析了佛教对中国古代文学艺术的影响,运用佛学知识进行文学创作,大量佛学知识、典故增强了其文章的形象性和感染

---

① 陈爱强:《鲁迅与佛教》,《山东社会科学》,1997 年第 4 期。
② 潘正文:《立人中的本体论内涵——鲁迅早期文化思想的佛学透视》,《鲁迅研究月刊》,1998 年第 7 期。
③ 陈建:《人格范型的历史性蜕变——梁启超、鲁迅与佛学关系的比较研究》,《鲁迅研究月刊》,1996 年第 12 期。
④ 哈迎飞:《"五四"作家与佛教文化》,上海三联书店,2002 年。

力。① 姚锡佩结合鲁迅遗存的佛典,分析了它们对鲁迅思想性格和文学创作的影响。论者认为,鲁迅所存的佛典大多是与原始的佛教教义接近的经、律、论,内容多为本生、因缘和譬喻,没有太玄的说教。他重视非教律本身,能"出界域,内外洞然"。原始宗教教义和西方现代人生哲学奇妙地交融在鲁迅的世界观和创作中,因而产生了如《野草》等震人心魄的散文诗。②

三、鲁迅与基督教文化思想

关于鲁迅与基督教文化思想的研究主要是在三个层面上展开的。一是在一些学术专著中,把鲁迅置于中国现代文学的背景上来考察基督教文化之于中国现代文学的影响;二是通过对鲁迅相关作品的分析,探讨基督教文化对鲁迅创作思想的影响;三是运用比较的方法,通过对鲁迅与其他人在对待基督教思想方面异同的比较,探讨鲁迅对基督教思想创造性的接受。

20 世纪 40 年代朱维之的《基督教与文学》一书是中国关于基督教与文学研究的开山之作③,全书分"耶稣与文学""圣经与文学""圣歌与文学""祈祷与文学""说教与文学""诗歌散文与基督教""小说戏剧与基督教"等七章全面而深入地论述了基督教与文学的关系。1986 年美国学者路易斯·罗宾逊的《两刃之剑:基督教与二十世纪中国小说》从中国现代作家对于基督教文化批评的视角较深入地探讨了中国现代文学与基督教文化之间的关联。④ 书中对鲁迅的《野草》进行了细致的文本分析,认为《野草》的悲观情调把我们正常的理性期待完全颠倒了,基督代表着世界的光明,却把世界推入了黑暗;撒旦这个邪恶的灵魂却比残暴的人类更为仁慈。杨剑龙的专著《旷野的呼声:中国现代作家与基督教文化》填补了中国现代文学与基督教文化研究领域的某些空白(陈思和语)。⑤著者对以鲁迅为代表的中国现代作家对于基督教文化的接受与针砭作了较为细

①　郑欣淼:《鲁迅与宗教文化》,陕西人民教育出版社,1996 年。
②　姚锡佩:《鲁迅对佛教的探求及遗存的佛典》,《鲁迅研究月刊》,1996 年第 1 期。
③　朱维之:《基督教与文学》,香港基督教辅侨出版社,1960 年。
④　罗宾逊:《两刃之剑:基督教与二十世纪中国小说》,台湾业强出版社,1986 年。
⑤　杨剑龙:《旷野的呼声:中国现代作家与基督教文化》,上海教育出版社,1998 年。

致的分析,认为鲁迅对基督教文化采取了批判地吸取的态度,在对基督教教义的考察中,否定了基督教创世说、天国说、奇迹说等教义,肯定了基督教在文明史、文化发展史上的成就和意义,批判了中世纪基督教对科学、思想自由等方面的压制摧残,推崇基督的牺牲救世精神。马佳的《十字架下的徘徊——基督宗教文化和中国现代文学》在东西方文化碰撞的社会背景下①,分析了以鲁迅为代表的中国现代作家对基督教文化的复杂心态。论者认为,处在世纪之交的中国现代作家对在特定时代以特定角色进入他们视域的基督宗教文化,一方面他们强烈地需要基督宗教的终极价值,另一方面却竭力回避或否定它的物质形式和某些教义信条,他们始终没能像拥抱希腊文化那样热情不衰地接待基督教。王本朝的《20 世纪中国文学与基督教文化》在中国 20 世纪文学与基督教文化的互动关系中考察了基督教文化对中国 20 世纪文学的影响②,其中辟专章阐发了"鲁迅与基督教文化"。论者认为,基督教为鲁迅提供了一种价值反思的思想和情感体验。鲁迅对人类社会中的宗教所具有的非现实力量持质疑态度,对基督教文化也是批判和超越,坚守着社会的人文价值。鲁迅的精神理想和价值目标是非宗教的,但其行为方式和心理体验有宗教性的一面。著者从鲁迅对《圣经》历史的辩证的认识、对耶稣精神的体认和取舍、对宗教"极境说"的质疑和批判等三个方面进行了深入分析。郑欣淼的《鲁迅与宗教文化》第五章鲁迅与基督教,认为鲁迅早期是从文化的角度对待和研究基督教的,称赞了希伯来文化,肯定了基督教对西方文学的重要作用,吸收了耶稣的博爱和牺牲精神,祛除了其爱仇敌的思想。

从鲁迅相关作品出发,分析探讨基督教文化对鲁迅创作思想影响的主要有:王学富的《精神界之战士的象征——论鲁迅对耶稣的理性观照》、王本朝的《救赎与复仇——〈复仇〉(其二)与鲁迅对宗教终极价值的消解》等。王学富从鲁迅童年的潜在宗教因素出发,分析了鲁迅对基督教思想的认同和改造。他以《药》《复仇》等具体作品为例,探讨了鲁迅对耶稣的合理借鉴。"五四"时期,鲁迅像其他许多知识分子一样,站在救国救民的立场上来审视基督教。作为一个无神

---

① 马佳:《十字架下的徘徊——基督宗教文化和中国现代文学》,北京师范大学出版社,1998 年。

② 王本朝:《20 世纪中国文学与基督教文化》,安徽教育出版社,2000 年。

论者,鲁迅是站在文化角度研究宗教的,对耶稣既有自我认同,又有理性改造。鲁迅接受的是一个人子耶稣,不是宗教神子耶稣。耶稣极具感染力的悲剧性正好与他思想中那种"精神界之战士"遭到庸众嘲笑戏耍和谋杀相对应。① 王学富通过对散文诗《复仇》的具体分析,认为鲁迅复杂的情感体验和"个人无治主义"思想构成了《复仇(二)》创作的动力源泉,也使耶稣受难所蕴藏的价值意义发生变形和转换。鲁迅把耶稣受难而复活由《圣经》的救赎意义改造为复仇内涵,从而消解了宗教的终极价值关怀。②

刘福勤、高旭东、管恩寿等主要运用比较的方法,通过对鲁迅与其他人在对待基督教思想方面异同的比较来探讨鲁迅对基督教思想创造性的接受。刘福勤的《尼采的反基督对鲁迅伦理观的影响》就鲁迅从尼采的反基督教所受影响和鲁迅的有关特殊性进行了探讨。③ 文章认为,鲁迅关于文化史的思路和对一些文化现象的思考,与尼采的反基督精神有极明显的相似之处,但由于二者的文化背景和自身素质的特点,鲁迅有其独特之处,鲁迅对基督教的研读不像尼采那样激烈的完全否定,主要是从中国文化革新需要出发,取其战斗精神。尼采用他的生命哲学抨击基督伦理。鲁迅则以生命的要求为准则抨击生命道路中的任何障碍物和反对物,包括礼教、道学。与尼采不同的是,鲁迅同情被残害的弱者。尼采用佛教作参照来反基督,鲁迅早期则主张"昌大佛教",改变"民德之堕落"状况,但后来鲁迅改变了看法,批判了"吃教"的弊害。高旭东的《鲁迅、尼采与孔子、耶稣》把鲁迅与尼采置于东西文化比较的基础上分析了鲁迅与尼采和基督教思想的相同和差异。④ 文章在承认深受耶稣影响的尼采个性主义对鲁迅的影响的同时,重点分析了二者的差异,强调了以孔子为代表的儒家传统文化对鲁迅的影响。论者认为,尼采发扬了基督教重个性的传统,并把它作为目的,鲁迅则把个性主义作为救国兴邦的手段。耶稣、尼采自视为超人,不随顺传统和众人而被众人弃绝,被家乡驱逐。鲁迅虽也批判传统和国民,但他内心却恋家爱国。管

---

① 王学富:《精神界之战士的象征——论鲁迅对耶稣的理性观照》,《鲁迅研究月刊》,1994 年第 7 期。
② 王本朝:《救赎与复仇——〈复仇〉与鲁迅对宗教终极价值的消解》,《鲁迅研究月刊》,1994 年第 10 期。
③ 刘福勤:《尼采的反基督对鲁迅伦理观的影响》,《鲁迅研究月刊》,1995 年第 5—6 期。
④ 高旭东:《鲁迅、尼采与孔子、耶稣》,《鲁迅研究月刊》,1991 年第 3 期。

恩寿的《耶稣、撒旦、鲁迅——鲁迅与基督教关系发微》侧重揭示了鲁迅与基督教在精神层面的契合点，即"对精神主体的推重""面对庸众的先觉者""反传统的异端力量"。①

此外，姚锡佩的《鲁迅对基督教的反思及其遗存的圣经诸书》结合鲁迅遗存的基督教藏书②，探讨了鲁迅对基督教的接受、认识及对其创作的影响。文章认为，鲁迅对基督教的认识是建立在对欧洲文明发展史的辩证考察中的，并形成了他一生不同于基督教的道德观，对耶稣受难的思考，几乎贯穿了他一生。鲁迅始终把耶稣视为"人之子"，由这个先觉者的遭遇，揭示了人类大多数的社会心理。刘青汉的《鲁迅生存语境与基督教文化语境比较观》从生存语境的角度比较了鲁迅生存语境与基督教文化语境的异同③。文章认为鲁迅生存语境中的爱是源于人的、有缘故的、有等次差别的爱；基督教文化语境中的爱是源于神的、无条件的、无分别的爱。前者爱应该爱的人，后者爱所有人。前者具有封闭性、矛盾性和变化性；后者具有开放性、一致性和永恒性。

四、鲁迅与道教文化思想

鲁迅对中国本土的道教主要是持批判态度。他从道教的源头上批判了老庄复古、无为、不争的处世原则，批判了道教服药、房中术、扶乩、祈雨、画符、念咒等迷信仪，得出了"中国根柢全在道教"的判断。但在另一方面鲁迅也肯定了道教文化尤其是老庄思想对中国文学的积极影响。鲁迅的精神气质和作品中的一些山水景物也蕴涵有老庄天人合一的生命意识和情感态度。

朱晓进的《鲁迅的道教文化观》对鲁迅与道教文化思想的关系进行了深入系统地分析④。文章认为，鲁迅将文化批判的视角从儒家延伸到道家，显示了其文化批判视野的扩大、加深，这与鲁迅对国民性问题探讨的深入发展有关。鲁迅主要在道教思想（以老庄哲学为核心）和道教仪式两个层面上深刻地指出了中

---

① 管恩寿：《耶稣、撒旦、鲁迅——鲁迅与基督教关系发微》，《鲁迅研究月刊》，2002 年第 2 期。
② 姚锡佩：《鲁迅对基督教的反思及其遗存的圣经诸书》，《鲁迅研究月刊》，1996 年第 3 期。
③ 刘青汉：《鲁迅生存语境与基督教文化语境比较观》，《西北师大学报》，2001 年第 6 期。
④ 朱晓进：《鲁迅的道教文化观》，《鲁迅研究月刊》，1991 年第 3 期。

国人身上普遍存在的与道教相关的文化心态。巫小黎、王家平的《鲁迅与道教文化论略》在简单勾勒道教的起源、成型、发展以及道教与道家文化思想的联系之后①,分析了鲁迅对道教文化的认识和批判。文章认为,鲁迅对道教思想的反思和批判是全方位的。他从理论到实践两方面对道教反人道、非理性的因素作了科学的分析,批判了老庄复古、无为、不争的处世原则和服药、房中术、扶乩、祈雨、画符、念咒等实践活动。但另一方面,鲁迅作品的山水景物描写和精神气质又蕴涵着老庄天人合一的生命意识和情感态度。郑欣淼的《鲁迅与宗教文化》第三章鲁迅与道教,认为鲁迅是从分析中国社会和改造国民性出发,重视道教的。认为它是"中国的根柢",批判了老庄的"不争"思想和与道教相关的消极迷信思想;分析了庄子对鲁迅的积极和消极影响;梳理了鲁迅关于道教思想对中国古代文学的影响如神话、志怪、神魔、侠义小说等的研究。郭红的《鲁迅与道教文化》通过对《起死》《出关》等鲁迅作品中有关道教思想的看法进行梳理得出结论②,鲁迅从改造国民性出发,结合中国革命斗争的实际,通过杂文、小说等艺术形式对道教道家文化思想中的无为、不争、逃避现实、炼丹服药、成仙得道等腐朽的一面进行了毫不留情的揭露和批判。李炜东的《鲁迅经验意识中的道教文化》通过对鲁迅成长的时代和地域环境地考察③,认为鲁迅的日常生活、教育、文本阅读等各方面都可以看到道教文化的影子。对于道教文化,鲁迅一方面把它看作中国现代思想革命的一个主要对象,力图揭示出它反映和影响中国人信仰和思维方式的广泛、深刻和现实性,指出它对新文化的根本——价值理想和科学理性精神的彻底反动;另一方面,鲁迅又怀着深切的同情挖掘出民间道教文化某种不合理的历史合理性——它的某些成分也表达了黑暗世界里人性的痛苦、愤怒和希望。

卿希泰的《重温鲁迅先生"中国根柢全在道教"的科学论断》④、吕有云的《论鲁迅的道教文化观——从"中国根柢全在道教"说起》⑤、邢东田的《应当如

---

① 巫小黎、王家平:《鲁迅与道教文化论略》,《嘉应大学学报》,1998 年第 5 期。

② 郭红:《鲁迅与道教文化》,《石家庄职业技术学院学报》,2003 年第 3 期。

③ 李炜东:《鲁迅经验意识中的道教文化》,《天津社会科学》,2000 年第 2 期。

④ 卿希泰:《重温鲁迅先生"中国根柢全在道教"的科学论断》,《社会科学研究》,2002 年第 1 期。

⑤ 吕有云:《论鲁迅的道教文化观——从"中国根柢全在道教"说起》,《宗教学研究》,2003 年第 3 期。

何理解鲁迅先生"中国根柢全在道教"之说？与卿希泰教授商榷》①等文章,都对鲁迅关于"中国根柢全在道教"这一论断进行了辨析。卿希泰认为鲁迅是站在肯定的立场上对道教作出的科学论断,它完全符合中国学术文化的历史事实。鲁迅在批判中国旧文化时,虽然也曾批判道教中存在的糟粕,但并没有完全否定道教;也并未从道教文化中"悟"出一个"食人民族"的结论。从鲁迅关于宗教与迷信应严格区分,宗教的产生和存在有其客观的社会根源,反对盲目主张消灭中国宗教(包括道教),宗教属于精神信仰,反对诽谤"龙"图腾等观点中,可以看出鲁迅对中国道教的认识是有其宗教观作理论基础的,是十分深刻的。吕有云、邢东田、陈方竞、刘仲宇等则主要站在否定的立场,认为理解鲁迅的道教文化观需从三个方面入手,一是鲁迅是把道教作为中国传统文化的一个重要的组成部分来看待的;二是鲁迅从"改革国民性"的客观需要出发,对道教给中国国民精神所造成的影响,特别是负面影响作出了深入的剖析和批判,这集中反映出鲁迅对道教文化的基本态度和看法;三是对鲁迅关于"中国根柢全在道教"的判断应在当时时代背景下作全面分析。它主要是就道教在历史和现实生活中的负面影响而言的,在鲁迅眼里道教是民族劣根性的反映。

此外,姚锡佩的《鲁迅对道教的思考及其遗存的道书》结合鲁迅收存的道教典籍②,分析了鲁迅研究道教的原因、对道教的批判。论者认为,鲁迅是以史的研究去考察道教的经典和道士的作品,对道教特别是方士思想的揭示是鲁迅对民族文化心理思考的一个重要方面,"中国的根柢全在道教"是鲁迅研究道教得出的一个结论。陈方竞的《鲁迅:"人与鬼的纠葛和交融"——兼谈五四新文化倡导的历史局限》通过对鲁迅忆写故乡的作品中与巫鬼相关内容的分析③,认为鲁迅作品有认同浙东民间鬼神的倾向,呈现"人与鬼的纠葛和交融"的世界,这与他对"道教"与"道士思想"的区分相一致,根源于他早期思想中对民间宗教的肯定和追寻,是他审视和批判人鬼纠葛的社会的根基之一,而且带来他一生思想

---

① 邢东田:《应当如何理解鲁迅先生"中国根柢全在道教"之说？与卿希泰教授商榷》,《云梦学刊》,2003年第5期。

② 姚锡佩:《鲁迅对道教的思考及其遗存的道书》,《鲁迅研究月刊》,1991年第2期。

③ 陈方竞:《鲁迅:"人与鬼的纠葛和交融"——兼谈五四新文化倡导的历史局限》,《社会科学战线》,2004年第3期。

的蛊惑,成为他思想和艺术的重要源泉之一,同时又是在补救"五四"新文化倡导之局限。

通过对以上研究成果的梳理,我们不难发现关于鲁迅与宗教文化思想这一课题研究的思路,或者是从鲁迅的著作和言行中搜集与宗教文化有关的阐述生发开去,分析鲁迅对宗教文化思想的认识,试图构建鲁迅的宗教观;或者是从鲁迅的精神气质和文学创作中寻求与宗教精神相关的方面,论证它们对鲁迅思想性格和文学创作的影响,以及它们对社会和时代的重要意义;或者是通过社会和时代环境的考察,寻求鲁迅与宗教文化思想的渊源。在研究的方法上,有的采用比较研究,在共时性的层面上比较鲁迅与其他人在宗教文化思想认识上的异同,或在历时性的层面上比较鲁迅前后宗教文化思想的变迁;有的采用个案研究,以某一部或几部作品,甚至一个判断为对象,深入分析鲁迅的宗教文化思想及其影响;有的采用整合研究,对鲁迅宗教文化思想的方方面面进行阐发,探讨其宗教文化思想形成的渊源,阐发其关于宗教文化思想的洞见,试图从整体上构建鲁迅的宗教思想。从这些相关的研究成果来看,其共同的出发点是,作为思想家的鲁迅是辩证地看待和接受宗教文化思想的;其落脚点则是鲁迅的启蒙主义宗旨。当然这些无疑是鲁迅研究中的应有之义,毋庸置疑。但是如果我们避开了鲁迅作为个体"人"的生命意识和人生体悟而仅从社会文化和思想革命的层面上对鲁迅与宗教文化思想进行意义的阐释似乎有些神话鲁迅的潜在取向。"回到鲁迅自身"①和"人间鲁迅"②的呼声自 20 世纪 80 年代以来就不绝于耳,关于鲁迅与宗教文化思想的研究对此也不应视而不见。综上所述,关于鲁迅与宗教文化思想这一课题的研究虽然取得了一些相关成果,但由于起步较晚,重视不够,研究的视角、思路和深广度都有待进一步拓展。

---

① 王富仁:《中国反封建思想革命的一面镜子——〈呐喊〉〈彷徨〉综论》,北京师范大学出版社,1986 年。
② 林贤治:《人间鲁迅》,安徽教育出版社,2004 年。

第二章　先锋与革命

作为世界性思潮的一部分,中国现代主义思潮与左翼思潮同样具有反传统的先锋特质,前者注重艺术的现代性,后者倾向革命的现代性。"五四"时期,在注重思想启蒙的文化语境中,中国现代作家在引进西方现代主义思潮时,关注的是其反传统的现代性和艺术革新的先锋性,而悬置了包含其中的颓废性因素,或者说颓废主义和唯美主义因素并没有妨碍他们拥抱现代性的热情。然而,这一状况在"文学革命"转向"革命文学"的20年代后期发生了变化。"五四"落潮以后,知识分子的现代性诉求发生了由文化启蒙向社会革命的转变。在新的文化语境中,注重阶级分析和提倡社会革命的马克思主义在中国思想意识领域获得了更多的关注,从而使得曾经作为先锋思潮的现代主义唯美颓废的一面被凸显,先锋进步的一面被遮蔽,现代主义逐渐被指称为腐朽、堕落的艺术,而成为革命文学的反面。

第一节　郭沫若现代主义的"共感"及转向

"五四"时期,郭沫若携带他的《女神》,以狂飙突进的创作姿态成为时代的风向标。长期以来,人们更多地从浪漫主义角度诠释他和他的诗歌,诸如20年代,闻一多说"他的精神完全是时代的精神"①;30年代,朱自清说他诗歌中的

---

① 闻一多:《女神之时代精神》,《闻一多全集》(第2卷),湖北人民出版社,1993年,第110页。

"动的和反抗的精神","都是我们的传统里没有的"①;40 年代,周扬说他那充满"暴躁凌厉"之气的诗"比谁都出色地表现了'五四'精神"②;直到 90 年代,钱理群等人仍然坚持郭沫若用"高昂热情的浪漫主义"为狂飙突进的"五四"时代找到了"喷火口"③。从 20 年代充满了叛逆精神的《女神》到 40 年代凝聚了爱国理想的《屈原》,毋庸讳言,浪漫主义一直是郭沫若思想状态和创作风貌的表征,我们很容易从泰戈尔、海涅、惠特曼、雪莱和歌德等人那里找到郭沫若创作的浪漫之源。然而,正如"五四"既是狂飙突进的"五四",也是感伤苦闷的"五四"一样,"五四"前后的郭沫若也充满了复杂的矛盾,苦闷感伤与热情浪漫相纠结,艺术创造与启蒙救国相碰撞,这些矛盾纠结无一不在他的思想情感和艺术创作中体现出来,前者与流行的现代主义思潮遇合,后者与新兴的左翼思潮交汇,于是"五四"前后郭沫若的文艺思想及创作便呈现出浪漫底座上现代主义与左翼的双重变奏。

一、"凫进文艺的新潮"

郭沫若曾经用"凫进文艺的新潮"来描绘自己最初走上创作道路时的情形。"五四"前夕,留学日本的郭沫若像鲁迅一样由医学转而对文学产生了兴趣。虽然郭沫若说他的这一兴趣最初是从泰戈尔的诗歌开始的,但真正"挑拨煽动"起他的文艺倾向的是"西欧尤其是德国的文艺作品",因为那时的语学教师"喜欢采用西欧尤其是德国的文艺作品为课本",而当时西方流行的是现代主义,尤其是德国的表现主义更是方兴未艾。作为新潮文艺的现代主义最初是与浪漫主义一道进入郭沫若的文学视野的。现代主义是对产生于 19 世纪末 20 世纪初西方各种反传统的非理性文艺思潮的总称。它是继浪漫主义之后的又一次更广泛的反传统文艺思潮运动,其共同的特点是对古典主义理性传统的反叛,其产生的理论基础是西方长期以来的非理性主义和个人主义的思想传统,主要包括康德的唯心主义、弗洛伊德的精神分析学说、叔本华的悲观主义、尼采超人哲学以及柏

---

① 朱自清:《中国新文学大系诗集·导言》,上海良友图书印刷公司,1935 年。
② 周扬:《郭沫若和他的〈女神〉》,《解放日报》,1941 年 11 月 16 日。
③ 钱理群等:《中国现代文学三十年》,北京大学出版社,1998 年,第 103 页。

格森的生命哲学等。欧·豪认为,西方现代主义在初期是依附于浪漫主义的,"自称是自我膨胀,是物质和事件作为自我活力的一种超验的、放纵的扩张";到了中期,"自我便开始同外界脱离","完全致力于对其内部动力作深入细致的观察";到了晚期,"便出现了自我尽情宣泄的局面,成为一种厌恶自我与心理收获的强烈反感"①。根据李欧梵的考察,"五四"文学中的"现代主义"与西方现代主义的第一阶段想象,具有自我扩张的浪漫主义气质,"最突出的特点是,中国现代作家不是转向自身和转向艺术领域,而是淋漓尽致地展示出他的个性,并且把这种个性色彩打在外部现实上面"②。郭沫若早期文艺思想的形成既受浪漫主义影响,也与现代主义有直接或间接的联系。首先,尼采的超人哲学、叔本华的存在主义、柏格森的生命哲学,弗洛伊德的精神分析学说、克罗齐的表现学说等现代主义思潮都对郭沫若的文学观念产生过重要影响。在文学的本质论上,郭沫若认为,"生命是文学底本质","文学是生命底反映","一切生命都是 Energy 底交流",而"Energy 常动不息"③,这种生命文学观明显受到尼采"权力意志"、叔本华"生命冲动"、柏格森"生命绵延"等现代生命哲学的影响。读过柏格森《创化论》的郭沫若曾经说:"凡为艺术家的人,我看最容易倾向到他(指柏格森——引者注)那'生之哲学'方面去。"④在文学的创作论上,郭沫若曾经明确表示:"我郭沫若所信奉的文学的定义是:'文学是苦闷的象征'。"⑤文学的"苦闷象征"理论来自日本厨川白村的《苦闷的象征》一书,这一颇具表现主义色彩的文艺理论名著主要是根据弗洛伊德的精神分析理论写成的。"苦闷象征"的创作论反映出郭沫若对弗洛伊德学说的认同和运用。他不但在创作中大量表现人物的潜意识和性苦闷,而且还运用精神分析理论分析古典名著《西厢记》,并认为"这部《西厢记》也可以说是'离比多'(Libido)的生产——所谓'离比多'是精神的创伤,是个体的性欲由其人之道德性或其它外界的关系所压制而生出的无

① 欧·豪:《现代主义的概念》,《现代主义文学研究》,中国社会科学出版社,1989 年,第 172 页。
② 李欧梵:《现代性的追求》,生活·读书·新知三联书店,2000 年,第 237 页。
③ 郭沫若:《生命底文学》,《郭沫若论创作》,上海文艺出版社,1983 年,第 3 页。
④ 郭沫若等:《三叶集》,安徽教育出版社,2000 年,第 42 页。
⑤ 郭沫若:《暗无天日的世界》,《文艺论集》,人民文学出版社,1979 年,第 266 页。

形伤害",并由此断定王实甫是个"变态性欲者"①。其次,表现主义、象征主义、未来主义等现代主义流派的艺术观念对郭沫若产生过不同程度的影响。自1922 年 8 月至 1925 年 7 月,郭沫若先后在《论国内评坛及我对于创作上的态度》《自然与艺术》《文艺上的节产》《我们的文学新运动》《革命与文学》《印象与表现》《批评与梦》《未来派的诗约及其批评》《瓦特裴德的批评论》《文学的本质》《论节奏》等一系列文章中评介西方现代派文学,阐释了以表现主义为主的现代主义文艺观。郭沫若认为,"艺术是我的表现,是艺术家的一种内在冲动的不得不尔的表现"②,"艺术家不应该做自然的孙子(指'模仿'),也不应该做自然的儿子(指'再现'),是应该做自然的老子(指'表现''创造')",并热情高呼"德意志的新兴艺术表现派哟! 我对你们的将来寄以无穷的希望"③。除了表现主义以外,郭沫若也很重视象征主义和未来主义。他说:"真正的文艺是极丰富的生活由纯粹的精神作用所升华过的一个象征世界"④,把文艺中"象征"的作用提到了对生活进行总体概括的高度上。在《未来派的诗约及其批评》中,郭沫若译介了未来派的诗歌主张,在批评未来派是"没有灵魂的照相机或留声机"的同时,也赞许他们对"动能"的强调,是"西方近代艺术的精神",是"艺术的生命"⑤。

现代主义思潮不止深刻地影响了郭沫若早期文艺思想的形成,而且还直接在创作中表现出来。在郭沫若最初创作的第一首新诗《死的烦恼》(1916)、第一篇小说《骷髅》(1918)、第一部剧作《黎明》(1919)中,死亡意象的运用、怪诞情节的编织、心灵喊叫的表现,我们不难发现现代主义尤其是表现主义对他创作上的深刻影响。对此,郭沫若直言不讳地说,《黎明》是"我看过梅特林克的《青鸟》、浩普特曼的《沉钟》"之后"最初的一个小小的尝试"⑥。在随后到来的"创作爆发期",《立在地球边上放号》《地球,我的母亲》《天狗》《晨安》《炉中煤》

---

① 郭沫若:《〈西厢记〉艺术上的批判与其作者的性格》,《文艺论集》,人民文学出版社,1979 年,第 190 页。
② 郭沫若:《印象与表现》,《郭沫若论创作》,上海文艺出版社,1983 年,第 607 页。
③ 郭沫若:《自然与艺术——对表现派的共感》,《文艺论集》,人民文学出版社,1979 年,第 98 页。
④ 郭沫若:《批评与梦》,《文艺论集》,人民文学出版社,1979 年,第 113 页。
⑤ 郭沫若:《未来派的诗约及其批评》,《文艺论集》,人民文学出版社,1979 年,第 123 页。
⑥ 郭沫若:《儿童文学之管见》,《文艺论集》,人民文学出版社,1979 年,第 158 页。

《凤凰涅槃》《笔立山头展望》等一系列诗作喷薄而出。诗人大量运用超验意象、排比句式、呼告方式、象征、夸张、变形等手法,以表现从"命泉中流出来的Strain(乐曲),心琴上弹出来的Melody(旋律),生底颤动,灵底喊叫"[①]。这些诗歌中所表现出来的"赤裸裸的自我表现""心灵的直接叫喊""纯情的直射"和"宇宙情绪的爆发"[②]既是典型的表现主义艺术方式,也与未来主义"速"与"力"的美学特征相切合。当然我们不否认,郭沫若在《女神》中所表露出来的"动的精神"和"泛神论色彩"[③]同样也可以在重主观抒情的浪漫主义那里寻找到它们的契合之处。虽然表现主义与浪漫主义有很大区别,前者表现的是非理性深层的情绪与心理,后者表现的是理性层面的情感与理想。但是毋庸讳言,表现主义与浪漫主义又有着很深的渊源与联系,表现主义脱胎于浪漫主义,正如日本表现主义理论家片山孤村所说,在"推崇着心灵,精神,自我,主观,内界等"方面,"表现派的世界观乃是一世纪前的罗曼派的世界观的复活"[④]。正因如此,"五四"前后,陈独秀、鲁迅、郭沫若、茅盾、田汉等人都把现代主义包括表现主义称为"新浪漫主义"。当表现主义与浪漫主义一同进入郭沫若的接受视域时,他不仅没有感到二者的不适,而且还经常让二者相互佐证,譬如他在《自然与艺术》中用歌德的《浮士德》来佐证自己对表现主义的共感,在《〈少年维特之烦恼〉序引》里又用浪漫主义材料来论证表现主义理论,还把尼采称作"浪漫派"(《鲁迅与王国维》)。因此在某种意义上,我们可以说,一方面浪漫主义促成了郭沫若对现代主义尤其是表现主义的接受,另一方面浪漫主义又在郭沫若那里部分地转化为现代主义。正如有学者指出,"他是站在浪漫主义立场上吸取表现主义的精神实质"和表现方法的。[⑤]

然而,当我们把目光投向郭沫若这一时期的小说时,不难发现,现代主义已经完全成为了郭沫若小说的主导。如果说诗歌中的郭沫若是兴奋难抑的,那么小说中的郭沫若则是感伤苦闷的。在这些充满了感伤苦闷情绪的小说中,郭沫

①　郭沫若:《致宗白华信》,《三叶集》,安徽教育出版社,2000年,第48页。

②　刘大杰:《表现主义文学》,北新书局,1928年,第74页。

③　朱自清:《中国新文学大系诗集导言》,上海良友图书印刷公司,1935年。

④　片山孤村著,鲁迅译:《表现主义》,《鲁迅全集》(第16卷),人民文学出版社,1972年。

⑤　王富仁、罗钢:《郭沫若早期的美学观和西方浪漫主义美学》,《中国社会科学》,1984年第3期。

若常常运用弗洛伊德的精神分析学说深入人物心理,细致描摹,尤其是通过梦境来揭示人物潜意识深处的隐秘心理,抒发心中的积郁和苦闷。而这些"潜在意识的奇诡,精神病底现象,性及色情的变态等,尤为表现派作家所窥伺着的题材"①。《残春》中爱牟对看护妇S姑娘隐隐产生了爱恋,但由于他是一个有妻室的人,而朋友也倾慕着S姑娘,于是他在现实中压抑着的性爱便转移到了梦中:在笔立山顶,S姑娘隐"缓缓地袒出她的上半身来,走到我的身畔。她的肉体就好像大理石的雕像,她弹着的两肩,就好像一颗剥了壳的荔枝,胸上的两个乳房微微向上,就好像两朵未开苞的蔷薇花蕾"。虽然爱牟潜意识里的性压抑在梦中得到了释放,但现实中的伦常规范却以变异的形式一起闯进梦中,白羊君的叫喊、妻子杀害儿子后追杀自己的血腥场面让梦中的他惊恐不已。梦醒后,回到现实中的爱牟只好遗憾地将这段爱情的"残春"潜藏在深深的回忆中。郭沫若曾说,"《残春》的着力点并不是注重在事实的进行,我是注重在心理的描写。我描写的心理是潜在意识的一种流动","那梦便是全篇的顶点""中心点",也是"全篇的接穴处"②。同样,《喀尔美萝姑娘》《叶罗提之墓》《落叶》等作品所关注的重心也都不在外部叙事,而在于表现主人公的性爱心理。《喀尔美萝姑娘》中的"我"始终为情欲所困。然而,现实生活中妻子的贤惠圣洁又让"我"陷入痛苦的自责。于是,这一无法自制的情欲只好在幻梦实现,"平常那么娇怯的女儿竟热烈地向我亲吻,吻了我的嘴唇,吻了我的眼睛,吻了我的肩","沧海的白波在用手招我,我挽着那冰冷的手腕,去追求那醉人的处女红"。情欲与责任、本能与理智构成了"我"的二重人格和无法消解的矛盾冲突。《叶罗提之墓》通过一段叔嫂畸恋进一步阐释了弗洛伊德式的性爱理论。叶罗提从小便对堂嫂生出"奇怪的欲望",这一情欲随着年龄一道增长,触摸嫂嫂的手背、亲吻嫂嫂戴过的顶针都让叶罗提获得了性的补偿,然而嫂嫂的死给叶罗提以致命的打击,他最终为嫂嫂殉情而死。《落叶》主要以41封情书来呈现洪师武与菊子之间的爱情悲剧和内心苦闷。作者大量运用人物内心独白的方式,把一个情窦初开的少女初恋时的羞怯、狂热、执着、痛苦的内心世界赤裸裸地全盘托出。此外,《漂流三部

---

① 片山孤村:《表现主义》,鲁迅译,《鲁迅全集》(第16卷),人民文学出版社,1972年。
② 郭沫若:《批评与梦》,《文艺论集》,人民文学出版社,1979年,第117页。

曲》《未央》《歧路》《阳春别》以及《豕蹄》中的系列历史小说也都大量通过内心独白和梦境幻觉等形式来表现人物的潜意识流动。可见,郭沫若早期小说常常通过梦境、幻觉,借助扭曲、变形来表现主人公的潜意识心理,彰显出鲜明的现代主义特征。

在戏剧创作中,郭沫若的审美思维方式和艺术表现方法更为直接地受到表现主义的影响。郭沫若说,他的早期剧作《棠棣之花》《女神之再生》《湘累》以及《孤竹君之二子》等都受到"当时流行的新罗曼派和德国兴起的所谓表现派"的影响,"特别是表现派的那种支离灭裂的表现,在我的支离破灭的头脑里,的确得到了它的培养基"[①]。表现主义大师康定斯基认为,艺术家"应该紧紧盯住自己的内心生活,他的耳朵应该常常倾听自己内心需要的声音","在表现主义中有一种无可否认的倾向,那就是脱离自然、逼真和规范,趋向原始、抽象、激情和尖叫"[②]。郭沫若对表现主义这种"由内而外""自我表现"的主张深为赞同,他说,"表现是 Expression,Exprossion 是由内而外的扩张。艺术家把种种印象,经过一道灵魂的酝酿,自律的结合,再显示出一个新的整个的世界出来,这便是表现"[③]。在《棠棣之花》《湘累》《女神之再生》《孤竹君之二子》等早期剧作中,郭沫若常常突破传统戏剧中的情境,不囿于时间、地点的限制,利用独白、旁白、衬白、插曲等形式,直接表现作者的激情和对事物本质的认识。《棠棣之花》中身处乱世的聂嫈唱着"不愿久偷生,但愿轰烈死。愿将一己命,救彼苍生起"的悲歌;《湘累》中忠而被谤的屈原如雷电般喷射出"创造日月星辰""驰骋风云雷电"的激情;《女神之再生》里混沌黑暗中的女神发出了"创造太阳""创造光明""照彻天内的世界、天外的世界"的呼告;《孤竹君之二子》中回到自然的伯夷"高唱着人性的凯旋之歌","我俯仰在天地之间呼吸乾元,造化的精神在我胸中喷涌"。在这些早期剧作中,郭沫若采取的正是表现派"由内而外的扩张"的艺术方式,使人物"融化一切外来之物于自我之中,使为自我之血液,滚滚而流,流出全部之自我"[④]。在具体表现方法上,梦境、幻觉、变形、象征等在早期剧作中被

---

① 郭沫若:《创造十年》,《郭沫若全集》(文学编 12 卷),人民文学出版社,1992 年,第 81 页。
② R.S. 弗内斯著,艾晓明译:《表现主义》,昆仑出版社,1989 年,第 22、58 页。
③ 郭沫若:《印象与表现》,《郭沫若论创作》,上海文艺出版社,1983 年,第 607 页。
④ 郭沫若:《我们的文学新运动》,《创造周报》,1923 年 5 月 27 日。

大量运用。《湘累》中屈原在迷乱中把自己当成了"大舜皇帝"被大禹放逐到异乡,《女神之再生》借神话传说中的颛顼与共工争帝怒触不周山的故事来"象征着当时中国的南北战争。共工是象征南方,颛顼是象征北方,想在这两者之外建设一个第三中国——美的中国"①。《孤竹君之二子》借渔父咒骂殷王受辛的残暴暗喻现代的反动统治,借伯夷叔齐的逃逸表达对自由的追求。郭沫若说这些剧作都是"想象力的产物","我不过只借些历史上的影子来驰骋我创造的手腕罢了"②。显然,这些"由内而外""自我表现"的艺术特征已远远超出了浪漫主义的理性范围,而深入到表现主义的非理性层面。

二、在"现代"与"左翼"之间

郭沫若的文艺思想在 20 世纪 20 年代中期发生了重要的转变,由此前"为艺术"的浪漫主义和现代主义转向了"为革命"的马克思主义。对于这一众所周知的"转变",学界几乎已成共识。因而,我们在此无意讨论郭沫若的文艺思想是否发生了转变,而只是关注它是如何转变的,在这一过程中现代主义思潮与左翼思潮呈现出何种关系。

郭沫若曾回忆:"一九一七年俄罗斯的十月革命一成功,在各国的劳工运动上和文化运动上有一个划时期的促进。日本思想界之一角显著地呈出了左倾色彩。"③俄国十月革命的胜利和日本左翼思潮的兴起不能不引起当时"脑筋中每天至少要三四立方尺的新思潮"(《无烟煤》)的郭沫若的特别注意。对此,郭沫若说:"十月革命对我是有影响的——虽然没有见到太阳,但对太阳的热和光已经感受到了。"④《女神》中有不少诗作留下了郭沫若最初对"太阳的热和光"的感受。1919 年 12 月,郭沫若在《雪潮》一诗中第一次欢呼"Proletarian poet"(即无产阶级诗人),但他却把卡莱尔称许的许多古代"英雄诗人"误作"无产阶级诗人"加以礼赞。随后在《匪徒颂》中,诗人把列宁作为社会革命的"匪徒"三呼

① 郭沫若:《创造十年》,《郭沫若全集》(文学编 12 卷),人民文学出版社,1992 年,第 83 页。
② 郭沫若:《棠棣之花·附录》,《郭沫若剧作全集》,中国戏剧出版社,1982 年,第 15 页。
③ 郭沫若:《创造十年》,《郭沫若全集》(文学编 12 卷),人民文学出版社,1992 年,第 86 页。
④ 郭沫若:《答青年问》,《郭沫若论创作》,上海文艺出版社,1983 年,第 167 页。

"万岁",但是他却把无产阶级革命的导师与资产阶级的学者罗素、哥尔栋等并列一起(1928年,郭沫若意识到不妥时,才把罗素、哥尔栋分别改为马克思、恩格斯)。1920年4月在《巨炮之教训》中,郭沫若相信"至高的理想只在农劳",赞美列宁具有"坚毅的决心","为自由而战","为人道而战","为正义而战"(1928年,郭沫若分别将这三句改为"为阶级消灭而战","为民族解放而战","为社会解放而战")。1921年5月,在《〈女神〉序诗》中,郭沫若更是激情呼告"我是个无产阶级者","我愿成个共产主义者"。此外,1921年6月,郭沫若在《伟大的精神生活者王阳明》(后改为《王阳明礼赞》)一文中还把马克思、列宁和孔子、王阳明进行比较,并认为,"马克思与列宁的人格之高洁不输于孔子与王阳明。俄罗斯革命后的施政是孔子所说的王道"[①]。20世纪50年代,郭沫若在回忆"五四"时期的思想状态时说:"三十多、四十年前的我,是在半觉醒状态。马克思、列宁的存在是知道了,对共产主义是有憧憬的,但只感觉着一些气息。思想相当混乱,各种各样的见解都沾染了一些,但缺乏有机的统一。因而,有些话说得好象还不错,而有些话却又十分糊涂。"[②]可见,当时作为热情洋溢的天才诗人,郭沫若最初对左翼思潮的接触明显表现出只是在时代风潮影响下的一种朦胧认识和情绪反应,带有空想的成分,更多地是从口号和概念上的一些感性认识,缺乏系统的理性思考。

在郭沫若的思想转换过程中,"1923年"是个极其重要的时间,虽然浪漫主义与现代主义文艺观仍然占据主导意识,但同时郭沫若对马克思主义的思想认识逐渐由感性趋向理性,并与原来的浪漫主义和现代主义呈现出交织状态。一方面,郭沫若先后发表了《批评与梦》《自然与艺术》《未来派的诗约及其批评》《印象与表现》等文章,以及翻译尼采的《查拉图司屈那》(今译《查拉图思特拉如是说》),仍然表述自己对现代主义的"共感"。在《批评与梦》中,郭沫若以弗洛伊德的潜意识理论来解释文艺批评,他说:"文艺的批评譬如在做梦的分析,这是要有极深厚的同情或注意,极敏锐的观察或感受,在作家以上或与作家同等的学殖才能做到。"在《自然与艺术》中,他提倡艺术家"应该做自然的老子",并

---

① 郭沫若:《王阳明礼赞》,《郭沫若论创作》,上海文艺出版社,1983年,第52页。
② 郭沫若:《文艺论集·前记》,《文艺论集》,人民文学出版社,1979年,第4页。

热情高呼："德意志的新兴艺术表现派哟！我对你们的将来寄以无穷的希望。"
在《未来派的诗约及其批评》中，他译介了"未来派关于诗歌方面的宣言"，虽然
批评未来派是"没有灵魂的照相机或留声机"，但也赞许他们对"动能"的强调，
是"西方近代艺术的精神"，是艺术的生命，并希望产生能体现"理想主义"的"真
的未来派"。在《印象与表现》中，他再次表明了表现主义的艺术观，认为"艺术
是我的表现，是艺术家内在冲动的不得不尔的表现"。另一方面，在《文艺之社
会的使命》《我们的新文学运动》《论中德文化书》《太戈尔来华的我见》《雅言与
自力》等演讲或文章中，郭沫若一再表明马克思主义的文艺主张。5 月 2 日，郭
沫若在上海大学作《文艺之社会的使命》演讲时，强调了文艺的社会属性和功
能，他认为"文艺是社会现象之一，势必发生影响于全社会"，"要挽救我们中国，
艺术运动是不可少的事"；5 月 18 日，郭沫若在《我们的新文学运动》一文中，呼
吁"我们反抗资本主义的毒龙"，"我们的运动要在文学之中爆发出无产阶级的
精神"；5 月 20 日，郭沫若在给宗白华的信中称，"马克思与列宁终竟是我辈青年
所当钦敬的杰士"①；9 月 4 日，郭沫若在《艺术家与革命家》一文中驳斥了"艺术
家和革命家不能兼并"的观点，明确表达了二者"并行不悖"的主张，"我们是革
命家，同时也是艺术家。我们要做自己的艺术的殉教者，同时也正是人类社会的
改造者"；10 月 11 日，郭沫若在《太戈尔来华的我见》中，反思了泰戈尔思想的资
产阶级唯心主义性质，并宣称"唯物史观的见解，我相信是解决世局的唯一道
路"。11 月 29 日，郭沫若译完《查拉图司屈那》第一部后，决定停译，他说因为
"中国革命运动逐步高涨，把我向上看的眼睛拉到向下看，使我和尼采发生了很
大的距离"②。可见，现代主义思潮和左翼思潮几乎是并行不悖地交织在这一时
期郭沫若的思想意识中。在创作上，主要写于 1923 年的《前茅》也鲜明地表现
出郭沫若这一时期诗歌风格的转变。诗人告别昨日"低回的情趣""虚无的幻
美"，以"力的追求者"的姿态（《力的追求者》），控诉阶级压迫的不合理现象，
"马路上，面的不是水门汀，面的是劳苦人的血汗与生命"，"就在这静安寺路的
马路中央，终会有剧烈的火山爆喷"（《上海的早晨》）；鼓励失业的朋友"携着手

---

① 郭沫若：《论中德文化书——致宗白华兄》，人民文学出版社，1979 年，第 9 页。
② 郭沫若：《雅言与自力》，《文艺论集》，人民文学出版社，1979 年，第 75 页。

儿"去"猛力"打破"资本制度之下"的"万恶的魔宫"(《励失业的友人》);呼吁"怆聚在囚牢里"的朋友"到兵间去""到民间去"(《朋友们怆聚在囚牢里》);相信"纵使长夜漫漫,终会有时辰会旦"(《我们在赤光之中相见》)。在这些未免有些"粗暴"的"革命时代的前茅"中,诗人不再像在《女神》中那样"自由地表现我自己",而是开始以阶级分析的观点看待各种社会问题。但值得提出的是,表现主义的艺术手法和情绪表现仍然是"助成"这些具有鲜明左翼倾向诗歌的重要因素。

通常认为,1924 年《社会组织与社会革命》的翻译标志着郭沫若思想转换的完成。《社会组织与社会革命》是日本著名马克思主义学者河上肇在研究马克思的《资本论》和列宁的有关著作的基础上所写的一本马克思主义经济学著作,书中大量引用和介绍了马克思、恩格斯和列宁等人的经典论述,论证了资本主义的内在矛盾和必然为社会主义取代的历史趋势,当年"曾风靡过日本的读书界"(《创造十年续篇》)。1924 年 8 月,译完《社会组织与社会革命》的郭沫若激动地告诉成仿吾,"这本书的译出在我的一生中形成了一个转换时期,把我从半眠状态里唤醒了的是它,把我从歧路的彷徨里引出了的是它,把我从死的暗影里救出了的是它,我对于作者非常感谢,我对于马克思、列宁非常感谢","我自己的转向马克思主义和固定下来,这部书的译出是起了很大作用的","我现成了个彻底的马克思主义的信徒了"[①]。毋庸置疑,《社会组织与社会革命》的翻译的确对郭沫若的思想转换起了重要作用,他"从前只是茫然地对于个人资本主义怀着憎恨,对于社会革命怀着信心,如今更得到理性的背光,而不是一味的感情作用了"(《孤鸿》)。但情况是否真如郭沫若本人和后来大多数人所认为的那样,"从前深带个人主义色彩的想念全盘改变了"(《孤鸿》),左翼思想的转换已然完成呢? 其实不然,在这之后不到一年内,郭沫若先后创作了《喀尔美萝姑娘》《叶罗提之墓》《曼陀罗花》《落叶》等一系列具有浓郁现代主义色彩的小说;翻译了爱尔兰表现主义剧作家约翰沁孤的戏剧集,并欣赏"他的每篇剧本里面都有一种幻灭的哀情流荡着"(《译后》);尤其是在《文学的本质》一文中,郭沫若仍然坚持此前的表现主义文艺观,认为"文学的本质是有节奏的情绪的世界",

---

① 郭沫若:《孤鸿》,《郭沫若全集》(第 16 卷),人民文学出版社,1992 年,第 10 页。

"诗是情绪的直写,小说和戏剧是构成情绪的素材的再现"①。

考察郭沫若文艺思想的转变,"五四"至"五卅"期间的社会现实和政治情势是一个十分重要的因素。鲁迅曾就文艺思潮与政治情势之间的关系指出:"各种文学,都是应环境而产生的,推崇文艺的人,虽喜欢说文艺足以煽起风波来,但在事实上,却是政治先行,文艺后变。"②1923 年的"二七"大罢工和 1925 年的"五卅"运动对郭沫若的触动是非常大的,前者使他认识到了新兴无产阶级的力量,后者让他转变了自己的方向。在"二七"大罢工后的三个月,郭沫若在《我们的文学新运动》中,霍然提出"我们的运动要在文学之中爆发出无产阶级的精神"。"五卅"当天,郭沫若亲眼目睹了惨案的经过,"街上的死骸和血迹"③让他感到震惊,事后他与同乡漆树芬、阳翰笙等人组织了四川旅沪学界同志会,并起草了《五卅案宣言》。在《革命文学之回顾》一文中,郭沫若回忆说:"在'五卅'工潮前后,他们之中的一个,郭沫若,把方向转变了。"

也许当我们读到 1925 年郭沫若在《〈塔〉序引》和《〈文艺论集〉序》时,才真正了解和体会郭沫若在转向左翼时对昔日的"幻美"和"浪漫"是多么的依依不舍。1925 年 2 月,在《〈塔〉序引》中郭沫若写道:"我把青春时期的残骸收藏在这个小小的《塔》里。无情的生活一天一天地把握逼到了十字街头,象这样幻美的追寻,异乡的情趣,怀古的幽思,怕没有再来顾我的机会了。啊,青春啊! 我过往了的浪漫时期哟! 我在这儿和你告别了! 我悔我把握你得太迟,离别你得太速,但我现在也无法挽留你了。以后是炎炎的夏日当头。"④11 月,在《〈文艺论集〉序》中他再次表示,"我从前是个尊重个性、景仰自由的人,但在最近一两年间与水平线下的悲惨社会略略有所接触","我的思想,我的生活,我的作风,在最近一两年间,可以说是完全变了","在大众未得发展个性、未得享受自由之时,少数先决者倒应该牺牲自己的个性,牺牲自己的自由,以为大众请命,以争回大众人的个性与自由"⑤。显而易见,郭沫若在告别"尊重个性"的现代主义转向

---

① 郭沫若:《文学的本质》,《文艺论集》,人民文学出版社,1979 年,第 218 页。
② 鲁迅:《现今的新文学的概观》,北平《未名》半月刊,1919 年 5 月 25 日。
③ 郭沫若:《写在〈三个叛逆的女性〉后面》,《三个叛逆的女性》,上海光华书局,1929 年。
④ 郭沫若:《〈塔〉序引》,《郭沫若论创作》,上海文艺出版社,1983 年,第 539 页。
⑤ 郭沫若:《〈文艺论集〉序》,《文艺论集》,人民文学出版社,1979 年,第 7 页。

"为大众请命"的左翼时心情是多么的复杂和不舍,因为他深知"生命是文学底本质,文学是生命底反映","生命底文学是个性的文学","离了生命,没有文学"①。当然郭沫若并没有完全放弃"自己的个性",即便是在后来许多左翼色彩十分鲜明的"普罗文学"中,仍然潜伏着现代主义的身影。如历史剧《聂嫈》本是借"虚拟的故事"歌颂"五卅"惨案中"那现实的'棠棣之花'"黄氏姊弟,从而作为献给当时人民群众反帝斗争的"一个血淋淋的纪念品",但作者却说自己"尤其得意的是那第一幕里面的盲叟",其心理描绘"是受了爱尔兰作家约翰沁孤的影响"②。小说《一只手——献给新时代的小朋友》虽然描写的是一次罢工斗争,歌颂的是工人阶级的团结斗争精神,但作品在题材处理、艺术方法和情绪表现等方面都具有鲜明的表现主义特点,作者在主题上突出的是工人对资本家的反抗情绪,在艺术手法上多次运用夸张、变形、幻觉等手段,譬如小孚罗右手被切断昏倒后,还能一跃而起,"左手拿着他断了的右手,如像负了伤的狮子一样,拼死命地在向着管理人乱打";孚罗瘫痪的妈妈和眼瞎的爹爹幻想儿子"手脚轧断了,血液迸射出来的光景;脑袋压破了,脑浆四射的光景;肚腹压破了,大小肠突出来了的光景"。在后期诗集《恢复》中的一些作品,如《黑夜和我对话》《对月》《如火如荼的恐怖》《诗和睡眠争夕》《血的幻影》等,仍然大量运用梦幻、象征、变形等典型的现代主义手法表现左翼文学的主题,正如郭沫若自己所说:"《恢复》的产生虽在思想转换以后,意识比较确定,但旧有的手法等等尚未能十分清算。"③

三、"真理要深讨,梦境也要追寻"④

20 年代初期,以表现主义为代表的现代主义思潮和以马克思主义为指导的左翼思潮在郭沫若的思想中并行不悖地交织着。当然,它们当时在郭沫若的思想天平上并非是均衡的,而是轻重不一,此消彼长的。1923 年以前,无论是在审美观念还是在创作方式上,明显地以现代主义为主,马克思主义只是"浮光掠

---

① 郭沫若:《生命底文学》,《郭沫若论创作》,上海文艺出版社,1983 年,第 3 页。
② 郭沫若:《写在〈三个叛逆的女性〉后面》,《郭沫若论创作》,上海文艺出版社,1983 年,第 353 页。
③ 郭沫若:《诗作谈》,《郭沫若论创作》,上海文艺出版社,1983 年,第 220 页。
④ 郭沫若:《印象与表现》,《郭沫若论创作》,上海文艺出版社,1983 年,第 28 页。

影"地出现在他的部分诗歌中。1923 年,二者呈现出相互交织的状态。1924—1925 年,马克思主义开始逐渐取代现代主义成为郭沫若文艺思想的主流,但显然,现代主义仍然有着重要影响。1926 年,郭沫若离开上海奔赴革命的中心——广州,不仅标志着他由诗人到革命活动家这一身份的转变,同时也标示着他在文学思想上彻底转向了革命的左翼,此后,现代主义只是作为一种艺术表现手法时而出现在他的创作中。考察郭沫若早期文艺思想及创作,我们不禁会产生这样的困惑,20 世纪 30 年代之后,备受左翼文艺界批判和排挤的现代主义思潮为何在早期的郭沫若那里并行不悖呢? 对于这一问题的回答必须要运用现象还原的方法,回到历史的原点,还原当时的语境,再作辨析。

从"五四"前后的文化语境来看,郭沫若对表现主义和马克思主义的接受认同,有着中国社会的自身基础和内在必然要求。20 世纪初,中国正处于社会变革和文化转型的大变动时期,新旧社会势力和文化力量之间进行着激烈的斗争。面对黑暗的社会现实和顽固的守旧势力,中国社会亟需一种大胆反抗传统的革旧鼎新精神和力量,也即鲁迅呼唤的"摩罗"精神。"表现派将他们所要表现的'精神'解释为运动,跃进,突进和冲动。'精神'是地中的火一样的,一有罅隙,便要爆发。一爆发,便将地壳粉碎,走石,喷泥。"①表现主义的这种反传统反现实的文化精神和激进姿态切合了 20 世纪初中国社会现实的需要,与郭沫若所追求的"动的反抗精神"发生了强烈共鸣,于是才有了那气吞日月的"天狗"、破坏一切的"匪徒"、浴火重生的"凤凰"以及熊熊燃烧的"炉中煤",等等。至于 20 世纪初马克思主义的无产阶级革命理论和俄国十月革命摧枯拉朽的"炮声"带给李大钊、瞿秋白、郭沫若等中国知识分子的启示和想象,毋庸在此赘言。

作为一种世界性的文艺思潮,产生于 19 世纪末 20 世纪初的现代主义有其不容忽视的社会背景和思想基础,即西方资本主义社会物质文明的发达和精神文化的危机。现代主义思潮通过特殊的艺术方式"广泛而深刻地表现了现代西方工业社会的危机意识和变革意识"②。毋庸讳言,现代主义在表现资本主义社会的"危机"时有其悲观颓废的一面,但是它对资本主义传统的"危机意识和变

---

① 片山孤村著,鲁迅译:《表现主义》,《鲁迅全集》(第 16 卷),人民文学出版社,1972 年。
② 袁可嘉:《欧美现代派文学概论》,广西师范大学出版社,2003 年,第 2 页。

革意识"与马克思主义在思想倾向上有着某种程度的相似性和一致性,更何况在现代主义思潮中本身就有着如德国的表现主义、俄国的未来主义和法国的超现实主义等左翼一脉。兴起于 20 世纪初的德国表现主义运动与当时德国日益高涨的无产阶级革命运动几乎同步发展,在关注社会现实和人类前途方面与马克思主义表现出相当的一致性。"一战"之后,作为战争策源地的德国由于军事上的失败,面临着严重的经济、政治危机。1918 年 11 月,在俄国十月社会主义革命的影响下,德国爆发了全国性的社会主义革命运动,但最终遭到资产阶级社会民主党政府的镇压。正是在上述背景下,德国掀起了一场声势浩大的表现主义文学运动,其影响很快遍及欧美诸国。德国表现主义在思想倾向上主要分为左右两种不同的倾向,右翼表现主义在不满现状时更多地表现出悲观主义和神秘主义的倾向,而左翼表现主义者在不满社会现状的基础上,主张艺术干预政治,干预生活,反对战争,歌颂革命,积极投身社会主义运动,其中最具代表性的便是郭沫若"最欣赏"的妥勒尔和凯惹尔[①](今译作托勒、凯撒)。托勒(Ernst Toller)是德国著名的表现主义剧作家,左翼政治活动家和激进的民主主义者,曾参加过"一战"和"十一月革命"。其作品主要以战争与革命主题为主,一方面揭示战争的罪恶,另一方面宣传革命的合理性。其主要作品如《转变》,以现实和梦幻交织的形式表现了一个志愿兵从热诚参战到强烈反战的心思想变化;《群众与人》是"献给无产者"的赞歌,通过一次罢工运动中三种不同力量的斗争描写了人性与暴力、个人与群众的冲突。凯撒(Geory Kaiser)也是左翼表现主义的代表,其作品主要讽刺资本主义的工业制度,批判工业物质文明对人性的异化,反映剥削阶级与被剥削阶级之间的斗争,同时也试图探索人类复兴和新生之路,代表作如《加莱市民》《从清晨到午夜》《煤气》等。左翼表现主义既表现出与马克思主义近乎一致的思想倾向,不回避现实问题,注重艺术的社会功能,又强调表现主观内心真实,注重艺术的审美特征。这些思想特征正好契合了早期郭沫若所倡导的"文学和革命一致"的主张。

在从事文学的初衷方面,郭沫若对文学的兴趣最初是为艺术所吸引,不像鲁迅那样为的是启蒙大众。郭沫若说,1915 年春间,他第一次读到泰戈尔的《新月

---

① 郭沫若:《创造十年》,《郭沫若文集》第 7 卷,1958 年,第 230 页。

集》时,一下就被"那种清新,纯粹,冲淡的作风"所吸引,从此开始"对于文学发生兴趣"①。郭沫若曾认为"文学在史实上也的确是随着时代的精神而转换的"②。他当时这样描述 19 世纪以来的西方文艺思潮,"十九世纪的文艺是受动的文艺。自然派、象征派、印象派,乃至新近产生的一种未来派,都是模仿的文艺","二十世纪是文艺再生的时代","德意志的新兴艺术表现派"代表了新世纪"无穷的希望"③,因而"特别是表现派的那种支离灭裂的表现,在我的支离破灭的头脑里,的确得到了它的培养基"。等到"第四阶级与第三阶级的斗争时代"(即无产阶级与资产阶级),"浪漫主义的文学早已成为反革命的文学","自然主义之末流与象征主义、唯美主义等浪漫派之后裔均只是过渡时代的文艺","在欧洲今日的新兴文艺,在精神上是彻底同情于无产阶级的社会主义的文艺,在形式上是彻底反对浪漫主义的写实主义的文艺。这种文艺,在我们现代要算是最新最进步的革命文学了"④。因此,无论是注重个人主观的表现主义,还是强调社会写实的马克思主义,最初都是作为文艺新潮先后为郭沫若所接受的。

20 年代,郭沫若说:"真理要深讨,梦境也要追寻,理智要扩充,直觉也不忍放弃。"⑤这可以看作郭沫若对自己早期文艺思想多元化的一个解释。在这一解释中,其实包含了"五四"一代知识分子在对现代性追求方面的矛盾心理以及现代性本身所蕴含的悖论方面。美国著名的现代性研究学者卡林内斯库指出,自 19 世纪"现代性"产生以来,就一直存在着两种不同的"现代性",一是作为"社会领域的现代性",它是"意味着理性、民主、相信开放社会和政治多元的有点、高度尊重个体价值、竞争市场体系等等";二是作为"美学概念的现代性",它"倾向于激进的反资产阶级态度","并通过极其多样的手段来表示这种厌恶",其中既有先锋的一面也有颓废的一面,"这两种现代性之间一直充满了不可化解的敌意,但在它们欲置对方于死地的狂热中,未尝不容许甚至是激发了种种相互影响"⑥。显而易见,以西方现代民主国家和文学艺术作为参照系的"五四"一代知

---

①　郭沫若:《凫进文艺的新潮》,《郭沫若论创作》,上海文艺出版社,1983 年,第 155 页。

②④　郭沫若:《革命与文学》,《郭沫若论创作》,上海文艺出版社,1983 年,第 28 页。

③　郭沫若:《自然与艺术》,《郭沫若论创作》,上海文艺出版社,1983 年,第 6 页。

⑤　郭沫若:《印象与表现》,《郭沫若论创作》,上海文艺出版社,1983 年,第 28 页。

⑥　卡林内斯库:《现代性的五副面孔》,商务印书馆,2004 年,第 48 页。

识分子同时接受并开始了两种不同的"现代性"追求。前者表现为对大众的民主、科学的理性启蒙和对未来现代民主国家的热切想象,后者表现为对包涵着先锋和颓废姿态的非理性的现代主义艺术的引进和借鉴。由于 20 世纪初的中国并没有像西方那样发达的物质文明和高度的工业化,因而在西方"水火不容"的两种现代性一度在中国不但能够"相安无事"而且还能"相互影响"。然而,正如有学者指出,"现代性诉求是中国现代社会发展的内在动力,但现代性的内涵在不同历史时期是有显著差异的","启蒙现代性在中国遭遇了尴尬的处境:一方面是外部的环境发生了急剧的变化,另一方面是其内在理路存在着重大缺陷,导致其自身的目标很难通过其自身的手段来实现,从而被一种新的接受了马克思主义指导的革命现代性所取代"①。随着俄国十月革命的胜利,马克思主义从理论到实践的成功鼓舞了先进的中国知识分子转而选择这一更为符合本国实际的"现代性"追求,但是这一转向最初所呈现出的样态是复杂多样的,郭沫若早期文艺思想的多元和转换都鲜明地体现了上述特征。

第二节　茅盾的新浪漫主义情结及其表征

作为文学研究会"为人生"派的主要理论家和左翼"社会剖析"派的代表人物,茅盾对现代主义的态度经历一个"始乱终弃"的变化。"五四"初期,茅盾一度是引进西方现代主义思潮的先锋,积极译介尼采哲学和"新浪漫主义"(包括象征主义、表现主义和未来主义)。然而 1925 年之后,茅盾对现代主义的态度发生了显著的变化,开始否定和批判现代主义。这一前后迥异的变化显然与其在这一时期对马克思主义理论的接受和运用密切相关。尤其是 30 年代,茅盾更是自觉运用马克思主义阶级分析理论开拓了社会剖析小说一脉,为左翼文学提供了创作的实绩。然而在艺术方面,无论是在理论上还是在创作中,茅盾自始至终都没有完全否定和抛弃现代主义。

---

① 陈国恩:《革命现代性与中国左翼文学》,《学习与探索》,2008 年第 3 期。

一、新浪漫主义的积极倡导

"五四"时期,象征主义、表现主义、未来主义等现代主义思潮一度被作为"新浪漫主义"广泛提倡。当时,新浪漫主义是作为一个外延较宽泛的概念被介绍的,"似乎凡是代表世纪末的、主观的、颓废的、享乐的、神秘的精神等的东西都可以放进去"①。直至 20 世纪 50 年代,茅盾仍然说:"'新浪漫主义'这个术语,二十年代后不见有人用它了,但实质上,它的阴魂是不散的。现在我们总称为'现代派'的半打多的主义,就是这个东西。"②茅盾对新浪漫主义的提倡可以追溯到他早期译介尼采的热情。

尼采学说是西方现代主义思潮的主要思想来源之一,在"五四"时期受到新文化先驱者的极大关注。与鲁迅、陈独秀、郭沫若、田汉等人一样,茅盾也一度怀着极大的热情译介尼采学说。1917 年 12 月,21 岁的茅盾在自己的第一篇论文《学生与社会》中便在探讨德国兴起原因时介绍了"德国大哲"尼采,认为"德意志兴起之暴,与其进步之速",就在于伦理的进步,德国青年学生像"大哲"尼采一样,坚持自主道德,高扬自我意识。③ 1919 年,茅盾又翻译发表了尼采名著《查拉图斯特拉如是说》中最富具批判精神的《新偶像》和《市场之蝇》,并在前言中引用张东荪的话认为"尼采是思想界的无政府党,哲学上的一切学说,他都破坏",称赞"尼采是大文豪,他的笔是锋快的,骇人的话,常见的。就他的《查拉图斯特拉如是说》看,可称是文学中少有的书"④。1920 年,茅盾更是在《学生杂志》撰写了长篇专论《尼采的学说》,分《引言》《尼采传略及著作》《尼采的道德论》《进化论者的尼采》《社会学者的尼采》和《结论》等六个部分,全面系统地介绍了尼采的生平和思想。有学者认为这篇专论"代表了当时中国研究尼采的最高水平"⑤。1979 年,茅盾在回忆 60 年前自己所受尼采思想影响时说:"我那时

---

① 沈起予:《什么是新浪漫主义》,《文学百题》,生活书店,1935 年。

② 茅盾:《夜读偶记》,《文艺报》,1958 年 1 月第 1 号。

③ 雁冰:《学生与社会》,《学生杂志》,1917 年 12 月。

④ 雁冰:《新偶像·前言》,《解放与改造》,1919 年 11 月。

⑤ 顾国柱:《茅盾与尼采哲学》,《海南师范学院学报》,2004 年第 3 期。

所以对尼采有兴趣,是因为尼采用猛烈的笔触攻击传统思想,而当时我们正要攻击传统思想,要求思想解放;尼采也攻击市侩哲学,而当时的社会,小而言之,即在商务编译所本身,市侩思想和作风就很严重。"①作为现代主义的主要思想来源,尼采学说首先是以"价值重估"的反传统姿态引起茅盾的强烈共鸣的。在茅盾看来,"尼采思想卓绝的地方",是"把哲学上一切学说,社会上一切信条,一切人生观道德观,从新称量过,从新把它们的价值估定"。因此,茅盾对尼采学说的引进其目的也主要在于把它作为攻击旧思想建立新道德的武器和工具,他说,"这(指尼采学说——笔者注)不过是一种学说,一种工具,帮助我们改良生活,求得真理的",我们应当借重尼采思想来"做摧毁历史传统的畸形的桎梏的旧道德的利器,从新估定价值,创造一种新道德出来"。其次,对于破坏一切偶像的尼采,茅盾当然也没有把他作为偶像来崇拜,他坚持"不把古人——尼采——当偶像,不把古人的话当'天经地义',能怀疑,能批评"。与鲁迅等人一样,茅盾对尼采学说也是采取有选择的"拿来主义",既大胆地"拿来"精华,也清醒地剔除糟粕,在称赞尼采反叛精神的同时,指出其崇拜强权牺牲弱者的错谬。他说,"尼采学说的全部,很有许多自相矛盾的地方,便一部书中也很有自相矛盾的话","我们读尼采的著作,应该处处留心,时常用批评的眼光去看他;切不可被他犀利骇人的文字所动","倘若细论他的节目,便见得尼采是崇拜强权,惨酷无人道","尼采过分宣扬强权,以为强权是人类进化的阶级,未免错了",尤其是"强者求到超人,须得牺牲弱者,这便是大错特错了",因此,"尼采误人的地方,不在他的理想,而在他提出达到这理想的方案"②。

茅盾对现代主义思潮的正面接触最初是从象征主义开始的,而他对象征主义的译介又主要集中在 1920 年前后。早在 1919 年 7 月,茅盾便在《近代戏剧家传》中提到表象主义(symbolism,今译象征主义),把它作为在西洋继写实主义而起的"新生的派别"中的一种,并简略介绍了梅特林克、斯特林堡、叶芝、霍普德曼等象征主义剧作家的生平、思想和创作。3 个月后,茅盾又翻译发表了梅特林克的象征主义剧作《丁泰琪之死》,这是我国对梅特林克剧作的第一次翻译,

---

① 茅盾:《商务编译所活动之二》,《茅盾专集》,福建人民出版社,1983 年,第 427 页。
② 雁冰:《尼来的学说》,《学生杂志》,1920 年 1 月,第 7 卷 1—4 期。

也是象征主义作品的最早译作之一。稍后,茅盾开始撰文大力提倡象征主义文学,仅 1920 年便发表了十多篇介绍象征主义的文章。在《我对于介绍西洋文学的意见》中,茅盾有感于中国"神秘表象唯美"创作少且难以理解,便以梅特林克、斯特林堡、霍普特曼等的象征主义创作为例介绍了西洋文学的特点,认为它们"注重主观的描写",但"已不是从前的主观"①。在《表象主义的戏曲》中,茅盾专门介绍了象征主义戏剧,他认为"文学家应用表象主义,有的是著作中一段是表象,有的是著作全部是表象"②。在《我们现在可以提倡表象主义的文学么?》中,茅盾认为,仅凭写实主义并不能"医好"中国"社会人心的迷溺","我们该并时走几条路,所以表象该提倡了"③。在《近代文学的反流——爱尔兰的新文学》中,茅盾重点评析了叶芝的象征主义创作,认为他是"爱尔兰文学独立的先锋"④。在《为新文学研究者进一解》中,茅盾从文学"进化论"的角度由象征主义扩展到新浪漫主义。他认为,新浪漫主义起源于法国,主要由"心理派的小说家"和"象征派的诗家"组成,新浪漫主义是对自然主义的反拨,"从冷酷的客观主义解放到冷烈的主观主义,实是文学的一步前进","能帮助新思潮的文学该是新浪漫的文学,能引我们到真确人生观的文学该是新浪漫的文学,不是自然主义的文学,所以今后的新文学运动该是新浪漫主义的文学"⑤。在《〈欧美新文学最近之趋势〉书后》中,茅盾借评介胡先骕《欧美新文学最近之趋势》一文,强调新浪漫主义为现代文学之趋向,对于写实主义"非反动而为进化"⑥。除了以上主要评介文章之外,茅盾对象征主义的译介还包括梅德林克、霍普特曼、安德列夫、勃洛克等象征主义作家的传记。

茅盾对象征主义的译介首先注重的是其源流和变迁。他认为"新表象主义是梅德林开起头来,一直到现在的新浪漫派;先是局促于前人的范围内,后来解放"(《我对于介绍西洋文学的意见》),后来他又进一步指出,"确立象征派"的是 Stephane Mallarme(马拉美),"迨后梅德林(M. Maeterlinck)确定他的象征主

① 冰:《我对于介绍西洋文学的意见》,《时事新报·学灯》,1920 年 1 月 1 日。
② 雁冰:《表象主义的戏曲》,《时事新报·学灯》,1920 年 1 月 6 日。
③ 雁冰:《我们现在可以提倡表象主义的文学么?》,《小说月报》,1920 年 2 月。
④ 雁冰:《近代文学的反流——爱尔兰的新文学》,《东方杂志》,1920 年 3、4 月,第 17 卷第 6、7 号。
⑤ 雁冰:《为新文学研究者进一解》,《改造》,1920 年 9 月,第 3 卷第 1 号。
⑥ 雁冰:《〈欧美新文学最近之趋势〉书后》,1920 年 9 月,第 17 卷第 18 号。

义的戏曲,于是新浪漫运动的势力注到戏曲方面",其代表还有德国的霍普特曼、爱尔兰的叶芝等人(《为新文学研究者进一解》)。其次,茅盾在译介象征主义时既赞赏其"重主观、暗示"的艺术功能,也担忧其"神秘幽深"的负面影响。他说,象征主义"注意描写的,是精神上的生活","最特长的,最本色的,是讲到哲理而隐寓讽刺",其"神秘的原质,常常是一种不明了的仰慕"(《近代文学的反流——爱尔兰的新文学》),象征主义能够"补救写实主义丰肉弱灵之弊","与当世哲学人格唯心论之趋向,实相呼应"(《〈欧美新文学最近之趋势〉书后》)。在1920年12月31日致周作人的信中,茅盾表示了对象征主义负面影响的担忧。他认为,安德列夫的著作"给现在烦闷而志气未定的青年看了,要发生大危险——否定一切",而自己"曾说新浪漫主义的十分好,这话完全肯定的弊端,我也时时觉着"①。

茅盾对表现主义的译介稍后于象征主义。1921年4月,茅盾在《一本详论劳农俄国国内艺术的书》一文中第一次运用了"表现派"(expressionist)一词,并提及了表现主义美学思想代表人物康定斯基。1922年前后,茅盾通过其主持的《小说月报》"海外文坛消息"专栏大量介绍了表现主义作家作品。譬如,在12卷12号上,介绍了德国表现派诗人勃伦纳尔的绝对诗及其表现主义文学观(《滂飙诗人勃伦纳尔的绝对诗》);13卷1号介绍了凯撒的《瓦斯》、哈森克莱维尔的《人类》等表现主义剧作,称前者是"象征的,悲壮的",后者是"歇斯底里的不平常的剧本"(《最近德国文坛杂讯》);14卷1号介绍斯特林堡的剧作,称其为"瑞典的莎士比亚""心理剧的大名家",惟陀思妥耶夫斯基差堪与之比肩(《北欧杂谈》);14卷10号和15卷3号介绍卡夫卡、莱因哈特、维弗尔等奥地利表现主义作家,称他们是"见影而识实体,嗅芬芳以知花,从人间的间接的结果而描画人生的"(《奥国现代作家》《奥国文坛近况》)。茅盾对斯特林堡、魏德金德等表现主义先驱的译介尤为用力,先后翻译了斯特林堡的《他的仆》《强迫的婚姻》《情敌》《人间世历史之一片》等一系列作品,并且对他的《奥洛夫老师》《父亲》《梦曲》《到大马士革去》等名剧大为赞赏,认为他对变态心理的描写"能

---

① 茅盾:《书信·致周作人》,《茅盾全集》(第九卷),人民文学出版社,1991年。

深入而显出",甚得"现代著名的心理分析家弗洛伊德"的称赞。① 茅盾曾打算翻译魏德金德的《青春的觉醒》,并称他是德国文坛中的"特出者,是单调者,他做剧本很不拘执于格律,正和他的思想是'不羁'的一样。但是它能描写幻象,美与力,人生与性格,都是出奇的动人。他的偶像破坏主义和艺术无定律主义使他在德国文坛中独露一帜,别成一派"②。

虽然茅盾对表现主义的介绍主要是以评述的形式散布在一些"海外文坛消息"中,不如象征主义那样鲜明而集中,但还是从中可以见出茅盾对表现主义的译介特点。一是关注表现主义思潮出现的文化背景。他指出,表现主义的产生是欧战前后德国社会特殊文化心理的反映,一方面战争失败、革命受挫,造成了人们普遍怀疑和沮丧的心理;另一方面,德意志民族又不甘沉沦,渴望"精神复苏"、"创造出新文化来",于是"合了这两方面,就成了表现派的文学运动"③。二是注重阐释表现主义的美学思想和本质内涵。茅盾认为,表现主义"艺术是体验、精神、主观三者的表现"④,注重直觉性和抽象性,既具反叛精神又有悲观主义。"表现主义相信惟有浑朴天真不染一丝过去的阴影的心境,方能创造出自由独立的新艺术;所以他们对于过去的种种,立于极端反对的地位",他们"所代表的精神是浑朴,粗野,原始的,非传统的,直感的,不修饰的",表现的"不是那整饬的囹圄的人生,却是那不可计数的形态万方的纷杂而不相连贯的日常生活的细节和断片"⑤,他们"对于人间悲观极了,在他们看来,人性是恶的、物质的、肉的"⑥。三是重视对表现主义创作的分析,尤其重视大战后托勒尔、凯泽、捷贝克等具有左翼倾向的表现主义作家创作。茅盾认为,"表现派破弃一切旧规则而努力要创新","他们的题材大都是一些刺激性较强的,例如战争、性欲等等"⑦。托勒尔是"革命的信徒",他的《转变》《群众与人》《捣毁机器的人》等作品以"无产阶级的知识界及灵魂界为描写的主点",鼓吹着"革命,革命",却又"并不主张暴力革命";凯泽的《加莱的市民》是"大战的疯狂的废墟里所产生的

① 沈雁冰:《北欧杂谈》,《小说月报》,1923 年 1 月,第 14 卷第 1 号。
② 沈雁冰:《变态之性格研究之剧本》,《小说月报》,1921 年 5 月,第 12 卷第 5 号。
③④ 沈雁冰:《欧洲大战与文学》,《小说月报》,1924 年 8 月,第 15 卷第 8 号。
⑤ 沈雁冰:《德国近讯》,《小说月报》,1924 年 10 月,第 15 卷第 10 号。
⑥⑦ 沈雁冰:《文学上各种新派兴起的原因》,《时事公报》,1922 年 8 月 12—16 日。

第一朵美丽新精神之花",歌颂了以"创造"为旨归的"新英雄精神"取代了盲目"破坏"的"旧英雄精神",它的"伟大"在于"使人感悟到人类的伟大,以达于高尚的自觉";捷贝克的《多名之地》对资产者掠夺本性进行了尖锐讽刺,表达了对人类精神沦丧的深刻忧虑,那些寻求"新世界"的人们迷失于疯狂的物欲追逐中"忘记了找他自己的灵魂"①。

　　茅盾对未来主义的译介始于1922年8月在宁波《时事公报》上发表的《文学上各种新派兴起的原因》。在这篇文章中,茅盾称未来派(Futurist)是"西洋最新"的文学派别之一,介绍了未来派产生的历史、原因以及美学特征。两个月后,茅盾又在《小说月报》上发表了《未来派文学之现势》,进一步对未来主义产生的历史背景、思想主张和美学特征进行了分析介绍。此外,茅盾还在《日本未来派诗人逝世》《泛系主义与意大利现代文学》《苏维埃俄罗斯的革命诗人》等文章中介绍过日本、意大利和俄国未来派作家及其作品。茅盾对未来主义的译介主要是从历史背景、美学特征和创作倾向三个方面着手的。在历史背景方面,他说,"未来派是大战前几年就有的,以意大利为出发点","他的运动范围亦较广大,除意大利外,英、法、德、俄、美都有未来派的作家","未来派是小中产阶级心理的产物","当本世纪初,物质文明骤然进化,科学和机械挟其雷霆万钧之力扫荡社会,人的心理咸受其影响",从而产生了未来派(《文学上各种新派兴起的原因》);在美学特征方面,他指出,未来主义是对"盲然高呼古迹的伟大与美丽","盲慕过去的、和现实人生不相接触的"唯美主义的反动(《未来派文学之现势》),未来派崇拜机械的"力"与"速","无论什么事,总想以愈大的力,愈快的速度把他做成"(《文学上各种新派兴起的原因》)。在创作上,未来派是"完全破坏文学旧规则的'新派'",未来派的剧本"竟可没有角色",未来派的诗歌可以不必表现"作者的情绪"(《文学上各种新派兴起的原因》)。茅盾还区分了俄国未来派与意大利未来派的不同,他称赞俄国马雅可夫斯基的未来主义"纵使无关乎无产阶级文化,却真实地表达了无产阶级精神",批评意大利马里内蒂的未来主义"除浅薄的民族主义而外,又是亲帝国主义的"②,指出了意大利未来主义

---

① 沈雁冰:《德国近讯》,《小说月报》,1924年10月,第15卷第10号。
② 玄珠(茅盾):《苏维埃俄罗斯的革命诗人》,《文学周报》,1924年7月14日,第130期。

向法西斯主义靠拢的错误倾向："系主义(即法西斯主义)和未来派思想,原来并没有相通的地方;未来派中人见系党敢作敢为毫无顾忌,遂引以为同调……遽想奉为 Patron(保护者),未免近于单相思。"[①]茅盾认为,意大利未来派很快会消失,而俄国未来派从旧社会的毁灭和新社会的创立中获得无穷的气魄和革命力量,在艺术上相当可观,其兴盛指日可待。[②]

二、已经腐烂的"艺术之花"与新兴阶级的"滋补品"

茅盾对现代主义的态度在1925年开始发生明显的变化,由此前的肯定、褒扬,转变为否定、批评,其主要标志是《论无产阶级艺术》的发表。在这篇全面阐述无产阶级艺术的长文中,茅盾把现代派艺术作为无产阶级艺术的反面,从社会背景和精神内涵等方面进行了分析。他认为"未来派、意象派、表现派"等曾经的"最新派"是"旧的社会阶级在衰落时所产生的变态心理的反映",是"变态的已经腐烂的'艺术之花',不配作新兴阶级的精神上的滋补品"[③]。1926年,茅盾在《欧洲最近的文艺思潮》中认为,包含印象主义、象征主义和唯美主义在内的新浪漫主义是"一种消极主义的文艺,与人生相游离的文艺,即是艺术至上主义的文艺"[④]。1929年,茅盾在《西洋文学通论》一书中,以历史唯物主义的观点、方法,进一步对"现代派"文学产生的社会、阶级根源及其思想基础、艺术特征,进行了全面剖析,他认为,"颓废的神秘象征派是'世纪末'的阴暗的人心的产物;而这'世纪末'的心情又是欧洲资本主义发展到极顶后暴露出不可解的矛盾的产物",并指出,"新浪漫主义显然不是'新'浪漫主义",因为"除了反对客观描写而外,浪漫主义所具有的鲜明的主张,坚强的意志,毫不含糊的意识,活泼泼地勇往直前的气概,在神秘主义和象征主义的文艺中,都是没有的。我们所见于象征主义和神秘主义的,只是要逃避现实的苦闷惶惑的脸相"[⑤]。此后茅盾关于

---

① 沈雁冰:《泛系主义与意大利现代文学》,《小说月报》,1923年12月,第14卷第12号。
② 沈雁冰:《未来派文学之现势》,《小说月报》,1922年10月,第13卷第10号。
③ 沈雁冰:《论无产阶级艺术》,《文学周报》,1925年5月2、17、31日。
④ 忆秋生(茅盾):《欧洲最近的文艺思潮》,商务印书馆,1926年。
⑤ 方璧:《西洋文学通论》,世界书局,1930年,

现代主义的评述只是作为无产阶级艺术的反面散见在一些文章中,譬如,30年代在回顾"五四"以来的新文学运动时,茅盾认为"炫奇斗艳"的象征主义、未来主义是"资产阶级文艺没落期的玩意儿",是"畸形的意识形态在文艺上的反映"①。40年代,在论及现代主义创作时,茅盾指出,"'世纪末'的神秘象征主义曾为一些倦于正视现实的作家找到了'哲学'的论据,把'幻想'世界作为逋逃薮"②,"贫血的乃至抽筋拔骨的作品如果想从技巧方面取得补救,一定也是徒劳的。世纪末的欧洲文学就不免只是涂脂抹粉的骷髅"③。在意识形态一体化的50年代,作为文艺界领导的茅盾在《夜读偶记》中,更是把现代主义作为社会主义现实主义的对立面进行了较为详细的论述。虽然身处特殊政治文化语境中的茅盾是从反面来介绍分析现代主义的,但是他仍然延续早期"追本溯源"的学术思路。首先,他指出了现代主义产生的历史背景和思想基础。他说,现代主义"发端于第一次世界大战前夕而蓬勃滋生于第一次世界大战到第二次世界大战之间乃至二次大战后欧洲大陆的资本主义国家,正反映了没落中的资产阶级的狂乱精神状态和不敢面对现实的主观心理","'现代派'诸家的思想根源是主观唯心主义","非理性是19世纪后半以来,主观唯心主义的一些最反动的流派(叔本华、尼采、柏格森、詹姆士等)的共同特点","尤其是柏格森的哲学思想,直接成为现代派诸家的先驱——未来主义和表现主义的思想养料,柏格森以神秘的直觉能力来对抗理性的逻辑的认识,现代派诸家的自吹自擂的空前新颖的产生于绝对'精神自由'的表现方法(创造方法)实际上是柏格森的这个反动理论的各种各样的翻版。除了'非理性的'现代派的某个流派(例如表现主义和超现实主义)还加了一味作料,这就是荒谬的弗洛伊德心理学说"。其次,他分析了现代主义的美学特征。他说,"现代派诸家是彻头彻尾的形式主义,他们那种没有思想内容的思想内容'象鸦片一样有毒'","我们说'现代派'是抽象的形式主义的文艺,是指它的创作方法;而说它是颓废的文艺,则指它的对现实的看法和对生活的态度"。第三,他注重现代派的阶级属性和政治倾向。他指出,"属于'现代派'的作家和艺术家都是小资产阶级知识分子,他们一方面憎恨资产阶级,一

---

① 朱瑾(茅盾):《关于"创作"》,《北斗》创刊号,1931年9月。
② 茅盾:《幻想与现实》,《时事新报·文林》,1944年6月27日。
③ 茅盾:《杂谈文艺现象》,《青年文艺》,1944年9月,第1卷第2期。

方面又看不起人民大众;他们主观上以为他们的作品起了破坏资产阶级庸俗而腐朽的生活方式的作用,可实际上,却起了消解人民的革命意志的作用,因此,墨索里尼的法西斯政权把未来主义作为它的官方文艺,希特勒的纳粹政权也保护表现主义,都不是偶然的",因此,"我们有理由说'现代派'的文艺是反动的,不利于劳动人民的解放运动,实际上是为资产阶级服务的"①。

"五四"时期,作为文学研究会的理论家茅盾主要是以大力倡导"为人生"的写实主义文学观而著称的。1920年前后,茅盾在提倡"表象主义"的同时,也在《托尔斯泰与今日之俄罗斯》《我对于介绍西洋文学的意见》《现在文学家的责任是什么?》《"小说新潮栏"宣言》《新旧文学平议之评议》《答黄君厚生〈读小说"小说新潮栏"宣言的感想〉》《〈欧美新文学最近之趋势〉书后》《〈小说月报〉改革宣言》等一系列文章中倡导"为人生"的写实主义。思想基础和艺术形式完全不同的现代主义和现实主义为何同时并置在茅盾早期的文学思想中呢? 我们不妨还原到"五四"特定的文化语境中来辨析茅盾早期文学思想中两种"主义"的纠缠。首先,茅盾是以"除旧纳新"的"五四"精神来提倡现代主义和现实主义的。"五四"时期包括现实主义、浪漫主义、现代主义在内的各种西方文艺思潮几乎是共时性地进入国门大开的中国,郑伯奇对此描述道:"这百多年来在西欧活动过了的文学倾向也纷至沓来地流入到中国。浪漫主义、现实主义、象征主义、新古典主义,甚至表现派、未来派等尚未成熟的倾向,都在这五年间中国文学史上露过一下面目。"②因此茅盾认为,"中国现在正是新思潮勃发的时候,中国文学家应当有传播新思潮的志愿"③。其次,茅盾是从建设新文学的角度,在"进化论"的指导下来提倡"为人生"文学的。他说,"新文学要拿新思潮作泉源"(《为新文学研究者进一解》),介绍新思潮的宗旨是"要使东西洋文学行个结婚礼,产出一种东洋的新文艺来"(《"小说新潮"栏预告》),"我以为新文学就是进化的文学,进化的文学有三件要素:一是普遍的性质;二是有表现人生、指导人生的能力;三是为平民的非为一般特殊阶级的人的"④。茅盾认为,写实文学在反

① 茅盾:《夜读偶记》,《文艺报》,1958年5月第9、10号。
② 郑伯奇:《中国新文学大系·小说三集·导言》,上海文艺出版社,1981年。
③ 佩韦(茅盾):《现在文学家的责任是什么?》,《东方杂志》,1920年1月,第17卷第1号。
④ 冰(茅盾):《新旧文学平议之评议》,《小说月报》,1920年1月,第11卷第1号。

映社会现实人生尤其是平民生活方面具有重要意义,"所以现在中国研究文学的人,都先想从介绍入手,取西洋写实自然的往规,做个榜样,然后自己着手创造"①。然而,写实主义也有难以回避的缺点:一是"偏重观察而摈弃想象","其弊则在丰肉而枯灵";二是"能揭破社会之黑幕,而无健全之人生观以指导读者"。新浪漫主义则可以补救"写实主义丰肉弱灵"和"全批评而不指引"之弊,"能帮助新思潮的文学该是新浪漫的文学,能引我们到真确人生观的文学该是新浪漫的文学"。由此可见,在茅盾早期看来,写实主义和新浪漫主义并不相悖,它们都是"为人生"的文学,都有益于新文学的建设,新浪漫主义之于写实主义"非反动而为进化","然无论写实主义有千万之缺点,其有功于文艺之进化,实不可磨灭"②,因此茅盾"以为写实主义在今日尚有切实介绍之必要;而同时非写实的文学亦应充其量输入,以为进一层之预备"③。

由积极提倡到批评否定,"五卅"之后茅盾对现代主义态度的显著变化同样也是值得我们深究的。如果说茅盾对现代主义的积极提倡是基于其进化论的文学观和为人生的工具论思想,那么他对现代主义的批评否定则主要是由于其对马克思主义的接受和为政治的革命文学思想。茅盾说他是在 1919 年尾"开始接触马克思主义"的,从开始接触到理解运用,当然需要一个过程,更何况在那个"学术思想非常活跃的时代",茅盾也像其他大多数受新思潮影响的知识分子一样"如饥似渴地吞咽外国传来的各种新东西",而马克思主义当初也只是像其他新思潮一样是"作为社会主义的一个学派被介绍进来"的。因此,1920 年前后发表的《"小说新潮栏"宣言》《新旧文学平议之评议》《为新文学研究者进一解》《现在文学家的责任是什么?》等文章基本上表达的是茅盾"在还没有接触马克思主义的文艺思想以前的文学观点"④。茅盾是在 1921 年 2、3 月间由李汉俊介绍加入共产主义小组的,而他在文章中运用马克思主义分析问题则是自 1922 年开始。1922 年 5 月,茅盾在《五四运动与青年的思想》一文中坦率承认"我确信

① 冰:《答黄君厚生〈读小说"小说新潮栏"宣言的感想〉》,《小说月报》,1920 年 4 月,第 11 卷第 4 号。
② 雁冰:《〈欧美新文学最近之趋势〉书后》,《东方杂志》,1920 年 9 月,第 17 卷第 18 号。
③ 沈雁冰:《〈小说月报〉改革宣言》,《小说月报》,1921 年 1 月,第 12 卷第 1 号。
④ 茅盾:《商务编译所活动之二》,《茅盾专集》,福建人民出版社,1983 年,第 426、428 页。

了一个马克思底社会主义"①,在本年 9 月发表的《文学与政治社会》中,又鲜明提出中国此后将兴起的新文学"要趋向于政治的或社会的"②主张。1923 年 12 月,茅盾发表了《"大转变时期"何时到来呢?》,表明"我们自然不赞成托尔斯泰所主张的极端的'人生的艺术'","但是我们决然反对那些全然脱离人生的而且滥调的中国式的唯美的文学作品",呼吁"尤其在我们这时代,我们希望文学能够担当唤醒民众而给他们力量的重大责任"③。茅盾后来回忆说,这篇文章表示了他对邓中夏等人提倡"革命文学"的支持④。真正标志着茅盾的马克思主义文艺思想成熟的应该是 1925 年 5 月《论无产阶级艺术》的发表。在这篇著名的长文中,茅盾对无产阶级艺术的产生条件、范畴、内容、形式及当前创作状况进行了全面阐述。他认为,"无产阶级艺术对资产阶级——即现有的艺术而言,是一种完全新的艺术";无产阶级艺术并非仅仅是描写无产阶级生活、憎恨资产阶级的"所谓革命的艺术",而"应以无产阶级精神为中心而创造一种适应于新世界的艺术";无产阶级艺术在内容上,"必将如过去的艺术以全社会及全自然界的现象为汲取题材之泉源";无产阶级艺术的形式必须与内容"相和谐","首先须从他的前辈学习形式的技术"。然而,茅盾却认为未来派、意象派、表现派等近代所谓的"新派"是已经"腐烂的'艺术之花'","不能作为无产阶级艺术上的遗产","无产阶级的真正的文艺的遗产,反是近代新派所謷为过时的旧派文学,例如革命的浪漫主义的文学和各时代的不朽名著"。不难看出,茅盾此时的马克思主义文艺理论水平早已远远超过后来"革命文学论争"和"左联"时期那些自以为是的"革命文艺理论家"。然而需要指出的是,茅盾自始至终都没有全盘否定现代主义艺术,他在《论无产阶级艺术》中强调的是,新派(即现代主义)艺术"不配作新兴阶级的精神上的滋补品","因为他们只是旧的社会阶级在衰落时所产生的变态心理的反映",但是"各种新派艺术的诗式当然有其立足点,未便一概抹煞",因为"人类所遗下的艺术品都是应该宝贵的;此与阶级斗争并无关

---

①　损(茅盾):《五四运动与青年的思想》,《民国日报·觉悟》,1922 年 5 月 11 日。

②　雁冰:《文学与政治社会》,《小说月报》,1922 年 9 月,第 13 卷第 9 号。

③　雁冰:《"大转变时期"何时到来呢?》,《文学周报》,1923 年 12 月 31 日。

④　茅盾:《我走过的道路》(上),人民文学出版社,1981 年,第 233 页。

系"①。直至高度政治化的 20 世纪 50 年代,茅盾在《夜读偶记》中仍然坚持"我们也不应当否认,象征主义、印象主义,乃至未来主义在技巧上的新成就可以为现实主义作家或艺术家所吸收,而丰富了现实主义作品的技巧"②。从最初"相信混乱的社会愈有趋向艺术的人生观的必要"③,到后来提倡文学作品"要趋向于政治的或社会的";从认为"能帮助新思潮的文学该是新浪漫的文学,能引我们到真确人生观的文学该是新浪漫的文学",到"新派"是已经"腐烂的'艺术之花'","不能作为无产阶级艺术上的遗产",茅盾"为人生"的文学思想在马克思辩证唯物主义的指导下已经发生了显著变化。有学者据此认为,茅盾在艺术美本质论上"经历了新浪漫主义(美在主观)—自然主义(美在客观)—现实主义(美在主客观统一)三段论式的探索历程"④。虽然这个"三段论"说有些机械化和公式化的色彩,正如上文所述,实际上茅盾此阶段的文艺思想有着更复杂的纠结,但大体上还是反映出茅盾接受马克思主义之后文艺思想变化的整体趋向。

三、《蚀》:大革命时代的"苦闷"象征

在现代文学史上,茅盾主要是以左翼小说家的身份开创"社会剖析小说"的文学新范式而获得令人瞩目的文学地位的。钱理群、温儒敏、吴福辉等认为,"在小说领域内他将'五四'时期文学研究会'人生派'的现实主义精神接过来,加以发展,建立起在当时来说属于全新的革命现实主义文学模式",他"依靠理性分析来开拓形象思维的深广度的创作方法,从典型环境来解释并塑造人物,在戏剧性强的情节中突现人物性格及其成长史的写法,逐渐成为'左翼'文学公认的主流"⑤。钱理群等的这段关于茅盾小说创作的评说似乎有些以偏概全,事实上,茅盾的小说创作在当时来说并不是属于"全新的革命现实主义文学",尤其是早期的中短篇小说集《蚀》三部曲和《野蔷薇》等,现代主义的艺术质素远远超

---

① 沈雁冰:《论无产阶级艺术》,《文学周报》,1925 年 5 月 2、17、31 日。
② 茅盾:《夜读偶记》,《文艺报》,1958 年 1 月第 1 号。
③ 佩韦(茅盾):《艺术的人生观》,《学生杂志》,1920 年 8 月,第 7 卷第 8 号。
④ 曹万生:《茅盾艺术美学》,中国社会科学出版社,2004 年,第 1 页。
⑤ 钱理群等:《中国现代文学三十年》,北京大学出版社,1998 年,第 222 页。

过了革命现实主义成分,作品中的悲观苦闷情绪和象征暗示手法备受当时左翼批评家的批评指责。

写于 1927 年 9 月至 1928 年 6 月之间的《蚀》三部曲,从题材上看,似乎与当时流行的蒋光慈、阳翰笙等主流"革命文学"一样,反映的是大革命时期青年知识分子的革命与爱情生活,以至于今天仍有人把它们归入到"革命 + 恋爱"一类小说。①　但实际上,《蚀》三部曲与当时流行的"革命文学"完全不同。茅盾曾经把二三十年代"革命 + 恋爱"的小说模式概括为三种类型,即当爱情与革命冲突时,"为了革命而牺牲恋爱";在三角或多角的爱情追逐中,"革命决定了恋爱";在志同道合的革命工作中,"革命产生了恋爱"②。茅盾认为,在革命与爱情的冲突中凸显革命是"革命 + 恋爱"小说模式的主要特征,而在《蚀》三部曲中,他的本意不是"描写恋爱与革命之冲突",《幻灭》主要描写的是静与慧等青年知识分子"革命前夕的亢昂兴奋和革命既到面前的幻灭";《动摇》注重表现的是方罗兰等人"革命斗争剧烈时的动摇";《追求》主要反映的是张曼青、史循、章秋柳等知识分子"幻灭动摇后不甘寂寞尚思作最后之追求",但终不免陷入颓废与绝望。可见,茅盾在《蚀》三部曲中要表现的是大革命时期现代青年"感应革命"的情绪心理。因此,当有人称它们是革命小说时,茅盾坦承道,"说它们是革命小说,那我就觉得很惭愧,因为我不能积极的指引一些什么","题目是'幻灭'描写的主要点也就是幻灭","动摇所描写的就是动摇,革命斗争剧烈时从事革命工作者的动摇","《追求》的基调是极端的悲观","我有点幻灭,我悲观,我消沉,我都很老实的表现在三篇小说里"③。茅盾在回忆创作《蚀》三部曲时的动机和心理时说:"我是真实地去生活,经历了动乱中国的最复杂的人生的一幕,终于感得了幻灭的悲哀,人生的矛盾,在消沉的心情下,孤寂的生活中,而尚受生活执着的支配,想要以我的生命力的余烬从别的方面在这迷乱灰色的人生内发一星微光,于是我就开始创作了。"当然,《蚀》三部曲所弥漫的悲观失望情绪除了茅盾上述的经历和体验之外,应该还有一个不能忽略的重要因素,那便是此前茅盾所钟情

---

①　王德威:《革命加恋爱》,《现代中国小说十讲》,复旦大学出版社,2003 年。

②　茅盾:《"革命"与"恋爱"的公式》,《茅盾全集》(第 20 卷),人民文学出版社,1990 年,第 337—352 页。

③　茅盾:《从牯岭到东京》,《小说月报》,1928 年 10 月,第 19 卷第 10 期。

的"新浪漫主义"。那"注意描写的,是精神上的生活",能够"补救写实主义丰肉弱灵之弊"①的新浪漫主义深深影响了茅盾的小说创作,尤其是在早期,甚至成为他艺术表现的主导方面。在酝酿构思《蚀》的 1927 年夏,滞留牯岭的茅盾即使"每夜受失眠症的攻击",仍然还在"捧着发胀的脑袋读梅德林克的论文集'The Burid Temple'"②。在《蚀》三部曲中,茅盾大量运用了心理分析、内心独白、梦境幻觉等方法表现人物的情绪心理。《幻灭》中,作者细致地描写了静女士在遭遇爱情、革命失落后不断幻灭的心理;《动摇》表现了方罗兰在面对革命与爱情举棋不定时的内心彷徨;《追求》更是展示了张曼青、史循、章秋柳等知识分子"幻灭动摇后不甘寂寞尚思作最后之追求",但终不免陷入颓废与绝望的精神状态。茅盾这种注重心理情绪的内倾指向性表现方式使其早期中短篇小说在结构上呈现出散体化和流动性特征,《蚀》三部曲乃至其后的《野蔷薇》《宿莽》等都不注重情节的完整性和生动性,而以人物的心理情绪结构全篇。这一点连学衡派的吴宓也深有同感:"至今回忆'三部曲'中之故事与人物,但觉有多数美丽飞动之碎片旋绕于意识,而无沛然一贯之观。"③

《蚀》三部曲等作品发表之后,钱杏邨、克兴、克生等左翼批评家很快便发现,茅盾小说注重描写革命时代知识青年的心理情绪而并不表现革命本身,并对其展开了批评。钱杏邨指出,茅盾"是一个长于恋爱心理描写的作家,对于革命只把握幻灭与动摇",《动摇》与《幻灭》一样,"作者擅长于恋爱心理的描写,比描写革命来得深刻","全书里到处表现了病态、病态的人物、病态的思想、病态的行动,一切都是病态,一切都是不健全",钱杏邨由此指出,茅盾表现出了"消极的投降大资产阶级的人物的倾向"④。克兴认为,茅盾"意识仍然是资产阶级的,对于无产阶级是根本反对的"⑤。克生也指责茅盾作品表现出的小资产阶级悲观没落情绪"可能灰化青年的心"⑥。对于左翼批评家们的批评指责,茅盾虽不承认自己在阶级立场和意识形态上有问题,但他仍然从情感基调方面对《蚀》

---

① 雁冰:《〈欧美新文学最近之趋势〉书后》,《东方杂志》,1920 年 9 月,第 17 卷第 18 号。
② 茅盾:《从牯岭到东京》,《小说月报》,1928 年 10 月,第 19 卷第 10 期。
③ 茅盾:《〈子夜〉写作的前前后后》,《中国当代文学研究资料》,福建人民出版社,1983 年,第 712 页。
④ 钱杏邨:《批评与分析》,《现代中国文学作家》,泰东书局,1930 年。
⑤ 克兴:《小资产阶级文艺理论之谬误》,《创造月刊》,1928 年 12 月,第 2 卷第 5 期。
⑥ 克生:《茅盾与动摇》,《海风周》,1929 年 5 月。

三部曲等作品进行了检讨，承认自己太悲观、消沉，以致"竟作了这样颓唐的小说"，并"希望以后能够振作，不再颓唐"(《从牯岭到东京》)。1928 年，在日本写作《野蔷薇》时，茅盾说："《追求》中的悲观苦闷被海风吹得干干净净了，现在是北欧的勇敢的命运女神做我精神上的前导。"然而事实上，《野蔷薇》仍然延续着《蚀》的情感基调和表现方式，所描写的仍然是"一些'平凡'者的悲剧的或黯澹的结局"①。《创造》中的娴娴、《诗与散文》中的桂奶奶等女性虽然敢于挑战封建礼教传统，大胆追求个性解放，但仍不能彻底摆脱男性的束缚；要按照新思想"创造"娴娴的君实却最终跟不上时代和革命的步伐，蛊惑了桂奶奶的丙也只不过是患得患失的个人主义者。而《自杀》中的环小姐、《一个女性》中的琼华、《昙》中的张女士在追求个性解放和个人幸福的人生道路上彷徨，苦闷，最终成为传统势力的牺牲品。显然，《野蔷薇》中的人物并非是"真正的革命者"，而是一些"不很勇敢者，不很彻悟的人物"②。

　　茅盾的早期小说不止在情感基调上契合现代主义的精神实质，而且在艺术方式上也多取道现代主义，这主要表现在作品中大量运用象征、暗示的表现方法。20 年代初茅盾在倡导象征主义时曾认为："文学家应用表象(笔者注：表象即象征)主义，有的是著作中的一段是表象，有的是著作全部是表象。"③显然，茅盾小说创作中既有局部象征的运用，也有整体象征的构架。首先，茅盾以象征的手法赋予一些小说篇名以丰富深远的意味。《蚀》借日月食的自然现象，象征大革命失败后光明逐渐被黑暗所遮蔽的社会现实。茅盾说："《幻灭》《动摇》《追求》这三个词都是一种精神状态，总名《蚀》，就有缺陷之意，但日月蚀只不过一时，过后重复圆满，《蚀》的命意如此。"④《野蔷薇》则是以多刺的野蔷薇象征荆棘丛生的社会和带刺的人生，茅盾说他写作《野蔷薇》的目的就是"看准那些刺，把它拔下来"⑤。此外，如《子夜》《虹》《腐蚀》《霜叶红似二月花》等小说的命名都无不蕴含着深长的象征意味。其次，茅盾小说中有着大量的象征性场景与细

---

① 茅盾：《写在〈野蔷薇〉的前面》，《中国当代文学研究资料：茅盾专集》，福建人民出版社，1983 年，第814 页。

② 茅盾：《写在〈野蔷薇〉的前面》，《茅盾论创作》，上海文艺出版社，1980 年。

③ 雁冰：《表象主义的戏曲》，《时事新报·学灯》，1920 年 1 月 6 日。

④ 茅盾：《短篇创作三题》，《茅盾论创作》，上海文艺出版社，1980 年。

⑤ 茅盾：《写在〈野蔷薇〉的前面》，《茅盾论创作》，上海文艺出版社，1980 年。

节描写。如《幻灭》中的北伐誓师大会：在乌云满天的背景下誓师会场旗帜飘扬、掌声雷动，随后风雨大作，小纸旗变成了一根根"光芦柴杆儿"，人们都"冷得发抖"。显然，作者是借这段场景描写象征大革命的败绩，同时也暗示了主人公静女士的革命"幻灭"。《动摇》结尾的尼姑庵：先写挣扎的小蜘蛛在空中摇曳，接着写尼庵倒塌，黑气弥漫，天日无光，这些既象征了陆梅丽的艰难处境，又暗示了黑暗混乱的社会局面。《创造》中男女主人公的卧室：两朵半开的红玫瑰"冷笑"正襟危坐的洋装书，金杆自来水"悲伤"它的笔帽不知去向，这些充满象征意味的场景描写暗示了君实改造娴娴的失败。第三，茅盾小说有时在情节结构和叙事方式上运用整体性的象征架构。譬如，《野蔷薇》便是借恋爱故事来表示对社会现实和革命前途的看法。茅盾说："这里的五篇小说都穿了'恋爱'的外衣。作者是想在各人的恋爱行动中透露出各人的阶级的'意识形态'。这是个难以奏效的企图。但公允的读者或者总能够觉得恋爱描写的背后是有一些重大的问题罢。"①《创造》中，君实既要按现代意识塑造娴娴，又不想她走得太远，但娴娴还是热衷政治走出了家庭。茅盾借一段夫妻生活冲突嘲讽了"五四"时期徘徊在现代与传统之间的中庸之道。《诗与散文》中的"诗"象征具有传统空灵、诗意美感的爱情；"散文"象征现代现实、肉感的男女性欲。丙既想追求代表传统诗意的表妹，又不愿放弃散发现代肉感的寡妇桂。显然，茅盾本意不在叙述一个俗套的三角恋爱故事，而是通过这个爱情故事表达两种观念的冲突。另外，《宿莽》中的《色盲》和《陀螺》也运用了整体性的象征叙事。《色盲》通过恋爱故事嘲讽和批判了小资产阶级知识分子政治上的"色盲"。林白霜身边的李惠芳和赵筠秋，一个象征"资产阶级"，一个象征"封建官僚"。《陀螺》也借生活情感暗示革命态度。五小姐"搽粉洒香水"，吃"奶油蘸饼干，稀饭冲牛奶"，这种生活方式的改变意味着她想从虚无主义中摆脱出来，而"小说的末尾暗示五小姐之所以口口声声空呀假，是不能忘情于过去的一个爱人；而当中秋节，这过去的爱人送了苹果和月饼来时，五小姐顿然恢复了'元气'"②。这里"过去的一个爱人"，暗指革命，"恢复了'元气'"隐喻她重新回到了革命。五小姐从参加革命到脱离

---

① 茅盾：《写在〈野蔷薇〉的前面》，《茅盾论创作》，上海文艺出版社，1980 年。
② 茅盾：《我走过的道路》（中），人民文学出版社，1981 年，第 35 页。

革命,再到重新革命,像是兜了一个圈子,这也是"陀螺"的寓意。

四、《子夜》中的"颓废"色彩

　　1933 年《子夜》的发表不仅为茅盾赢得了巨大的声誉,也为左翼小说奠定了坚实的基础。相较于《蚀》《野蔷薇》《宿莽》等早期主要描写大革命时期知识青年苦闷感伤情绪的中短篇小说,"应用真正的社会科学,在文艺上表现中国的社会阶级关系"①的《子夜》无疑具有更为显著的左翼革命倾向,不仅开始创作《子夜》时,茅盾正担任着左联的行政书记(后来为了专事创作茅盾不得不辞职了),而且党的领导人瞿秋白也参与了《子夜》的构思。虽然茅盾最初为《子夜》计划的"都市——农村交响曲"的宏大构思后来并没有如愿以偿,但是"想用形象的表现来回答托派和资产阶级学者:中国没有走向资本主义发展的道路,中国在帝国主义、封建势力和官僚买办阶级的压迫下,是更加半封建半殖民化了"②的初衷显然是很成功地达到了。《子夜》发表后,瞿秋白称它是"中国第一部写实主义的成功的长篇小说",并且断言,"1933 年在将来的文学史上,没有疑问的要记录《子夜》的出版"③。然而,如果从艺术表达的角度来看,《子夜》关于"革命"的书写其实并不成功。

　　《子夜》的初步计划是"雄心勃勃"的。茅盾的最初设想是"写一部白色的都市和赤色的农村的交响曲",都市部分除了着重写资产阶级活动外,"还打算比较细致地写写立三路线指导下的工人活动,写指导工人运动的地下党员"④;农村部分主要写农民暴动和红军活动,甚至一些情节和细节都"很费了些斟酌"(如后来的第四章双桥镇暴动便是提前写好的),并且"初步确定的书名为《夕阳》(或《燎原》《野火》)"。根据这个创作计划,我们不难发现,革命斗争应该在小说中占据重要甚至主要的部分。后来在构思和创作中,瞿秋白又再次建议茅盾描写农民暴动和红军活动,并且详细地向茅盾介绍了当时红军及各苏区的发

---

①　乐雯(瞿秋白):《子夜和国货年》,《申报·自由谈》,1933 年 3 月 12 日。

②④　茅盾:《〈子夜〉写作的前前后后》,《中国当代文学研究资料:茅盾专集》(第一卷),福建人民出版社,1983 年,第 696 页。

③　乐雯(瞿秋白):《子夜和国货年》,《申报·自由谈》,1933 年 3 月 12 日。

展情况。虽然茅盾在创作《子夜》过程中很大程度上接受了瞿秋白的建议,譬如把分别代表民族资本主义和买办资本主义的吴荪甫和赵伯韬握手言和的结尾被改成了一败一胜,但关于农民暴动和红军活动部分,茅盾不仅并没有听从瞿秋白的建议,并且对原来描写这方面的计划也"忍痛割爱"了。因为他意识到,"仅仅根据这方面的一些耳食的材料,是写不好的,而当时我又不能实地去体验这些生活,与其写成概念化的东西,不如割爱"(注:本节未标明出处的引文皆出自《〈子夜〉写作的前前后后》)。茅盾由于缺乏对农村暴动和红军活动的深入了解和生活体验,因此对于原本"雄心勃勃"的"都市—农村交响曲"计划,只好一次又一次改弦易辙,最后决定"只写都市而不再正面写农村了"。然而,《子夜》并没有完全舍弃"农村"和"革命"。首先,茅盾不断通过暗示、对话、反语等间接或侧面的方式来反映红军活动情况,如小说开头写吴老太爷从双桥镇逃来上海,就带出了当时农村的动乱和所谓"匪患",并借吴荪甫的心理活动暗示共产党红军的"燎原之势";中间吴荪甫在交易所和工厂两条战线上的苦斗,也与农村动荡密切相连;结尾借丁医生之口点出,"红军打吉安,围长沙,南昌、九江等地情况吃紧"。其次,小说第四章直接描写了双桥镇共产党领导下的农村暴动。然而,在这关于农村革命的仅有一章中,实际上作者关于暴动的正面描写只有革命群众对地主曾沧海家的查抄以及曾家驹假冒革命党抢劫等两个简短的片段和场面,关于革命的大部分内容还是通过双桥镇人的口耳相传来反映的。此外,单从这一章中阿二、李四、王麻子等一些人物姓名就不难发现,这些关于农村革命的描写缺乏生动的细节和真切的体验,主要是通过想象完成的,有些流于概念和形式。对于这一点,茅盾自己是很清楚的,但仍要如此,他说,主要是因为原来已写好的第四章"不忍割舍","以至于成为全书的游离部分"。第三,小说都市部分较为细致地描写了地下党领导的工人运动,然而,茅盾对于工人运动仍然缺乏亲身感受,只能"仅凭'第二手'的材料——即身与其事者乃至于第三者的口述"[1],因此小说中关于裕华丝厂的何秀妹,张阿新、陈月娥、朱桂英等工人群众和克佐甫、蔡真、苏伦、玛金等左倾路线影响下的地下革命者的描写并未达到预期的效果,明显有些漫画化和概念化。对于"革命文学",茅盾向来反对"公式主

---

[1]　茅盾:《〈茅盾选集〉自序》,《茅盾文集》(第二卷),人民文学出版社,1963 年。

义"和"脸谱主义",号召革命作家"要奋然一脚踢开我们所有过去的号称普罗塔利亚文学的作品以及那些浅薄疏漏的分析,单调薄弱的题材,以及闭门造车的描写"①,主张他们"更刻苦地去储备社会科学的基本知识,更刻苦地去经验复杂的多方面的人生,更刻苦地去磨练艺术手腕的精进和圆熟",最后"用形象的语言、艺术的手腕来表现社会现象的各方面","感情地去影响读者"②。毋庸讳言,努力储备了社会科学基本知识和磨练了艺术手腕的茅盾,此前只是对资本家经济社会活动进行了认真调查准备,而缺乏对工农革命的深入了解,因此,《子夜》中的革命叙事部分不成功也是情有可原的。对此,茅盾说:"这样的题材来源,就使得这部小说的描写买办金融资本家和反动的工业资本家的部分比较生动真实,而描写革命运动者及工人群众的部分则差多了。但最大的毛病还在于:一,这部小说虽然企图分析并批判那时的城市革命工作,而结果是分析与批判都不深入;二,这部小说又未能表现出那时候整个的革命形势。"③

其实,茅盾在骨子里还是一个具有颓废色彩的左翼作家。陈思和先生认为,在茅盾的作品中,"颓废占据着非常重要的位置,从《蚀》三部曲到《虹》都有这种颓废的因素"。《子夜》里的颓废因素除了陈先生从文化层面所指出的"繁荣和糜烂同在"海派传统外,应该还有产生和表现这种颓废的现代主义因素。"颓废"(deeadonoe)思潮产生于西方,19 世纪末 20 世纪初,西方工业革命发展以后带来了物资的巨大丰富,人们在追求物质生产与消费的同时,精神领域受到普遍压抑,乃至扭曲和异化,这种精神危机便导致了以物质消费和感官享受为表征的颓废主义思潮。这种"颓废思潮一方面是把生命追求停留在声色犬马的、疯狂的感官享受上,另一方面又是作为机械化时代的反叛力量、异端力量而存在","蔓延到二十世纪,逐渐转化成为现代主义的思潮"④。可见,颓废与反叛是现代主义一体同生的"两副面孔"。20 年代初,茅盾在大力译介现代主义时不可避免地同时受到这两种因素的影响。1921 年,茅盾在《"唯美"》一文中,介绍了英国的王尔德(Oscar Wilde)、意大利的唐南遮(D'annunzio,今译邓南遮)、俄国的梭

①　施华洛(茅盾):《中国苏维埃革命与普罗文学之建设》,《文学导报》,1931 年 11 月 15 日。
②　茅盾:《〈地泉〉读后感》,《茅盾全集》(第 19 卷),人民文学出版社,1991 年,第 331—335 页。
③　茅盾:《〈茅盾选集〉自序》,《茅盾文集》(第二卷),人民文学出版社,1963 年。
④　陈思和:《子夜:浪漫·海派·左翼》,《上海文学》,2004 年第 1 期。

罗古勃(Sologub)等三位颓废派的代表作家。茅盾认为，王尔德喜"新奇"，想在物质世界中求快乐，他是个人主义者和享乐主义者；唐南遮喜"神异"，是"理想国"的憧憬者和企图者；而梭罗古勃是厌世者和悲观者，他觉得世界是恶的，以为"死"即是"美"，"但他底悲观是对于人类期望过高而生的悲观，嘴里说着死，心里却满贮着生命的烈焰"①。正如有学者所指出，唯美—颓废主义文学思潮既与浪漫主义藕断丝连又与现代主义沾亲带故。② 显然，茅盾批评了倾向浪漫主义的王尔德、邓南遮，肯定了倾向现代主义的梭罗古勃，认为前两者是躲在"假的神秘外壳"底下高唱唯美论，都失败了，而梭罗古勃"真是人生底批评者，真是伟大的思想家"，并希望中国能够出现像梭罗古勃这样的唯美文学家。③1923年，在《什么是文学——我对于现文坛的感想》的演讲中，茅盾更是指出："所谓颓废派……于外面形式上看来，似乎不好，但是平心而论，也有可用之处，因为他的这种奇怪感想，全是反动的不平的思想所做成；他要求社会进步，而偏为社会所束缚，愤世故的悖逆，便发出许多狂言反语，他的形式虽然消极，其实却是积极，对于人类尚不致有坏的影响。"④可见，茅盾最初并不像后来那样完全否定颓废派，而是在一定程度上对颓废派的思想和艺术有所肯定。

"颓废"一词来自法文"decadent"，邵洵美曾把它译作"颓加荡"，即衰颓与放荡之意。30年代的上海充斥着高耸入云的摩天楼、豪华舒适的电影院、灯红酒绿的跳舞场、人声鼎沸的跑马厅、气氛暧昧的咖啡馆和霓虹闪烁的都市大街，这一切现代化的物质空间和消费性的娱乐生活在都市中营造出一种浓厚的颓废文化氛围和社会心理。作为着力表现30年代上海都市社会的《子夜》，其颓废色彩首先表现在都市景观的描写上。小说开始关于上海都市景观的描写充满了颓废气息："太阳刚刚下了地平线。软风一阵一阵地吹上人面，怪痒痒的。苏州河的浊水幻成了金绿色，轻轻地，悄悄地，向西流去。黄浦的夕潮不知怎的已经涨上了，现在沿这苏州河两岸的各色船只都浮得高高地，舱面比码头还高了约莫半尺。风吹来外滩公园里的音乐，却只有那炒豆似的铜鼓声最分明，也最叫人兴奋。暮霭挟着薄雾笼罩了外白渡桥的高耸的钢架，电车驶过时，这钢架下横空架

①③　冰：《"唯美"》，《民国日报·觉悟》，1921年7月13日。
②　解志熙：《美的偏至》，上海文艺出版社，1997年，第21页。
④　沈雁冰：《什么是文学——我对于现文坛的感想》，《学术演讲录》，1924年第2期。

挂的电车线时时爆发出几朵碧绿的火花。从桥上向东望,可以看见浦东的洋栈像巨大的怪兽,蹲在暝色中,闪着千百只小眼睛似的灯火。向西望,叫人猛一惊的,是高高地装在一所洋房顶上而且异常庞大的霓虹电管广告,射出火一样的赤光和青燐似的绿焰:Light,Heat,Power!"在这里,风是软的,水是金绿色的,音乐叫人兴奋,高楼像怪兽,霓虹灯射出的是绿焰,作者充分运用了视觉、听觉、嗅觉等各种感官,用电影镜头式的语言扫描了 30 年代上海的繁华与奢靡。其次,《子夜》的颓废色彩表现在人物的生活方式上。小说一开始便通过吴老太爷的视角描写了吴公馆疯狂迷乱的舞会:"一切男的女的人们,都在这金光中跳着转着。粉红色的吴少奶奶,苹果绿色的一位女郎,淡黄色的又一女郎,都在那里疯狂地跳,跳!她们身上的轻绡掩不住全身肌肉的轮廓,高耸的乳峰,嫩红的乳头,腋下的细毛!无数的高耸的乳峰,颤动着,颤动着的乳峰,在满屋子里飞舞了!"即便是在吴老太爷的灵堂旁,吊丧的客人们仍不忘享乐、狂欢,追逐"新奇的刺激"。交际花徐曼丽在一群男人的围绕下,"赤着一双脚,袅袅婷婷站在一张弹子台上跳舞","她托开了两臂,提起一条腿——提得那么高;她用一个脚尖支持着全身的重量,在那平稳光软的弹子台的绿呢上飞快地旋转,她的衣服的下缘,平张开来,像一把伞,她的白嫩的大腿,她的紧裹着臀部的淡红印度绸的裹衣,全部露出来了。"不难看出,《子夜》在表现这些都市男女颓废生活时,充满了肉欲和色情的暧昧意味。第三,《子夜》的颓废色彩还表现在人物的精神气质上。在"机械工业时代的英雄骑士和王子"吴荪甫的周围,作者还描写了林佩瑶、林佩珊、张素素、范博文、吴芝生等一批具有颓废气质的小资人物和浮浪青年。已是吴公馆主妇的林佩瑶却常常手持枯萎的玫瑰花和《少年维特之烦恼》,念念不忘与旧时恋人雷参谋才子佳人式的缠绵;内心虚空的张素素既想"死在过度刺激里",又害怕在游行示威时被抓;多愁善感的诗人范博文在与满眼娇慵的林佩珊约会失败后既苦闷得想自杀,又担心公园中各式各样的女性"对于他的美丽僵尸洒一掬同情之泪",而放弃"那还不是诗人们最合宜的诗意的死"。"颓废是意志状况的一种现象","是生活意志的丧失","一个人可以是有病的或虚弱的却无需是一个颓废者,只有当一个人冀求虚弱时他才是颓废的"①。《子夜》中这些

---

① 卡林内斯库:《现代性的五副面孔》,商务印书馆,2003 年,第 196 页。

具有颓废气质的小资们既内心虚空,又缺乏精神追求;既不满现状,怨天尤人,又多愁善感,迷茫痛苦,擅长理性分析的茅盾也常常表现出非常细腻和感性的一面。

茅盾曾说:"一个从事于文艺创作的人,假使他是曾经受了过去的社会的艺术的教养的,那么他的主要努力便是怎样消化了旧艺术的精髓而创造出新的手法。同样,一个已经发表过若干作品的作家的困难问题也就是怎样使自己不至于粘滞在自己所铸成的既定的模型中;他的苦心不得不是继续探求着更合于时代节奏的新的表现方法。"从主要描写知识青年苦闷感伤到重点表现社会阶级矛盾冲突,《子夜》充分表征了茅盾已经从曾经"所铸成的既定的模型中"脱离出来,"继续探求着更合于时代节奏的新的表现方法"的努力。虽然《子夜》大规模地描写中国都市生活,在指导思想上主要运用的是马克思主义的"社会辩证法",在艺术方法上主要是现实主义的写实手法,但是对于曾经所接受的现代主义艺术的"教养",茅盾没有完全放弃,而"主要努力便是怎样消化了旧艺术的精髓",并把它运用到新的创作中。为了"使一九三〇年动荡的中国得一全面的表现"[1],在《子夜》中茅盾把此前所受到的现代主义影响融入到现实主义艺术之中。

《子夜》在艺术上的现代主义影响首先体现在象征主义的大量运用。书名"子夜"象征着黎明前的黑暗。茅盾说:"这部小说以上海为背景,反映了中国人民在中国共产党领导下进行长期的反帝反封建斗争中的一个阶段;这个阶段的斗争是残酷的,情况是复杂的,然而从整个形势看来,这是黎明前的黑暗,所以题为《子夜》。"[2]开头描绘的黄昏夕阳(注:最初茅盾曾打算以"夕阳"为书名,初版本内封的题签下反复衬写着"The Twilight:a Ro-mance of China in 1930",意思是"夕阳:1930年中国的传奇")取自"夕阳无限好,只是近黄昏",茅盾说,以此喻蒋介石政权当时"表面上是全盛时代,但实际上已在走下坡路"。而吴老太爷一到现代化的上海便中风而死则象征着封建文化的溃灭,茅盾说:"吴老太爷好

---

① 茅盾:《〈子夜〉写作的前前后后》,《中国当代文学研究资料:茅盾专集》(第一卷),福建人民出版社,1983年,第710页。
② 茅盾:《茅盾全集》(第3卷),人民文学出版社,1989年,第556页。

像是'古老的僵尸',一和太阳空气接触便风化了。这是一种双关的隐喻。"①开头时临近棺材的狂欢和结尾处死亡的跳舞则分别象征着资产阶级已经面临和接近死亡。茅盾还在《子夜》中十分重视色彩、心理、基调等的象征作用,他在《子夜》的提纲中强调:"一、色彩与声浪应在此书中占重要地位,且与全书之心理过程相应和。二,在前部分,书中主人公之高扬的心情,用鲜明的色彩,人物衣饰,室中布置,都应如此。房屋为大洋房,高爽雄伟。三、在后半,书中主人公没落心情,用阴暗的色彩。衣饰,室中布置,亦如此。房屋是幽暗的。四、前半之背景在大都市,热闹的兴奋的。后半是都市之阴暗面或山中避暑别庄。"②总之,《子夜》在总体寓意、场景描写、情节安排、色调运用等方面都大量地运用了象征暗示的表现方法。其次,《子夜》受到表现主义的影响,大量运用幻觉、扭曲、变形的方式来表现人物的直觉和心理。茅盾认为,表现主义"艺术是体验、精神、主观三者的表现"③,注重直觉性和抽象性,擅长运用梦幻、扭曲、变形的表现方式。小说中描写吴老太爷对现代都市的感觉印象,主要是通过幻觉和变形的方式来表现的。在飞速的汽车上,手捧《太上感应篇》的吴老太爷,"觉得他的头颅仿佛是在颈脖子上旋转;他眼前是红的,黄的,绿的,黑的,发光的,立方体的,圆锥形的,——混杂的一团,在那里跳,在那里转;他耳朵里灌满了轰,轰,轰!轧,轧,轧!啵,啵,啵!猛烈嘈杂的声浪会叫人心跳出腔子似的"。当朱桂英遇害后,作者运用幻觉来表现她母亲的伤心欲绝:"老太婆觉得有一只鬼手压到她胸前,撕碎了她的心;她又听得竹门响,她又看见女儿的头血淋淋地滚到竹榻边!她直跳了起来。但并不是女儿的头,是两个人站在她面前。"当吴荪甫被高涨的"工潮"搅得焦灼不安时,茅盾运用了幻觉、变形的方式来表现他的扭曲心理:"他在工厂方面,在益中公司方面,所碰到的一切不如意,这时候全化为一个单纯的野蛮的冲动,想破坏什么东西!他像一只正待攫噬的猛兽似的坐在写字桌前的轮转椅里,眼光霍霍地四射;他在那里找寻一个最快意的破坏对象,最能使他的狂

---

① 茅盾:《〈子夜〉是怎样写成的》,《中国当代文学研究资料:茅盾专集》(第一卷),福建人民出版社,1983年,第861页。

② 茅盾:《〈子夜〉写作的前前后后》,《中国当代文学研究资料:茅盾专集》(第一卷),福建人民出版社,1983年,第709页。

③ 沈雁冰:《欧洲大战与文学》,《小说月报》,1924年8月,第15卷第8号。

暴和恶意得到满足发泄的对象"，于是他不顾王妈的姿色和年龄而只把她当作"可以最快意地破坏一下的东西"强奸了。第三，《子夜》还明显受到未来主义的影响，注重表现都市和机械的"速"与"力"。茅盾在分析未来派时曾指出："蒸汽、光、电……等等的速与力已成为近代人的意识与下意识的一部分，或者也应该在近代的艺术里占一席之地。"①《子夜》的开头，茅盾在表现都市的"光、热、力"时明显流露出欣赏的心理："暮霭挟着薄雾笼罩了外白渡桥的高耸的钢架，电车驶过时，这钢架在横空架挂的电车线时时爆发出几朵碧绿的火花。从桥上向东望，可以看见浦东的洋栈像巨大的怪兽，蹲在暝色中，闪着千百只小眼睛似的灯火。向西望，叫人猛一惊的，是高高地装在一所洋房顶上而且异常庞大的霓虹电管广告，射出火一样的赤光和青燐似的绿焰：Ligh，Heat，Power！"在小说中，茅盾还反复多次以欣赏的口吻描写了汽车的速与力。在去接吴老太爷的路上，作者写道："一九三〇年式的雪铁笼汽车像闪电一般驶过了外白渡桥，向西转弯，一直沿北苏州路去了。"在接了吴老太爷回家的路上，又一次写道："汽车愈走愈快，沿着北苏州路向东走，到了外白渡桥转弯朝南，那三辆车便像一阵狂风，每分钟半英里，一九三〇年式的新纪录。"老态龙钟的吴老太爷坐着"一九三〇年式"的汽车，置身于声光化电的都市，头晕目眩，迅速"风化"了。而雄心勃勃的吴荪甫却"坐在这样近代交通的利器上，驱驰于三百万人口的东方大都市上海的大街"，构建他的"工业王国"，"他的思想的运转也有车轮那样快"。可见，曾经深受未来主义影响的茅盾不仅在《幻灭》中塑造了一个未来主义者强连长的形象，更在《子夜》中对都市和机械的速与力流露出称羡不已的赞赏。

从《蚀》三部曲到《子夜》，作为左翼作家的茅盾不是不想表现革命，只是他要么是力不从心不得不放弃，要么是努力写了却并不成功。然而，"革命叙事"受挫的茅盾却在另一个方面成就了自己特有的艺术美学，现代主义的"深"与现实主义的"真"相统一，颓废主义的"唯美"与马克思主义的"辩证"相交融。

---

① 沈雁冰：《未来派文学之现势》，《小说月报》，1922 年 10 月，第 13 卷第 10 号。

第三节　艾青的欧罗巴"芦笛"与"忧郁"

在中国新诗发展史上,艾青被认为是继郭沫若之后的又一座高峰,他一方面从"彩色的欧罗巴"带回芦笛"自矜地吹",另一方面又坚持"忠于现实战斗"的传统,"深沉"地爱着脚下的"土地",其诗歌"所显露出来的世界潮流、民族传统和个人气质",标志着中国新诗发展"历史的'综合'的任务"的完成,显示了中国新诗发展必然出现的"历史归趋"[①],代表了三四十年代中国现代主义思潮与左翼革命思潮的完美结合。艾青早年耽爱莫奈、凡高、高更、毕加索等印象派的绘画和波特莱尔、兰波、凡尔哈仑等的象征主义诗歌,深受现代主义思潮的影响,但也倾向左翼,加入过反帝大同盟和左翼美术家联盟。20世纪30年代初,加入左翼组织后的艾青曾与戴望舒、徐迟等一道创作了一些反映现代都会生活的现代派诗歌。抗战前后,战火烽烟中的艾青怀着欧罗巴的"芦笛"行吟于忧患沧桑的大地,其诗歌创作表现出现实主义与现代主义相交织的深沉忧郁的美学特征。

一、彩色欧罗巴的"芦笛"

1929年春,艾青乘坐远航邮轮来到巴黎,开始了三年"精神上自由、物质上贫困"的留学生活。他一方面耽爱后期印象派绘画和象征主义诗歌,另一方面阅读"俄罗斯批判现实主义的小说、苏维埃十月革命的小说和诗歌,有时也到工人区的'列宁厅'看禁演电影"[②]。巴黎这个既积淀着革命传统又不乏颓废气息的国际都会培育了艾青忧郁的艺术气质和激进的左翼思想。

后期印象派是19世纪末在法国绘画界出现的一个反传统的艺术流派,他们超越了前期印象派重视自然客观描写的表现方式,进一步将光学色彩学原理应用于绘画,更多地赋予绘画以象征意味和主观色彩,善于抓住刹那间的不同感

---

① 钱理群等:《中国现代文学三十年》,北京大学出版社,2000年,第555—556页。
② 艾青:《艾青选集自序》,《艾青论创作》,上海文艺出版社,1985年,第50页。

觉,被认为是象征主义、立体主义、表现主义等西方现代派艺术的鼻祖。艾青说,在巴黎他"爱上'后期印象派'莫内、马内、雷诺尔、德加、莫第格里阿尼、丢飞、毕加索、尤脱里俄等等。强烈排斥'学院派'的思想和反封建、反保守的意识结合起来了"①。艾青不仅在蒙巴那斯(Montparnasse)大街的"自由工作室"学习印象派绘画,参加印象派画家的"独立沙龙",而且还送去了自己第一次署名"莪伽"(OKA)的油画作品。后期印象派那种强调光线色彩色、重视象征暗示、善于捕捉瞬间感觉的艺术风格不仅成为艾青早年绘画艺术的追求,也深刻影响了他日后的诗歌创作。在他看来,"诗人应该有和镜子一样迅速而确定的感觉能力——而且更应该有如画家一样的渗合自己情感的构图","一首诗里面,没有新鲜,没有色调,没有光彩,没有形象——艺术的生命在哪里呢","诗人的脑子对世界永远发生一种磁力:它不息地把许多事物的意象、想象、象征、联想……集中起来,组织起来"②,艾青不仅把印象派的绘画艺术方法运用到诗歌创作中,而且还形成了自己独具特色的诗歌艺术理论。

塞纳河畔沉浸在印象派绘画艺术中的艾青同时也爱上了象征主义的诗歌。他不喜欢"那些大部分把情感完全表露在文字上"的浪漫主义作品,而热爱波特莱尔、兰波、凡尔哈仑、阿波里内尔、桑特拉司、叶赛宁、勃洛克等象征主义诗人的作品。他说,"在巴黎时,我读到了叶赛宁的《一个无懒汉的忏悔》,白洛克的《十二个》,马雅可夫斯基的《穿裤子的云》,也读了兰波、阿波里内尔、桑特拉司等诗人的诗篇","凡尔哈仑是我所热爱的。他的诗,辉耀着对于近代的社会的丰富的知识,和一个近代人的明澈的理智与比一切时代更强烈更复杂的情感。我喜欢兰波和叶赛宁的天真——而后者的那种属于一个农民的对于土地的爱,我是倍感亲切的"③。19世纪后期兴起于法国的象征主义诗歌扬弃了浪漫主义直露的抒情方式,注重运用象征、隐喻、暗示等方法表现隐藏在背后的内心隐秘和真实世界,其先驱者便是艾青喜爱的波特莱尔、马拉美、魏尔伦和兰波等人。20世纪初期,象征主义艺术波及欧美各国,成为影响深远的世界性文艺思潮,诸如比利时的凡尔哈仑、俄国的叶赛宁、勃洛克等都是名动一时的象征主义诗人。象征

---

① 艾青:《母鸡为什么下鸭蛋》,《艾青论创作》,上海文艺出版社,1985年,第20页。
② 艾青:《诗论》,《艾青论创作》,上海文艺出版社,1985年,第404页。
③ 艾青:《我怎样写诗的》,《艾青论创作》,上海文艺出版社,1985年,第15页。

主义一方面在表现资本主义物质文明时流露出"恶之花"的颓废倾向,另一方面也在揭示这些社会之丑和人性之恶时表现出感伤的忧郁和对底层大众的同情,甚至还不时表现出对革命的积极支持。波特莱尔不仅在描写巴黎的颓废与堕落时表露出深沉的忧郁,而且还参加了法国 1848 年的六月起义。被魏尔伦称为"双脚不脱风尘的"流浪汉诗人兰波不仅以"通灵者"的幻想书写了"地狱的一季",而且曾参加过巴黎公社运动,为革命时代留下了许多充满战斗激情的诗篇。"耽爱着波特莱尔和兰波"的艾青不但从他们那里汲取了象征主义的艺术经验,也同时感染了他们对"彩色欧罗巴"既爱且恨的复杂情绪。比利时象征主义大诗人凡尔哈仑不但"深刻地揭示了资本主义世界的大都市的无限扩张和广大农封濒于破灭的景象",而且还加入了比利时工人党,其诗歌创作既有象征主义的色彩也不乏现实主义精神。凡尔哈仑的这一创作倾向和艺术手法深刻影响了艾青,他说:"我的诗里有些手法显然是对于凡尔哈仑的学习——这位诗人如此深刻而广阔地描写了近代的欧罗巴的全貌,以《神曲》的巨构,刻画了城里与乡村的兴衰的诸面相,我始终致以最高的敬仰的。而他的那种对于未来世界的向慕与人类幸福彼岸之指望,更是应该被这艰苦的世纪的诗人们公认为先知者的声音的。"①艾青所翻译的唯一一部外国诗集便是凡尔哈仑的《原野与城市》。叶赛宁与勃洛克是俄苏过渡时期著名的象征主义诗人,他们既以感伤和依恋的情感告别旧俄罗斯的田园与都市,又以兴奋和疑虑的心理迎接革命暴风疾雨的到来。叶赛宁早期的诗"反映了对旧俄罗斯的依恋,他从土地出发,含情脉脉地,申述了他的思念","给当时充满神秘主义的诗坛一股十分强烈的田园的芬芳",十月革命到来后,他把革命看作"尊贵的客人"热情地歌颂②,然而不久又不无哀怨地感叹"我的一只脚留在过去,/另一只脚力图赶上钢铁时代的发展,/我常常滑倒在地"(《衰老的罗斯》)。早期充满神秘主义和唯美色彩的勃洛克在"旧的诗人沉默、失措、逃走了,新的诗人还未弹他的奇颖的琴"的十月革命期间,"很能表现着俄国那时的神情"和"那大震撼大咆哮的气息",但也同时流露

---

① 艾青:《为了胜利——三年来创作的一个报告》,《艾青论创作》,上海文艺出版社,1985 年,第 7—8 页。

② 艾青:《关于叶赛宁》,《艾青论创作》,上海文艺出版社,1985 年,第 245 页。

出前后摇摆的弱点，"他向前，所以向革命突进了，然而反顾，于是受伤"①。艾青说："由于我生在农村，甚至也曾喜欢过对旧式农村表示怀恋的叶赛宁。"②这些象征主义诗人在新旧交替历史时期所表现出的诗歌艺术和忧郁感伤深刻影响了置身在彩色欧罗巴的艾青，他说，"我是喜欢比较接近我们自己时代的诗人们的"③，"我不隐讳我受了象征主义的影响"，"受人影响可以是他的全部作品，也可以是他的一首诗，还可以是他的一句诗。我没有深入研究过波特莱尔、兰波和阿波里奈尔，但我的确从《恶之花》，从《醉舟》，从《醇醪集》中把握到一些现代诗的艺术思维规律，这种艺术思维规律对发展我们民族诗歌传统是很有启示性的"④。

艾青所耽爱的欧罗巴，既是"淫荡的妖艳的姑娘"，孕育了印象派、象征派等现代派艺术，又是"盗匪的故乡"，滋生出争取民主自由的革命新兴力量。巴黎"拱廊街"的浪荡游民既是波特莱尔诗中的主人公，也是马克思笔下无产阶级密谋家的主体。马克思曾这样描述这些最初的无产阶级革命者："他们的生活无序可循，惟一具有定性的就是葡萄酒商的那些小酒馆——他们经常歇脚的见面场所，他们结识的人必然是各种飘忽不定的人，这就使他们被列入了巴黎人所说的那种浪荡游民（la bohome）之列。"⑤波特莱尔笔下的"拾垃圾者"与这些浪荡游民在生活境遇和精神状态上如出一辙，他"摇晃着脑袋，/碰撞着墙壁，像诗人似的踉跄走来，/他对于暗探们及其爪牙毫不在意，/把他心中的宏伟意图吐露无遗"（《拾垃圾者的酒》）。繁华的巴黎既是富人的天堂，也是穷人的地狱。艾青不仅在贫民区看到成群的无业游民、流浪汉和求乞者，"几十万人都化尽了他们的精力/流干了劳动的汗"，却得不到"些须的同情和些须的爱怜"（《巴黎》），而且还强烈地感受到"殖民地人民的深刻的耻辱与仇恨"（《我的父亲》），殖民者"饕餮的鲸吞"使得"东方的丰饶的土地/遭难得比经了蝗虫的打击和旱灾/还要广大"，"半个世纪以来/已使得几个民族在它们的史页上/涂满了污血和耻辱的

① 鲁迅：《〈十二个〉后记》，《鲁迅全集》（第7卷），人民文学出版社，1981年，第301页。
②③ 艾青：《艾青选集·自序》，开明书店，1951年。
④ 艾青：《为了胜利——三年来创作的一个报告》。
⑤ 马克思、恩格斯：《评谢努〈密谋家〉及德拉沃德〈一八四八年二月共和国的诞生〉》，转引自本雅明《发达资本主义时代的抒情诗人》，江苏人民出版社，2005年，第5—6页。

泪"(《马赛》)。深深了解了殖民者"罪恶和秘密"的艾青说:"民族歧视迫使我参加了一次反帝大同盟东方支部的集会。"①1932 年 1 月的一个晚上,艾青与朋友一起到巴黎圣约克街 61 号参加了世界反帝大同盟东方支部的集会,倾听了这个组织的发起者共产党员巴比塞的讲话,那些"来自东方、日本、安南、中国"的热血青年"会合"在一起,"虔爱着自由,恨战争","他们叫,他们喊,他们激奋,/他们的心燃炽着,/血在奔溢"(《会合》)。艾青以诗歌的形式记录了这些激动人心的集会场面,事后把它发表在中国左联机关刊物《北斗》杂志上。这首处女作虽然是"幼稚的、速写式的",但它"产生于一个纯真的灵魂之对于世界提出责难的时候"②,艾青"画出每个深暗的悲哀的黑影","每个凄怆的,斗争的脸"(《会合》),是"对于革命的呼喊","应该是最纯真的诗的语言"③。

自小感染了"农民的忧郁"的艾青在欧罗巴又增添了 Bohemien(波希米亚)式的"浪客的哀愁",在既繁华又"陌生的城市","象唯一的骆驼,在无限风飘的沙漠中/寂寞地寂寞地跨过"(《马赛》)。精神上的自由,使他"在色彩的领域里","痴恋迷失的过着日子"(《画者的行吟》)。物质上的贫苦,让他见证了底层人们的悲哀,感受到殖民地人民的耻辱。艾青说,他"从彩色的欧罗巴/带回了一支芦笛"。这支芦笛一开始便自矜地吹奏着"巴黎的忧郁"和"马赛曲的坚强"。

二、"暴乱的革命者"与"耽美的艺术家"

20 世纪 30 年代,《现代》杂志编辑杜衡在评论艾青的第一本诗集《大堰河》时指出,作为诗人的艾青一开始便以两种身份出现在读者面前,"一个是暴乱的革命者,一个是耽美的艺术家,他们原先是一对携手同行的朋友,因为他们是从同一个地方出发的,那就是对世界的仇恨和轻蔑"④。虽然杜衡对艾青诗歌的解读并非完全正确,后来又作为"第三种人"受到左翼阵营的批判,但是他关于早期艾青及其诗歌中的两种身份的判断无疑是十分符合实际的。1932 年 5 月,在

---

① 转引自杨匡汉、杨匡满:《艾青传论》,上海文艺出版社,1984 年,第 36 页。
②③ 艾青:《我怎样写诗的》,《艾青论创作》,上海文艺出版社,1985 年,第 13 页。
④ 杜衡:《读〈大堰河〉》,《新诗》,1937 年 3 月,第 1 卷第 6 期。

巴黎受到现代派艺术思潮和左翼革命思潮影响的艾青一到上海便加入了左翼美术家联盟,成为"美联"的骨干成员。成立于1930年的"美联"是当时左翼美术运动的主要团体,他们公开宣称"必须站在无产阶级的立场上,加强新兴美术运动,同统治阶级的御用美术进行斗争"①。加入"美联"后,艾青以莪伽的笔名在左翼刊物《文艺新闻》上发表文章,介绍国外左翼画家和苏联革命诗人的作品,与江丰、力扬等人一起组织的"春地画会"得到了鲁迅的支持,发行美术画报,并且还参加了左翼团体组织的"飞行集会",积极投入到如火如荼的左翼文艺运动中。1932年7月,由于叛徒出卖,艾青与江丰、力扬等十三名"春地画会"成员被法租界巡捕逮捕,后被引渡给国民党政府。自此,艾青开始了三年的囚徒生活,直至1935年10月出狱。狱中的艾青一面继续进行抗议和斗争,一面开始了由画家到诗人身份的转变。艾青说:"决定我从绘画转变到诗,使母鸡下起鸭蛋的关键是监狱生活。"②由绘画转为写诗,固然主要是因为监狱条件的限制,但这与艾青早期对诗歌的关注和此时关于诗歌的思考不无关联,在他看来,"诗比起绘画,是它的容量更大。绘画只能描画固定的东西,诗却可以写一些流动的、变化着的事物"③。

《透明的夜》是艾青狱中创作的第一首诗。此诗对于艾青创作生涯所具有的重要意义常常没得到足够的重视。《透明的夜》描写了一群酒徒在黑夜中的骚动,他们哗然地走过"沉睡的村""沉睡的街""沉睡的广场"和"沉睡的原野"。尽管这些酒徒没有自觉的革命意识,但是他们的喧嚣却搅动了沉睡的黑夜,使得死寂的黑夜充满了粗暴的力量和生命的气息,从而变得"透明"。艾青说在写《透明的夜》时,他"已感受了现实的严酷的教训,所以不再有空想了"④。在接下来的《聆听》《叫喊》《监房的夜》《铁窗里》等一系列诗作中,身陷囹圄的艾青进一步表现了反抗的叫喊和粗暴的气息。透过监狱中的"铁窗",诗人"看见熔铁般红热的奔流着的朝霞",举起"对于海洋的怀念","对于马雅可夫斯基的诗的太阳的怀念","对于千万的伸着古铜般巨臂的新世界创造者的怀念"(《铁窗里》)。当"夜沉在监狱的房里",诗人"聆听"到"法南水电厂的吼声彻叫

---

① 许幸之:《新兴美术运动的任务》,《艺术》,1929年第1期。
②③ 艾青:《母鸡为什么下鸭蛋》,《艾青论创作》,上海文艺出版社,1985年,第55页。
④ 艾青:《我怎样写诗的》,《艾青论创作》,上海文艺出版社,1985年,第14页。

着"，"像大航轮般\在深蓝的海洋上\以速力钻开了水波"（《聆听》）。在反抗的"叫喊"里，"城市醒来"，"太阳张开了炬光的眼"，白亮的宇宙"波涛般跳跃着"（《叫喊》）。艾青说："为了发掘人类的不幸，为了警醒人类的良心，而寻觅着语言，剔选着语言，创造着语言。"①艾青的早期诗作中不但充满了底层人们的反抗和叫喊，而且涂抹了现代派艺术的"光"与"色"。在诗人的笔下，"黎明穿上了白衣"，绿的草原上流着"乳液似的烟"（《当黎明穿上了白衣》）；在"黑的河流，黑的天"的那边是"永远在挣扎的人间"（《那边》）；黄土下的大堰河拥有"紫色的灵魂"和"泥黑的温柔的脸颜"（《大堰河——我的保姆》）。深受印象派和象征派艺术影响的艾青，一开始便把光与色、象征与暗示等现代派艺术元素娴熟地运用到诗歌创作中，在他看来，"一首诗里面，没有新鲜、没有色调、光彩、没有形象——艺术的生命在哪里呢?"（《诗论》）

从塞纳河畔带回"芦笛"的艾青始终储存着对"欧罗巴的最真挚的回忆"。在艾青的早期诗作中，《芦笛》《巴黎》《马赛》《病监》《ORANGE》《画者的行吟》《古宅的造访》《我的季候》《雨的街》等作品更突出地表现了诗人对现代派艺术的追求。《芦笛》是为纪念法国现代派诗人阿波里内尔所写。这支从"彩色的欧罗巴"带回的"芦笛"是自由和艺术的象征。狱中的诗人失去了绘画的自由，于是"自矜地吹起"诗歌的"芦笛"。艾青的"芦笛"里既"吹送出对于凌侮过它的世界的毁灭的诅咒的歌"，又浸染着波特莱尔、兰波、阿波里内尔、凡尔哈伦等现代派的忧郁色彩和颓废的美。在诗人笔下，巴黎既涌动着"群众的洪流"和"劳动的叫嚣"，又"解散了绯红的衣裤\赤裸着一片鲜美的肉\任性的淫荡"（《巴黎》）。马赛的街头虽然响彻着"群众的欢腾的呼嚷"，而"我"却在这陌生的城市里"感到单调而又孤独! \像唯一的骆驼，\在无限风飘的沙漠中，寂寞地寂寞地跨过"（《马赛》）。在《病监》中，诗人更是展开奇特的想象，把肺结核比作暖花房，把绷纱布喻为芙蓉花，让红唇吮吻"心中流出的脓血"，让"紫丁香般的肺叶"吐出"凄艳的红花"，这种美丑互现的强烈对比呈现出波特莱尔式的"恶之花"倾向。30 年代初期，艾青关于都市的想象与书写还分明流露出与戴望舒等现代派诗人同样的"雨巷"式的哀愁。"沿着塞纳河"行吟的诗人，曾经像波希米

---

① 艾青:《我怎样写诗的》,《艾青论创作》,上海文艺出版社,1985 年,第 14 页。

亚人那样"终日无目的地走着","在这城市的街头,\痴恋迷失的过着日子"(《画者的行吟》)。有时在"十字街口的广场","一辆公共汽车\闪过了\纪念碑","燃烧的 ORANGE"撩起"我"的"异国人的忧郁"(《ORANGE》);有时"坐在公园的长椅上,\看鸽群\环步于石像的周围","偶尔听见从静寂里喧起""单调而悠长的声响"(《我的季候》);有时坐在咖啡店"最暗的一角",看着"窗玻璃流着眼泪","眺望着那霏雨的天的幅员","记不清是多远的年代"(《雨的街》);有时"像那久久倦游的旅客","从遥远的旅舍,\经了长长的散步"造访中世纪的"古宅",带着感伤寻求"片刻可贵的安息"(《古宅的造访》)。

1930 年代初期,在施蛰存、戴望舒等编辑的《现代》和《新诗》杂志周围凝聚了以戴望舒、施蛰存、徐迟、卞之琳、艾青、路易士、林庚、金克木、玲君、陈江帆等为代表的一批现代派诗人,他们以敏感的触角捕捉都市的新感觉,用"现代的词藻排列成的现代的诗形"表达"现代人在现代生活中所感受到的现代的情绪"①。艾青最初的诗作大多发表在施蛰存、杜衡、戴望舒等人编辑的现代派杂志《现代》和《新诗》上,(只有《会合》《大堰河——我的保姆》等少数诗作发表于左翼刊物《北斗》《春光》上,而后者最初也是投给《现代》的,由于杜衡顾忌其浓厚的左翼色彩才由李又然转投给《春光》)。据统计,仅 1932—1934 年间,艾青便在施蛰存、杜衡、戴望舒等人编辑的《现代》杂志上先后发表了 11 首诗歌之多(比施蛰存、徐迟还多,而作为现代派诗歌主将的戴望舒也不过 15 首),后来又在戴望舒编辑的《新诗》上发表了 6 首,成为 30 年代初期重要的现代派诗人。这些诗作在思想、艺术上明显表现出两种倾向的结合,即思想上的左翼革命倾向和艺术上的现代主义色彩,并且这种以现代主义艺术形式表现左翼革命现实精神的创作方式逐渐形成了艾青此后诗歌创作的基本内核而贯穿始终。

三、行吟大地的忧郁歌者

1937 年爆发的全面抗战不仅是中国现代历史进程的重要转折,也是中国现代文学发展的关键结点。全面抗战使得原来激烈的阶级矛盾为日益激化的民族

---

① 施蛰存:《文艺独白》,《现代》,1933 年 5 月,第 3 卷第 1 期。

矛盾所取代。为了适应新的时代要求,团结一切可以团结的抗日力量,以"左联"为代表的左翼组织或解散或重组,抗日救亡成为了时代的主题,社会情势的剧变导致了文学创作的变革。对于诗歌而言,"抗战以来的中国新诗,由于现实生活的不断变化所给予它的新的主题和新的素材,由于它所触及的生活的幅员之广,由于它所处理的题材,错综繁杂,由于它的新的思想和新的感觉的浸润,它已繁生了无数的新的语汇,新的词藻,新的样式和新的风格"①。然而,由于人们对战争的严酷性认识不够,体验不深,一度使得文学出现了浪漫化和工具化的倾向,正如当时的《救亡日报》所宣传的:"在这种全国抗战的非常时期,我们的诗歌工作者,谁还要哼着不关痛痒的花、草、情人的诗歌的话,那不是白痴便是汉奸。目前最迫切的任务,就是将我们的诗歌,武装起来。"②激情式的叫嚣和工具化的宣传必然要以损失艺术的个性和本质为代价,即便是向来以凝练艺术风格著称的臧克家当时也不得不自我反省:"一只眼睛看过去,看过去写下的诗篇,我羞于承认它们是我生产的。这并不是因为抗战没有能写出好诗来,而是没深入抗战,没有自己变成一个真正的战斗员,才没能够写出好诗来……我的歌颂就悬在了半空。这歌颂,你不能说它没有热情,但它是虚浮的,刹那的;这歌颂,你不能说它没有思想内容,但它是观念的,口号的。"③正如有学者指出:"由于外来的情势剧变使文学的先锋性转换为民族主义的政治激进态度,而文学本身则从战前的巨大的文学精神中游离出来,形成了内敛的风格——启蒙的文学批判精神与纯美的文学性追求的分离。"④然而,在战争凌辱下的大地上也有艾青式的忧郁和深沉。

艾青说:"没有一个作者不被他的教养和出身的环境所限制了的,而每个作者的进步过程就是他逐渐摆脱他的限制的过程,我是一个从来也不敢停止努力的人,我在继续不断地摆脱我出身的环境所加给我的限制。"⑤如果说,30 年代初期艾青诗歌创作的生活资源大多局限于个人的家乡记忆、异国见闻和监狱体验,

① 艾青:《论抗战以来的中国新诗》,《艾青论创作》,上海文艺出版社,1985 年,第 108 页。
② 《中国诗人协会抗战宣言》,《救亡日报》,1937 年 8 月 30 日。
③ 臧克家:《十年诗选序》,重庆时代出版社,1944 年。
④ 陈思和:《简论抗战为文学史分界的两个问题》,《社会科学》,2005 年第 8 期。
⑤ 艾青:《我怎样写诗的》,《艾青论创作》,上海文艺出版社,1985 年,第 15 页。

那么抗战以后,艾青开始辗转于祖国的大江南北,从上海到杭州、金华、武汉、临汾、西安、桂林,然后又从偏于一隅的湖南新宁辗转来到重庆,诗人一路上目睹了战争蹂躏下土地的忧郁、民族的苦难和反抗的号角,饱含着泪水的诗人把深沉的忧郁投向了浸润着苦难的中国大地,"更有意识地,具体地用他的创作的热情,与中国的现实紧密地联系起来"①,早期诗歌中波特莱尔"巴黎式的忧郁"和戴望舒"雨巷式的感伤"很快被一种更加普遍深沉的"土地的忧郁"所替代,艾青更自觉地把象征主义艺术元素与书写苦难、反映抗争的现实主义精神融合在一起,成为抗战前后最具影响力的诗人之一。

　　苦难是文学的永恒主题,透过苦难书写,我们可以从中探究人类精神存在的意义、生命坚韧的程度以及人性的繁复与伟大。苦难是艾青诗歌的重要主题,也是艾青诗歌走向沉郁的重要因素。艾青对"苦难"有着深刻的理解和独到的表现。艾青认为,"苦难比幸福更美","苦难的美是由于在这阶级的社会里,人类为摆脱苦难而斗争"②,"这苦难被我们所熟悉,幸福被我们所陌生的时代,好像只有把苦难能喊叫出来是最幸福的事;因为我们知道,哑巴是比我们更苦的"③。因此,他"一直为了发掘人类的不幸,为了警醒人类的良心,而寻觅着语言,剔选着语言,创造着语言"④。在艾青诗歌中,写于抗战前夕的《死地》向来不为人们所关注。在这首"为川灾而作"的诗歌中,诗人以沉郁的笔调描写了无可抗拒的"天灾"——干旱给几千万川府民众造成的苦难:"大地已死了!/—躺开着的那万顷的荒原/是它的尸体",到处都是"像被火烧过的/焦黑的麦穗/与枯黄的麦秆/与龟裂了的土地",几千万"地之子"在死亡的大地上颗粒无收,连草根和树皮也找不到,"于是他们/相继地倒毙了!/象草/象麦秆/在哑了的河畔/在僵硬了的田原"。《死地》只是艾青对苦难书写的序曲,随着战火的蔓延,艾青把更深广的忧郁投向"寒冷封锁着的中国"。1937 年冬,艾青写下了著名的《雪落在中国的土地上》,描写了战争和严寒席卷下的"中国的苦痛与灾难"。在寒冷"封锁"的中国,"风,/像一个太悲哀了的老妇,紧紧地跟随着/伸出寒冷的指爪/拉

①　艾青:《抗战以来的中国新诗》,《艾青论创作》,上海文艺出版社,1985 年,第 80 页。
②　艾青:《诗论》,《艾青论创作》,上海文艺出版社,1985 年,第 387 页。
③　艾青:《诗论》,《艾青论创作》,上海文艺出版社,1985 年,第 414 页。
④　艾青:《我怎样写诗的》,《艾青论创作》,上海文艺出版社,1985 年,第 14 页。

扯着行人的衣襟";农夫的脸上"刻满了痛苦的皱纹",饱尝着岁月的艰辛;少妇"被暴戾的敌人"烧毁了家园,"在死亡的恐怖里"遭受"敌人刺刀的戏弄";年老的母亲"蜷伏在不是自己的家里,就像异邦人/不知明天的车轮/要滚上怎样的路程"。"雪落在中国的土地上,/寒冷在封锁着中国呀",诗人悲怆的呼喊回荡在苦难中国的大地上。艾青说,那时"悲哀浸融在冰凉的碎片里","自己知道战争的路给谁走是最艰苦的,而且也只有他们才会真正的走到战争的尽头"①。这首诗是艾青创作道路上的又一重要标志,在随后的一系列诗作中,经历了苦难的诗人开始真正把自己的忧郁深深地融入饱受战争严寒摧残的苦难土地和苦难的人们。在"悲哀"的北方,流泉干涸,林木枯死,汹涌混浊的黄河"给广大的北方/倾泻着灾难与不幸"(《北方》);"在冰雪凝冻的日子","穿过广阔与荒漠"的手推车"响彻着/北国人民的悲哀"(《手推车》);在城市边缘,"无数的吊脚楼/像一群乞丐/褴褛挨着褴褛"(《吊楼》);在战地灾区,饥饿的乞丐伸着"乌黑的手/要求施舍一个铜子/向任何人/甚至那掏不出一个铜子的兵士"(《乞丐》)。在艾青的抗战诗歌中,《人皮》《死难者画像》《江上浮婴尸》等一组直击战争血腥场面和侵略者残暴行径的诗歌或许因为过于触目惊心,向来不见于各类艾青诗歌选本。在这类作品中,诗人以沉郁悲愤的笔调对备受战火摧残的广大民众表达了深切的悲悯,向日本法西斯令人发指的残暴行径发出了愤怒的控诉。《人皮》描写了一张被日本侵略者剥下来倒悬在树枝上的中国女人的人皮:"敌人已败退了——剩下的是乱石与颓垣,是焚烧过的一片/没有草、没有野花",在路边的树枝上,"倒悬着一张破烂的人皮","像一件血染的破衣/向这荒凉的土地/披露着无比深长的痛苦","不幸的女子啊!/炮火已轰毁了她的家/轰毁了她的孩子,她的亲人/轰毁了她的维系生命的一切/不知是为了不驯从羞辱的戏弄呢/还是为了尊严而倔强的反抗呢/敌人把她处死了——/剥下了她的皮/剥下无助的中国女人的皮/在树上悬挂着/悬挂着/为的是恫吓英勇的中国人民"。《死难者画像》描写了炮火轰炸后池中五具死难者的悲惨场景:一对断了手臂的母子,一个"头和脸/已完全被包扎在白布里"的男子,一个"只剩下了胸部以上的一段肉体"的男子,一个"被炸开了后脑"的孕妇。《江上浮婴尸》描写了中国幼童被日

---

①　艾青:《为了胜利——三年来创作的一个报告》,《艾青论创作》,上海文艺出版社,1985 年,第 5 页。

本法西斯当作输血工具抽干鲜血后抛尸江上的悲惨画面："江水流着/江水哭泣/江上浮着一具具/被日本人杀害了的婴尸"，这些不幸的孩子是被可怕的敌人"用闪亮的针/刺进嫩白的小臂"，"吸取鲜红的血"去喂养"那无数到中国来杀人的野兽"而枯萎的，"当敌人已不再需要你们/他们就狞笑着把你们抛到江里"。

艾青不仅对"苦难"有着深刻的理解和独到的表现，而且由"苦难"延伸出艾青式的"忧郁美学"。艾青的忧郁既有从小感染的"农民的忧郁"，也有后来形成的"漂泊情愫"，再加上忧国忧民的知识分子精神传统，正如有学者指出，"所谓'艾青式的忧郁'正是时代情绪、民族传统、西方文化影响与艾青个人气质的一种'契合'"①。抗战时期尤其是前期，"普遍的诗人，没有能力在情绪的激动下，去对抗作政治的或是哲学的思考"，而只是"把抗战诗单纯地作为战争诗而制作"，大多用"单纯的爱国主义与军民精神的空洞叫喊"来鼓舞军民的抗战意识。② 于是，艾青的"苦难书写"和"忧郁美学"被误认为是不合时宜的，受到了一些人的非议，并进而认为艾青的忧郁情绪是"被象征主义损害"。为此，艾青辩解道："叫一个生活在这年代的忠实的灵魂不忧郁，这有如叫一个辗转在泥色的梦里的农夫不忧郁，是一样的属于天真的一种奢望"，他是"把忧郁与悲哀看成一种力！把弥漫在广大的土地上的渴望、不平、愤懑……集合拢来，浓密如乌云，沉重地移行在地面上"③。忧郁和苦闷是西方象征派诗人最突出的精神特征。波特莱尔说："我的确认为'欢悦'是'美'的装饰品中最庸俗的一种，而'忧郁'却似乎是'美'的灿烂出色的伴侣；我几乎不能想象，任何一种美会没有'不幸'在其中"④。凡哈尔仑也认为，他们这派诗人"贻爱悲哀，前无古人"。显然，艾青对苦难的理解和表现并由此形成的"忧郁"与他所接受的象征主义影响不无关联。对此，艾青坦承道："我不隐讳我受了象征主义的影响。"然而，艾青又进一步指出他只是对"诗的象征的手法"的借鉴，而不是"诗上的象征主义"，甚

---

① 钱理群等：《中国现代文学三十年》，北京大学出版社，1998 年，第 560 页

② 艾青：《论抗战以来的中国新诗》，《艾青论创作》，上海文艺出版社，1985 年，第 108 页。

③ 艾青：《诗论》，《艾青论创作》，上海文艺出版社，1985 年，第 414 页。

④ 波特莱尔：《随笔》，《西方文论选》（下卷），上海译文出版社，1979 年，第 225 页。

至说"我并不喜欢象征主义"①。艾青的这一表态在很大程度上影响了后来人们对他诗歌创作的认识和评价,大多数人认为艾青是一个"执着而有效地坚持了革命诗歌的人民性、现实性、战斗性的传统"②的革命现实主义诗人。然而从创作主流来看,无论是在艺术思维方面还是在表现手法上,艾青都应该是一个象征主义诗人。

象征主义在美学观和艺术观上的最基本特征是强调主观暗示,鄙弃传统现实主义的"反映论"和浪漫主义的直抒胸臆,主张运用象征、通感、隐喻、比拟等表现手法,"以物达情"、"以物寓理",通过物象暗示某种情绪,暗示某种观念。波特莱尔认为,大自然是一个"象征的森林",其中的一切都互相感应,诗人只要与之融合,就可以从声音中看到颜色,从颜色中嗅到香味,从香味中听到声音。马拉美宣称:"暗示,才是我们的理想。"瓦雷里则说:"寓意之美……正是基本的美学形式。"同样,艾青一贯反对空洞的叫喊和浮嚣的情感,主张运用象征、暗示的方式来表达深厚博大的思想情感。在分析抗战以来的中国新诗时,艾青批评当时一般作品里相当普遍的缺点,即"单纯的爱国主义与军民精神的空洞叫喊,常用来欺骗读者的那种比较浮嚣的情感"③。他在《诗论》中指出,"诗是由诗人对外界所引起的感觉,注入了思想感情,而凝结为形象,终于被表现出来的一种'完成'的艺术","感觉只是认识的钥匙","诗人只有丰富的感觉力是不够的,必须还有丰富的思考力,概括力,想象力","诗的语言里面必须富有暗示性和启示性","象征是事物的影射;是事物互相间的借喻,是真理的暗示和譬比"④。艾青在诗歌创作中大量运用象征、暗示、拟人、通感等方法来表达深邃的思想情感。在诗人笔下,象征光明的太阳"从远古的墓茔/从黑暗的年代/从人类死亡之流的那边/震惊沉睡的山脉/若火轮飞旋与沙丘之上""向我滚来"(《太阳》);携带苦难的风"像一个太悲哀了的老妇","伸出寒冷的指爪/拉扯着行人的衣襟"(《雪落在中国的土地上》);蕴含艰辛的手推车"以唯一的轮子/发出使阴暗的天穹痉挛的尖音"(《手推车》)。

---

① 艾青:《为了胜利——三年来创作的一个报告》,《艾青论创作》,上海文艺出版社,1985 年,第 7 页。
② 杨匡汉等:《艾青诗歌艺术风格论》,《文学评论》,1980 年 4 月。
③ 艾青:《论抗战以来的中国新诗》,《艾青论创作》,上海文艺出版社,1985 年,第 108 页。
④ 艾青:《诗论》,《艾青论创作》,上海文艺出版社,1985 年,第 406、408 页。

　　艾青以及有关艾青诗歌的评论者之所以对其"象征主义诗人"的身份讳如莫深，是因为长期以来左翼文艺界对象征主义乃至现代主义的片面认识所导致。在左翼批评家看来，象征主义滋生于"资本主义国家"，其"思想根源是主观唯心主义，它们的创作方法是反现实主义"，反映了"没落中的资产阶级的狂乱精神状态和不敢面对现实的主观心理"，"是反动的，不利于劳动人民的解放运动，实际上是为资产阶级服务的"颓废的文艺。① 但事实上，在世界现代文学进程中，无论是西方还是俄国，都不乏积极表现革命的象征主义诗人，譬如艾青所敬仰的比利时象征主义大诗人凡尔哈伦，他不但"深刻地揭示了资本主义世界的大都市的无限扩张和广大农村濒于破灭的景象"，而且还表现了"对于未来世界的向慕与人类幸福彼岸之指望"②；再如，俄国象征主义诗人勃洛克，他诗歌中"那大震撼大咆哮的气息"便很能表现俄国十月革命时的"神情"③；即便是"法国的波特莱尔，谁都知道是颓废的诗人，然而他欢迎革命"，"当巴黎公社初起时，他还很感激赞助"④。因此，象征主义与表现革命之间并无矛盾，艾青不但运用象征主义来书写人民的苦难，也运用象征主义来表现革命的反抗。通过一个物象、一个人物或一段故事为载体，借以表现人民的觉醒、革命的反抗和对光明的向往是艾青运用象征主义表现革命斗争的主要方式。在《复活的土地》这首写于抗战全面爆发前夕的诗作中，诗人以象征、隐喻的方式预言了中华民族反抗精神的复活，"曾经死了的大地，/在明朗的天空下／已复活了"，"苦难也已成为记忆，/在它温热的胸膛里/重新漩流着的/将是战斗者的血液"。在《树》中，这首创作于抗日战争最艰苦时期的诗歌用"树"象征中华民族，以"根须纠缠在一起"暗示民众中隐伏着的团结抗日的巨大力量，"一棵树，一棵树/彼此孤离地兀立着/风与空气/告诉着它们的距离/但是在泥土的覆盖下/它们的根伸展着/在看不见的深处/它们把根须纠缠在一起"。而在《他起来了》《吹号者》《他死在第二次》《向太阳》《火把》等诸多作品中，艾青运用象征主义塑造了一系列英勇的战斗者和革命者的形象，他们或是淋着鲜血从屈辱里"起来"，"从敌人的死亡/夺回自己

① 茅盾：《夜读偶记》，《茅盾全集》（第19卷），人民文学出版社，1996年，第121—228页。
② 艾青：《为了胜利——三年来创作的一个报告》，《艾青论创作》，上海文艺出版社，1985年，第8页。
③ 鲁迅：《〈十二个〉后记》，《鲁迅全集》（第7卷），人民文学出版社，1981年，第301页。
④ 鲁迅：《鲁迅全集》（第4卷），人民文学出版社，1981年，第358页。

的生存"(《他起来了》);或是在"困倦的人群里"被惊醒,"以生命所给与他的鼓舞"吹奏出"短促的,急迫的,激昂的"冲锋号(《吹号者》);或是从受伤的"舁床"上起来,第二次奔赴前线战死沙场(《吹号者》)。在这些战斗者和革命者身上,诗人融入了对民族、战争和生命的深刻思考,赋予了他们以鲜明的雕塑感和巨大的历史内涵。艾青抗战时期影响最大的两首诗是《向太阳》及其姊妹篇《火把》。《向太阳》描写了"我"起来后的见闻感受。黎明时分,"我"像一只困倦的受伤的"野兽"从狼藉的"林薮"挣扎起来,听到了远方"群众的歌声",看到了街上朝气蓬勃的景象,回忆起个人和民族所经历的阴暗的"昨天","现在好了/一切都过去了","太阳"从密丛的"森林"里出来了,它刺醒了"城市和村庄",在"太阳"下,"我"向受伤的士兵、募捐的少女、生产的工人走去,"感到了从未有过的宽怀与热爱/甚至想在这光明的际会中死去"。《火把》描写了唐尼和李茵两个女青年在一次火炬游行中的见闻和感受。唐尼和李茵相邀参加"火炬"游行,街上"所有的人都来了",会场上的演说是"电的照耀""火的煽动","它要煽起使黑夜发抖的叛乱",数不清的"火把"汇成了"红光的河流",火把的烈焰"照亮了群众","把黑夜一块一块地摇坍下来",唐尼和李茵被沸腾的革命热情所激动,放下了个人的情感纠葛投入到"火炬"队伍中。从上述两首表现革命抗战的长篇叙事诗中,我们不难发现艾青正是以艺术探索精神成熟地运用象征主义创作方式表达了深刻的革命斗争主题。显然,那喷薄而出的"太阳"与高擎着的"火把"是对民主、自由与光明不懈追求的象征,然而,诗人已不仅只是单纯地运用具有隐喻色彩的意象表达深藏内心的思想意识与复杂情感,而是进一步把象征主义的思维方式延伸到诗篇的整体建构中去,以达到深远厚重的审美艺术境界,从而与当时一般的"浮嚣式"的革命书写相去甚远。

第四节 徐訏的马克思主义嬗变与现代主义书写

历史博杂的风烟常常会遮蔽许多丰富的色彩,对文学而言,尤其如此。由于种种原因,徐訏在中国现代文学史上长期没有得到足够的重视,他常常是作为一个具有通俗意味同时又兼杂着浪漫主义和现代主义色彩的自由主义作家为研究者所关注的,或称之为"后期浪漫派"①,或称之为"后期现代派"②。徐訏作品在形式上融合现代与传统,在旨趣上化雅为俗,因而使得他作为现代派的现代性和先锋性具有了潜隐性。其实,无论是从其小说创作在形而上层面的哲理探索和人生体验,还是在艺术形式上的大量象征、隐喻、暗示等现代主义手法,都无可置疑地表征了他的现代主义倾向。然而,值得注意的是,徐訏早年还曾经有过浓厚的马克思主义情结,他把这段时期称之为"我的马克思主义时代",后来由于种种原因,他又"走出了马克思主义","回到个人主义与自由主义",但是,以马克思主义为理论基石的左翼文化思潮对徐訏此后的文学选择产生了十分重要的影响。

一、"我的马克思主义时代"

1927—1932 年徐訏在北京大学哲学系求学时期,正值马克思主义在中国蔚然成风之时。有人在谈及 1927 年以后马克思主义对中国思想界的巨大影响时说,"学者都公认这是一切任何学问的基础,不论研究社会学、经济学、考古学或从事文艺理论者,都在这哲学基础中看见了新的曙光,许许多多旧的文学者及研究家都一天一天地'转变'起来","任何顽固的旧学者,只要不是甘心没落,都不能不拭目一观马克思主义的典籍,任何敢于独创的敏锐的思想家也不得不向《资本论》求助"③。据统计,"1928 年至 1929 年间,在左翼文艺运动正式开始的时候,大约有 100 种俄罗斯作品被译成中文",在北京图书馆"11 种借阅得最多的一般书籍中,有 6 部是关于共产主义理论的"④。受到时代风潮的影响,哲学专业的徐訏对马克思主义产生了浓厚的兴趣,甚至差点成为左联北平分盟的成员。这段时期,徐訏系统地阅读了大量马克思主义著作,他说:"大学时代,左倾思想很风行,我读了大量有关资本论、经济学方面的书,又看了马克斯、列宁、恩

---

① 钱理群等:《现代文学三十年》,北京大学出版社,1998 年,第 519 页。
② 孔范今:《论中国现代小说发展中的后期现代派》,《悖论与选择》,明天出版社,1992 年。
③ 艾思奇:《廿十年来之中国哲学思潮》,《中国现代哲学史资料汇编》(第 2 卷第 1 册),辽宁大学出版社,1981 年,第 7 页。
④ 尼姆·维尔斯:《活的中国·附录一:现代中国文学运动》,《新文学史料》,1978 年第 1 期。

格斯,还有日本河上肇等人的著作,无形中思想便倾向社会主义。"①徐訏后来描述自己当时对马克思主义著作如饥似渴的程度时说,"每出版一本书,无论文字多么生硬,总是要借来买来,从头把它读到完",并自称是"马克斯主义的信徒"②。1933 年徐訏离开北平来到上海,先后担任林语堂主编的《论语》半月刊助理编辑和《人间世》半月刊编辑。由于林语堂提倡"幽默""闲适"的小品文,这与"风沙扑面,狼虎成群"的时代不相适宜③,因而《论语》与《人间世》遭到鲁迅等左翼文艺界的批评。作为《人间世》的编辑,徐訏虽然受到林语堂的影响,但他并不完全认同林语堂的闲适风格,他说,"我个人始终有一种自由主义的成见,作为一个编辑,希望不同意见的文章同在《人间世》出现"④。由于徐訏的努力,在《人间世》上发表文章的既有周作人、朱光潜、废名等京派作家,也有施蛰存、叶灵凤、邵洵美、章衣萍、梁得所等海派作家,还有徐懋庸、唐弢、阿英、杨骚等左翼作家。徐訏还多次向鲁迅约稿,"请他为《人间世》写点稿子",说"若他不赞成《人间世》闲适的态度,就更应该在《人间世》写点匕首长矛的文章"⑤。虽然鲁迅坚持自己的原则,最终也未给《人间世》写稿,但有感于徐訏的诚意,他不仅推荐了徐诗荃的《泥沙杂拾》给《人间世》发表,还特地给徐訏题写了"金家香弄千轮鸣,扬雄秋室无俗声"的横幅以示鼓励,由此可见徐訏对左翼关注和尊重的态度。徐訏对左翼文化尤其是马克思主义的关注和认同在他主编的《天地人》杂志上更得到了鲜明的体现。

1936 年 3 月,徐訏与孙成在上海福州路创办了《天地人》半月刊。徐訏曾幽默地说:"刊物好像是一桌菜,作家是采办菜的人,而编者不过一个厨子,我帮助语堂先生编《人间世》,也就等于帮厨子做菜而已。"⑥由"帮厨"跃为"厨子"的徐訏摆脱了《人间世》不关心"政治时势"只注重"幽默闲适"的格调。在《天地人》的创刊号上,徐訏通过朱光潜的"给《天地人》编辑徐先生"的《一封公开信》和自己的《公开信的复信》表明了杂志今后的风格和编辑者的态度。朱光潜在公

---

① 陈乃欣等:《徐訏二三事》,台北尔雅出版社,1980 年。
② 徐訏:《回到个人主义与自由主义·道德要求与道德标准》,香港文风印刷公司,1957 年版。
③ 鲁迅:《小品文的危机》,《鲁迅全集》(第 4 卷),人民文学出版社,1981 年,第 575 页。
④⑤ 徐訏:《鲁迅先生的墨宝与良言》,《场边文学》,香港上海印书馆,1968 年,第 225 页。
⑥ 徐訏:《公开信的复信》,《天地人》,1936 年 3 月,第 1 卷第 1 期。

开信中严厉批评了《人间世》等杂志"大吹大擂地捧晚明小品文","是闹制造假古董的把戏",在民族危难之际,杂志的编辑应该"负起重大的社会责任",绝不能使文学"和我们的时代环境间"产生"离奇的隔阂"。同时,朱光潜对徐訏寄予了殷切的希望,"徐先生,你允许我们使《天地人》'比较少年',你知道我多么热烈地希望你能实践这个允许啊"①。徐訏在《公开信的复信》中,虽对《人间世》的缘起和倾向作了某种程度的辩解,但基本赞同朱光潜的意见,他说,"朱先生的对于小品文太风行的批评是正确的",《人间世》的确存在脱离现实人生,"以致只能使一二僻爱之者觉得有味了",他称赞朱光潜的这封信是"一篇最能使人起默契的乐趣而又有高度严肃的实益的文章","它奠定了这个'比较少年'的刊物的趋向"。徐訏在赞赏朱光潜意见的同时,还表明了《天地人》今后的活泼多样、务真求实的内容和风格。他说,今后《天地人》杂志"其中有严肃的论题,有郑重的介绍,有亲切的谈话,有地方的写真,也有零碎的小文,也有一点诗一点小说,这些固然不能说我们已与青年怎么打成一片,但我们终是多方面在与青年们携手了"②。从内容上来看,创办于民族危难时期的《天地人》杂志切合着时代的脉搏,积极宣传抗日救亡的主题,表现了与左翼渐趋一致的倾向。如第2、3期上,连载了陈云从的关于十九路军的系列纪实报道,作者以深沉的笔调记述了十九路军在上海"一·二八"淞沪抗战中的英勇壮烈场面。第3期上,曲沆的《谈国难教育》探讨了抗战时期中华民族的教育问题。元文的《汉奸论》抨击了抗战时期经济、政治、文化领域中的各类汉奸,成的《"莫谈国事"》批评了国民党当局的不抵抗政策,号召全体国民团结一致共御外侮。第7期上,厂民的抗战诗歌《万里长城》以激越的情感呼吁人民大众,"为着大众的利益,大众的生存,/我们要在坚毅的意志下,牺牲更多量的白骨与赤血,凝建起一列新的辉煌的长城";曲沆的《从社会本能说到救亡图存》讨论了战乱时期的社会心理问题。此外,徐訏他们还积极介绍苏联的社会思想文化状况,如《苏联儿童文学》《苏联的青工生活》《从中国现代画展说到苏联版画》等。需要指出的是,与当时宣传"普罗文化"的左翼文艺工作者不同的是,哲学专业出身的徐訏是以学术的态度来看待

---

① 朱光潜:《一封公开信》,《天地人》,1936年3月,第1卷第1期。
② 徐訏:《公开信的复信》,《天地人》,1936年3月,第1卷第1期。

和接受马克思主义的,他在系统地考察了西方中世纪以来的各种哲学思潮之后,高度评价了马克思主义理论对人类的伟大贡献。他说,"这学说伟大性是与达尔文相等的,达尔文是发现生物进化的原则,马克斯则发现人类社会进化的原则"①,"生物进化到人类,是一种突变,所以在研究变后的人类社会演变史,在方法上就缺少了武器,这新的方法的填补,就是马克斯所创用的唯物论辩证法"②。徐訏不仅意识到马克思主义对社会发展的伟大意义,而且还认识到它对文艺创作的重要影响,他说,"马克斯恩格思的思想,其影响所及是庞大的,各色的社会主义学说都受其影响,反响在文艺上,承继着反抗与革命以及不满现状的本质,渗透了阶级的争斗意识"③。正如徐訏在创刊号的编者后记中所言,"天地人这刊名没有什么特殊意义的,刊物终由于内容来决定,所以也不求其含义了"④。《天地人》以一种积极务实的态度关注社会人生,注重刊登纪实性的社会见闻,大力宣传抗战,积极介绍苏联社会现实和文化思潮,宣扬马克思主义,充分体现了编者徐訏与 30 年代的文化主潮左翼文化思潮相当一致的思想倾向。

二、左翼文化语境下的文学选择

"在 1928 年、1929 年以后,普罗文学就执了中国文坛的牛耳。"⑤"左联"执委会在 1931 年 11 月的决议《中国无产阶级革命文学的新任务》中对作家创作题材问题明确作出规定,要求作家必须抛弃"身边琐事""恋爱和革命的冲突"等题材,抓取反帝国主义、反对军阀混战、工人对资本家的斗争、描写农村经济的动摇和变化等现实生活题材。⑥ 这时候,"普罗文学运动的巨潮震撼了中国文坛,大多数作家,大概都是为了不甘落伍的缘故,都'转变了'"⑦。在这种情势下,徐訏早期的文学创作,在题材的选择上明显地表现出与左翼文学一致的倾向。这

①　徐訏:《巴夫洛夫之交替反应律在近代思想上的意义》,《天地人》,第 1 卷第 3 期。
②　徐訏:《行为主义论》,《天地人》(杂志),第 1 卷第 5 期。
③　徐訏:《论冯友兰的思想转变》,《场边文学》,香港上海印书馆,1971 年,第 196 页。
④　徐訏:《编者后记》,《天地人》(杂志),1936 年 3 月,第 1 卷第 1 期。
⑤　郁达夫:《光慈的晚年》,《现代》,1933 年 5 月。
⑥　冯雪峰:《中国无产阶级革命文学的新任务》,《雪峰文集》(第 2 卷),人民文学出版社,1983 年。
⑦　施蛰存:《我的创作生活之历程》,《施蛰存七十年文选》,上海文艺出版社,1996 年,第 56 页。

一左翼倾向首先表现在反对帝国主义侵略、赞扬民族抗日精神的题材上。徐訏说，"抗战军兴，舞笔上阵，在抗敌与反奸上觉得也是国民的义务"[①]。1931 年"九一八"事变爆发后，徐訏就及时创作了独幕剧《旗帜》(1931 年 9 月 30 日)，借王正光一家为了保护"国旗"而壮烈牺牲的英雄事迹，真实地再现了"九一八"事变后广大民众抗日救国的历史画面。五幕剧《月亮》也真实反映了太平洋战争前夕，帝国主义军事和经济入侵下民族经济破产、阶级矛盾激化和民不聊生的社会现实。五幕剧《兄弟》直接描写了地下工作者抗日斗争的题材，剧本通过地下革命者李晃潜入上海从事地下革命活动，最后牺牲的英勇故事，赞扬了革命者不屈的斗争意志，反映了当时社会普遍的抗日斗争情绪。短诗《献旗》《奠歌》《战后》和长篇叙事史诗《一页》等都直接以抗战为题材，歌颂了广大人民群众的抗战精神，揭示了战争给人们带来的灾难。《献旗》描写了抗战中战士浴血奋战守卫国旗的情景，歌赞了国旗所代表的光明和自由的精神："心炸裂，血流尽，肉横飞"，"于是那国旗多一份新的意义，/那红的代表着战士似长虹的血，/那青蓝的代表那血所养的自由，/那白的是那自由里生长的光明"。《奠歌》中诗人通过"红铁般的悲愤捧着我心，/对战士们英雄的魂灵祭奠"，深情地赞美了英雄战士"慷慨地流血，/救人类无边的浩劫"的牺牲精神。《战后》描写了战后凄惨的场面，"这里早已寻不出一只鸟，/只有狼在枯骨丛里叫啸"，"焦黑色的树上像有女孩上吊，/猩红色池边像有人在跳，/残垣里炉灶久冷，/纺车与摇篮早没有人在摇"。长篇叙事史诗《一页》真实地描绘了五百民众自发抗日，最后壮烈牺牲的悲壮场面，"我们五百条生命，/在攻的时候要充五万枝枪，/在守的时候要做五万重围墙"。其次，揭示社会矛盾、表现阶级冲突也是徐訏早期文学创作在题材上倾向左翼的一个重要体现。1931 年发表的戏剧《纠纷》直接表现了剧烈的社会矛盾和阶级冲突，国民党公安局陈局长在镇压工人暴动时被打伤，然而即便是在治伤求医时他仍然不忘残酷镇压工人斗争，命令手下用机枪扫射群众，同时还为自己的家人妥当安排善后生活，充分揭露了统治阶级的凶残和丑恶，反映了无产阶级的觉醒和反抗。《月亮》中资本家李勋位只顾自己的经济利益，不顾工人的生命安全，雇警察枪杀罢工工人，强迫工人生产，表现了工人阶级与资本家之

[①] 徐訏:《风萧萧·后记》,《风萧萧》,台湾正中书局,1966 年,第 597 页。

间剧烈的阶级矛盾。再次,关注社会现实人生、同情小人物悲苦,也是徐訏早期十分关注的文学题材。戏剧《水中的人们》以 1931 年的大水灾为题材,描绘了灾难中底层人们的艰苦挣扎和上层权贵的贪婪凶残。小说《小刺儿们》通过小刺儿人性的沦落与异化,揭露了新旧军阀的黑暗统治和民不聊生的社会现实。《郭庆记》通过一个洗衣局的兴衰和郭庆婆一家生活的变故,表现了城市经济重压下底层人们的艰辛和苦难。守寡的郭庆婆辛勤地操持着洗衣局,一家人的生活勉强得以维持。后来郭庆婆由于劳累过度而病死,洗衣局由张管婆接管,郭庆婆的三个孩子得不到照顾,生活无着,于是走上了偷窃的歧路。《手枪》中家光失业后,为了养家糊口,迫于经济压力走上了抢劫的道路。《滔滔》通过进城当奶妈的农村妇女小顺嫂对城市生活的朦胧幻想和乡村身份意识的觉醒,在一定程度上反映了 30 年代农村经济破产、城乡差异和阶级对立的社会现实。在早期的诗歌创作中,徐訏描写了一群底层劳动者的生活艰辛和悲惨命运,如钱塘江畔的挑夫"鞋子够多么破,/衣裳够多么褴褛","身上压着百斤的重担,/要过那九寸宽的跳板,/夏天里他要拭着汗叹!/冬天里他要呵着手颤"(《钱塘江畔的挑夫》);老渔夫在"儿子被军队拉去,妻子也在病榻里瞑目"后,只得"以他一头白发,/以及一嗓子的低咳,来支持这付衰老的骨骼,/以一张网来养活他早寡的儿妇,/以及他五个幼龄的孙属"(《老渔夫》);拉纤夫"深沉的呼吸着","二眼死盯着地平线,/跨着等速的速度"(《拉纤夫》)。

如果说题材只是文学选择的表层问题,那么左翼文化对徐訏文学创作的影响更深层次地表现在处理题材的角度和创作方法的选择上。虽然徐訏一贯批评文学的功利主义、提倡文学的娱乐精神,但是在谈到 30 年代的文学时,他说:"这以后抗战军兴,文学为抗战服务,顺理成章,当然无可厚非。"①在徐訏前期创作中,与后期对爱和人性的哲学探讨不同的是,作者对现实题材的处理,其出发点是切近政治、服务现实的,作者的情感取向也明显地表现为同情无产阶级和底层劳动人民,批判反动的统治阶级和帝国主义,具有鲜明的左翼文学色彩。如《纠纷》中对陈局长凶残自私的鞭挞,对工人们英勇反抗的赞扬;《月亮》中对日

---

① 徐訏:《五四以来文艺运动中的道学头巾气》,《场边文学》,香港上海印书馆,1968 年。

本侵略者鲸吞民族资本的激愤,对民族资本家振兴民族经济的肯定和对其镇压无辜工人的批判;《小刺儿们》对新旧军阀黑暗统治的批判,对底层小人物的同情。《一页》中对爱国群众英勇抗日的歌赞,对侵略者野蛮行径的愤恨。在作品的结构和情节的安排上,这个时期的现实题材的作品也明显地显示出左翼文学的一贯方式。徐訏早年深受马克思辩证唯物主义的影响,擅长运用阶级分析的眼光,多用二元对立的方式来结构作品,如《纠纷》中的官民冲突,《月亮》中的劳资矛盾,《一页》中的敌我情绪,以及《兄弟》中的两种不同观念和心理的斗争等,这些对立的结构方式,使作品充满了张力,推动着情节的发展,与当时流行的左翼文学并无二致。在徐訏的早期作品中,我们不难找出它们与当时左翼文本诸多不同程度的联系。如《水中的人们》其取材的角度和表现的方式都明显受到丁玲小说《水》的影响,而五幕剧《月亮》与茅盾的《子夜》和曹禺的《雷雨》在情节安排、人物塑造和表现方式上则存在惊人的相似。《月亮》中的李勋位与《子夜》中的吴荪甫一样都是民族资本家,都陷入了经济危机,都孤注一掷地想通过债券市场挽救即将倒闭的工厂,最终都败在帝国主义的资本侵略中。另一方面,李勋位又与《雷雨》中的周朴园一样陷入了家庭危机,都是因为发昧心财起家,工厂里的工人都在闹罢工,自己的儿子同样反对自己,他们的儿子同样爱上了家里的丫鬟,家庭危机最终在经济破产、前情暴露和儿子死去中达到顶点,剧情也到此结束。在创作方法上,徐訏的早期创作不同于后期的浪漫奇幻而明显地呈现出左翼文坛所提倡的现实主义倾向。徐訏认为,"文学起源于民间,生根于生活。文学家创作的源泉是生活,一个作家有生活才能写作"[1]。因而这个时期的作品,无论是小人物生活的艰辛还是上层权贵的丑恶,无论是工人与资本家之间的阶级冲突还是爱国军民与侵略者之间的民族矛盾,大多运用写实的手法反映社会现实生活的状貌。虽然徐訏后来由于"对写实主义的不满足"转向了浪漫主义和现代主义[2],但是他仍然非常重视现实主义的"写实功夫",他说,"对一个作家而言,写实的功夫,实在是基本的功夫,这正如一个画家都要素描的功夫一

---

① 徐訏:《〈三边文学〉序》,《三边文学》,香港上海印书馆,1968 年。
② 徐訏:《从写实主义谈起》,《场边文学》,香港上海印书馆,1968 年。

样"①,"伟大的小说必须兼具浪漫主义的气魄和写实主义的手法"②。从作品来看,实际上现实主义的创作方法贯穿了徐訏创作的始终。即便是在 40 年代的"浪漫高潮期"③,徐訏同时也发表了"现实主义的代表作"中篇小说《一家》。小说描写了抗战期间林氏一家从杭州到上海的逃难生活。作者把林家三代人颠沛流离的逃难生活、卑微庸俗的人物心理和分崩离析的家庭悲剧纳入到战乱年代的典型环境中,刻画了虚伪自私的二少奶奶、遗老作派的林老先生、落后保守的林老太太、忍辱守拙的大少奶奶、左右失据的林先生等性格鲜明的人物形象。写实性的细节描写在小说中得到充分运用,如林老太太临死前对大少奶奶的交代,大少奶奶私底里扣下老太太的葬费;结尾时,二少奶奶把十二张一元的钱夹在钞票里冒充十元的面额交给大少奶奶,大少奶奶忍辱守拙,假装不知,这些细节描写可谓把家庭内部的自私丑恶揭示得淋漓尽致。徐訏 50 年代创作的长篇小说《江湖行》虽然充满了浪漫的想象和人生的探索,但是战乱时期的都市场景和江湖人生仍然是由大量的写实性细节组成,主人公周也壮与葛衣情、紫裳、小凤凰和阿清等人的爱情,以及与舵伯、野凤凰、穆胡子、老江湖等人的友谊都是在作者的真实描述中呈现的。60 年代,徐訏在香港的文学创作表现出向前期现实主义复归的趋向,创作了一批讽刺、批判社会现实的作品,如《失恋》《舞女》《客自他乡来》《鸡蛋与鸡》和短篇集《小人物的上进》等。由此可见,左翼文化对徐訏前期的思想认识和文学活动产生过重要影响,这一影响甚至一直潜隐到他的后期创作和思想意识中。

三、"自由主义"的嬗变

虽然徐訏早期在思想和创作上受到左翼文化思潮的影响,但他并没有沿着左翼路线发展下去,而是很快发生了转向,在思想上放弃了马克思主义,转而信奉自由主义,在创作上超越了现实主义,转向了浪漫主义和现代主义。对于这一转向,徐訏后来在《我的马克思主义时代》中解释道:"我在巴黎看到一本苏联史

---

① 徐訏:《〈斜阳古道〉序》,《徐訏全集》(卷十四),台湾正中书局,1967 年
② 徐訏:《一九四〇级》,《徐訏全集》(卷十四),台湾正中书局,1967 年。
③ 吴义勤:《漂泊的都市之魂》,苏州大学出版社,1993 年,第 185 页。

大林审判托洛斯基派的综合报告。这本东西,很激烈的动摇了我对于'正统'共产国际的信仰,跟着我对于共产主义也起了怀疑。因为如果共产主义是好的,怎么会产生这许多奇怪的伟大的革命人物——如托洛斯基、布哈林、拉狄克……等等,忽而变成了叛党叛国叛主义的罪犯呢? 那时候有许多同情托洛斯基的人出来写书写文章,我自然也读了许多。后来也读到纪德的《从苏联归来》等书。我的思想起了很大的变化。……我由否定共产主义,接着我也否定了马克思主义。我先是扬弃了他的唯物论接着是他的唯物史观。那时候,我开始喜欢柏格森的哲学。我的马克思主义时代就是这样结束,而且一去不复返了。"①

虽然徐訏在这里详细地记述了其放弃马克思主义的原因和过程,但显然思想的转变并非一蹴而就,而是有一个长期渐变的过程和多方面的原因。如前所述,徐訏在接受和运用马克思主义的时候,不同于当时大多数左翼作家把它作为一种新的政治、思想的武器,而是从学术专业的角度去接受和看待马克思主义的。在北京大学读书时期,先学哲学、后攻心理学的徐訏,在接受马克思主义唯物辩证法的同时,也接触了康德的唯心主义思想、弗洛伊德的精神分析学说和柏格森的生命哲学,只不过在"左倾思想很风行"的时代,他"读了大量有关资本论、经济学方面的书","无形中思想便倾向社会主义"②,于是把马克思主义作为思想文化的主潮来接受。事实上,徐訏在高度评价马克思的同时,也对康德和弗洛伊德极为赞许,他说:"达尔文第一个从生物学上认识了人,马克思第一个从社会中认识了人,巴甫洛夫是第一个从生理学上认识了人,弗洛伊德则是从心理学上认识了人"③,"弗洛伊德学说之伟大就在他奠定了对于人性的分析于研究的基础","他从了解人而了解自己,作重新估价,影响于文学艺术的也就是人性的追究与发掘"④。对于康德,徐訏后来评价道:"康德所唤起的那个时代的伟大,是只有希腊从苏格拉底到亚里斯多德的时代可以比拟,这可以说是哲学史上的定论。康德承受了所有的前代的思想,以完全新发展的立场,无垠的视野做了纯理性的批判工作,开创了不但以后哲学上的研究途径,而且也提供了哲学上所

---

① 徐訏:《我的马克思主义时代》,《现代中国文学过眼录》,台湾时报文化出版有限公司,1991 年。
② 陈乃欣等:《徐訏二三事》,台北尔雅出版社,1980 年。
③ 徐訏:《从智能研究之成果谈天才的形成》,《场边文学》,香港上海印书馆,1968 年,第 168 页。
④ 徐訏:《弗洛伊德学说的背景及其影响》,《回到个人主义与自由主义》,香港文风印刷公司,1957 年。

有的问题,这些问题一直到二十世纪的今日为无数哲学家终身的对象。"①至于柏格森直觉主义和时间"绵延"学说的影响,则更直接地体现在徐訏 40 年代的小说创作中,徐訏说他一放弃马克思主义就开始喜欢柏格森的哲学。康德、弗洛伊德和柏格森既是西方哲学史上的巨人,也是现代派文学的思想先导,他们对徐訏的影响由 30 年代的潜移默化到 40 年代的显而易见,也在一定程度上说明了徐訏思想和创作转变的渐进过程和深层原因。

　　"文变染乎习情",思想观念和文学风格的转变在很大程度上与外部环境密切关联。徐訏由"马克思主义"转向"自由主义"还与他当时所置身的上海和巴黎的文化环境息息相关。30 年代的上海,除了轰轰烈烈的左翼文化运动之外,还有一大批自由主义知识分子站在各自的立场所倡导的自由主义文化思潮,两种文化思潮的论争几乎贯穿了整个 30 年代。其中著名的如胡适、梁实秋、陈西滢等新月派文人提倡的"人性论",以"永恒的人性的文学"否定"无产阶级的阶级的文学";林语堂、陶亢德等论语派文人提倡的"以自我为中心,以闲适为格调"的"性灵文学";以及"自由人"胡秋原和"第三种人"苏汶等提倡的"文艺自由论",反对文学上的"干涉主义"。针对以上各种自由主义文化思潮,左翼文艺界都一一展开了批判和论战。由此可见,30 年代的上海,由于租界"治外法权"的存在,文化思想相对自由。大学毕业后,徐訏来到上海林语堂主编的《论语》和《人间世》杂志担任编辑,虽然此前接受了马克思主义的影响,但是耳闻目染中很快受到林语堂"幽默""闲适"的文学趣味的影响,一度成为"论语派"的中坚。他说,"我个人始终有一种自由主义的成见"②。在编辑《论语》和《人间世》时,徐訏遵循林语堂自由主义的编辑理念,广泛联系各路作者,积极推动小品文运动,使得《人间世》成为荟萃京派、海派和左翼等不同作家的散文园地。除了林语堂之外,徐訏还受到周作人、朱光潜等京派文人自由主义美学思想的影响。徐訏对周作人闲适冲淡的文风和提倡"自己的园地"的文学主张极为推崇,他说,"我对于知堂老人发表过及出版过的作品,可以说都读过的","他的文章都是有他独到的趣味","每篇都显作者之真知灼见,似乎是没有第二个人能谈会

---

① 徐訏:《论冯友兰的思想转变》,《场边文学》,香港上海印书馆,1968 年,第 194 页。
② 徐訏:《鲁迅先生的墨宝与良言》,《场边文学》,香港上海印书馆,1968 年,第 225 页。

谈与配谈了"①,"艺术的创作只是作家自己的表现,每人该有'自己的园地'。这也许正是周作人把他的散文集称为《自己的园地》的意义"②。徐訏对朱光潜提倡的"美的距离"说和文艺心理学也十分赞赏,并把它们运用到具体的创作实践中,他在给朱光潜的信中说自己"爱先生的《给青年的十二封信》和《谈美》等书",并称朱光潜的回信是"一篇最能使人起默契的乐趣而又有高度严肃的实益的文章",它奠定了《天地人》"这个'比较少年'的刊物的趋向"③。如果说上海开放多元的文化环境促生了徐訏最初的自由主义思想情怀,那么1936—1938年的法国巴黎之行,则标志着徐訏思想和创作的根本转变。在巴黎大学期间,徐訏系统地研究了费希特、谢林等西方唯心主义哲学,尤其热衷于柏格森的生命哲学。如上所述,正是这个时候徐訏否定了共产主义和马克思主义,开始信奉自由主义,"这思想是以洛克的人性论为代表,他与亚当斯密斯的经济学理论配合成自由主义的骨干"④。在法国自由民主的政治、经济和文化思潮的熏陶下,在异域都会的浪漫生活风情的刺激下,徐訏创作了《阿拉伯海的女神》《鬼恋》等充满了浪漫奇幻色彩和现代主义意味的小说,标志着他创作风格的转变,"他几乎是第一个摆脱了描写中国旧家庭、旧社会的窠臼,走向了一个崭新的世界,用生动紧凑的故事,表现幻想,使读者一下子像看见了满天彩虹"⑤。自此,爱与人性的哲学探讨成为了徐訏创作的主题,浪漫主义的想象和现代主义的情绪代替了之前的现实主义的方法和原则。

有学者指出,"徐訏从根本上说是个彻底的自由主义者,这不仅表现为他自由的心态结构,也表现在他对文学发生、文学功能、文学消费等诸多理论范畴的认识上"⑥。徐訏从"马克思主义"转向"自由主义",这主要是因为他对文学的认识与左翼文艺思想大相径庭。在文学的本质和功能上,左翼提倡"革命文学",强调文学为政治服务,强调"集团"的力量。然而正如鲁迅所言,"一切文艺

---

① 徐訏:《知堂老人的回忆录》,《街边文学》,香港上海印书馆,1968年,第280页。
② 徐訏:《启蒙时期的所谓写实主义与浪漫主义》,《现代中国文学过眼录》,台湾时报文化出版企业有限公司,1991年,第35页。
③ 徐訏:《公开信的复信》,《天地人》,1936年3月,第1卷第1期。
④ 徐訏:《个人的觉醒与民主自由》,台北传记文学出版社,1979年,第62页。
⑤ 陈乃欣等:《徐訏二三事》,台北尔雅出版社,1980年。
⑥ 吴义勤:《漂泊的都市之魂》,苏州大学出版社,1993年,第197页。

固是宣传,而一切宣传却并非文艺"①。徐訏也承认"文艺是宣传",但他反对文学的工具性和功利性,他说,"文艺则因为本质上不满现实,它与政治的要求永远无法一致的","'五四'以来的文艺运动"其所谓民主与科学也限于在'功利'上着眼","反旧礼教反封建,实际上是一种道德运动"②,他认为,"文学是一种以文字为媒介表现作者对于人生的感受的一种艺术"③,"文学的本质是表达,所以是离不开作者个人的","表达可以是一种表情,也可以是一声叹息,一声呻吟,进一步也就是歌谣与诗歌","艺术的自由则是情感表达的自由"④。在文学的真实性问题上,左联积极推行富于革命意味的"新的现实主义",而"忽略了艺术的特殊性,把艺术对于政治、对于意识形态的复杂而曲折的关系看成直线的、单纯的"⑤,而徐訏则强调内心情感真实的重要性,他曾反复告诫文学青年,"我们唯一要求你们的是诚实,诚实,第三个诚实。第一个诚实是忠于你们所感,第二个诚实是忠于你们的表达,第三个诚实则是忠于你们的传达了"⑥。与左翼一样,徐訏也提倡"文学的大众化"。左翼从"革命功利主义"的角度,提倡文学为无产阶级大众服务,而徐訏则是从"娱乐性"的角度提倡"文学大众化"的。他说:"文艺的本质是大众化的","这原是一个成功的作品自然而然的要求",但他不赞同"提倡大众文学,就是提倡为大众所可欣赏的文学","作家本来是大众的一员",应该具有"大众意识",文学的大众化就是"给大众以健康的娱乐","伟大的作品之所以大众化,就因为他有娱人的力量,就是说有浓厚的娱乐价值"⑦。从文学实践来看,当年左翼文学的大众化运动并没有深入开展下去,创作中也未能取得实际的效果,而徐訏曾以"雅俗共赏"的小说文本风靡一时,并名列畅销书的榜首,取得了事实上大众化的效果,从这一点来看,徐訏关于"文学大众化"的认识应该具有独特的理论价值。

---

① 鲁迅:《文艺与革命》,《鲁迅全集》(第4卷),人民文学出版社,1981年,第84页。
② 徐訏:《五四以来文艺运动中的道学头巾气》,《场边文学》,香港上海印书馆,1968年。
③⑥ 徐訏:《从文艺的表达与传达谈起》,《徐訏二三事》,台北尔雅出版社,1980年。
④ 徐訏:《回到个人主义与自由主义》,香港文风印刷公司,1957年。
⑤ 周起应:《关于"社会主义现实主义与革命浪漫主义"》,《现代》,1933年第4卷第1期。
⑦ 徐訏:《谈艺术与娱乐》,《徐訏全集》(卷十),台湾正中书局,1967年。

四、都市与战争背景下的现代主义书写

都市与战争是西方现代主义产生的两个重要背景,也是徐訏现代主义文学书写的主要背景。北京、上海、巴黎、重庆、香港,徐訏说自己"一生都在都市里流落"①,其间目睹了洋场的醉生梦死,亲历了战场的风云变幻,因而在他的小说创作中,无论是都市中的"人""鬼"奇恋,舞场与赌窟中的"花魂"传奇,欢场与战场的爱恨情仇,还是江湖旅途的人生历险和平凡人家的颠沛流离,都常常隐现着洋场与战场的双重面影。"人在旅途"的都市漂泊是徐訏小说的一个重要主题,他小说中的现代主义意蕴和浪漫奇幻的色彩正是经由这些都市漂泊而产生的。在徐訏看来,"没有故事的人生不是真实的人生,没有人生的故事是空洞的故事","我所有的也许只是对我生命在人生中跋涉的故事"②。

在徐訏的文学想象中,虽然舞场、赌窟、咖啡馆、夜总会等都市文化空间仍然是其笔下人物活动的主要场所,但显然作者并非只是浮光掠影地表现都市中灯红酒绿和纸醉金迷的生活表面,而是把关注的重心投向它们背后人物的精神世界。徐訏常常在都市与战争的背景下,探讨爱与人性的哲学命题,把孤独、失落、流放、虚无等现代主义情绪,铺展在一个个浪漫传奇的故事中。《鬼恋》讲述了"我"与隐居都市的"鬼"偶遇、相恋、离散的爱情传奇以及"鬼"曾经的革命经历。隐居都市行踪神秘的"鬼"实际上是一个在革命斗争中遭受挫折的职业革命者。她曾有过丰富的革命经历,在枪林弹雨中暗杀、逃亡,她"把悲哀的心消磨在工作上面,把爱献给大众",然而革命失败后,同伴中"卖友的卖友,告密的告密,做官的做官,捕的捕,死的死",深受打击的她只好隐居都市,"扮演鬼活着","冷观这人世的变化"。在三四十年代的上海,曾经热血沸腾的革命青年在遭遇理想的幻灭之后,常常会堕入纸醉金迷的十里洋场寻求精神的麻木和刺激,茅盾、丁玲等左翼作家笔下不乏这样的小资产阶级知识分子形象。与左翼作家迥异的是,徐訏并没有运用阶级分析的眼光来打量都市中的失意青年,而是借都

---

① 徐訏:《鸟语》,《徐訏全集》,台湾中正书局,1966年。
② 徐訏:《江湖行》,《徐訏全集》,台湾中正书局,1966年,第1—2页。

市和革命的题材来思考人生和生命的深层意味。女主人公从积极的"入世"到颓然的"避世",昭示了人生的失落与生命的虚无。《赌窟里的花魂》同样并没有着意渲染赌窟里迷乱狂热的氛围,而是借"我"与"花魂"传奇的赌场经历和聚散离合的爱情故事,表达了对生命本质和人生意义的哲学探讨。"赌窟"是小说中的一个重要意象。赌场如战场,它既暗藏着风险,又充满了机遇;它既是都市的象征,也是人生的隐喻。"花魂"从赌场生涯中领悟了生命的本质,她说,"我开过,最娇艳的开过;我凋谢过,最悲凄的凋谢过;现在,我是一个无人注意的花魂"。"我"也从聚散离合的爱情经历中体味出人生的哲理,"马路是轨道,马路中还有电车的轨道;汽车走着一定的左右,红绿灯指挥着车马的轨道;行星有轨道,地球有轨道!轨道,一层一层的轨道,这就是人生,谁能脱离地球攀登别个星球呢?依着空间的轨道与时间的历史的轨道,大家从摇篮到坟墓"。在《烟圈》中,徐訏描写了一群中学时代的朋友聚首一处,回想往事,感慨如烟人生的情景。他们来自不同的职业,经历了不同的境遇,有新闻记者、体育家、学者、医学博士、诗人和画家等,然而他们却有着共同的人生体验,"大家不约而同的,感到一种苦,感到一种寂寞"。这些痛苦和寂寞来自大家对前途的渺茫和人生的虚无感受:"谁能知道明天怎样?一点钟以后怎样","人生究竟怎么一回事"。为了求证人生的意义,他们收集每一个人临终时"对人生之谜的解答"。然而,最后一个去世的哲学家周在阅读了所有的答案之后,所得到的结果"也不过是画一个圆圈罢了"。小说着重描写了朋友聚会的情景和对人生意义的探询,而淡化了具体的都市生活背景,作者对于人生的哲学探讨超越了世俗的生活主题。在都市与战争的背景下探讨存在主义的现代哲学命,在徐訏的两部长篇小说《风萧萧》与《江湖行》中表现得更为淋漓尽致。

长篇小说《江湖行》以主人公周也壮在江湖人生和情感世界的漂泊为主线,着重描写了战争背景下上海的都市风貌,展开了关于人生与爱的哲学探索。都市是一个大熔炉,充满了无数改变命运的可能,周也壮、葛衣情、舵伯、紫裳、映弓、小凤凰等的人生命运都因来到上海而发生了根本改变。周也壮由流浪者变成了作家,葛衣情由乡下戏子变成了都市交际花,舵伯由江湖游商变成了都市巨贾,紫裳由一个流落街头的卖唱小姑娘变成了一个红遍上海滩的电影明星,映弓由一个不更世事的尼姑变成了一个意志坚定的革命者,小凤凰由一个戏班花旦变成了一个好学上进的女学生,作品着重表现了都市对人的改变和偶然性对人生的决定性意义。舵伯、葛衣情、老江湖、何老、紫裳、穆胡子、阿清、野凤凰、小凤凰等,这些偶然中结识的人们,处处改变了"我"的人生选择和命运走向。正如小说开头的一段感慨,"人生是什么呢? 我们还不是为一个偶然的机缘而改变了整个人生的途径,也因而会改变了我们生命里最个别的性格"。在对都市的想象和战争的关注中,徐訏超越了感性的具象层面,探索的是人生和生命的本质性命题,从而进一步开拓了 30 年代新感觉派的都市想象空间。正如有学者指出,徐訏是从文化哲学和文化心理的角度切入,追求存在与生命的本质,其"寻找"和"超越"的主题与西方现代主义的核心思想有着深刻的相通,同时这些作品那种全面走向心理的倾向也正是现代派的典型表征。①

　　在洋场与战场的双重变奏中,"对于情爱甚至性爱,徐訏小说有较高的文化探讨的热情。情爱和性爱既代表一种现实的生命,又代表一种超越的生命,高尚的性爱与生命同构,具有悲剧的性质,而真正的情爱稍纵即逝,易于幻灭,难以保持自尊,也在揭示生命的严峻性。所以徐訏男女爱情的结局都无从圆满,性爱的形而上的表现处处与西方现代主义文学穷究人生哲理的倾向相通"②。贯穿《风萧萧》与《江湖行》两部小说的是男主人公与不同女性之间错综复杂的爱情故事。作者通过男主人公与不同女性之间的情爱关系,对"情爱甚至性爱"进行了深层的文化探讨。《风萧萧》中的"我"与白苹、梅瀛子、海伦之间保持着复杂的情感关系。"我"喜欢"银色"的白苹,她常常"带着百合花的笑容",然而她的心底却深藏着"潜在的凄凉与淡淡的悲哀"。"我"为"红色"的梅瀛子所倾倒,她像太阳一样眩人耳目,浑身散发着永不妥协的进取精神和支配力量。"我"爱慕"白色"的海伦,她"恬静温文","像稳定平直匀整的河流"。三位女性代表了三种不同的生命形态和文化内涵,而"我"作为一个"独身主义者"从洋场欢娱,到战场争斗,始终与她们保持着若即若离的情爱关系,站在一定的距离欣赏她们的"性美"。《江湖行》中,主人公周也壮在不同的生命阶段遭遇不同类型的爱情,象征着不同的文化内涵。与葛衣情的爱混杂着欲的冲动,与紫裳的爱体现了情

---

① 孔范今:《论中国现代小说发展中的后期现代派》,《悖论与选择》,明天出版社,1992 年。
② 钱理群、温儒敏、吴福辉:《现代文学三十年》,北京大学出版社,1998 年,第 519 页。

的纯洁无私,与阿清的爱包含了人道主义的同情,与小凤凰的爱则寄寓着理想的追求。为了爱情,周也壮三度来到上海,又三度离开。对于主人公来说,都市始终是个无法融入的"他者"。在《江湖行》中战乱也是构架叙事的重要关节。周也壮因战乱而被捕入狱,因与葛衣情的关系而失去紫裳,因战乱而途遇阿清,因帮助阿清而失去容裳(小凤凰)。作者在小说中借主人公之口感叹道:"在乱世中,我们无法抵抗不可捉摸的流动的环境与不可捉摸的变幻的情感","在这个大战乱的时期,我们已经管不了这许多,大家有一天可找快乐,就享受一天吧,也许明天我们什么都没有了"。都市的流动性和异质性常常使人产生漂泊感和孤独感,而战争的破坏和威胁则更进一步增添了人生无常的虚无感。徐訏一如既往地在都市与战争的背景下探讨现代主义的人生命题,正如有学者指出,"作者身在'孤岛'而心在汪洋,他通过悲欢离合、儿女情长的风流故事,超越纷纭的人世,趋向清澈通明的哲理和人性的世界"[1]。

在表现方式上,徐訏似乎与30年代新感觉派一样重视"光"与"色"的都市感觉,但不同的是,他不是用"光"与"色"来表现都市空间,而是用来描写都市女性,象征不同的生命形态。《鬼恋》中的"鬼",全身都是黑色,"黑旗袍,黑大衣,黑袜,黑鞋",充满了神秘色彩,隐喻了主人公在革命激情退却后隐居都市的黯淡心理和灰色人生。《赌窟里的花魂》中的女主人公,穿着"一件紫色的条纹比她眼白稍蓝底旗袍","中指食指与大指都发黄",有"一对浅蓝色的眼白配二只无光的眼珠","面色苍白,嘴唇发干,像枯萎了的花瓣",是都市繁华褪尽后生命枯萎的象征。《风萧萧》中,三位女性三种颜色,代表了三种不同的性格特征和生命形态。白苹喜欢银色,"象征着潜在的凄凉与淡淡的悲哀"。梅瀛子喜欢红色,像太阳一样光芒四射,眩人耳目,象征着人生中永不妥协的进取精神和支配力量。海伦喜欢白色,"恬静温文",象征着自由、安稳的生命状态。

有学者认为,徐訏成功的艺术经验在于对现代主义进行了中国化、浪漫化和通俗化的改造,尤其是"现代主义主题与传奇浪漫故事的遇合"[2]。然而,无论是现代主义的主题还是传奇的浪漫故事,都市与战争是二者遇合不可或缺的土壤

---

[1] 杨义:《中国现代小说史》,人民文学出版社,1998年,第428页。
[2] 孔范今:《通俗的现代派——论徐訏的当代意义》,《当代作家评论》,1999年第1期。

和媒介,孤独、寂寞的产生与居大不易的都市和瞬间即逝的浮华息息相关,战争的威胁和命运的无常之于流放、虚无的生命体验不可或缺。

综上所述,徐訏早期受到左翼文化思潮的影响,接受了马克思主义思想,在文学创作和杂志编辑活动中体现出明显的左翼色彩。其后,在上海自由多元的文化环境和西方现代主义哲学思潮的熏陶下,徐訏又放弃了马克思主义,接受了自由主义思想。不同的思想观念决定了不同的文学选择,徐訏在思想上由马克思主义转向自由主义,在创作上也随之由现实主义转向了现代主义和浪漫主义,但思想和创作的转变并非一蹴而就和泾渭分明的,而是呈现出潜隐渐变和复杂多样的形态,"就思想倾向来说,他的理想主义、现实主义、悲观主义也不存在一个非常明显的更替转换过程","他的作品中关注现实和超越现实两种题材层面是从创作初期到创作后期始终纠缠在一起的"①。

---

① 吴义勤:《漂泊的都市之魂》,苏州大学出版社,1993 年,第 234 页。

第三章　乡土与人性

五千多年的乡土传统濡养了中国人安土重迁,故土难离的乡土情结。然而,民间的乡土既是一个生命淋漓的社会,也是一个藏污纳垢的世界。自"五四"以来,乡土便是现代作家的精神家园和文学重镇,无论是对故土家园的诗意想象,还是对鄙陋蛮荒的讽刺批判,乡土与人性始终是现代文学最重要的维度。

第一节　沈从文的湘西世界与人性书写

沈从文出身于一个破落的军人官僚家庭,身上流淌着苗、汉、土家等民族的血液。沈从文6岁进私塾,14岁高小毕业后以预备兵的名义投身行伍,曾跟随军队辗转流徙于湘、川、黔边界和沅水流域,先后担任过班长、文书等职。湘西秀丽的自然风光、殊异的文化风习和自身的独特经历为沈从文日后的文学创作提供了丰厚的精神资源。沈从文自1926年出版第一部小说集《鸭子》以来,先后发表了《蜜柑》《入伍后》《阿丽思漫游中国记》《旅店及其他》《龙朱》《虎雏》《都市一妇人》《阿黑小史》《月下小景》《边城》《八骏图》《绅士的太太》《长河》等三十多部小说集和《记胡也频》《记丁玲》《从文自传》《废邮存底》(与萧乾合著)、《湘西》《湘行散记》等长篇传记和散文集成为现代文学史上著名的多产作家和京派代表人物。

一、自然淳朴的湘西世界

沈从文的小说创作主要包括两个部分的内容,一是湘西世界,二是都市人生,但代表沈从文小说成就与风格的是前者。沈从文的湘西小说以温情的笔调和独特的视角展示了湘西奇异的自然风光和独特的生存景观。在《柏子》中,强悍蛮野的水手柏子不惜用自己的血汗钱去换取与吊脚楼妓女短暂的生命欢愉和真诚的情爱期待。《萧萧》中12岁的童养媳萧萧,嫁给了不到三岁的丈夫,在懵懂中委身于花狗,只因她怀上了孩子才免除了沉潭或发卖的悲剧。天真、单纯的主人公对自身命运无可把握的悲哀让人动容。《丈夫》中讲述了湘西女人为生活所困而外出为娼的奇异风习。老七的丈夫农闲时到妓船上来探亲,不但不能与妻子团圆,反而在嫖客的侮辱下目睹了妻子接客的情景。作者细腻地刻画了丈夫由隐忍到奋起的心理过程,生动地表现出边地底层人们生存的无奈和悲凉。《龙朱》中的白耳族王子龙朱被作者赋予了神性的品格,"美丽强壮如狮子,温和谦顺如小羊"。他与黄牛寨公主的恋情被渲染得热烈、浪漫而美丽。《月下小景》中,男女主人公因两情相悦发生了性爱,却不能在现实中结合而双双殉情。《媚金·豹子·与那羊》中,描述了媚金因情人豹子寻找辟邪的羊没有及时赴约,产生误会,两人而先后拔刀自尽的悲剧。长达十万多字的《阿黑小史》由八个短篇连缀而成。作者用清新流丽的抒情笔调反复描写了五明和阿黑这对小儿女的幽会场面和执着纯真的恋情。这些原始生命形态下的纯朴真诚的爱情在沈从文笔下无不显得神圣与浪漫。

1934年出版的《边城》是沈从文最具代表性的作品。小说以湘西小城茶峒及城西的碧溪嘴渡口为场景,通过渡口撑船老人和他的外孙女翠翠相依为命的恬淡生活,以及天保和傩送兄弟同时爱上翠翠的曲折动人的情感悲剧,生动地展现了边城人们健康、淳朴的风俗人情,表达了作者对优美善良的人性和理想生活方式的赞美与追求。美丽善良、天真纯朴的翠翠在端午节的龙舟赛上与英俊强健的傩送相遇后,情窦初开。而傩送的哥哥天保也对翠翠情有独钟。自知对歌不如弟弟的天保为了成全弟弟决定撑船外出,不幸遇难。傩送因哥哥的死深感悲伤和内疚,也驾船出走。而与此同时,翠翠却听到有关傩送要与用碾坊陪嫁的王团总的女儿结亲的传言。疼爱翠翠的外公到船总家打听消息时却遭到冷遇，忧心忡忡的老船夫终于在一个风雨之夜与世长辞。周围善良的人们都向孤苦的翠翠伸出了援助之手。而坚贞的翠翠独守渡口等待情人的归来。结尾"这个人也许永远不回来，也许明天回来"留给了人们无限怅惘的情感和想象空间。

沈从文在谈及《边城》时说："我要表现的本是一种'人生的形式'，一种优美、健康、自然，而又不悖乎人性的人生形式"①。翠翠是集中了作者"爱"与"美"的理想的人物形象。父母为了神圣的爱先后殉情而死，翠翠与爷爷相依为命，边城的青山绿水"既长养她且教育她，为人天真活泼，处处俨然一只小兽物"。为充分展示美好的人性和人情，作者生动细腻地描绘了翠翠在爱情方面的觉醒、发展、挫折、追求的心理过程。由初次邂逅时的娇羞到情窦初开后的甜蜜和苦恼，再到遭受爷爷去世、傩送出走等一系列打击后的坚贞守候，表面美丽单纯的翠翠内心更有勇敢和坚强的一面。老船夫是"善"的化身，五十年如一日地在渡口摆渡送人，任劳任怨，只靠公家的三斗米、七百钱带着外孙女过着恬淡自足的生活。他从不肯接受别人的馈赠，且慷慨大方地备办酒茶为客人解乏，获得了河街上众乡亲的一致敬重。而为了外孙女翠翠，老船夫更是付出了一切的关爱和仁慈。此外，在美丽如画的边城，重义轻利、守信自约的人们无一不是遵循着淳朴、恬淡、和谐的生活方式。热诚质朴的杨马兵无微不至地关心着过去恋人的遗孤翠翠，船总顺顺慷慨豪爽地对待每一个乡民，专情重义的傩送宁肯要"渡口"也不要"碾坊"，"即便是妓女，也永远那么浑厚"。在民族矛盾和阶级矛盾日渐凸显的 20 世纪初期的乡土中国，沈从文的"边城"无疑是一处独特的风景。在艺术上，《边城》不重曲折情节的铺陈叙写和典型人物的精雕细刻，而以清新流动的语言、从容淡泊的抒情幻想和浓厚的文化意蕴营造出恬静和谐的美学风范。作品中淡淡的远山、清清的溪水、白色的小塔、古老的渡口以及对歌、提亲、陪嫁、丧葬、赛龙舟等淳朴的民情风俗和纯情的人物交织在一起，呈现出恬静、和谐、优美的乡村生命形式。

---

① 沈从文：《〈边城〉题记》，《沈从文选集》（第 5 卷），四川人民出版社，1983 年，第 231 页。

二、扭曲人性的都市社会

　　沈从文自称是一个"乡下人"。当他以"乡下人"的眼光观照现代都市生活时，鄙夷、讽刺之情常常溢于言表。在《绅士的太太》《都市一妇人》《八骏图》《某夫妇》《大小阮》《有学问的人》等作品中，沈从文常常以嘲讽、冷峻的笔调揭示了城市知识者和"文明人"的生命萎缩和人性扭曲的一面。《绅士的太太》描写了几个城市上层家庭内部"绅士淑女们"的种种丑行。丈夫在外偷情，太太在家与人通奸，而一面与名门闺秀订婚的少爷暗地里却与父亲的姨太太乱伦。所谓的文明社会原来是物欲横流、道德沦丧、精神空虚和生活糜烂的虚伪世界。《都市一妇人》中历经坎坷的都市妇人，为了留住比自己小 10 岁的英俊丈夫竟不惜残酷地将其眼睛毒瞎。与乡村纯美朴野的情爱相比，都市两性关系的自私虚伪，让人心有余悸。发表于 1935 年的《八骏图》则以讽刺的笔墨揭露了城市知识者的精神病态。作家达士先生在青岛大学讲学期间，发现自己周围的七位教授都患有不同程度的性压抑和性变态，有的蚊帐里挂着半裸体的美女画，有的用手"很情欲"地拂拭着青年女子在沙滩上留下的脚印，有的眼睛盯着大理石胴体女神像发呆。在给未婚妻的信中，达士先生详尽地描述了这些表面上道貌岸然的谦谦君子内心深处的卑鄙丑陋。而小说结尾时，这位讥讽他人的作家自己却被海滩女人的黄色身影和神秘字迹所蛊惑，以生病为借口向未婚妻推迟归期。沈从文从文化和人性的角度，对都市文明社会中的生命萎缩和人性扭曲现象提出了强烈的嘲讽和批判。

　　1935 年是沈从文创作上具有转折意义的一年。在此之前，沈从文曾回到阔别已久的凤凰老家探望母亲。步入中年的沈从文在都市寓居了十余年后，一旦再一次亲历记忆中的故乡时，竟然萌生出一种"秋天的感觉"[①]。随着生活方式的城市化和心理状态的绅士化，沈从文已经开始用进化的视角关注起湘西现实社会人生中的"常"与"变"。在《顾问官》《新与旧》《张大阮》《小砦》《贵生》《七个野人和最后一个迎春节》《长河》等一系列作品中，沈从文表现了对湘西社会

---

① 沈从文：《〈长河〉题记》，《沈从文选集》（第 5 卷），四川人民出版社 1983 年，第 237 页。

在现代文明冲击和挤压下的感伤和忧虑。《顾问官》中,作者以嘲讽的笔调写了驻防湘西的三十三师内部的腐化和对农民的盘剥。他们每天只知吃、喝、嫖、赌,一切用度都来自对农民的捐税剥削,把农民当作"竭泽而渔的对象"。整日无所事事、好吹嘘卖弄的顾问官一旦通过贿赂参谋长谋得一个催款委员的"肥差",便不顾一切地捞取钱财。《新与旧》用对比的手法描写了老战兵在晚清和民国两个时期做刽子手杀人时的心理以及围观者的表现,揭示了统治者的残酷和围观者的麻木。《七个野人和最后一个迎春节》写一个师傅和他的六个徒弟痛恨和抵制城市文明对乡村的侵蚀,最后躲进山里当野人,以固守原有的生活方式。《长河》一方面描写了沅水辰河乡野小镇纯朴的人生形态,如饱经沧桑、坚韧达观的看祠堂老人满满,纯真善良、聪明美丽的橘园少女夭夭,雄强不屈的三黑子,公正义气的滕长顺等。另一方面作者又用大量的篇幅反映了抗战前夕湘西社会即将到来的"新生活运动"和驻扎当地的保安队对人们心理和生活的搅扰。国民党"中央军"向上调动,吕家坪被战乱的阴影所笼罩,人们陷入了惊恐和慌乱之中。而保安队宗队长以买橘子为名向滕长顺一家敲诈勒索,仗势欺人,并几次纠缠调戏滕家小女夭夭。而夭夭既有《边城》中翠翠同样的美丽、天真、单纯,又具有适应社会环境之"变"的明辨是非、疾恶如仇、机警灵敏的个性特征。对于大家都惧怕的保安队长,"她却不怕他,人纵威风,老百姓不犯王法,管不着,没理由惧怕"。沈从文在湘西日渐衰颓的生活现实面前表现了"这个地方一些平凡人物生活上的'常'与'变',以及在两相乘除中所有的哀乐"。从《边城》到《长河》,沈从文湘西的情感变化是显而易见的,正如有评论者指出,"先前是怀着兄弟般的亲近感情写军人,现在却表现出那样明显的轻蔑和厌恶;先前是热烈地赞美小儿女的天真痴情,现在却以怜悯的悲哀取代了那些赞辞"[①]。

三、供奉人性的"希腊小庙"

在现代文学史上,沈从文的小说无疑是风格独具的。他从地域的、民族的、文化的视角,构建起独具魅力的湘西生命世界。沈从文说他"只想造希腊小

---

① 王晓明:《"乡下人"的文体与"土绅士"的理想》,东方出版中心,1997 年。

庙","这神庙里供奉的是'人性'"①。在他笔下,无论是农民、水手、士兵,还是童养媳、店伙计和下等娼妓,他们虽生活艰辛却倔强坚韧,虽原始古朴却恬淡自守,在女性的柔美和男性的雄强中显露出生命的本色。然而,沈从文绝不是一位单纯的理想主义者和狭隘的保守主义者,在对美好人性和人情歌咏的背后总是或多或少地隐伏着作者对柏子、萧萧、老七夫妇等乡土乡民的一份感伤和哀婉。

在对湘西的精神返乡和情感把握中,沈从文把主体的感觉和情绪植入清新流丽的话语,把独特的风俗人情、浓厚的文化意蕴和舒缓的牧歌情调融汇到一起,从而找到了一种最适合自己的抒情文体。沈从文曾得意地把它们称作是"情绪的体操"②。但需要指出的是,在对乡村的对立面——都市的书写中,议论性的话语和嘲讽的语调常常使得沈从文走出他的抒情文体,艺术上显得远不如前者。

素有"文体家"之称的沈从文在作品的结构体式上常常不拘一格,如诗体、散文体、对话体、书信体、日记体、寓言体、神话佛经故事等不一而足。沈从文曾说:"我的文字风格,假若还有些值得注意处,那只是因为我记得水上人的言语太多了。"③他的小说语言古朴简约、清新流丽。他常常把生动活泼的湘西口语与简约洗练的文言语汇杂糅一体,充满了韧性、张力和动感。总之,无论是思想内容还是艺术形式,沈从文的小说创作都是现代文学中的一处独特风景。

第二节　巴金的激流勇进与憩园守望

巴金出生于四川成都一个官僚地主大家庭。祖父为官,父亲李道河曾任四川广元知县,母亲陈淑芬则是一位贤淑温厚的女性。封建家族制度的专横腐败、礼教的虚伪冷酷以及贫弱者的悲苦无助使得巴金从小便萌生出对封建旧制度的憎恨和反叛。但幼年时代的巴金又从温馨的母爱中获得了"爱一切人"的善良品性。他曾宣布:"我现在的信条是:忠实地生活,正当地奋斗,爱那需要爱的,

① 沈从文:《〈从文小说习作选〉代序》,《沈从文文集》(第 11 卷),四川人民出版社,1983 年,第 42 页。
② 沈从文:《废邮存底·情绪的体操》,《沈从文文集》(第 11 卷),四川人民出版社,1983 年,第 329 页。
③ 沈从文:《废邮存底》,《沈从文文集》(第 11 卷),四川人民出版社 1983 年,第 325 页。

恨那摧残爱的。我的上帝只有一个，就是人类。"①这种反叛情绪和博爱思想奠定了巴金日后文学创作的情感基础。

一、青春的"激流"

巴金自称是"五四的产儿"。"五四"运动爆发后，他广泛地阅读《新青年》《新潮》《每周评论》等进步刊物，同时也接触了克鲁泡特金等一些无政府主义者的作品，引发了他对英雄崇拜的热情和强烈的社会责任感。1923 年，巴金到上海、南京求学。1927 年赴法国留学，1928 年底回国。这期间，巴金积极地参加各种进步的社会活动，研究法国大革命的历史，阅读启蒙思想家和民粹派著作，并翻译了克鲁泡特金的著作，形成了他追求民主、自由、平等的带有无政府主义倾向的民主主义思想。但政治活动的失败和理想追求的挫折使巴金陷入了痛苦和困惑之中。1929 年，巴金第一次以"巴金"的笔名发表了中篇小说《灭亡》，随后相继发表了"爱情三部曲"（《雾》《雨》《电》）、"激流三部曲"（《家》《春》《秋》）、"抗战三部曲"（《火》《憩园》《寒夜》）等 12 部中、长篇小说，以及《复仇集》《光明集》《将军集》《抹布集》《神·鬼·人》等十多部短篇小说集。

通常以 40 年代为界，把巴金的小说创作分为前后两个时期。前期的作品往往以强烈的主观热情一方面描写了二三十年代知识青年的革命斗争和情感生活，另一方面揭示了封建家族制度和礼教对青年的摧残、对人性的扼杀及其自身走向溃灭的命运。

处女作《灭亡》叙写了北伐前夕军阀专制背景下一群革命青年的社会活动和爱情故事。主人公杜大心虽然身患严重的肺结核病，但却怀有强烈的正义感和无畏的献身精神。他对自己的个人前途失去了信心，对专制黑暗的人类社会感到绝望。虽然他爱朋友李冷的妹妹李静淑，但他所信奉的革命"宗教"和虚无的心态又使他最终失去了爱情。朋友张为群的死使杜大心最终走上了刺杀戒严司令的复仇之路。然而刺杀未遂，自己却白白地牺牲了生命。虽然杜大心幼稚、盲目、虚无的"英雄行为"不足为范，但主人公的那种虽绝望而又抗争的献身精

---

① 巴金:《海行杂记》,《巴金选集》(第八卷),四川人民出版社,1982 年,第 12 页。

神让人感动。《新生》可以说是《灭亡》的续篇。主人公李冷在"爱的精神"的鼓舞下,完成了"从个人主义到集体主义"的转变,虽然最后同样是为革命赴死,但杜大心的死凄楚而寂寞,而李冷的死则洋溢着革命乐观主义的情绪。他把"自己底生命联系在人类底生命上面","这种爱是不会死的,它会产生新的爱",连刽子手也被感动了,于是他又获得了"新生"。

　　写于 1931 年至 1933 年的"爱情三部曲"继续探讨知识青年的革命道路和爱情问题,在巴金的前期创作中占有重要地位。巴金把它们看作自己文学创作的真正起点,并且说:"我的确喜欢这三本小书。这三本小书,我可以说是为我自己写的,写给自己读的。我可以毫不夸张地说,就在今天我读着《雨》和《电》,我的心还会颤动。它们使我哭,也使我笑。它们给过我勇气,也给过我安慰。"①《雾》的主人公周如水一如他的名字,性格优柔寡断,有革命理想但并未参加过团体活动。他与昔日朋友张若兰一见钟情,但却因为自己的旧式婚姻而陷入矛盾和痛苦之中。虽然张若兰为了爱情并不计较他的过去,但周如水为了孝道和良心放弃了爱情而导致了情感的悲剧。《雨》则主要描写了主人公吴仁民与熊智君和郑玉雯之间的爱情纠葛,其间还穿插了几位革命者关于革命道路问题的争论。小说的结尾,玉雯殉情而死,智君为保护心爱的人把身体交给了姓张的官僚,吴仁民决心"要轰轰烈烈地做一番事业",到"充满生命的 F 地去","革命之雨"开始降落到大地上。《电》是"爱情三部曲"的总结,革命的闪电已经在"漆黑的天空中闪耀"。主人公李佩珠身上集中了作者关于革命的理想②,在经过一系列挫折之后,她逐渐成熟起来,最后她与从 S 地来到 E 城的吴仁民产生了真正的爱情。"爱情三部曲"的独特之处在于,它们真实地记录了"二三十年代一些并未纳入中国共产党领导的知识青年的革命道路和情感历程"③,他们对待人生、爱情、革命的不同态度、不同选择和为了理想、信仰充满愤激之情的悲剧性抗争,获得了广大青年读者的共鸣。但真正给巴金带来巨大声誉并成为现代文学重要收获的是以《家》为代表的"激流三部曲"。

---

① 巴金:《爱情三部曲·总序》,《巴金论创作》,上海文艺出版社,1983 年,第 51 页。
② 巴金:《爱情三部曲·总序》:"我写她时,我并没有一个模特儿。但是我所读过的各国女革命家的传记却给了我极大的帮助。"
③ 刘慧贞:《巴金代表作·前言》,河南人民出版社,1989 年。

写成于 1931 年的《家》最初以"激流"为题在上海《时报》上连载,后改名为《家》,以单行本发行。小说以 20 年代成都高家青年一代觉新、觉慧、觉民的爱情遭遇为主线,展示了高家四代人的悲欢离合和家族盛衰,揭示了封建家族制度和礼教对青年的摧残、对人性的扼杀及其自身必然走向溃灭的命运,同时也表现了一代青年觉醒、挣扎、斗争的叛逆精神。巴金在《家》中成功地刻画了高老太爷、觉新、觉慧等三类人物形象系列。高老太爷是这个封建大家族中专制的"君主",专横、残忍、衰老、腐朽。虽然作品直接描写他的篇幅并不多,但他是一切不幸和罪恶的根源。他做过清朝的大官,"创造了一个大的家庭和一份大家业"。在高公馆中,高老太爷是"全家所崇拜、敬畏的人,常常带着凛然不可侵犯的神气",他最爱说的话就是:"我说是对的,哪个敢说不对? 我说要怎样做,就怎样做!"在儿孙面前,他大肆宣扬"万恶淫为首,百善孝为先"的封建教条,自己却在背后玩小旦,娶姨太太,过着荒淫的生活。在他的影响下,克安、克定等人也成为荒淫无耻的封建浪子。高老太爷的死象征着封建家族制度和礼教的腐朽崩溃。觉慧是封建大家族中的"一个幼稚而大胆的叛徒",是"激流"精神的体现者。这位从小识察了旧家族肮脏和丑恶的"少爷",在"五四"思潮的冲击下,获得了自由、民主的叛逆精神。他怜悯、同情穷苦人,参加学生运动,办刊物传播新思想。他无视封建伦理纲常,认为高老太爷是个"道貌岸然的荒唐人",敢于和婢女鸣凤恋爱,支持觉民逃婚,并最终走出"家"的牢笼,勇敢地宣称"我要做一个叛徒"。觉慧热情、勇敢、叛逆、大胆追求的性格特征正是"五四"时代精神的集中体现。觉慧身上也难免有着单纯、幼稚的历史局限和性格弱点。他对鸣凤是由同情而产生爱情的。在他的潜意识中,仍然希望鸣凤能处在琴的地位。鸣凤被逼出嫁时,为了"进步思想"和"自尊心",一夜之间他便决定把这个少女放弃了。此外,作品中觉慧大量的自我反省也深刻地体现出一代青年思想的复杂性。与叛逆者觉慧相比,觉新则是封建家族制度和旧礼教的受害者。这是一个充分意识到自己精神痛苦的悲剧典型,在他身上更为深广地体现出历史转折时期的复杂性。一方面他受到"五四"新思潮的影响,有着对婚姻自由和幸福生活的向往。另一方面身为高家的长房长孙,他背负着沉重的封建伦理道德的精神枷锁。他要为兄弟们做一个孝顺的榜样,自觉地承担起"承重孙"的责任,这使得他在一系列专制和压迫面前忍让、妥协、顺从。但是他的每一次妥协退让不仅断送了自己的幸福,而且还酿成了他人的悲剧。他最先爱上表妹钱梅芬,然而祖父却给他安排的是瑞珏,梅终于因婚姻的不幸郁郁而死。婚后,觉新虽然在温柔贤淑的瑞珏的照顾下得到了感情的慰藉,但后来瑞珏又被所谓的"血光之灾"害得难产而死。觉新是一个善良的弱者、一个清醒的痛苦者,作者在他身上寄予了深切的同情又不乏对其软弱的批判。《家》还刻画了其他众多生动而深刻的人物形象,如荒淫、无耻的"孔教会会长"冯乐山,狡猾、贪婪的高克安,外表天真柔顺、内心纯洁刚烈的鸣凤,温顺凄楚的梅芬,贤淑、厚道的瑞珏以及敢于追求个性解放、婚姻自主的觉民和琴等。

直到1938、1940年,巴金才先后完成了"激流三部曲"的第二、三部。《春》主要通过淑英抗婚和蕙表妹的悲剧,抨击了封建旧制度对女性的侮辱和摧残。淑英原本由祖父高老太爷和父亲克明作主许配给陈克家的第二个儿子,但蕙的悲惨遭遇让她对包办婚姻断绝了任何幻想,觉慧、觉民和琴等人的鼓励使她最终走上了抗婚道路。软弱顺从的蕙虽爱着大表哥觉新,却任由专横顽固的父亲周伯涛包办嫁给心灵卑琐的郑国光,怀孕后染上菌痢,后来越拖越重,最后小产死去。《秋》主要写了周枚、淑贞的悲剧,控诉了封建礼教和家长制对少年儿童身心的摧残。作品中克明的死亡,觉英、觉群的堕落则昭示了封建旧家庭最后的分崩离析。16岁的周枚苍白、瘦弱、多病,封建礼教和专制主义的教育使他变得更加胆怯、空虚,而淫秽的"闲书"则进一步毒害了他的灵魂。当周枚在父亲周伯涛的安排下经过繁琐的礼仪与一个比自己大五六岁的少妇结婚后,体弱多病的他便迅速走向了夭亡。淑贞是高家五房沈氏的女儿,这个12岁的少女虽然有"一张天真、愉快的少女的面庞",却"吃力地舞动着她那双穿着红缎绣花鞋的小脚"。她最后投井自杀以结束自己短暂而痛苦的生命。《秋》的气氛悲哀而萧瑟,作者的感情基调也明显地由激愤转向了低沉。

"激流三部曲"不仅在思想上,而且在艺术上也取得了高度的成就。首先,它为现代文学提供了觉新、觉慧、高老太爷、鸣凤等一批无可替代的典型人物。其次,细腻的感情描绘,大胆的内心剖白,饱含激愤情感的语言,形成了巴金特有的激情话语风格。再次,在结构上巴金借鉴了《红楼梦》《布登勃洛克一家》《卢贡-马卡尔家族》等中外名著的艺术经验,通过家族兴衰的悲剧展示时代的激荡风云,人物众多,事件繁复,构思严谨。此外,巴金还善于通过日常礼仪、节日祭典等生活风习来烘托人物,蕴蓄情感力量,如觉新与瑞珏的婚礼、高老太爷的丧事以及高家的年夜饭,等等。

二、“憩园”的守望

写成于 1940 年至 1943 年以《火》命名的“抗战三部曲”是巴金把目光从家庭转向社会的一次努力。《火》第一部以“八·一三”淞沪会战为背景,主要写冯文淑、周欣、刘波、朱素贞等进步青年积极投身抗日救亡活动的过程,同时展示了前线将士浴血奋战、后方各界无私支援、热血青年地下复仇的壮阔场面。第二部又名《冯文淑》,主要以冯文淑带领的抗日宣传小分队在抗战前线的活动为主线,反映了抗日战场第五战区的政治、军事活动。在这支小分队里,有来自沦陷区遭受了家破人亡之痛的杨文木、方群文,有出身于资产阶级家庭带有性格弱点的王东,也有信仰无政府主义的李南星。作者通过这些不同阶层、不同信仰的人们团结抗日的故事,宣扬了抗日爱国的主题。第三部又名《田惠世》,通过基督徒田惠世创办宣传抗战的宗教刊物的奋斗过程,赞颂了田惠世等人的正直、真诚、爱国精神,揭露了张翼谋、高君元、温健等人虚伪、卖国的丑恶嘴脸。田惠世为了“替抗战做宣传”,“教人为正义而战”,呕心沥血,倾家荡产,甚至献出了儿子和自己的生命,可是那些发国难财的民族败类却时刻不忘对他进行敲诈勒索。田惠世的悲剧同时也反映了“国统区”抗日形势的严峻和复杂。虽然巴金本人曾说《火》“全是失败之作”,“失败的原因很多,其中之一就是考虑得不深,只看到生活的表面,而且写自己并不熟悉的生活”[①]。但是“抗战三部曲”力图反映出全国各阶层人们全面抗战的壮阔画面和爱国精神,其广阔的视野和宏大的构思在巴金的所有创作中是极为少见的,尤其是第三部《田惠世》中沉郁的悲剧氛围已初露巴金后期小说风格的端倪。

40 年代以后,巴金的小说创作明显地呈现出与前期不同的风貌。原来激愤的情感逐渐被沉郁的悲哀所替代。题材也由原来带有英雄主义的时代青年的革命活动和爱情生活转向了社会重压下普通小人物的人生悲歌和家庭不幸。而原

---

① 巴金:《关于〈火〉——创作回忆录之七》,《巴金论创作》,上海文艺出版社,1983 年。

来作者痛恨和诅咒的"家"已成为触景生情的感伤家园。这些变化一方面固然与抗战时期民族危亡的大背景有关,而另一方面也与作者在经历了战时磨难之后告别青春热情,渐趋走向中年的沉稳不无关联。

《憩园》写于1944年5月。作品以第一人称"我"这个客居杨家的局外人的视角追述了"憩园"两代主人杨梦痴和姚国栋两家人的衰败情景。第一代主人杨梦痴(杨老三)是一个被封建制度扭曲的地主阶级浪荡子弟的典型。他从小天资聪慧,受过封建文化教育,但长期腐朽的寄生虫式生活使他丧失了一切自食其力的本能,在挥霍尽祖先留下的家产之后,走上了行骗与偷窃的道路。作品细致地表现了他在无限怀旧过程中流露出的悔恨之意。他喜爱"憩园"里的茶花,会在昏暗的夜晚悄悄溜进过去的宅园,悔恨自己过去的邪恶生活,保证不再去"小公馆",不再去干坏事,可是好逸恶劳的秉性又使他一次次违背自己许下的诺言,拒绝儿子为他找的办事员差事,在他看来,"吃苦我并不怕,我就丢不下这个脸"。离家之后的杨老三,在监狱里装病逃避劳动,最终染上传染病死在监狱里。杨老三的原型是作者的五叔。虽然巴金曾表示,"五叔的死亡丝毫不曾引起我的哀痛和惋惜"①,但从小说哀婉感伤的笔调中读者分明能感受到作者"哀其不幸,怒其不争"的情感趋向。而第二代"憩园"主人姚国栋的独子小虎也在娇宠之下养成了见钱眼开、势利霸道的恶少习性,最后不听劝告溺水而死。《憩园》在某种意义上可以说是"激流三部曲"的续篇。作者一方面展示了封建旧家族败落后的凄凉情景,另一方面继续把矛头直指封建制度的腐朽本质,贯彻其一以贯之的反封建主题。

三、"寒夜"的悲悯

《寒夜》写于1944年至1946年,是巴金继《家》之后的又一部杰作。小说在一个家破人亡的悲剧框架里,以对话的结构,细微地展示了主人公汪文宣、曾树生的精神痛苦,揭示了战时"国统区"社会的混乱和黑暗。巴金说他写这部小说的目的是要"替那些小人物申冤","让人们看见蒋介石国民党统治下的旧社会

---

① 巴金:《谈〈憩园〉》,《巴金论创作》,上海文艺出版社,1983年。

是什么样子"①。但小说文本除了这一社会性主题之外,显然还深入地探讨了婚姻家庭、伦理道德和女性命运等更为深广的内涵。

汪文宣是抗战时期重庆一个半官半商文化公司里的校对员,胆小怕事,安分守己,为了"不死不活"的生活甘于忍辱负重,不惜放弃自己的尊严,放弃自己的理想,最后害病,失业,吐血,在人们欢庆抗战胜利的寒冷之夜悲惨地死去。《寒夜》中的汪文宣具有陀思妥耶夫斯基笔下"地下室人"的特征。他对自己的性格特征、悲剧命运和所处时代的社会现实具有充分的了解,并且把它们融入到自我意识和内心深处反复痛苦地咀嚼。小说是以汪文宣与妻子曾树生空袭前的一次吵架后离家出走开始的。在家庭的纷争中,汪文宣几乎陷入了"无物之阵"。母亲看不惯媳妇整天打扮得花枝招展地上馆子、赴约会,做"花瓶",指责她"不守妇道"。在与媳妇的交锋中,她最有力的武器是"我是用花轿接来的,你不过是我儿子的姘头"。汪母与媳妇的这种伦理道德观念的冲突是有着深刻的社会历史原因的。这也决定了汪文宣试图调和婆媳矛盾努力的必然失败。两个爱他的人,也是他深爱的人,进行着不可调和的争吵。他无法确认是谁的过错,也不能责怪谁。于是他只好在进退两难中把全部过错归咎于自己。但是汪文宣的这种自我牺牲式的选择不但不能息事宁人,反而使矛盾更加激化。母亲觉得他在偏袒妻子,妻子觉得他更爱母亲。于是他便陷入了更深的危机之中。汪文宣软弱、卑微,但又不乏传统知识分子的正直与善良。对于自己的工作,他在内心进行过无数次无声的抗议。当他在校对那些把"传记"译成"佛经"似的半通不通的"名家"文章时,他感到自责。当他要给一位政界红人的"名著"做无耻吹捧时,内心感到无比痛苦。但是为了那少得可怜的薪水,汪文宣又不得不消磨自己的生命。他常常用"为了生活,我只有忍受"来答复他心里的抗议。汪文宣常常在内心倾听并揣测别人对他的议论和态度,在他人的意识中照见自己,最后把他人的意识转变为自己的意识。小说中,汪文宣吃鸡的细节集中地表现了主人公的性格特点。为了让母亲高兴,汪文宣由"带着愁容",到"慌张不安",再到"接连称赞",最后"带着满足的微笑"。他的意识随着母亲的态度不断地变化,直到完全把母亲的意识转变为自己的意识。

---

① 巴金:《谈〈寒夜〉》,《巴金论创作》,上海文艺出版社,1983 年。

最初与丈夫同样有着教育救国理想的曾树生,在战时的重庆成为与汪文宣截然不同的知识分子典型。与软弱、多病、卑微的丈夫相比,曾树生充满了对生活的热情和青春的活力,她"爱动,爱热闹,需要过热情的生活"。为此,她抛弃了从前的理想和献身教育的决心。在家里,她与婆婆争吵不休,跟儿子没有感情,对丈夫只剩下怜悯。在外面,她做供人玩赏的"花瓶",背着丈夫与陈主任约会,甚至合伙做生意发国难财。但小说中,曾树生又决绝不是一个简单的"堕落"的知识分子。作者甚至在为她的行为和选择进行合理性的叙述努力。她清醒地意识到在银行做"花瓶"的无奈,对丈夫感情背叛的内疚,对儿子缺乏母爱的自责,但是她无法忍受婆婆的冷言讥讽,难以忍受物质的贫乏和生活的寂寞。巴金把人物置于剧烈的矛盾冲突中,揭示其人性复杂的一面。曾树生清醒地意识到自己的弱点,但她无意也无法作出改变,这使得她在很多问题上的选择是以外部因素在内心引起的反应作为她的依据的。小说从第14节至第23节,用近一半的篇幅来描写曾树生在"去""留"问题上的内心矛盾。她十分清楚丈夫和家庭对她的需要,尤其是丈夫对她的真爱与体谅。她先后两次拒绝了陈主任的请求,向丈夫明确表示不走,这种矛盾的心情一直持续到她拿到调职通知书的时候。然而周围的环境和内心的渴求在不断地促使她做出"走"的决定。最后,当丈夫无意中发现了她的调职通知书时,她终于流着眼泪痛苦地做出了"走"的决定。这些与他人之间和内心自我的对话不断深入地揭示了曾树生既要追求个性解放,又无法彻底摆脱传统伦理道德影响的精神痛苦。在艺术上,《寒夜》主要通过不同的对话方式深入地探索了主人公复杂的内心奥秘,表现出明显的复调特征。主人公自怨自艾的语言贯穿小说叙事始终,再加上冬夜的寒冷、战时的慌乱和主人公居住的暗淡窄小的阁楼,使得小说产生出一种紧张不安的气氛和凄冷的格调。

鲁迅曾说巴金是"在屈指可数的好作家之列的作家"[1]。他始终以战士的姿态怀着一种"找寻一条救人、救世、也救自己的道路"[2]的热情,向旧社会、旧制度发出自己真实的呐喊。他的小说创作,无论是前期的热烈浪漫还是后期的冷峻深沉,都以其真诚的感性话语风格成为现代文学史上独树一帜的小说家。

---

[1]　鲁迅:《答徐懋庸并关于抗日统一战线问题》,《鲁迅全集》(第六卷),人民文学出版社,1981 年,第536 页。

[2]　巴金:《文学生活五十年》,《花城》,1980 年第 6 期。

第三节　曹禺的生命探究与神秘书写

在现代话剧史上,曹禺剧作虽然并不丰富,但向来被认为是中国话剧成熟的标志。更令人称奇的是,他的那些被誉为中国现代话剧史上的经典作品《雷雨》《日出》《原野》和《北京人》等,竟然都是在三十岁之前完成的,这在中国乃至世界戏剧史上都不能不说是一个"奇迹"。经典是历经时间淘洗,接受不同时期接受者检验并认可,具有永久思想价值和艺术魅力的作品。曹禺的《雷雨》《日出》《原野》和《北京人》等作品,自问世以来,便成为话剧舞台上长演不衰、历久弥新的经典剧目。然而,值得注意的是,在另一个方面,曹禺剧作也许是中国现代戏剧史上聚讼纷纭、误读最多的经典,以至于作者本人对于这些作品的改编和接受长期保留着不满和遗憾。本文将从超越现实的生存探究、令人惊颤的神秘力量和形实不一的东西影响等三个方面,试图分析上述问题的缘由。

一、超越现实的生命探究

中国知识分子自古以来便有心怀天下、治国齐家的积极入世传统,所谓"居庙堂之高则忧其君,处江湖之远则忧其民"。"五四"以来,旧文化、旧礼教、旧道德虽然成为先进知识分子抨击和挞伐的对象,但实际上,高举反封建大旗的知识精英们只不过是借用别国的思想武器,继续完成启蒙救亡的社会使命,并没有放弃前辈知识分子忧时伤世的精神传统。尽管"五四"知识精英们大多自信地认为"五四运动的最大的成功,第一要算'个人'的发现"[1],但其实,正如鲁迅所指出的那样,"中国人向来就没有争到过'人'的价格,至多不过是奴隶,到现在还如此"[2]。因而,无论是"五四"时期的启蒙文学,还是三四十年代的救亡文学,在本质上多是关于民族国家的宏大叙事和社会主题。这也导致了人们在创作和接

---

[1]　郁达夫:《〈中国新文学大系·散文二集〉导言》,上海良友图书印刷公司,1935 年。

[2]　鲁迅:《灯下漫笔》,《鲁迅全集》(第 1 卷),人民文学出版社,1981 年。

受作品时，从思想言路到述说方式，容易潜移默化地走向"集体"和"社会"。曹禺的剧作正是在这种文学前情和历史语境中创作出来并被接受的。因而，无论是创作主体，还是接受对象，都不可避免地容易受到上述文学前情和历史语境的影响①，产生偏向现实性与社会性的意图谬误和感受谬误。在关于曹禺剧作的接受和评说中，人们向来习惯性地将其剧作的思想内涵归结为现实层面的反对封建专制和阶级压迫，追求个性解放和民主自由的社会性主题。法国著名文艺理论家泰纳认为，时代的精神气候对于艺术作品具有重要的制约作用。② 毋庸讳言，曹禺主要是在启蒙与救亡时代的语境中成长并开始从事戏剧创作的，他的剧作不可能完全脱离时代精神气候的影响，遮蔽半封建半殖民地时代的社会性内涵，譬如《雷雨》中罢工事件，《日出》中的社会不公，《原野》中的阶级冲突，《北京人》中的宗法观念，等等。然而，事实上，社会性内涵并不是曹禺剧作的重心，生命和人性才是作者的主要关切。

《雷雨》向来被人们作为社会问题剧来接受，认为它描写了"一个资产阶级化的封建家庭的悲剧"③，展示了"一个有着严重封建性的资产阶级家庭的罪恶统治、精神危机和最后崩溃"④，是"封建伦理道德与反封建伦理道德的思想斗争"⑤。然而，曹禺坚决否认《雷雨》是一部社会问题剧，他说他"写的是一首诗，一首叙事诗……这诗不一定是美丽的，但是必须给读诗的一个不断的新的感觉。这固然有一些实际的东西在内（如罢工等），但绝非一个社会问题剧"，在写作《雷雨》时，"我并没有显明地意识着我要匡正讽刺或攻击什么。也许写到末了，隐隐仿佛有一种情感的汹涌的流来推动我，我在发泄着被压抑的愤懑，毁谤着中国的家庭和社会。然而在起首，我初次有了《雷雨》一个模糊的影像的时候，逗起我兴趣的，只是一两段情节，几个人物，一种复杂而又原始的情绪"⑥。对于周朴园，作者不是要批判他"曾经"的始乱终弃、作恶多端和蛮横专制，而是要把他

---

① 艾略特在《传统与个人才能》中，把这种非个人化的文学传统称之为"历史意识"，并认为，这种历史意识"不但使人写作时有他自己那一代的背景"，而且还要感到"整个文学有一个同时的存在"。

② 泰纳：《艺术哲学》，广西师范大学出版社，2000 年，第 37 页。

③ 陈白尘、董健：《中国现代戏剧史稿》，中国戏剧出版社，2008 年，第 256 页。

④ 朱栋霖：《论曹禺的戏剧创作》，人民文学出版社，1986 年，第 17 页。

⑤ 王富仁：《〈雷雨〉的典型意义的人物创造》，《文学评论》丛刊，第 23 辑。

⑥ 曹禺：《〈雷雨〉序》，《雷雨》，人民文学出版社，1994 年，第 179 页。

作为一个生命个体,着重表现他在"当下"的内心挣扎和人生悲凉。周朴园对侍萍一直心存愧疚,为她保留着情感的"空间"。虽然侍萍的突然出现让他乱了分寸,感到害怕,但他很快便又向侍萍坦陈:"你不要以为我的心是死了,你以为一个人做了一件于心不忍的事就会忘了么? 你看这些家俱都是你从前顶喜欢的东西,多少年我总是留着,为着纪念你……我老了,刚才我叫你走,我很后悔,我预备寄给你两万块钱。现在你既然来了,我想萍儿是个孝顺孩子,他会好好地侍奉你。我对不起你的地方,他会补上的。"显然,这些都是周朴园经过内心挣扎后的真情流露,而不是虚伪表演。剧作中,作者在着力表现周朴园的内心不安时,还多次描写了他作为一个生命个体走向衰颓的悲凉。虽然周朴园"像一切起家立业的人物,他的威严在儿孙面前格外显得峻厉",但是"年青时一切的冒失、狂妄已经转为脸上的皱纹深深避盖着,再也寻不着一点痕迹"。尤其是"序幕"和"尾声"中,经历了家庭巨变的周朴园"老人"更是在"苍白""忧郁""呆滞""哀叹"和"绝望"中难掩生命衰颓的悲凉。对于有些阴鸷自私的繁漪,"虽然她做了所谓'罪大恶极'的事情——抛弃了神圣的母亲的天责"[①],但是作者同样没有想要"匡正讽刺或攻击些什么",而是怀着"怜悯和尊敬"凸显其生命力受到压抑时的"不忍"和"叛逆"。作为一个受过新式教育的知识女性,繁漪禁锢在"狭的笼里"——象征着封建伦理秩序规范的周公馆内,失去了生命的活力,"被磨成石头样的死人","但是她也有更原始的一点野性,在她的心,她的胆量,她的狂热的思想,在她莫名其妙的决断时忽然来的力量"。即便承受着"母亲不像母亲情妇不像情妇"的不堪,她仍然怀着"火炽的热情"和"强悍的心","冲破一切的桎梏,做一次困兽的斗"。为了生命的欲求和自由,她甚至低三下四地恳求周萍将她带走:"不,不,你带我走,——带我离开这儿,(不顾一切地)日后,甚至于你要把四凤接来一块住,我都可以,只要,只要(热烈地)只要你不离开我。"然而现实是残酷的,这个"交织着最残酷的爱和最不忍的恨"的生命最终在家破人亡的悲剧里走向精神崩溃。在某种意义上可以说,周朴园和繁漪分别代表了规范与叛逆两种不同的生存秩序和生命样态,而周萍、周冲则是介于两者之间的第三种生命样态,即缺少行动和蛮性的顺从,或憧憬。从生命旅程来看,周冲正处于少年

---

① 曹禺:《〈雷雨〉序》,《雷雨》,人民文学出版社,1994 年,第 182 页。

走向青年的时期,不但充满了青春的活力,而且满怀着单纯的"憧憬","他藏在理想的堡垒里,他有许多憧憬,对社会,对家庭,以至于对爱情",但是,"他不能了解他自己,他更不了解他的周围"。当他的理想"如一串串的肥皂泡"被现实的铁针"逐个点破"的时候,他的"生命也自然化成空影"。周萍是一个从青年走向中年的生命形态,在他身上曾经有过"一种可以炼钢熔铁的,不成形的原始人生活中所有的那种'蛮'力"。这种青年生命里的蛮性欲望具有原始的激情和冲动,常常会不顾一切地冲破伦理规范和文化秩序。当初,周萍正是凭借这种"蛮力"诱惑了他的后母蘩漪,以至于二人不顾伦理纲常地相"爱"了。但是,这种燃烧生命的热力并不能维持长久,一旦从青年的"孟浪"走向中年的"成熟",生命主体会根据利害得失重新选择认同道德规范和文化秩序。剧作中,周萍对蘩漪的始乱终弃便是见证。而他之所以选择四凤,在很大程度上不是因为四凤比蘩漪年轻漂亮,而是因为那样风险更小。当然,假若给周萍以更长的生命旅程,那他很可能会跟周朴园一样,进一步成为道德规范和文化秩序的守护者。从这个意义上说,有人把周冲、周萍和周朴园分别看作人生中的三个不同生命阶段①,似乎不无一定的道理。

曹禺在《雷雨》序言中明确表达了他对自然人性的赞美和对生命力萎顿的怜悯。曹禺在剧中所赞美的自然人性主要包括两种生命形态,一是像蘩漪那样充满野性和力量,二是像周冲那样性情纯朴和自然。前者偏向肉身层面,后者注重精神层面。曹禺剧中所表现的生命力萎顿也主要呈现出两种类型,一是像周朴园那样生命的衰颓,另一是像周萍那样自然蛮性的丧失。曹禺在《雷雨》中所表现出的上述审美倾向和情感基调实际上贯穿了他的早期剧作。在《日出》中,曹禺赞美那些唱着夯歌出卖苦力的码头工人,怜悯在日出之前逝去生命的陈白露。因为"那浩浩荡荡向前推进的呼声,象征伟大的将来蓬蓬勃勃的生命"②,而曾经憧憬过自由和光明,仍然喜爱阳光和春天的陈白露却在一个"狭的笼里"逐渐萎顿。在《原野》中,尽管仇虎"凶狠,狡恶,机诈与嫉恨,是个刚从地狱里逃出来的人",但是在他身上同时也充满了原始蛮性的生命力,"头发像乱麻","眼烧

---

① 傅红英:《挣扎在现实生存困境中的现代灵魂》,《戏剧文学》,2008 年第 8 期。
② 曹禺:《日出·序》,人民文学出版社,1994 年。

着仇恨的火","筋肉暴突,腿是两根铁柱",对花金子敢爱敢恨,对焦阎王有仇必报。而焦大星则是生命萎顿的象征,虽然年龄约莫只有"三十岁上下","身体魁伟",但却"脸色黧黑,眉目间有些忧郁",既畏惧严厉阴鸷的母亲,又臣服于"蓄满魅惑和强悍"的妻子,整日在"妻与母为他尖锐的争斗"中苦恼而怯弱。

《北京人》更是集中表现了曹禺对两种不同生命形态的审美倾向和情感基调。作者一方面对在现实的枯井和狭笼里生命力萎顿和衰颓的曾浩、曾文清父子流露出"哀其不幸、怒其不争"的悲悯,另一方面,对具有健旺生命力的机器工匠"北京人"和洒脱不羁、纯朴自然的袁氏父女充满了赞美之情。曾皓是衰颓的传统文化的象征,作为一家之主,他"非常注意浮面上的繁文褥礼,以为这是士大夫门第的必不可少的家教,往往故意夸张他在家里当家长的威严",但实际上,他不但无力挽回自己和家族的衰颓,最后连自己视若生命的"油漆棺材"都被迫卖给他人。剧作中,作者从身体和精神两方面描写了曾浩无可挽回的生命颓败。在体魄上,虽然他"至多看来不过六十五",但"鬓发斑白,身体虚弱,黄黄的脸上微微有几根稀落惨灰的短须。一对昏曚而无精神的眼睛,时常流着泪水,只在偶尔振起精神谈话时才约莫寻得出曾家人通有的清秀之气"。在生活上,"他吝啬,自私,非常怕死。整天进吃补药,相信一切益寿延年的偏方。过去一直在家里享用祖上的遗产,过了几十年的舒适日子。偶尔出门做官,补过几次缺,都不久挂冠引退,重回到北平闭门纳福。老境坎坷,现在才逐渐感到困苦,子女们尤其使他失望,家中的房产,也所剩无几,自己又无什么治生的本领,所以心中百般懊恼"。曾文清是传统文化培育出来的"生命的空壳"。作为曾家的长子,一个士大夫家庭的子弟,他虽然表面上温文有礼,清奇飘逸,琴棋书画,样样精通。但实际上,在桎梏的"古井"里,"染受了过度的腐烂的北平士大夫文化","一半成了精神上的瘫痪","年年忍哀耐痛地打发着这渺茫无限的寂寞日子,以至于是最后他索性自暴自弃,怯弱地沉溺在一种不良的嗜好里来摧毁自己"。他也曾"屡次决意跳出这窄狭的门槛,离开北平到更广大的人海里与世浮沉,然而从未飞过的老鸟简直失去了勇气再学习飞翔。他怕,他思虑,他莫名其妙地在家里踟蹰。他多年厌恶这个家庭,如今要分别了,他又意外无力地沉默起来,仿佛突然中了瘫痪。时间的蛀虫,已逐渐啮耗了他的心灵,他隐隐感觉到暗痛,却又寻不出在什么地方"。正如他"那好妹夫姑爷"江泰所说,他"再也出不了门,做不得事,只会在家里抽两口烟喝会子茶,玩玩鸽子,画画画,恍惚了这一辈子"。《北京人》中,作者还着力描写了另一种具有原始野性和健康自由的生命形态。对于机器工匠"北京人"主要是从体魄上进行赞美,"他约莫有七尺冬高,熊腰虎背,大半裸身,披着半个兽皮,浑夸上下毛茸茸的。两眼炯炯发光,嵌在深陷的眼眶内,塌鼻子大嘴,下巴伸出去有如人猿,头发也似人猿一样,低低压在黑而浓的粗肩上。探褐色的皮肤下,筋肉一粒一粒凸出有如棕色的枣栗。他的巨大的手掌似乎轻轻一扭便扭断了任何敌人的脖颈。他整个是力量,野得可怕的力量,充满丰满的生命和人类日后无穷的希望都似在这个人身内藏蓄着"。而对袁任敢和袁圆父女,则在描写其健美体格的同时,更主要是侧重赞美其内在精神生命。"人类学者袁任敢(类似北京人体征):他身材不高,可是红光满面,胸挺腰圆,穿着一身旧黄马裤,泥污的黑马靴,配上一件散领淡青衬衣,活像一个修理汽车的工人。但是他有一副幽默而聪明的眼睛,眼里时常闪出一种嘲讽的目光,偶尔也泄露着学者们常有的那种凝神入化的神思。嘴角常在微笑,仿佛他不止是研究人类的祖先,同时也嘲笑着人类何以又变得这般堕落。"袁圆,十六岁,"小牛一般苗壮的圆腿","雄赳赳","气昂昂","满脸顽皮相","论身体的发育,十七八岁的女孩也没有她这般丰满;论她的心理,则如夏午的雨云,阴晴万变","她一切都来得自然简单,率直爽朗,无论如何顽皮,绝无一丝不快的造作之感"。父女俩不但相互之间无拘无束、健康自由地生活着,而且对周围所有人都同样洒脱无羁、淳朴善良。在剧作中,曹禺借对自由快活的"北京人"的赞美,表达了对理想生命形态的向往:"这是人类的祖先,这也是人类的希望。那时候的人要爱就爱,要恨就恨,要哭就哭,要喊就喊,不怕死,也不怕生,他们整年尽着自己的性情,自由地活着,没有礼教来拘束,没有文明来捆绑,没有虚伪,没有欺诈,没有阴险,没有陷害,没有矛盾,也没有苦恼,吃生肉,喝鲜血,太阳晒着,风吹着,雨淋着,没有现在这么多人吃人的文明,而他们是非常快活的。"

由此可见,曹禺在剧作中观照的重心不是社会层面上的阶级属性,而是超越现实层面的生命形态。在他的剧作中,无论是家庭伦理题材的《雷雨》,都市社会题材的《日出》,还是农村宗族题材的《原野》和文化哲理题材的《北京人》,都自觉或不自觉地形成了两种不同生命形态的对比。他对健旺野性生命的赞美,对颓败萎顿生命的怜悯,即便是对如周朴园、潘月亭、仇虎、曾浩等所谓的"强力"人物,作者重点关注的也不是他们"恶"与"力",而是着力表现他们在善恶之间的挣扎和生命衰颓时的悲凉。这种观照生命的方式,显然只有站在一个超越现实层面的精神高处才能把握的。正因如此,我们说曹禺剧作的价值和魅力不在现实层面的社会主题,而在形而上层面的生命或人性命题。曹禺在《雷雨》的序言里是如此表明自己观照生命的方式和高度的:"我不会如心理学者立在一旁,静观小儿的举止,也不能如实验室的生物学家,运用理智的刀来支解青蛙的生命","写《雷雨》是一种情感的迫切的需要。我念起人类是怎样可怜的动物,带着踌躇满志的心情,仿佛是自己来主宰自己的运命,而时常不是自己来主宰着。受着自己——情感的或者理解的——捉弄,一种不可知的力量的——机遇的,或者环境的——捉弄;生活在狭的笼里而洋洋地骄傲着,以为是徜徉在自由的天地里,称为万物之灵的人物不是做愚蠢的事么? 我用一种悲悯的心情来写剧中人物的争执。我诚恳地祈望着看戏的人们以一种悲悯的眼来俯视这群地上的人们……我是个贫穷的主人,但我请了看戏的宾客升到上帝的座,怜悯地俯视着这堆在下面蠕动的生物。他们是怎样盲目地争执着,泥鳅似的在情感的火坑里打着昏迷的滚,用尽心力来拯救自己,而不知千万仞的深渊在眼前张着巨大的口。他们正如一匹跌在沼泽里的羸马,愈挣扎,愈深沉地陷落在死亡的泥沼里"[1]。《雷雨》序言中的这段告白不止是针对《雷雨》而言的,实际上它是曹禺整个话剧创作的出发点和落脚点。

二、令人惊颤的神秘书写

文学的魅力既来自生活的现实性和神圣性构成,也交织着无常的神秘性存在。曹禺剧作的恒久生命和魅力不仅表现在对社会现实生活和不同生命形态的描写与表现上,也体现在其剧作对生活中神秘性存在的敬畏和探究上。无论是《雷雨》中的命运无常,《原野》中的阴森恐怖,还是《北京人》中原始蛮性等,曹禺剧作中常常散发出令人惊颤的神秘力量。

曹禺剧作中的神秘力量首先表现在命运的难以把握和无可逃避,并由此构

---

[1]　曹禺:《雷雨·序》,人民文学出版社,1994年。

建的离奇情节。《雷雨》便是这样一部由无常命运带来神秘性因素的典型作品。剧作中，30年前的悲剧不但以母女相继的方式重续，而且还竟然交织着母子私情、兄妹乱伦、父子反目、手足相残，以致最终家破人亡的惨剧。这一切似乎都是命运的魔咒，深陷其中的人都难以逃脱。侍萍经历了跳河自杀，两次嫁人，仍然逃不脱"不公平的命"的指使，30年后不但误回周公馆，巧遇周朴园，而且还亲眼目睹了女儿四凤重蹈她的覆辙。周萍对繁漪始的乱终弃既有喜新厌旧的成分，但更多的是为了逃避与继母乱伦而生的恐惧，可是他最终却不料陷入了一个更令人恐惧的伦理悲剧中，相恋并怀孕的四凤竟然是他同母异父的妹妹。这些"残忍的爱"和"不忍的恨"除了推给无法把握和难以逃避的神秘命运，哪里还有合理的解释。正如曹禺所感叹的那样："我不能断定《雷雨》的推动是由于神鬼，起于命运或源于哪种显明的力量。情感上《雷雨》所象征的对我是一种神秘的吸引，一种抓牢我心灵的魔。《雷雨》所显示的，并不是因果，并不是报应，而是我所觉得的天地间的'残忍'。"[①]同样，在《日出》中，无论黄省三、翠喜、小东西等底层的不足者怎样挣扎，都最终逃脱不了"损不足奉有余"的人之道所造成的悲剧命运；《原野》中，尽管焦阎王已死，无论焦母怎样机警、防备，也无法阻止仇虎父债子还的复仇行动，而仇虎虽然报仇雪恨，仍然无法逃脱内心的恐惧，迷失在蛮荒的原野；《北京人》中，无论曾浩如何苦心孤诣、曾思懿如何机关算尽、曾文清如何逆来顺受，最终都难以阻拒曾家在风雨飘摇中衰败离散的悲剧。对于这些宇宙间不可言喻的"神秘的事物"，曹禺说，他如原始的祖先们对那些不可理解的现象一样睁大了惊奇的眼。[②]

其次，曹禺剧作中的神秘力量来自对鬼神的神秘性书写。中国民间社会虽没有宗教信仰，但却有丰富、诡异、神秘的鬼神文化，并深刻地影响着人们的思想观念和行为方式。在民间，人们敬神畏鬼，天庭是神界，阴间是鬼巢。在神的世界里，没有烦恼和苦难，充满幸福和自由。而在鬼的世界里，却是刀山火海，阴森恐怖，充满苦难和刑罚。曹禺在《雷雨》中不但直接描写了周公馆阴森恐怖的氛围和"闹鬼"事件，而且还让剧中人物在雷电之中遭遇不测，或死去，或失常。这些阴森恐怖的故事及其所带给人们的无名恐惧，"恰如童稚时听脸上划着经历

---

①② 曹禺：《雷雨·序》，《雷雨·日出》，天津人民出版社，2008年，第371页。

的皱纹的父老们,在森森的夜半,津津地述说坟头鬼火,野庙僵尸的故事。皮肤起了恐惧的寒栗,墙角似乎晃着摇摇的鬼影"①。《原野》中,作者极力渲染了外部世界的阴森恐怖:原野上,"大地是沉郁的,生命藏在里面","怪相的黑云密匝匝遮满了天,化成各色狰狞可怖的形状,层层低压着地面","厚雾里不知隐藏着些什么,暗寂无声","森林是神秘的,在中间深邃的林丛中隐匿着乌黑的池沼,阴森森在林间透出一片粼粼的水光,怪异如夜半一个惨白女人的脸"。焦府内,"方桌上燃着一盏昏惨惨的煤油灯,黑影憧憧,庞杂地在窗恨上晃动着,在四周灰暗的墙壁上,移爬着。窗户深深掩下来,庞大的乌红柜,是一座巨无霸,森森然矗立墙边,隐隐做了这座阴暗屋宇神秘的主宰。香案前熄灭了烛人,三首六臂的菩萨藏匿在黑暗里,只有神灯一丝荧荧的人光照在油亮的黑脸上,显得狰狞可怖"。此外,剧中更让人感到恐惧不安的还有焦阎王鬼气森森的遗像和阴魂不散的魅影。心灵常常是外部世界的投身。《原野》不但极力渲染了外部世界充满鬼魅的恐怖氛围,而且还生动刻画了人物内心的恐惧和不安。在第二幕中,当焦母知道仇虎回来寻仇后,内心充满恐惧和不安,在诅咒和收买都失败之后,焦母终于忍不住沉郁地对仇虎说:"虎子,你来个痛快。上刀山,下油锅,你要怎么样,就怎么样。干妈的老命都陪着你。"仇虎则回敬一段唱词:"初一十五庙门开,牛头马面哪两边排,判官掌着哟生死的簿,青面的小鬼哟拿着拘魂的牌。阎王老爷哟当中坐,一阵哪阴风吹了个女鬼来。"四周静寂如死,焦母忽然无名恐惧起来,颤抖地询问仇虎是谁教他唱这些的,并低声地祈求他别唱了。而仇虎则狞笑着低沉地告诉她,是他屈死的妹妹教的。这些充满巫鬼色彩的台词反映了人物恐惧的内心,产生了神秘的力量。第三幕中,仇虎虽然报了血仇,直接杀死了大星,间接害死了黑子,但是他知道他们是软弱、善良和无辜的,因而他们的惨死让他陷入了恐惧和不安。当他带着花金子逃到丛林中后,迷失了心性和方向,"惊惧,悔恨,与原始的恐怖交替袭击他的心"。

第三,曹禺剧作中的神秘色彩还来自宗教的神秘力量。宗教属于一种社会意识形态,是人类社会发展到一定历史阶段出现的一种文化现象。无论哪一种宗教,其主要共同特点是,相信现实世界之外存在着具有超自然神秘力量的神,

---

①　曹禺:《雷雨·序》,《雷雨·日出》,天津人民出版社,2008 年,第 372 页。

该神秘统摄万物而拥有绝对权威、主宰自然进化、决定人世命运,从而使人对其产生敬畏和崇拜,并从而引申出一系列信仰认知和仪式活动。带有神秘色彩的宗教文化对曹禺戏剧创作有显著的影响。首先,曹禺时常直接在剧作中引用宗教话语,并通过这些宗教话语表明思想意图。譬如《日出》一开始对《圣经》话语的大量征引,其中包括《新约·罗马书》第二章、《旧约·那利米书》第五章、《新约·帖撒罗尼迦后书》第三章、《新约·哥林多前书》第一章、《约翰福音》第八章及其《约翰福音》第十一章等章节中的部分段落。这些《圣经》话语"一部分诅咒现社会生活的腐败堕落,一部分用神启的方式揭示这种生活的罪恶后果"①。曹禺在《日出》的序言中说,前面的引文有着序言的引领作用,他的很多"欲说不能的话藏蓄在那几段引文里"。很明显,曹禺要告诉人们,这些宗教话语反映了他对社会现实问题的启悟,也期望它们能够引领读者的认知。其次,曹禺在剧作中常常运用宗教视角阅世察人。在《雷雨》《日出》《原野》和《北京人》中,无论是对周朴园、潘月亭、焦母、曾浩等有过错的反面人物,还是对繁漪、陈白露、仇虎、曾思懿等不完全的中间人物,抑或是对鲁侍萍、翠喜、小东西、愫芳等善良无辜的底层人物,作者都站在"上帝"的视角,悲悯地看待地上的芸芸众生。对此,曹禺在《雷雨》的序言中如此坦承自己的用心:"在这斗争的背后或有一个主宰来使用它的管辖。这主宰希伯来的先知们赞它为'上帝'","我念起人类是怎样可怜的动物","我用一种悲悯的心情来写剧中人物的争执","我请了看戏的宾客升到上帝的座,来怜悯地俯视着这堆在下面蠕动的生物"。在《日出》的跋中,曹禺表达了同样的宗教情怀:"我挨过许多煎熬的夜晚,于是我读《老子》,读《佛经》,读《圣经》,……我流着眼泪,赞美着这些伟大的孤独的心灵。他们怀着悲哀驮负人间的酸辛,为这些不肖的子孙开辟大路。"第三,曹禺剧作的宗教色彩还表现在情节结构上。《雷雨》在结构上,明显借鉴了基督教"罪恶—控诉—惩罚—救赎"的《圣经》文本结构。周朴园曾经淹死过2000多童工,抛弃鲁侍萍,发过昧心财,负着良心债,对家人专横,对工人残暴,犯下了种种罪恶。剧中,作者分别借鲁侍萍和鲁大海之口,对周朴园过去和现在的罪恶进行了揭发和控诉。正如人类始祖亚当、夏娃因偷食禁果遭受惩罚被驱逐出伊甸园,罪恶多端的周朴园

---

① 高浦棠:《曹禺早期戏剧创作的潜宗教结构》,《文学评论》,2003 年第 6 期。

也在家破人亡中受到严厉的惩罚,周萍、周冲死去,蘩漪、侍萍精神失常。最后,怀着罪感的周朴园受捐出了公馆,探望蘩漪和侍萍,在宗教的教化中进行自我救赎。对于《日出》的结构,曹禺说:"我想用片段的方法写起《日出》,用多少人生的零碎来阐明一个观念。如若中间有一点我们所谓的'结构',那'结构'的联系正是那个基本观念,即第一段《道德经》的引文内'人之道损不足以奉有余'。所谓'结构的统一'也藏在这一句话里。"剧作中,作者以道教经典《道德经》中的名言来结构统领全剧,所主要描写的是金八、潘月亭、顾八奶奶等有余者与小东西、翠喜、黄省三等不足者迥异的生活世界。然而,值得注意的是,这种不足与有余的对比性结构是剧作的表面结构,《日出》还有一个《圣经》文本的潜在结构。曹禺在《日出》的跋中说,剧作前面的几段《圣经》引文不但有着序言的引领作用,而且在"编排的次序都很费些思虑,不容颠倒"。从所引的《新约·罗马书》第二章、《旧约·那利米书》第五章、《新约·帖撒罗尼迦后书》第三章、《新约·哥林多前书》第一章、《约翰福音》第八章及其《约翰福音》第十一章等章节中的部分段落来看,曹禺在编排次序上所费思考是明显的,他是按照"罪恶—控诉—惩罚—救赎"的结构次序来编排的,而《日出》的情节结构正与此暗中契合。曹禺说:"人群中一些冥顽不灵的自命为'人'的这一类动物,他们偏若充耳无闻,不肯听旷野里那伟大的凄厉的唤声。他们闭着眼,情愿做地穴里的鼹鼠",他希望有一声巨雷"把这群盘踞在地面上的魑魅魍魉击个糜烂"。因此,他"要写一点东西,宣泄这一腔愤懑"。这些正是对金八、潘月亭、李石清等人罪恶的控诉,而李石清、黄省三、翠喜、小东西、陈白露等人的死,以及潘月亭的破产,对应的是"惩罚"。方达生对陈白露的劝导、陈白露对小东西的拯救、砸夯工人对方达生的启悟以及结尾时的"日出"等,对应的是"救赎"。此外,对于《原野》,仇虎复仇的故事结构从表面上看似乎受到佛教和中国民间文化中"因果报应"的影响,但实际上它还暗合了《圣经·旧约》中摩西出埃及的故事结构。摩西在上帝的神谕之下,带领长期在埃及为奴的以色列人走出埃及,经过崎岖荒芜的西奈旷野,艰难地向上帝指选的流奶、流油的迦南地挺进。《原野》中,仇虎报仇后,带着花金子,逃离焦府,在阴森昏暗的原野跋涉,奔向"金子铺的地"。毋庸讳言,二者之间有着明显的联系,所不同的是,摩西有上帝的神谕,终于领着以色列人抵达了迦南地,而仇虎陷入了恐惧和不安,最终迷失在原始森林。

三、东西融合中的"形神合一"

曹禺的话剧创作一开始便以深切的思想和成熟的样式成为中国现代话剧的高峰和经典,23 岁创作的处女作《雷雨》是话剧舞台上长演不衰的经典剧作,30 岁以前便完成了《雷雨》《日出》《原野》《北京人》等代表作。曹禺话剧创作的成功与他融合东西文化传统,学习东西戏剧经验是分不开的。少年时代的曹禺就常常跟着继母一起观看京戏、昆曲、河北梆子、蹦蹦调、唐山落子等传统地方戏,欣赏谭鑫培、杨小楼、余叔岩等戏剧名家的精彩表演,从这个时候便埋下了热爱戏剧的种子。在少年时期,曹禺就开始阅读《史记》、唐宋传奇、元明清戏曲、《红楼梦》《聊斋》等传统文学和戏剧,熏染了"最美的、最具民族气味的东西"[1]。进入南开中学读书后,曹禺积极投身具有优秀戏剧传统的南开戏剧活动,参加南开新剧团,先后演出了丁西林的《压迫》、易卜生的《玩偶之家》《国民公敌》、霍普特曼的《织工》,改编并演出了莫里哀的《吝啬鬼》、高尔斯华绥的《争强》等。在大学期间(先在南开大学政治经济学系,后转入清华大学西洋文学系),认真研读了希腊三大悲剧家、易卜生、莎士比亚、奥尼尔、霍普特曼、契诃夫等欧洲古典戏剧和现代戏剧大师们的作品。综观曹禺剧作,无论是戏剧观念、艺术追求,还是人物设计、表现方式和美学风格,都与中西文化和戏剧经验分不开,更为重要的是,曹禺不是简单的模仿和吸收,而是形神合一的融化和创新。

在戏剧观念上,曹禺既强调反映社会现实,又反对拘泥于现实的狭隘的实用主义,主张超越现实的"诗"的戏剧观。曹禺的"诗"的戏剧观包括两个不同层面,一种是形而上层面的,即海德格尔所说的"存在之思",这种"存在之思乃是作诗的原始方式","它先于一切诗歌,却也先于艺术的诗意因素";另一种是艺术层面的,即诗歌中所蕴含的诗性。曹禺认为,戏剧创作"应该反映真实的生活,但不是那么狭窄的看法,应该把整个社会看过一遍,看得广泛,经过脑子,看了许多体现时代精神的人物再写;除此之外,还应该提倡能够写出更好的作品,那种叫人思,叫人想的作品","我不大赞成戏剧的实用主义,我看毛病就出在我

---

[1]　曹禺:《曹禺同志谈剧作》,《文艺报》,1957 年第 2 期。

们的根深蒂固的实用主义上。总是引导作家盯在一些具体的问题上,具体的目标上。这样,叫许多有生活的人,有才能的人,不能从高处看,从整个的人类,从文明的历史,从人的自身去思考问题,去反映社会,去反映生活。我们太讲究'用'了,这个路子太狭窄。对于文学艺术来说,实用主义是害死人的"①。在阐明《雷雨》的创作意图时,曹禺说,"我写的是一首诗,一首叙事诗,(原谅我,我决不是套易卜生的话,我决没有这样大胆的希冀,处处来仿效他。)这诗不一定是美丽的,但是必须给读诗的一个不断的新的感觉。这固然有些实际的东西在内(如罢工……等),但决非一个社会问题剧。——因为几时曾有人说'我要写一首问题诗'?因为这是诗,我可以随便应用我的幻想,因为同时又是剧的形式,所以在许多幻想不能叫实际的观众接受的时候(现在的观众是非常聪明的,有多少剧中的巧合……又如希腊剧中的运命,这都是不能使观众接受的。)我的方法乃不能不把这件事推溯,推,推到非常辽远的时候,叫观众如听神话似的,听故事似的,来看我这个剧,所以我不得已用了《序幕》及《尾声》","这个剧有些人说受了易卜生的影响,但与其说是受近代人的影响,毋宁说受古代希腊剧的影响"②。在此,曹禺明确表明了他超越现实的"诗"的戏剧观,并且毫不隐晦地表明了易卜生和古希腊悲剧家对其戏剧观的影响。易卜生戏剧向来被认为现实问题剧的杰出代表,但他本人却一再强调其戏剧创作完全是为了表达自己"精神生活的感受",而不是简单对社会问题的政治表态。因此,当有人称赞他的《玩偶之家》支持了妇女解放运动时,他却不以为然地说:"我做那剧本,并不是那种意思,我不过是做诗而已。"③这种读者和观众的接受与剧作家本人之间的"隔阂"同样发生在曹禺身上。当《雷雨》被人理解为"暴露大家庭的罪恶"时,曹禺对此辩解道,"我以为我不应该用欺骗来炫耀自己的见地,我并没有显明地意识着我是要匡正讽刺或攻击些什么"④,"我写的是一首诗,一首叙事诗"⑤。超越现实的"诗"的戏剧观对曹禺的艺术追求产生了决定性的支配作用;《雷雨》全剧

① 曹禺:《曹禺论戏剧创作》,《中国戏剧》,2001 年第 5 期。
② 曹禺:《简谈〈雷雨〉》,《收获》,1979 年第 2 期。
③ 转引自鲁迅:《娜拉走后怎样》,《鲁迅全集》(第 1 卷),人民文学出版社,1981 年,第 159 页。
④ 曹禺:《雷雨·序》,《雷雨·日出》,天津人民出版社,2008 年,第 371 页。
⑤ 曹禺:《简谈〈雷雨〉》,《收获》,1979 年第 2 期。

笼罩在"郁热"的氛围中,单纯的周冲好像是"这烦躁多事的夏天里的一个春梦",对未来怀着美好的憧憬。《日出》中,黑夜即将逝去,太阳即将升起,颓废的陈白露对霜花和阳光充满了喜悦。《原野》中,神秘阴森的原野覆盖着仇恨、丑恶、血腥和迷惘,花金子对"铺满金的地"无比向往,仇虎最终迷失在荒原。《北京人》中,反复出现的"棺材"象征着曾家乃至整个封建文化的穷途末路,"北京人"充满了原始野性的生命力。可见,无论是在整体的意境上,还是具体的表现上,曹禺剧作处处体现了"诗"的艺术追求。

通览曹禺的经典剧作,我们不难发现一种冲突性的存在,即其剧作中的人物在精神本质上主要是本土的,而作者的思想意识则更多的来自西方。《雷雨》中,周朴园虽然曾经留学欧洲,可是骨子里却充满了根深蒂固的传统思想,在周公馆内处处实行"专制",强迫妻子喝药做出服从的榜样,要求儿子循规蹈矩不要被旁人"说闲话"。繁漪虽然接受过新式教育,却是一个"旧式女子",既"有她的文弱,她的哀静,她的明慧",也有"更原始一点的野性"和"狂热的思想"。虽然生命的本能驱使她追求爱情、欲望和自由,但是她的反抗与叛逆注定是不彻底的,她与周萍的所谓"爱情",只不过是从一种被禁锢状态转换为一种"依附"关系。即使被迫成了"母亲不像母亲情妇不像情妇"的角色,却仍低三下四地恳求周萍将她带走:"(恳求地)不,不,你带我走,——带我离开这儿,(不顾一切地)日后,甚至于你要把四凤接来一块住,我都可以,只要,只要(热烈地)只要你不离开我"。《日出》中,陈白露上过大学,有过追求,然而却甘愿做交际花和情妇,被潘月亭包养在大旅馆里,过着寄生虫的生活。《原野》中,仇虎虽然对焦阎王怀着刻骨的仇恨,可是即使焦阎王死了,没有了复仇对象,他仍然要对孤儿寡母实施他狭隘的复仇计划。《北京人》中,即使家境窘迫,也要坚持繁文缛节的曾浩,表面上精通琴棋书画的曾文清,实际上却是一个四肢不勤的"生命空壳"。显而易见,曹禺剧中的人物大多浸透了传统文化的汁液,主要是"老中国的儿女"。但是,文本外的作者却深受西方古典和现代戏剧的影响,站在"上帝"的视角,带着悲悯情怀,俯视在地上挣扎着的芸芸众生。

曹禺剧作在表现方式和美学风格上主要学习借鉴古希腊悲剧、莎士比亚、易卜生、奥尼尔、契诃夫等西方戏剧大师们的艺术经验,并结合本土题材特点,融会贯通,"化"入自己的存在之思和生存体验,形成了自身独特的艺术风格。

对于古希腊悲剧家的影响，曹禺说："我喜欢埃斯库勒斯（Aeschylus），他那雄伟、浑厚的感情；从欧里庇得斯（Euripides），我企图学习他那观察现实的本领以及他的写实主义的表现方法，我很喜欢他的《美狄亚》。"①古希腊悲剧家认为，"人的力量有限，在命运面前无所作为，即使是具有超人的顽强性格和不妥协的斗争精神的悲剧英雄，也无法改变命运的安排"②。正是在古希腊命运悲剧的影响下，曹禺剧作注重表现了人物对命运的无可把握和无效抗争的悲剧，并由此形成了深沉、悲凉的美学风格。《雷雨》在情节安排上借鉴了《美狄亚》和《俄狄浦斯王》，鲁侍萍被周朴园抛弃后带着孩子跳江自杀，与美狄亚被丈夫抛弃后为了复仇杀死自己孩子的情节较为相似；侍萍极力避免女儿重蹈覆辙，却终究难逃兄妹乱伦的惨剧，与俄狄浦斯无法摆脱"杀父娶母"的悲剧命运也有相通之处。当然，植根于中国传统文化和半封建社会现实的曹禺剧作，对外来影响进行了本土化转换，深受封建伦理思想影响的鲁侍萍不可能主动杀死儿子，周朴园也只是承受了30多年的内疚；而周萍与四凤在得知伦理真相后双双死去，与俄狄浦斯刺瞎双眼、自我放逐的结局也不尽相同。

曹禺认为，莎士比亚对复杂人性的揭示是"任何天才不能比拟的"③。"莎士比亚的变异复杂的人性，精妙的结构，绝美的诗情，充沛的人道精神，浩瀚的想象力"④对曹禺的戏剧创作产生了重要影响。在莎士比亚剧作中，作者对笔下人物均"一视同仁"地怀有仁慈、宽容和悲悯之心。这种人性观和审美观深深影响了曹禺，使得他即便是对周朴园、繁漪、陈白露、仇虎、曾皓、曾文清等专横、自私、堕落、仇恨、虚伪、软弱的人物，也都怀有宽容和悲悯之心。在情节安排上，曹禺常常借鉴莎士比亚戏剧开头和结尾的方式，具有强烈的动作性、戏剧性和逻辑性。譬如《原野》开头的鬼魅氛围与《哈姆雷特》开始的鬼魂情景颇为相似；《日出》结尾陈白露的自杀与《奥赛罗》结尾主人公的自杀有着共同的逻辑。

在所有的外来影响中，易卜生对曹禺的影响也许是最大的。曹禺曾多次强调外国剧作家中，对他影响较多的，"头一个"是易卜生。⑤ 他说："我从事戏剧工

---

①　张葆莘：《曹禺同志谈剧作》，《曹禺研究专集》（上），海峡文艺出版社，1985年，第141页。

②　孙庆升：《曹禺剧作漫谈》，《曹禺研究专集》（上），海峡文艺出版社，1985年，第441页。

③④　曹禺：《曹禺自述》，京华出版社，2005年，第35—36页。

⑤　曹禺：《和剧作家们谈谈读书和写作》，《剧》，1982年10月。

作已数十年,我开始对戏剧及戏剧创作产生志趣、感情,应该说,是受了易卜生不小的影响。中学时代,我就读遍了易卜生的剧作。我为他的剧作谨严的结构,朴素而精炼的语言,以及他对资本主义社会现实所发生的锐利的疑问所吸引。"①曹禺剧作在主题和结构方面都明显受到易卜生的影响。曹禺像易卜生一样,对社会和人性发出"锐利的疑问",尤其关心妇女问题。《雷雨》中的蘩漪、《日出》中的陈白露、《原野》中的花金子、《北京人》中的愫芳都有着"娜拉"的影子,在禁锢的环境中怀着"出走"的期待。在戏剧结构和表现方法上,曹禺深受易卜生的影响,擅长运用追溯的方式结构剧本。在《雷雨》《日出》和《原野》中,开幕之前,剧中的重要事件已经发生,譬如《雷雨》中周朴园与鲁侍萍的纠葛,《日出》中陈白露与方达生的恋情,《原野》中仇虎与焦阎王的恩怨等,剧作中这些作为关键情节的过去的故事都是通过追溯的方式在矛盾的焦点时候呈现出来的。在更具体的情节方面,《群鬼》中,阿尔文与女仆发生私情并生了一个女儿,阿尔文太太忍受着丈夫恶行。若干年后,吕嘉纳女承母业,来到阿尔文家当女仆,并得到少爷欧士华的追求,而他们却是同父异母的兄妹。很明显,《雷雨》明显借鉴了《群鬼》的"母女相继"和"兄妹乱伦"的构思方式。

契诃夫的影响是曹禺戏剧创作历程中的重要一环。曹禺说,他在写完《雷雨》之后,渐渐生出一种对于《雷雨》的厌倦。因为它"太像戏"了,技巧上有些"用的过分"。于是,他想另觅途径,"想平铺直叙地写点东西","重新学一点较为深刻的"。这时候,契诃夫通过日常生活表现深刻思想的"静默戏剧"开始让他"着了迷",并"沉醉于契诃夫深邃艰深的艺术里"。曹禺如此描述契诃夫剧作对他的触动:"没有一点张牙舞爪的穿插,走进走出,是活人,有灵魂的活人,不见一段惊心动魄的场面。结构很平淡,剧情人物也没有什么起伏生展,却那样抓牢了我的魂魄,我几乎停住了气息,一直昏迷在那悲哀的氛围里。我想再拜一个伟大的老师,低首下气地做个低劣的学徒。"②在《日出》和《北京人》中,我们不难看出契诃夫对曹禺的影响。与《雷雨》相比,《日出》和《北京人》在题材内容和表现方式上有了迥然的不同,是曹禺创作风格转变的标志。作者开始从更广

---

① 曹禺:《纪念易卜生诞辰 150 周年》,《人民日报》,1978 年 3 月 21 日。
② 曹禺:《日出·跋》,《雷雨·日出》,天津人民出版社,2008 年,第 263 页。

泛的日常生活中表现深刻的思想,不再关注外部的剧烈冲突,努力从平凡中挖掘生活的底蕴和内在的本质,风格基调由"沉郁"转向了"静默"。在艺术形象上,陈白露、愫方不再像繁漪那样激烈、外露,而是含蓄、深沉。在《北京人》中,风雅怯懦的曾文清,卑劣庸俗的曾思懿,纯净高洁的愫方,几乎与《三姐妹》中的安德烈、娜达莎和三姐妹在角色和性格方面形成了对应关系。难怪,曹禺说,契诃夫给他"打开了一扇大门",让他发现,"原来在戏剧的世界中,还有另一个天地"[1]。

相对而言,奥尼尔对曹禺的影响较小些。曹禺主要从奥尼尔剧作中汲取了从精神领域探索人物复杂内心和性格的表现方式。尤其是《原野》对《琼斯皇》的借鉴。《原野》中的神秘、恐惧和紧张的气氛和结尾时仇虎的精神崩溃及其表现方式都受到《琼斯皇》的影响。曹禺在《原野·附记》中说,《原野》"采取了奥尼尔氏在《琼斯皇帝》中所用的,原来我不觉得,写完了,读了两遍,我突然发现无意中受了他的影响"[2]。

综上所述,曹禺剧作对中外优秀文化和戏剧经验的广泛学习和创造性吸收是其成功的关键。他对外来经验的学习借鉴,"不是照搬,模仿,而是融入,结合。在这种融入结合之中,化出中国自己的风格,化出作家自己的风格"[3]。总之,曹禺剧作的基础和本质也即题材内容和精神主旨是中国自己的,戏剧观念和表现方式主要借鉴西方,他把二者有机地"融入,结合",最后创造出"自己的风格",正是在这个意义上,我们说,曹禺剧作是中西结合基础上的形神合一。

第四节　施蛰存的乡土回望与欲望书写

在现代文学史上,施蛰存的小说是以精神分析特征而著称的。正如有学者所说:"没有了精神分析小说,就没有了文学史上的施蛰存。"[4]无论是现代的都

---

① 曹禺:《日出·跋》,《雷雨·日出》,天津人民出版社,2008 年,第 263 页。
② 曹禺:《原野附记》,《文丛》,1937 年,第 1 卷第 5 号。
③ 曹禺:《曹禺论创作》,上海文艺出版社,1986 年,第 104 页。
④ 许道明:《海派文学论》,复旦大学出版社,1999 年。

市男女,还是古代的高僧武士,施蛰存都以精细的笔触,描画出他们隐秘的内心和萌动的情欲。这种深入人物内心世界的精神分析方法主要来自西方的弗洛伊德、显尼志勒和爱伦·坡等现代主义文学资源。然而,施蛰存小说在借鉴西方的同时也呈现出浓郁的传统文化特质,思乡与怀旧是他在现代都市文化中驻足传统的思想方式,诗化与写意是他继承传统的表达方式。无论是表现都市分裂的人格,还是回望乡镇忧伤的往昔,或者审视遥远历史人物的苦闷,施蛰存的小说创作都表现出鲜明的传统文化特征。

一、感伤与怀旧中的乡土情结

"恋乡"是中国传统文化的重要精神特征之一。无论是"少小离家",还是"故国回首",历代文人墨客总是摆脱不了故土、故人、乡音、乡情的精神缠绕。出生于杭州水亭,成长于苏州古巷和松江小镇的施蛰存常常在都市洋场的繁闹和古城小镇的宁静之间,带着淡淡的感伤追忆往昔的青春岁月。

《上元灯》里的作品大多是对苏州古城和松江小镇早岁生活的怀旧与感伤。在这些作品中,作者总会在一个追忆性的叙事结构中,纳入诸多怀旧感伤的情绪,小说常常在追忆中开始,又在惆怅中结束。《扇》由一柄旧藏的团扇追忆一段"我"与树珍少时的朦胧恋情。初到苏州的"我"与邻居金树珍姐弟成了好朋友,并且爱恋上了树珍。萌动的青春爱欲驱使"我"偷藏了她的团扇。树珍的佯装娇嗔,我的惴惴不安,这些小儿女之间萌动的青春爱欲被作者点染得委婉动人。而离别后的物是人非和青春浪漫的易逝则在乡土的怀旧中增添了不尽的感伤。《周夫人》描写了年轻寡居的周夫人,长期压抑的情欲因一个相貌颇似亡夫的 12 岁男孩而被诱发。虽然这篇作品最为读者所津津乐道的是弗洛伊德的性爱学说在一个年轻寡妇心底的生动展现,但是在笔者看来,作者关注的重心似乎并不完全在性心理的本身,而更多的在于经由周夫人的苦闷达到对童年往事的怀旧与感伤,这一点在小说的开头和结尾处都有作者明确的表白:"在花蕊一般的青年人生,哪一桩事不是惘惘然地去经历? 然而愈是惘惘然,却使追忆起来的时候愈觉得惆怅。"《旧梦》描写的是在"我"重回故地的见闻中物是人非的感伤。"院子里两株大桂树还依旧很繁茂",但是"我们"住过的房子已经租给别人了,房主人张老头"已经过世了",二婶母的衰老容颜中再也难以搜寻出"当年的艳色的遗踪"了。而随后初恋情人芷芳的意外出现更让"我"增加了"一重苦痛的失望"。丈夫的赌博吸毒,孩子的体弱多病让这个当年美丽的"垂髫少女"如今已成为了"烟容憔悴的妇人"。结尾处"我"和芷芳母女告别,"竟感觉到好似在开始一个长途的旅行而离开自己的家门的时候的惆怅"。《上元灯》描述了"我"与"她"因花灯失而复得所引起的一段爱情波澜。元宵时节,"她"为"我"特意制作了一只"玉楼春"的楼式纱灯,却不料被她前来求亲的表兄拿去了。懊恼的"我"和伤心的"她"最终因"她"为"我"赶制了另一只更精致的花灯而和好如初。在元宵闹花灯的旧习和青年男女的爱情波澜的背后,潜藏着作者眷恋的乡土情怀。《桃园》描写的是一段松江小镇的人事变迁和凡常人物的心理嬗变。成绩优秀的儿时同学卢世赃因家贫辍学,无论是在学校里教书,还是在杂货铺帮忙,都避免不了世俗的歧视和排挤,于是辞职到南城根租种桃园,并许诺任何人,"只要给两个小银币,就可以在园里尽量拣好的摘下来吃"。世俗的鄙陋、古风的淳朴和黄桃的美味在作者的娓娓叙谈中集结成记忆中复杂的乡情。

施蛰存把自己的籍贯认定为出生地杭州,后来又在杭州的之江大学就读过,诗画江南的杭州也俨然是他的故乡了。《渔人何长庆》在钱塘江畔古镇渔村淳朴善良的乡风民情中讲述了渔人何长庆的"一出恋爱的悲喜剧"。"英俊的少年渔人"爱上了云大伯的女儿菊珍,孤寂的云大伯也有意把相依为命的女儿嫁给忠厚老实的长庆。但是向往城里"新奇"和"奢华"的菊珍却跟人逃到了上海。守候了五年的长庆不计前嫌,又从上海把沦为妓女的菊珍接回了家,"照样的从事于祖遗的生活"。菊珍的"堕落"预示着都市对乡镇的诱惑和现代对传统的侵袭。长庆的守候和宽容隐含着乡镇的淳朴和对人们寻找失落家园的精神指向。从纸醉金迷的都市回归纯朴自然的乡土,寻找灵魂栖居的家园,是施蛰存小说人物常见的一种行为模式。《闵行秋日纪事》中的"我"由于长期宿居在城市"局促的寓楼里","颇感到些萧瑟的幽味",于是应"隐居"乡野的朋友之约,"决定作一次短时旅行"。作者借友人无畏君的来信和"我"的遐想,对"荷叶披披,青芦奕奕"的乡土作了诗意的描绘。《魔道》中的"我"应朋友陈君的邀请到郊外乡间去消磨周末,乡野的清新、静谧和舒泰是"我"在上海所从未领略过的。《旅舍》中,在上海经商多年的丁先生由于长期的忙碌而患上了"神经衰弱症",在朋友的规劝下,"暂时抛弃了都会生活,作一次孤寂的内地旅行","因为乡野的风物和清洁的空气,再加上孤寂和平静,便是治疗神经衰弱的唯一的治疗剂"。《夜叉》中的卞士明被乡间"繁茂的竹林""深沉的古潭""弥漫的烟云"和"月下的清溪白石"所吸引,在办完祖母的丧事后,"特地写信到上海继续告十天假",决定在乡下再修养一段时间。然而,施蛰存笔下的都市人物由于长期在逼仄的生存空间和巨大的竞争压力下产生了精神分裂和人格变异,乃至于无处遁形,甚至连乡野自然也无法成为他们诗意栖居的精神家园。《闵行秋日纪事》中的"我"时时被同车来的那个有些异样的少女扰乱了思绪。《魔道》中的那个黑衣"妖妇"始终如影随形地跟随着"我"。《旅舍》中,习惯了城市繁闹和奢华的丁先生在内地寂寞和鄙陋的小镇旅舍中无法安睡,噩梦连连。《夜叉》中的卞士明在偶遇的白衣女子和乡间夜叉的传说以及古书上山鬼形象的夹击下以致精神失常。

郁达夫当年曾极力称赞施蛰存的历史小说巧妙地把"自己的思想,移植到古代人的脑里去"。诚然如此,施蛰存也常常把自己的怀乡情结移植到历史人物的身上。《将军的头》就集中描写了唐朝大将花惊定在率领唐兵攻打自己本族吐蕃人时的矛盾心理。祖父从小给他讲述的"吐蕃国的一切风俗,宗教和习惯""随着将军年龄之增长而在他心中照耀着"。花惊定一面"企慕着吐蕃国的乡人",一面"又对于第二故乡的成都实在也很有些留恋"。此外,《鸠摩罗什》中的罗什正是因为对故土的留恋而被吕光"所羁縻"的,而离开凉州时的罗什"在驼背上回看着那个战伤了的古边城"时"不觉得喟叹起来"。《阿褴公主》中的段功在故乡的笙歌中觉醒了"思乡病","一鼓作气回到了故国"。

二、传统规范审视下的"妻子"形象

施蛰存对家园往事的怀旧与感伤烛照出他浓郁的传统文化心理。这种眷恋家园的传统文化心理在其小说中也常常表现为对"妻子"形象的迷恋。在施蛰存并不丰厚的小说创作中有30多篇写到了"妻子"形象。在《残秋的下弦月》《纯羹》《妻之生辰》和《栗·芋》等作品中,作者更是融入了自身的生活情状和内心感受,赋予笔下的妻子形象以传统"善女人的行品"。《残秋的下弦月》在清秋、残月、静夜、幽室的凄凉格调中展开了一段妻子与丈夫近乎日常生活口角式的对话。生病的妻子渴望丈夫的陪伴，而为了生计忙于写作的丈夫却为妻子的扰乱而烦恼。"残秋的下弦月"既寄寓着贫贱人家处境的凄凉，也暗示了妻子行将消逝的生命。《纯羹》同样也是一场夫妻间日常的生活摩擦。温柔善良的妻子为了满足丈夫的口味费尽心思，想让丈夫做一顿"纯羹"，而粗心大意的丈夫却因为怕在朋友面前丢面子，误解甚至伤害了妻子。结尾处觉察了妻子良苦用心的"我"在一阵愧疚和懊悔之后，"烹调了纯羹汤"，抚慰了妻子受伤的心灵。《妻之生辰》中的"我"一心想要买点礼物来"点缀妻的结婚之后的第一个生辰"，却因为没有钱而最终未能实现这个小小的愿望。妻子的温柔体贴和"我"的无奈愧疚在作者朴实、细腻的娓娓叙述中更显现出平凡夫妻清贫生活的真实动人。施蛰存常常用传统伦理道德的价值规范来审视他笔下的女性形象。他总是用温情的笔调赞赏那些具有传统美德的温柔善良的"妻子"，而对那些轻浮浪漫、粗俗霸道，背离传统品行的女性，则总是含讥带讽。《蝴蝶夫人》中的李约翰夫人最初因喜欢蝴蝶而与昆虫学家李约翰结婚。婚后耐不住寂寞的蝴蝶夫人却又喜欢上了体育家陈君哲。看着妻子和别人幽会的李约翰教授只好无可奈何地感到孤寂和伤感。作者在嘲弄迂腐的李约翰教授的同时，更多的是讥讽了寻求浪漫和刺激的轻浮的蝴蝶夫人。《雄鸡》中的兴发婆婆为了一只雄鸡诬赖左邻右舍，并且还逼得她孤孀的媳妇阿毛娘上吊自杀，最后在得知是她丈夫带进城去送给了四太太时，"随即转了脸色"，而且还要"索性再捉一只婆鸡去配配对"。作者在对兴发婆婆粗俗、势利的行为举止的描画中表露出鲜明的讥讽。施蛰存不但对现实生活中"妻子"的善良行品进行赞美，对违背传统的卑劣举止进行嘲讽，而且还常常在历史的重构中对过去时代的"妻子"进行善恶褒贬。《石秀》向来以其对历史人物石秀潜伏的变态性心理的复活而备受称道。然而作者对引诱者杨雄的妻子潘巧云的态度却较少引起人们的关注。叙事者以石秀的视角来观察潘巧云，从初始穿着上的卖弄风骚，言行上的淫亵狎昵，到后来对石秀引诱不成时的冷淡、诬陷，以致最后与裴如海私通，奸情败露被杀。如果我们屏蔽主人公石秀在色欲中的痛苦挣扎过程，还原潘巧云勾栏出身的背景，那么施蛰存对于淫贱者的痛恨和不满情状则彰显无遗。而与此相反，在另一部历史小说《阿褴公主》中，作者对温柔美丽、感情忠贞的阿褴公主进行了热情的赞美。当受到思乡冲动的丈夫段功去了大理时，阿褴公主坚信丈夫"一定会再回来"。当她的父亲梁王受到奸人蛊惑要她毒死丈夫时，阿褴公主放弃了为国家而毒死丈夫的不义，选择了作为一个妻子的忠贞，"既然做了他的妻子，我就完全属于他"。当丈夫被暗杀之后，阿褴公主哀痛得几次想自杀，"她拒绝了一切的访问，孤独地在众宫女的监视下生活着"，并最终因报仇失败而自杀。

在我国古代文学传统中，"妻子"形象常常包含了乡土家园的文化含义。"丈夫们"无论是辞亲远游，还是仕途升迁，常常把"妻子们"留守家中，因而无数的"思妇"和"怨妇"常常成为游子思乡文学中的主角。施蛰存笔下的"男人们"，无论是身处现代都会，还是游走他国异乡，常常会难忘故土牵挂妻子。《梅雨之夕》中的"我"在"梅雨之夕"的街头邂逅了一位美丽的女孩，萌动的潜意识驱使"我"撑伞送她回家。作者在这里化用了戴望舒的"雨巷"意境，让男主人公撑着伞徘徊雨中，与心仪的美丽姑娘结伴而行，使无数读者心动不已。然而笔者所关注的是，"我"在与姑娘结伴而行的过程中自始至终都闪现出"妻子"的身影。当"我"与她共撑一把雨伞走在街头的时候，"我"想到的是"除了和我的妻子之外，近几年来我并不曾有过这样的经历"；接着"我偶尔向道旁一望"，发现那个"用着忧郁的眼光看着我"的女子，好像是"我的妻"；当"我"回家叩门时，同路的少女和路边的女子又在妻子身上再一次重现。这种陷入现代爱欲与传统道德的矛盾冲突在施蛰存小说中的其他"丈夫们"的身上也常常俯首可见。《在巴黎大戏院》中的主人公"我"和情人约会时，眼前时时出现乡下妻子的形象，"此刻她一定已经睡着了。她会不会梦见我和别一个女人在这里看电影呢？"与此同时，"我"还陷入了是否告诉情人自己已经结婚的矛盾中，担心她一旦知道实情，便会离"我"而去。主人公在传统道德面前的负罪感和在现代爱欲中的焦虑心理，充分体现了现代都市中两种文化撞击下人们的精神裂变和内心痛苦。但是，在本能欲望与伦理道德的一次次激烈冲突中，最后总是本能冲决了道德的堤岸。"我"闻到她身上的香气和肌肤的气息，产生了"狎亵"的感觉，拿着她递给"我"的手帕，吮吸着她"腥辣的""黏腻的"痰和鼻涕，"舌尖上好像起了一种微妙的麻颤"，"好像有了抱着她的裸体的感觉"。研究者向来关注的是小说中绅士隐秘而变态的性心理，得出了都市声色犬马对人性异化的主题，然而当绅士沉迷在性幻想时，他对乡下妻子的愧疚和同情明证了他并没有完全忘记传统的道德规范。这一"性"与"道"的冲突在历史小说《鸠摩罗什》中更是得到了极致的表现。自幼出家的得道高僧鸠摩罗什始终在佛家的清休与俗世的爱欲中痛苦挣扎。鸠摩罗什一方面为了内心的欲求而冒犯戒律,食荤娶妻,眠娼宿妓。另一方面,他又为自己的功德沦丧而忏悔开脱。值得注意的是,鸠摩罗什在繁华的都城长安,总是企图用亡妻的面影驱散色欲的诱引。当他受到妓女孟娇娘的诱惑时,他想到了妻子,"如果那个已死的妻子在这里呢,那是至少会如像在凉州一样的平静"。当他受到宫女的诱惑时,"他立刻闭上了两眼,他的妻的幻像又浮上来了","夜间与宫女妓女睡觉"的鸠摩罗什"心里深深地苦闷着","但他是为了想起了妻而与这些宫女生出关系来的"。在鸠摩罗什的心中"俗世的爱欲"超过了"佛家的戒律",他既为自己违背戒律而忏悔,更为自己对情爱的不专而痛苦。施蛰存这些小说中的男性主人公既想追求现代的浪漫刺激,又怕逾越传统的道德规范,这种内心深处的焦虑烛照出施蛰存在于现代都市文明和传统价值观念冲突中的自身矛盾。

三、叙事文本中的诗性表达

尽管施蛰存向来不愿意戴上"新感觉主义者"的头衔,但是自20世纪30年代楼适夷把他归于新感觉派,到80年代严家炎的再一次确认,施蛰存在文学史上的新感觉派身份似乎已无异议,他小说中的那种对人物心理、意识和感觉的重视,对现代都市人们普遍压抑、苦闷心理情绪的捕捉都十分清晰地体现出新感觉派现代意识的一般特征。但是与自小沐浴着东洋文化、崇尚都会文明的刘呐鸥和生于富商之家、流连十里洋场的穆时英不同,"从江南带书香味的城镇走出来"的施蛰存,始终无法完全融入都市的旋律和节拍,他只是"站在现代大都会的边缘","在中外文化的结合点上找到了相对的平衡"①。施蛰存的小说不只是在思想主题和人物塑造上流露出传统文化的心理特征,而且在表现方式上呈现出继承传统的艺术倾向。

小说是叙事的文本,然而施蛰存在小说中却常常有意淡化故事情节,也不注重描画人物性格,而是"要表现一种情绪,一种气氛","用一种极艺术的,极生动

① 杨义:《中国现代小说史》,人民文学出版社,1988年。

的方法来记录某一些'心理'或'社会的'现象"①。早在20世纪30年代,沈从文就指出,施蛰存是"把创作当诗来努力","以一个自然诗人的态度,观察及一切世界姿态,同时能用温暖的爱,给予作品中以美丽而调和的人格","作者的成就,在中国现代短篇作家中似乎还无人可及"②。虽然沈从文在这里有对朋友的溢美之词,但说施蛰存是"把创作当诗来努力"和"以一个自然诗人的态度,观察及一切世界姿态",则的确是言之中的的。施蛰存常常把诗歌中的意象和意境化入他的小说创作中。《上元灯》中的"花灯"和《扇》中的"团扇"是爱情的信物,寄寓着男女主人公之间朦胧依恋的青春爱欲。《栗·芋》中的"栗子"和"芋头"、《纯羹》中的"纯羹"和《残秋的下弦月》中的"残月"是平凡家庭生活的见证,寓含着夫妻间的真情。《梅雨之夕》中的绵绵"梅雨"和《春阳》中的和煦"春阳"分别昭示了主人公的隐秘心理和萌动的欲念。而《魔道》中的"妖妇"、《旅舍》中的"女鬼"、《夜叉》中的"夜叉"和《凶宅》中的"凶宅"则分别是都市人分裂人格和扭曲心理的外化。从小浸淫在古典诗词中的施蛰存不但在小说中运用了大量的意象来表现对乡土美好往事的眷恋,对都市扭曲人性的披露,而且还常常把古典诗歌的意境融入其小说创作中,增添小说的诗情画意。《扇》中女友执扇扑萤的动人情景让"我"想起了唐诗中"轻罗小扇扑流萤"的诗句。《上元灯》里失去"花灯"的主人公独自回家时,在一片浮动的花灯中吟读起李商隐的"珠箔飘灯独自归"感伤诗句。《周夫人》《旧梦》和《扇》等作品的开头和结尾处追忆故人往事时的"惘然"和"惆怅",分明是李商隐《无题》诗"此情可待成追忆,只是当时已惘然"的现代表达。而《梅雨之夕》男主人公雨中撑伞送佳人的期待、彷徨和惆怅更是戴望舒《雨巷》中古典情境的再现。难怪有学者指出:"从《上元灯》到《黄心大师》,传统文化中关于'诗'的那部分内容对施蛰存有着深重的影响。前期的典雅,中期的雄浑,后期的洗炼,作者的风格有所变化,然而,他始终用郁勃的诗心在结构他的小说。"③

我们在分析施蛰存小说传统文化特征的时候,当然不可否认弗洛伊德、显尼志勒和爱伦·坡等西方现代主义文学资源对施蛰存小说创作的重要影响。但是

① 施蛰存:《文艺百话》,华东师范大学出版社,1994年。
② 沈从文:《论施蛰存与罗黑芷》,《抽象的抒情》,复旦大学出版社,2004年。
③ 许道明:《海派文学论》,复旦大学出版社,1999年。

施蛰存小说中所呈现出来的诗性风格、写实倾向和心理分析手法又不同于西方的现代派作品。从施蛰存的几部小说集来看，自觉满意的《上元灯》是用舒缓的笔调对乡镇往昔的感怀。《将军的头》虽然是从性心理的角度写了"种族和爱""道和爱"等的冲突①，然而鸠摩罗什对亡妻龟兹公主的思念，花惊定将军对故国的怀想，石秀对义兄杨雄的道义，阿槛公主对丈夫段功的忠贞，这些用现代思想复活的"古人古事"却始终没有脱离传统的文化心理和浪漫主义的色彩。《梅雨之夕》虽然延续着性心理描写的写作路向，表现了现代都市人纷乱、压抑、扭曲的性心理和精神变异，然而小说中人物对都市的逃离，作者对田园的赞美，也明显地流露出浓厚的传统文化心理，而施蛰存本人在该书《后记》中的一番"我从《魔道》写到《凶宅》，实在已经写到魔道里去了"剖白，实际上已经预示了《善女人行品》和《小珍集》向传统写实风格的回归。施蛰存说，《善女人行品》中所描绘的女性，几乎可以说是他近年来所看见的典型。② 这些作品中虽然还有一些对人物心理情绪的描写，但是作者对环境、细节、人物典型和日常生活的重视，已经俨然是现实主义的原则和方法了。在《小珍集》的"编后记"中，施蛰存坦言了自己思想上的传统倾向，他说："我常常看了别的伟大'作家'的伟大作品而自愧，于是思想不免有点复古，仍旧把我的这些小说认为是卑卑不足道的'小家珍说'之流了。"③

　　传统文化心理是施蛰存小说不同于西方现代派小说和他的两位新感觉派同道刘呐鸥和穆时英小说的根由所在。这种传统文化心理主要来自施蛰存的早年乡镇生活经验和深厚的古典文学修养。施蛰存 1909 年离开出生地杭州居苏州醋库巷，1915 年离开古城苏州居松江，1933 年全家又离开松江迁居上海。早年的数度迁徙，江南小镇的秀丽风光和纯朴的风俗人情在他成长的心灵历程中种下了浓浓的"恋乡"情结，养成了他日后敏感多思的品性。他在诗作《你的嘘息》中表白了对乡野的向往和依恋："月光下的空气是青的，/于是，你的嘘息是一缕烟。/被忘却的故乡的山脚下，/有我的铅皮小屋。/那倾圮的屋顶上/久已消失了/青色的炊烟。/陪我跋涉于山川者，/虽然有卷落的烟，/茶的烟，摩托车的

---

① 施蛰存:《将军的头·自序》,《十年创作集》,华东师范大学出版社,1996 年。
② 施蛰存:《善女人行品·序》,《十年创作集》,华东师范大学出版社,1996 年。
③ 施蛰存:《小珍集·编后记》,《十年创作集》,华东师范大学出版社,1996 年。

烟/——但它们全不是/恬静的家居之良伴。/而你的嘘息是如此之恬静,/愿他们在这偶尔的机会中,/暂时地给我作安居之符号,/让我欺骗别人,又欺骗自己。"虽然施蛰存也曾和刘呐鸥、戴望舒等人一道出入电影院、游泳馆和歌舞厅等现代都市娱乐场所,但他常常对这些西化的娱乐方式抱有防范的心理,他说自己去舞厅只是"摆测字摊",坐在旁边看,不下舞池。① 施蛰存说:"在文艺写作的企图上,我的最初期所致力的是诗。"②从传记材料来看,施蛰存出生于书香门第,父亲从小教他吟读唐诗,在中学时期受到国文教师的影响,不但熟读宋诗,而且作过许多"神似江西"的七律,后来又转读唐诗,对李贺、李商隐等人的诗集"爱不释手"③。此后,无论是编杂志,还是写小说,施蛰存都不忘古典文学的传统,乃至1933年,由于他向年轻人推荐"必读书"《庄子》与《文选》而引发了与鲁迅之间的那场著名的"《庄子》与《文选》之争"。而自1937年施蛰存应云南大学之聘起,至2003年去世,施蛰存一直从事着古典文学的教学与研究工作。这种深厚的古典文学修养正是形成施蛰存小说诗性风格的直接原因。施蛰存说:"一个作家的创作生命最重要的基础是:国家、民族、土地;这些是他创作的根,是无法逃脱的。"④这些无不充分地表露出施蛰存在借鉴西方的同时对本土传统的深厚情感。

四、欲望的诗意隐现

20世纪30年代,施蛰存用精神分析的眼光打量都市分裂的人格,回望乡镇忧伤的往昔,审视遥远历史人物的苦闷。无论是现代的都市男女,还是古代的高僧武士,施蛰存都以精细的笔触描画出他们隐秘的内心和萌动的情欲。这种对人物深层意识的开掘,使得他在现代文学史上独具一格,甚至有人说,"他可能是中国第一个真正意义上的现代派作家"⑤。然而,施蛰存小说中所敞现出来的

---

① 杨迎平:《论施蛰存的小说创作与外国文学的关系》,《文艺理论研究》,2004年第1期。
② 施蛰存:《我的创作生活之历程》,《十年创作集》,华东师范大学出版社,1996年。
③ 杨迎平:《施蛰存传略》,《新文学史料》,2000年第4期。
④ 施蛰存:《沙上的足迹》,辽宁教育出版社,1996年。
⑤ 李欧梵:《上海摩登》,北京大学出版社,2001年。

性爱思想又清晰地表明了他思想深处古代传统文化和现代都市文明矛盾、冲撞的双重性。施蛰存对人物欲望的关注贯穿了他小说创作的始终。施蛰存小说对人物的两性关系和性心理的表现主要呈现出三种形式：一是关注常态的爱欲心理，二是关注扭曲的性欲心理，三是关注现代都市男性的猎艳心态和女性的尤物形象。

施蛰存早期的一些小说大多是带着淡淡的感伤和惆怅对青春往昔的追忆。作者常常用明丽纤细、温婉动人的笔触把那些朦胧甜蜜的儿女恋情和隐约可见的青春爱欲置放在江南乡镇的诗意氛围中，铺展开来。《扇》由一柄旧藏的团扇追忆一段"我"与树珍少时的朦胧恋情。初到苏州的"我"与邻居金树珍姐弟成了好朋友，并且爱恋上了树珍。萌动的青春爱欲驱使"我"偷藏了她的团扇。树珍的佯装娇嗔，"我"的惴惴不安，这些小儿女之间萌动的青春爱欲被作者点染得委婉动人。《旧梦》在重回故地物是人非的感伤基调中追忆了"我"和初恋情人芷芳的甜蜜往事，对这个当年美丽的"垂鬌少女"如今已成为"颜容憔悴的妇人"，发出了不尽的感慨。《上元灯》在元宵花灯的古旧风习中描述了"我"与"她"因花灯失而复得所引起的一段爱情波澜。"她"为"我"特意制作了一只"玉楼春"的花灯，却不料被她前来求亲的表兄拿去了。懊恼的"我"和伤心的"她"最终因"她"为"我"赶制了另一只更精致的花灯而和好如初。《渔人何长庆》在钱塘江畔古镇渔村淳朴善良的乡风民情中讲述了渔人何长庆的"一出恋爱的悲喜剧"。"英俊的少年渔人"何长庆爱上了云大伯的女儿菊珍。然而向往城里"新奇"和"奢华"的菊珍却跟人逃到了上海。守候了五年的长庆不计前嫌，又从上海把沦为妓女的菊珍接回了家，"照样的从事于祖遗的生活"。《妮侬》以第一人称"我"的一段长长的内心独白开始，追忆已经去世的情人妮侬。那种对初恋情人的深深眷恋和独白式的自怨自怜贯穿小说的始终，产生了浓郁的抒情诗般的效果。《幻月》从车站情人送别开始，回叙了曼仁和程薇由相识到相恋的过程，然后再回到现实中，描写了他们的爱情误会。

施蛰存在描写这些因爱受挫的"烦闷"的同时，对性欲压抑着的"苦闷"心理也时有表露。《周夫人》中，年轻寡居的周夫人在对一个相貌颇似亡夫的 12 岁男孩的注视中诱发了长期压抑的情欲。她先是"将手搭在我的肩上，仔细地瞧着我"，接着"将一双手捧住了我的两个肩膀，她的脸对着我的脸，只隔了二三寸的空隙，依旧是那样地痴望着我"，最后她"将我全个身子都搂在她怀里"，"坐到床上"，"把她粉霞般的脸贴上我的"，"胸脯起伏得厉害"。长期压抑的"性苦闷"和"性冲动"在一个年轻寡妇的身上得到了生动的展现。《春阳》中的婵阿姨，在和煦的春阳中走过繁华的大街，最初是在银行里"凝看着"一个年轻的职员，他那"一道好像要说出话来的眼光，一个跃跃欲动的嘴唇，一幅充满着热情的脸"，"使她有点烦乱"，接着在茶楼上对一个年轻漂亮的丈夫、一个兴高采烈的妻子和一个活泼的孩子"沉醉地耽视着"，后来又"远远地看着那有一双文雅的手的中年男子独坐在一只圆玻璃桌边"。这一系列的窥伺和注视诱发了婵阿姨长期压抑着的情欲，并使之产生了无边的幻想，她"冥想着有一位新交的男朋友陪着她在马路上走，手挽着手。和暖的太阳照在他们相并的肩上，让她觉得通身的轻快"，以至于冲动地又一次去了银行。《梅雨之夕》中的"我"下班之后并不急着回家，而是在雨中注视着大街上的行人，主动送一位素不相识的姑娘回家，"面前有着一个美的对象，而又是在一重困难之中，孤寂地只身呆立着望这永远地，永远地垂下来的梅雨，只为了这些缘故，我不自觉地移动了脚步站在她旁边了"，主人公潜隐的苦闷在梅雨之夕的大街上表露无遗。《雾》中，坐在火车上的素珍小姐在与对面"青年绅士"的相互注视中产生了好感。她先是"偷瞧一眼"，然后"再冒险着看他一眼"，发现了他与自己理想丈夫的标准"完全吻合"，于是"本能地脸热了"。

在这些作品中，爱情的烦恼和青春的苦闷是作者对人物心理的主要表现形式。作品在对爱的诗意描绘中隐现着某些对人物性心理的关注。《扇》在描写小儿女之间青春烦闷的同时融入了"轻罗小扇扑流萤"的动人情景。《上元灯》在描写青年男女爱情烦恼时借用了李商隐"珠箔飘灯独自归"的感伤诗句。《周夫人》《旧梦》《扇》和《妮侬》等作品在开头和结尾处追忆故人往事时的"惘然"和"惆怅"，是李商隐《无题》诗"此情可待成追忆，只是当时已惘然"的现代表达。而《梅雨之夕》中那淙淙的梅雨、踟蹰街头的主人公和楚楚动人的少女分明是戴望舒《雨巷》古典意境的再现。

五、欲望的冲突与扭曲

早在《周夫人》中，施蛰存就初步显露出弗洛伊德精神分析的倾向，关注人物的潜意识和性心理。这种倾向到了《鸠摩罗什》《将军的头》和《石秀》等小说中则更为鲜明和自觉了。这些作品标志着施蛰存当初"想在创作上独自去走一条新的路径"想法的实现。不仅小说的题材和表现手法有了重要的变化，而且在"性"的书写上也有了根本改观。此前关于两性情感的诗意氛围渐次退去，人物对性的欲求得到直裸裸地展示。"窥伺"和"注视"是人物在异性面前的重要行为方式，"幻想"和"嗅觉"又进一步深化和扭曲了人物的性心理，"身体"开始得到了重视，"性行为"也进入了作者的视野。

《鸠摩罗什》是施蛰存第一部用精神分析的手法审视历史人物性心理的成功尝试。西域高僧鸠摩罗什先是被吕光灌醉了酒与表妹龟兹公主"犯下了奸淫"，然后是与妓女孟娇娘和宫女"生出关系来"。小说中，罗什始终在佛家的清规与俗世的爱欲中痛苦挣扎。他一方面为了内心的欲求而冒犯戒律，食荤娶妻，眠娼宿妓，另一方面又在为自己的功德沦丧进行忏悔开脱。在繁华的都城长安，罗什总是企图用佛家的戒律和亡妻的面影去驱散色欲的诱引。在妓女和宫女的诱惑面前，他既"想用孟娇娘的幻想来破灭他的妻的幻像"，"又想真的超度超度这个出名的可怜的妓女"，而"夜间与宫女妓女睡觉"时，鸠摩罗什"心里深深地苦闷着"，"但他是为了想起了妻而与这些宫女生出关系来的"。在鸠摩罗什身上，"俗世的爱欲"最终超越了"佛家的戒律"，他既为自己违背戒律而忏悔，更为自己对情爱的不专而痛苦。"舌头"在小说中多次出现，成为一个重要的"性征"符号。龟兹公主临死前含住了罗什的"舌头"，罗什注视着放浪的孟娇娘时不禁"伸出了舌头去驱逐那个小虫子"，坐坛讲经的罗什看到坛下的宫女时又想起了妻子的幻象在他怀里"做着放浪的姿态"，"将他的舌头吮在嘴里"，最后佛家的戒律和罗什的肉身终于一起消亡，而象征情欲的"舌头"却一直留在了俗世，"留给了他的信徒"。在《将军的头》中，虽然施蛰存说他表现的是"种族与爱的冲突"[①]，

---

① 施蛰存:《将军的头·自序》,《十年创作集》,华东师范大学出版社,1996年。

但作品的精彩处却是在于对花惊定潜在"性意识"的表现。小说开始表现了率领唐兵去攻打自己本族吐蕃人的花惊定将军的矛盾心理。但很快描写的重心完全落在了花惊定对大唐少女的迷恋上。大唐少女"深而大的眼,纯黑的头发,整齐的牙齿,凝白的肌肤","使将军每一眼都不禁心跳",幻想着"自己的手正在抚摩着那少女的肌肤,自己的嘴唇正压在少女的脸上,而自己所突然感到的热气也就是从这个少女的裸着的肉体上传过来的"。"头"在文本中有着重要的象征意义。被砍了首级的花惊定坐在马背上屹立不倒,竟然是为了实现少女"只有砍了头才能成就这恋爱"的戏言,但最后却在少女的嘲笑中轰然倒地。支撑和摧毁花惊定的是内心深处的"性欲","头"便是这一符号的象征。《石秀》是"用力在描写一种性欲心理"①。"年少热情"的石秀被"通身发射出淫亵气息"的潘巧云所诱惑,从开始的"因为爱她,所以想睡她"畸变为后来的"因为爱她,所以要杀她"。作者在小说中借杨雄之手和石秀之眼展示了女性"身体"的奇观。杨雄用尖刀先拖出了潘巧云的舌头,"鲜血从两片薄薄的嘴唇间直洒出来",接着"从心窝里只割下去到小肚子,伸手进去取出了心肝五脏",然后把"四肢和两个乳房都割了下来"。石秀"看着这些泛着最后的桃红色的肢体","重又觉得一阵满足的愉快了",变态的情欲在杨雄肢解潘巧云的过程中得到了满足。此外,《在巴黎大戏院》中的"我"吮吸着情人混合着香水、汗味、鼻涕和痰的手帕,"好像有了抱着她的裸体的感觉了"。《魔道》中的"我"被所谓的"妖妇"蛊惑,对朋友的妻子陈夫人产生了性幻想,看着她"纤细的胴体""袒露的手臂""纤小的朱唇",觉得与她在抚摸,在接吻。

性欲心理是人类最深层最复杂的心理因素之一。在正常生活中,常态的性心理是被意识控制和加工过了的,比如在正常恋爱中的那些爱情心理。这些经过意识和"超我"改造过的正常的性心理,不能真正地呈现出性心理的复杂性和真实性。因此,弗洛伊德的性心理研究是从性变态入手的。他认为,所谓性变态是指那些不采用一般的异性间生殖器交媾,而以其他异常方法来获得性快感的性行为,是性心理某一因素或多种因素逃脱意识的控制而宣泄的结果,是未经正常意识心理加工、改造的最原始的性动力的暴露。通过研究各种性变态的表象,

① 施蛰存:《将军的头·自序》,《十年创作集》,华东师范大学出版社,1996年。

可以窥见人性的秘密。① 施蛰存正是在弗洛伊德及其文学上的同道显尼志勒的影响下通过常态和非常态的性心理描写来达到对人性深层的认识的。他从显尼志勒的作品中认识到"性爱对于人生的各方面都有密切的关系"②，因而"心向往之，加紧对这类小说的涉猎和勘察，不但翻译这些小说，还努力将心理分析移植到自己的作品中去"③。

六、"性"在传统与现代的融合中成为独立的审美对象

"性"在我国历来是个复杂而敏感的话题。古代既有"食色，性也"（《论语》）和"饮食男女，人之大欲"（《礼记》）的理性认识，也有"存天理，灭人欲"和"非礼勿视，非礼勿听"的理学传统。这一思想认识上的矛盾在实际生活和文学作品中形成了"压抑"和"纵欲"两种关于性的非常态的行为方式和心理形态。茅盾在考察中国古代文学中的性欲描写时指出，"若问中国性欲作品的大概面目是什么？有两句话可以包括净尽：一是色情狂，二是性交方法——所谓房术"，"中国文学中的性欲描写只是一种描写，根本算不得文学"④。从《金瓶梅》《玉娇李》和《肉蒲团》等古代典型的性欲文本来看，那些游离于作品主题之外的性欲描写的确算不上是"性的文学"。"五四"以来，在弗洛伊德精神分析学说的影响下，鲁迅、郭沫若、郁达夫等人都在其小说中不同程度地表现了苦闷的性心理，如《肥皂》中满脑子性幻想的四铭、《叶罗提之墓》中对堂嫂怀着性心理的叶罗提、《沉沦》中偷窥房东女儿洗澡的"我"。但这些小说中人物的性心理描写常常是与作品中社会"启蒙"的宏大主题联系在一起的。鲁迅借助四铭的性幻想批判了封建礼教的虚伪，郭沫若通过叶罗提的殉情批判了封建伦理道德对人性的戕害，郁达夫则借"我"之口喊出了"祖国啊你快快富裕起来吧"的呼声。这些宏大的社会性主题在提升作品思想意义的同时也在一定程度上遮蔽

---

① 弗洛伊德：《性学三论与论潜意识》，《弗洛伊德文集》，河北人民出版社，2004 年。
② 施蛰存：《北山散文集（二）》，华东师范大学出版社，2001 年。
③ 施蛰存：《关于"现代派"一席谈》，《文汇报》，1983 年 10 月 18 日。
④ 茅盾：《中国文学内的性欲描写》，见张国星著：《中国古代小说中的性描写》，百花文艺出版社，1993 年。

了对人性的深度揭示。施蛰存有意识地避开了"五四"以来沉重的社会启蒙主题，"在文艺活动方面，也还想保留一些自由主义，不愿受被动的政治约束"①。他对人物性心理的关注是在 20 世纪 30 年代的现代都市背景下展开的，"性"成为他小说中独立的审美主题，也正因如此施蛰存小说获得了无可替代的文学史意义。

施蛰存早期的一些小说对男女情爱和两性关系的关注带有诗意的唯美情调，常常流露出传统的文化心理。《扇》中的"我"在青春冲动的驱使下不过是偷藏了树珍的"团扇"而感到惴惴不安。《旧梦》中芷芳的爱恋表示也只是收藏了多年的"小铅兵"。《上元灯》中的"我"不过是借着"花灯"踏进了"她"的闺房，便觉得"已是一个受人欢送的胜利者了"。《梅雨之夕》中的"我"在与少女结伴而行的过程中眼前始终闪现出"妻子"的身影，在护花使者任务结束后"呆立"地看着她"消失在黄昏里"。《雾》中的秦素珍和陆士奎不过是在偷偷地注视和简单的寒暄后交换了彼此的姓名和地址。等到那位有些守旧的秦素珍小姐一旦得知陆士奎"只不过是个戏子"时便立即产生了鄙夷的心理。《幻月》中的曼仁和薇在彼此注视的冲动中也只是"紧紧地做了一次热情的熨贴"。而即便是寡居多年的周夫人和婵阿姨也只是在短暂的冲动之后很快恢复了常态。施蛰存小说中人物萌动的青春爱恋和压抑着的情欲苦闷总是在"发乎情而止于礼"的传统文化心理顾忌面前止步。

19 世纪末至 20 世纪初，德国著名哲学家西美尔在柏林发现了大都会中因"注视"而带来的人际关系变化。他说："大都市的人际关系鲜明地表现在眼看的活动绝对的超过耳听，导致这一点的主要原因是公共交通工具。在公共汽车、火车、有轨电车还没出现的十九世纪，生活还没有出现过这样的场景：人与人之间不进行交谈而又必须几分钟，甚至几小时彼此相望。"②20 世纪 30 年代，已进入全盛时期的上海，跑马厅、咖啡馆、电影院、歌舞厅、外滩公园、百货公司等公共娱乐场所繁华一时，汽车、电车、火车等现代交通工具十分便利。这些现代都市繁华的公共空间和便利的交通方式给过往行人提供了瞬息间窥伺和长时间注视

---

① 施蛰存：《最后一个老朋友——冯雪峰》，《新文学史料》，1983 年第 2 期。

② 格奥尔格·西美尔：《时尚的哲》，文化艺术出版社，2001 年。

的可能。现代都市的声光化电和娱乐生活刺激着都市人们潜伏的欲望。都市女性，尤其是摩登女郎成为"都市风景线"的重要组成部分，并且在一定程度上成为男性感受都市和触摸都市的直接对象。在男性的视域和文本中，她们常常是被欲望化和色情化了的尤物。施蛰存小说中的叙述者无论是第一人称"我"，还是隐藏在文本后面的作者，无一例外的都是男性，这在很大程度上导致了其笔下性爱叙事中的女性成为男性窥伺的对象，虽然女性也偶尔会偷窥男性，但这种文本外的男性叙事视角和文本中的男性主人公一道达成了把女性作为性对象和性目的的共谋。弗洛伊德把那些放散着性吸引力的人物称做"性对象"，而把性冲动所竭力达到的目标叫做"性目的"。施蛰存笔下不乏具有魅惑特征的女性"尤物"，《凤阳女》中那个诱惑主人公的风骚的杂耍女人，《魔道》中魅惑了"我"的"妖妇"，《蝴蝶夫人》中耐不住寂寞的李太太，《鸠摩罗什》中让罗什"节节败退"的龟兹公主、妓女孟娇娘和宫女，《石秀》中让石秀寝食难安的潘巧云，以及《花梦》中"可以每天有一个情人"的"她"。施蛰存小说中的男性不乏都市的猎艳者形象。《梅雨之夕》踟蹰街头期待着浪漫艳遇的"我"，《在巴黎大戏院》中与人幽会的绅士，《港内小景》中趁妻子生病与情人约会的"丈夫"，《散步》中邂逅了过去情人和邻居寡妇的青年绅士刘华德先生，以及《花梦》和《圣诞艳遇》中猎艳反遭戏弄的桢伟和黄逢年。在作者看来，"都会的人，现代的人，你知道，一个青年，一定是好色的"，被猎艳的对象也常常把自己的身体置换为商品进行"流通"。《薄雾的舞女》的素雯试图"以贞节代替了邪淫"，拒绝老沈去接待那些"喝得烂醉的野蛮的水鬼"，然而情人子平的破产让她不得不很快改变了想法，继续用舞女的身体去换取生活的来源。《花梦》中的"她"，"可以每天有个情人"，只要你"把钱包装得满些"，"她是决不因为不喜欢你而失约的"，"爱情70"便是她直接开出的账单。《圣诞艳遇》中的三个女人分别用色相和身体骗取了红宝石戒指和三百块钱。在都市的猎艳者和尤物之间，性的猎取和物的追求完全置换了爱的内容。

人们历来关注弗洛伊德、显尼志勒、爱·伦坡和田山花袋等西方精神分析学说和现代派文学对施蛰存小说创作的重要影响，而往往忽视本土文化和诗学传统在施蛰存小说创作中的重要作用。通过对施蛰存"性欲"文本的分析，我们不难清晰地看到东方与西方、传统与现代两种影响的共时性存在。在现代都市背景下,在传统与现代的融合中把"性"作为独立的审美对象,由此达到对 20 世纪初期上海及其近郊社会的深层把握,这是施蛰存对中国现代文学的独到贡献。

第四章　都市与传奇

都市不仅是现代文明的象征符号,也是现代文学产生的重要土壤。在某种意义上,如果没有巴黎、都柏林、布拉格,就没有波特莱尔、乔伊斯和卡夫卡。然而,在中国现代文学进程中,都市常常作为道德与文化上的反面形象出现在作家的文学想象中。与作为精神家园和文学重镇的乡土比较,都市书写向来没有得到足够重视,都市生活也未能得到充分表达。对此,鲁迅曾不无感慨地说:"我们有馆阁诗人,山林诗人,花月诗人……;没有都会诗人。"①但是,值得注意的是,20 世纪三四十年代,都市获得了一些作家的青睐。穆时英、戴望舒、徐訏、张爱玲等人笔下呈现了异彩纷呈的都市景观和生活传奇。

第一节　穆时英的都市书写

丹尼尔·贝尔认为,"一个城市不仅仅是一块地方,而且是一种心理状态,一种独特生活方式的象征"②。20 世纪 30 年代,号称"东方巴黎"的上海已经发展成中国的经济中心和世界的第五大都市。大街、商场、舞厅、影院、酒吧、咖啡馆和游乐场等都市公共空间以其现代性的建筑形式和丰富的文化内涵打造出全新的现代都市形象。商业性的消费主义文化观念渗透到都市社会生活的方方面面,改变了人们的生活方式和思维方式,从而也深刻地影响了现代作家的文学创

---

① 鲁迅:《集外集拾遗·(十二个)后记》,《鲁迅全集》,人民文学出版社,1981 年。
② 丹尼尔·贝尔:《资本主义文化矛盾》,生活·读书·新知三联书店,1989 年,第 155 页。

作和读者大众的审美接受。20世纪30年代，穆时英的都市小说正是以其对上海都市颓废生活的独到表现，一度引起各方关注，成为摩登男女的阅读时尚和现代派文学的代表性文本。穆时英的都市想象主要表现在物质空间、消费生活和女体修辞等三个方面。

一、"光"与"色"：都市的物质空间

"颓废"一词来自法文"decadent"，有人曾把它译作"颓加荡"，即衰颓与放荡之意。30年代的上海充斥着高耸入云的摩天楼、豪华舒适的电影院、灯红酒绿的跳舞场、人声鼎沸的跑马厅、气氛暧昧的咖啡馆和霓虹闪烁的都市大街，这一切现代化的物质空间和消费性的娱乐生活在都市中营造出一种浓厚的颓废文化氛围和社会心理。穆时英小说的颓废色彩首先表现在他对都市光怪陆离的物质空间和声色犬马的消费生活的描绘上。"要认识一个城市，人们必须在它的街道上行走"①，尤其是霓虹闪烁的大街夜景，最能体现都市现代风——淮海路为代表的各条街道，高楼林立，人来车往，呈现出交融东西文化，杂陈九州风情的都会景观。繁华的大街既是都市流动的"风景线"，又是不可或缺的交通脉搏。穆时英正是通过大街来把握都市的繁华和动感，进而表现都市人们的精神气质和社会文化心理。《夜总会里的五个人》中的大街笼罩着强烈的"光"与"色"："红的街、绿的街、蓝的街、紫的街……强烈的色调化装着的都市啊！霓虹灯跳耀着——五色的光潮，变化着的光潮，没有色的光潮——泛滥着光潮的天空，天空中有了酒，有了烟，有了高跟鞋，也有了钟……"在这里，作者把视觉、嗅觉和听觉等各种感观调集在一起，传达出霓虹灯下都市大街纷繁杂乱的气息。日本新感觉派作家认为，"要使作者的生命活在物质之中，活在状态之中，最直接、最现实的联系电源就是感觉"②。穆时英深受日本新感觉派的影响，常常运用主观感觉来表现都市五光十色的生活空间，使主观感觉对象化，使描写的对象感觉化。《PIERROT》中的大街饱涨着人的各种欲望和神情，"街有着无数都市的风

① 丹尼尔·贝尔：《资本主义文化矛盾》，生活·读书·新知三联书店，1989年，第155页。
② 西乡信纲等：《日本文学史》，人民文学出版社，1987年，第348页。

魔的眼:舞场的色情的眼,百货公司的饕餮的蝇眼,'啤酒园'的乐天的醉眼,美容院里欺诈的俗眼,旅邸的亲昵的荡眼,教堂的伪善的法眼,电影院的奸猾的三角眼,饭店的朦胧的睡眼"。穆时英不但善于运用通感和拟人等修辞赋予大街以各种感觉和情绪,同时还常常借鉴电影蒙太奇的手法,把不同的大街场景并置在一起,造成一种主观感觉上的纷繁和错乱。都市大街在穆时英笔下已不再仅仅作为人物活动的场景被渲染,而是成为独立的审美对象,具备了自身的品格。大街的流光溢彩与人生的浮世悲欢同质同构,是集繁华与邪恶为一体的都市"恶之华"。穆时英和他笔下的主人公常常便在这种都市的"恶之华"中表露出复杂矛盾的心理:一边诅咒着"地狱上面的天堂",一边享受着都市的繁华;一边追逐着浮世的悲欢,一边感受着都市的孤独。

　　如果说大街是都市的外衣,那么充斥着都市的夜总会、跳舞场、吃茶店、跑马厅、赛狗场和大饭店等消费空间则是都市的肌理。走过大街,进入夜总会、跳舞场、吃茶店、跑马厅、赛狗场和大饭店,是穆时英向都市内部开掘的常见方式。《夜总会里的五个人》描写了夜总会杂乱的灯光与色调:"白的台布上面放着:黑的啤酒,黑的咖啡","黑的和白的一堆:黑头发,白脸,黑眼珠子,白领子,黑领结,白的浆褶衬衫,黑外褂,白背心,黑裤子",狂乱中"五个从生活里跌下来的人"突然感到好像"深夜在森林里,没一点火,没一个人,想找些东西来依靠,那么的又害怕又寂寞的心情侵袭着他们"。作者用一贯的手法把光怪陆离的夜总会化为黑白分明的感觉世界,舞厅里的狂乱气息和人物失意的情绪交织在一起,凸显出都市之夜的颓废和人物内心的孤独。在《上海的狐步舞》中,穆时英着力描绘了跑马厅、跳舞场和大饭店的典型场景:"跑马厅屋顶上,风针上的金马向着红月亮撒开了四蹄。在那片大草地四周泛滥着光的海浪,罪恶的海浪,慕尔堂浸在黑暗里,跪着,在替这些下地狱的男女祈祷,大世界的塔尖拒绝了忏悔,骄傲地瞧着这位迂牧师,放射着一圈圈地灯光";舞场上,"蔚蓝的黄昏笼罩着全场!一只 saxophone 正伸长了脖子,张着大嘴,呜呜地对着他们嚷。当中那片光滑的地板上,飘动的裙子,飘动的袍角,精致的鞋跟,鞋跟,鞋跟,鞋跟,鞋跟。蓬松的头发和男子的脸,男子的衬衫的白领和女子的笑脸,伸着的胳膊,翡翠坠子拖到肩上。整齐的圆桌子的队伍!,椅子都是零乱的。暗角上站着白衣侍者。酒味,香水味,英腿蛋的气味,烟味……独身者坐在角隅里拿黑咖啡刺激着自家儿的神经"，"华尔兹的旋律绕着他们的腿，他们的脚站在华尔兹的旋律上飘飘地，飘飘地"；大饭店里，呈现的是"白漆的房间，古铜色的鸦片香味，麻雀牌，四郎探母，长三骂淌白小娼妇，古龙香水和淫欲味，白衣侍者，娼妓捐客，绑票匪，阴谋和诡计，白俄浪人"。穆时英认为，"艺术是人格对于客观存在的情绪的感应和表现"①。对都市情绪的感应和捕捉，是穆时英表现都市的主要方式。他常常不断变换视角，充分运用各种感官，捕捉一个个跳跃性的镜头，表现出现代都市光怪陆离的纷繁变化和都市人们颓废放纵的病态心理。这些浓重的色调、混杂的气息和炫目的动感强烈地冲击着都市人们的感官世界，诱发出人们压抑的欲望，使都市的诱惑和人物的欲望一起建构起颓废的叙事文本，都市也因此在文本中获得了独立的审美地位。

二、"物"与"欲"：都市的消费生活

上海都市文化的实质在很大程度上是商业性的消费文化。茅盾认为，上海"是百货商店的跳舞场电影院咖啡馆的娱乐的消费的上海"，"消费和享乐是我们的都市文学的主要色调"②。周作人也曾指斥上海"以财色为中心，而一般社会上又充满着饱满颓废的空气"，"是买办流氓与妓女的文化，压根儿没有一点理性和风致"③。在 20 世纪 30 年代的上海，商业性的流通和物质性的消费渗透到都市生活的方方面面，深刻地改变了人们的思想观念，影响着人们的生活方式。

穆时英小说中的主人公如同波特莱尔笔下的"浪荡子"，常常漫步街头，闲坐舞场，不知从何而来，也不知去往何处，在没有背景也不见前景的都市自由空间飘荡。略显孤独的青年男子在灯红酒绿的都市一隅邂逅一位摩登女郎，然后开始一场短暂的性爱游戏，并以此串联起不同的消费空间，是穆时英小说常见的结构方式。《CRAVEN"A"》中的袁野邨和余慧娴、《夜》中的水手与茵蒂、《被当作消遣品的男子》中的"我"与蓉子、《上海的狐步舞》里的刘小德与殷芙蓉、《黑

---

① 穆时英：《当今电影批评检讨》，见《中国现代文论选》，贵州人民出版社，1984 年。
② 茅盾：《都市文学》，见《茅盾全集》，人民文学出版社，1999 年，第 422 页。
③ 周作人：《上海气》，《语丝》，1927 年 1 月。

牡丹》里的"我"与黑牡丹、《骆驼·尼采主义者与女人》中的"他"与"她"、《红色的女猎神》中的"我"与她、《墨绿衫的小姐》中的"我"与"墨绿衫的小姐"等,他们或是在跳舞场,或是在咖啡馆,或是在赛狗场邂逅,经过一段挑逗性的对话,便很快进入到性爱游戏中。然而,这些短暂的艳遇故事通常却是在女性离去的虚空中结束的。一个较具典型的文本是《红色的女猎神》。在紧张的赛狗场,"我"连赢两场,引起了"红色女猎神"的注意,她坐到了"我"身边。于是两人便开始了一场似乎出人意料又在情理之中的挑逗性对话:"如果我说:'让我们到酒排里去,让我们从红色的葡萄酒的香味里,对红色的女猎神诉说我的心脏的愿望吧,'那你将怎样呢?""那我将问你:'也明白为什么我会坐在你的旁边吗?'那也是巧合吗?"都市男女的性爱游戏在彼此的挑逗试探和趋炎俯就中一拍即合。随后"我把这位红色的小姐手杖似的挂在手臂上",在"闪着街灯的路上"炫耀式地行走,在舞场"跳着热烈的西班牙探戈",在酒吧"尝试各种名贵的酒的醇味"。最后当二人在午夜"淫逸的两点钟"准备做爱时,故事突然发生了陡转,"红色的女猎神"胁迫"我"加入了一场惊险的非法交易而双双被捕。在浪漫的猎艳故事中掺入惊险刺激的传奇元素,穆时英似乎已经提前预示了40年代徐訏、无名氏等人先锋与通俗、现代与传统融合的创作路向的到来。

　　在快节奏、物质化的都市消费生活中,赤裸裸的性的猎取和物的追求常常置换了传统爱情生活中的羞涩与缠绵,饱和着物欲和色情的颓废色彩常常流被于都市的生活空间。《CRAVEN"A"》中的余慧娴"每天带着一个新的男子,在爵士乐中消费着青春",可是每个说爱她的男子都把她当作"一个短期旅行的佳地"。《被当作消遣品的男子》中的蓉子向来把男子当作"消遣品",无聊时当作"辛辣的刺激物",高兴时当作"朱古力糖似的含着",厌烦时就成了被她"排泄出来的朱古力糖渣",小说中的"我"便经历了"被当作消遣品"的全部过程。《黑牡丹》中的"我"坦言自己"是在奢侈里生活着的,脱离了爵士乐,狐步舞,混合酒,秋季的流行色,八汽缸的跑车,埃及烟","便成了没有灵魂的人"。《骆驼·尼采主义者与女人》中的女主人公竟然懂得"三百七十三种烟的牌子,二十八种咖啡的名目,五千种混合酒的成分配列方式",而那位信奉尼采主义的男主人公最后在"透明似的"女体面前,"感到一阵原始的热情从下部涌上来",在嘲弄尼采是"阳痿症患者"的同时扑向了"透明似的"女体。

"颓废是意志状况的一种现象","是生活意志的丧失","一个人可以是有病的或虚弱的却无需是一个颓废者,只有当一个人冀求虚弱时他才是颓废的"①。穆时英笔下的摩登男女大多是现代都市的产物,他们是"Jazz,机械,速度,都市文化,美国味,时代美的产物集合体"(《被当作消遣品的男子》),生活的压抑,都市的浮华,时光的易逝,让他们明确了"此刻"和"瞬间"的重要意义。他们缺乏宏大的理想,也没有执着的追求,消费主义的感观刺激常常成为他们确证生命存在的唯一方式。在都市的浮华悲欢中他们无一例外地感到,"生命是短促的。我们所追求着的无非是流向快乐之途上的汹涌奔腾之潮和活现现地呼吸着的现代,今日,和瞬间"②。

三、作为都市符号的女体修辞

劳瑞斯特认为,"城市是一种文本,它通过将女性表现为文本来讲述关于男性欲望的故事"③。如果说物质空间展示了都市繁华的商业景观,消费生活体现了都市颓废的文化样态,那么摩登女郎则是都市欲望的象征符号。穆时英小说大多是在男性视角下完成的欲望叙事文本,女性的身体书写常常在男性的注视下展开。《白金的女体塑像》细微地展示了女性的身体和男性被女体不断诱惑的心理过程。"窄肩膀,丰满的胸脯,脆弱的腰肢,纤细的手腕和脚踝,高度在五尺七寸左右,裸着的手臂有着贫血症患者的肤色,荔枝似的眼珠子诡秘地放射着淡淡的光辉,冷静地,没有感觉似的。"在诱人的女体呈现面前,中年独身的谢医生感觉到"沉淀了38年的腻思忽然浮荡起来"。随着女客解开胸襟,手指触摸到她胸脯的谢医生开始无法自持了,听着她"诡秘的心跳",他的"嘴唇抖动着,手指僵直着","简直摸不准在跳动的是自己的心,还是她的心了"。最后,谢医生终于要求女客呈现了她的全部胴体,"她的皮肤反映着金属的光,一朵萎谢了的花似地在太阳底下呈着残艳的,肺病质的姿态。慢慢儿的呼吸匀细起来,白桦

---

① 卡林内斯库:《现代性的五副面孔》,商务印书馆,2003 年,第 196 页。
② 迷云:《现代人底娱乐姿态》,《新文艺》,1930 年第 2 期。
③ 张英进:《都市的线条:三十年代中国现代派笔下的上海》,《中国现代文学研究丛刊》,1997 年第 3 期。

似的身子安逸地搁在床上,胸前攀着两颗烂熟的葡萄,在呼吸的微风里颤着"。在这个女性躯体的盛宴面前,原本是节欲者的谢医生"气闷得厉害,差一点喘不过气来。他听见自己的心脏要跳到喉咙外面来似地震荡着,一股原始的热从下面煎上来",无法自控的谢医生向救世主发出了求救的呼声:"主救我白金的塑像啊!"穆时英完全颠覆了"非礼勿视,非礼勿听"的理学传统,在女性躯体的呈现中,男性被压抑的本能被不断诱惑,人物复杂的深层心理得到逐步敞现。同样是男性视角的女性身体书写,《CRAVEN"A"》比《白金的女体塑像》更多了一层文化隐喻的色彩。第一人称"我"在舞场的一角窥视着一位抽着 CRAVEN"A"香烟的女性。令人称奇的是,小说中作者竟然以国家地图来隐喻女性身体。作者沿着地图从北到南的不同方位,从上到下地描述着女性的躯体部位。"放在前面的是一张优秀的国家地图:北方的边界上是一片黑松林地带,那界石是一条白绢带","往南是一片平原,白大理石的平原","下来便是一条葱秀的高岭,岭的东西是两条狭长的纤细的草原地带","那高岭的这一头是一座火山,火山口微微地张着,喷着 CRAVEN'A'的郁味","这火山是地层里蕴藏着的热情的标志","过了那火山便是海岬了","走过那条海岬,已经是内地了。那儿是一片丰腴的平原","两座孪生的小山倔强的在平原上对峙着,紫色的峰在隐隐地,要冒出到云外来似的","南方有着比北方更醉人的春风,更丰腴的土地,更明媚的湖泊,更神秘的山谷,更可爱的风景","在桌子下面的是两条海堤","在那两条海堤的中间的照地势推测起来,应该是一个三角形的冲积平原,近海的地方一定是个重要的港口,一个大商埠","大都市的夜景是可爱的——想一想那堤上的晚霞,码头上的波声,大汽船入港时的雄姿,船头上的浪花,夹岸的高建筑物吧"。这段富有文化隐喻色彩和色情意味的描写明显地带有性幻想的特征。作者用"黑松林"隐喻头发,用"火山"隐喻嘴,用"小山"隐喻乳房,用"海堤"隐喻双腿,用"汽船入港"隐喻男女交合。此外,值得重视的还有那段关于"大都市夜景"的描绘,分明喻隐着 30 年代作为殖民入侵地和冒险家乐园的上海城市形象。由此,地图、女体和城市在文本中达成了同构性的共谋,都指向了潜文本的欲望。

从女性的躯体特征和精神气质来看,穆时英对女性的身体书写明显地表露出近代上海都市文化中的西方想象。这些摩登女郎或是具有"蛇的身子,猫的脑袋"和"一张会说谎的嘴,一双会骗人的眼"(《被当作消遣品的男子》);或是具有"希腊式的鼻子","嘉宝型的眉","红腻的嘴唇"和"天鹅绒那么温柔的黑眼珠子"(《骆驼·尼采主义者与女人》);或是具有"丰腴的胴体和褐色的肌肤"(《红色的女猎神》)。穆时英笔下的女性形象完全消解了传统东方女性含蓄内敛、温柔贤静的特点,呈现出性感妖娆、张扬放纵的西方女性特征。这些西方化的女性特征主要来自当时风靡上海的好莱坞电影、画报、广告和月份牌等传播媒介上的流行时尚。这一审美趋向可以从刘呐鸥1934年在《妇人画报》上发表的《现代表情美造型》一文中得到证实,文中写道,近来都市摩登女性的新型"可以拿电影明星嘉宝、克劳馥或谈瑛作代表。她们的行动及感情的内动方式是大胆、直接、无羁束,但是在未发的当儿却自动地把它抑着。克劳馥的张大眼睛,紧闭着嘴唇,向男子凝视的一个表情型恰好是说明着这般心理。内心是热情在奔流着,然而这奔腾却找不着出路,被绞杀而停滞于眼睛和嘴唇间"[1]。

穆时英小说中的女性躯体修辞明显地具有都市文化符码的意义功能。李欧梵曾把那些张扬着肉感穿梭于各个暧昧空间对男性产生致命诱惑的女性称之为"尤物"。这些"尤物"的躯体最能体现都市商品文化的物质性和消费性。她们即便有"辽远的恋情和辽远的愁思和蔚蓝的心脏","也只是一种为了生活获得方便的商标"(《PIERROT》)。在《G No. Ⅷ》中,一向重感觉描写的穆时英深刻地分析道:"女子是变形动物,是流质,是没有固定的胴体和固定的灵魂的人类,每一件新的衣服,在他们身上是一个新的人格,而不同的眉的描法可以改换她们的脸型和内容。甚至她们的声音和眸子的颜色也会变化的!"从表面上看来,穆时英小说中的女性是"温柔和危险的混合物"(《被当作消遣品的男子》),在与男性的"游戏"中总是占领着主动,显示着优越,控制着"游戏"的节奏与去向,似乎是进一步拓展了"五四"以来个性解放的主题,颠覆了女性被支配受压抑的传统叙事。然而事实上,在男性视域中,穆时英笔下的女性始终无法挣脱被欲望化、色情化和工具化的命运。《CRAVEN"A"》中的余慧娴被每个说爱她的男子当作"一个短期旅行的佳地",《夜总会里的五个人》中的黄黛茜一旦年老色衰便"从生活里跌下来",便感到"做人做疲倦了"。而《本埠新闻栏编辑室里一札废稿上的故事》中的舞女林八妹因为"生性高傲,不善逢迎",不仅遭到舞客的侮辱

———————

① 刘呐鸥:《现代表情美造型》,《妇人画报》,1934年5月16日。

打骂,甚至被老板诬陷,身受牢狱之灾。处于悲剧中而不自知者,也许是最让人感到可悲的,这正如鲁迅笔下麻木的国人。虽然穆时英没有鲁迅那样的启蒙动机和深刻洞见,但是这些女性形象的确在客观上提供了这样让人延伸想象的意味空间。

穆时英的都市书写虽然规避和悬置了国家、民族、社会等政治指向和宏大意义,但却以独到的手法表现了都市文化的景观和孤独的人生体验。无家的漂泊、感情的虚空和精神的隔膜是他关于都市的孤独体验。穆时英的都市书写进一步开拓了刘呐鸥以来的都市表现方式,同时也开启了40年代张爱玲都市苍凉的人生体验。"中国是有都市而没有描写都市的文学,或是描写了都市而没有采取了适合这种描写的手法。在这方面,刘呐鸥算是开了一个端,但是他没有好好继续下去,而且他的作品还有着'非中国的'即'非现实的'缺点,能够避免这缺点而继续努力的,这是时英。"①杜衡对穆时英的这一被广泛引用的评价在一定程度上说明了穆时英小说创作对于现代文学的重要意义。

第二节　戴望舒的都市"忧郁"

在中国新诗史乃至现代文学史上,戴望舒都是一个无法绕过的存在。虽然他的诗作只有九十多首,而且大多是短章,但是从中国新诗发展的角度上来看,他自郭沫若、闻一多和徐志摩之后开辟了诗歌创作的新路径,一度引领了诗歌创作的新潮流。在30年代的上海,戴望舒"由于对现实的绝望而遁入内心,遁入艺术之中"②。虽然戴望舒的许多诗歌都有东方古典式的表达,比如他的那些飘忽的哀怨和忧愁,但他的情感内核是西方现代式的孤独、忧郁和焦虑,而产生这些孤独、忧郁和焦虑的土壤则是戴望舒的现代都市生活和他的情感纠葛。

---

① 杜衡:《关于穆时英的创作》,《现代出版界》,1933年第9期。
② 李欧梵:《现代性的追求》,生活·读书·新知三联书店,2000年。

一、都市的浪漫与诗歌的忧郁

1927 年 9 月,戴望舒与杜衡一起在松江施蛰存家避难时,爱恋上了施蛰存的妹妹施绛年,由此开始了他漫长的八年苦恋。戴望舒 1929 年出版的第一本诗集《我底记忆》和 1932 年出版的第二本诗集《望舒草》中的大部分诗篇,几乎是他与施绛年从初恋、热恋、失恋到绝望的爱情记录。在诗集《我底记忆》的扉页上,戴望舒赫然写着"A Jeanne"(即法语"给绛年")。在这场爱情悲剧中,戴望舒一开始就已经意识到自己是一个"单恋者",每次"怀着热望"去见恋人,可恋人却只有"冷冷无言",于是失望的诗人只好"踏着残叶远去","自家伤感"(《自家伤感》)。即便遭遇了冷漠,即便是没有结果,诗人仍然要执着追求,"不要说是爱还是恨,/这问题我不要分明","愿她温温的眼波/荡醒我心头的春草:谁希望有花儿果儿?/但愿在春天里活几朝"(《断章》)。诗人苦恋的背影游走在他的大多数诗作中,在"昏昏的灯","溟溟的雨"和"沉沉的未晓天",恋人"还醑睡未醒",伤心的诗人"无奈踯躅徘徊,/独自凝泪出门"(《凝泪出门》)。有时诗人自比"残花",把恋人比作"蝴蝶",责怪蝴蝶的移情别恋,"你旧日的蜜意柔情,/如今已抛向何处?看见我憔悴的颜色,/你啊,你默默无语!/你会把我孤凉地抛下,/独自蹁跹地飞去,/又飞到别枝春花上"(《残花的泪》)。有时候诗人甚至近乎祈求恋人的爱抚,"你看我伤碎的心,/我惨白的脸,/我哭红的眼睛!/回来啊,来一抚我伤痕/用盈盈的微笑或轻轻的一吻","回了心儿吧,/我这样向你泣诉"(《回了心儿吧》)。戴望舒在绝望时甚至希望用殉情的方式唤回施绛年的爱,挽回与穆丽娟和杨静的婚姻。《忧郁》便是这种心境的写照:"心头的春花已不更开,幽黑的烦恼已到我欢乐之梦中来。/我底唇已枯,/我底眼已枯","我是个疲倦的人儿,/我等待着安息"。但是这一切都于事无补,苦恋八年(1927—1935)后,施绛年移情别恋;成家六年(1936—1942)后,穆丽娟离他而去;结婚六年(1942—1948)后,杨静与他分道扬镳。

为什么当年施绛年对才华横溢的诗人这般苦苦追求无动于衷,从开始的冷淡、婉拒,到后来的敷衍、欺骗,以至于决裂呢?从现有的资料来看,戴望舒生理缺陷导致心理缺陷,(戴望舒小时因患天花留下满脸麻子,加上脸黑,常常受到朋友们的嘲笑），致使他长期以来处于敏感、防范、封闭、内向、忧郁的精神状态，渐渐形成了偏执和孤寂的个性，其与性格温顺内向的施绛年不合，应是其中原因之一。① 而戴望舒行为时有放纵，同徐霞村、刘呐鸥、穆时英等海派文友一起热衷于跳舞、看电影，甚至嫖妓，让施绛年失望，也在所难免。《昨晚》《单恋者》《百合子》《八重子》《梦都子》等诗作中，关于舞会、酒场、妓女等都会颓废生活的描写可见一斑。施蛰存在回忆戴望舒和刘呐鸥等人的一段生活时曾说，他们每天晚饭后就"到北四川路一带看电影，或跳舞。一般总是先看七点钟一场的电影，看过电影，再进舞场，玩到半夜才回家"②。施蛰存还曾经对人说："他们订了婚，又解约，我妹是银行职员，不喜欢诗人。"③如果联系当年施绛年在订婚后为了拖延婚期，向戴望舒提出等他出国留学归来并找到一份稳定的工作后方能完婚的要求，以及未等到戴望舒回国，便与一个冰箱推销员相爱了的事实，我们不难发现，戴、施爱情悲剧的真正原因应该是不同的文化观念和生活态度所导致的内在矛盾。

上海自 1845 年开埠以来，作为一个华洋交汇、五方杂处的现代都会形象日渐成熟，到了 19 世纪 30 年代已进入全盛时期。都市的公众领域迅速发展起来，跑马厅、板球场、咖啡馆、电影院、歌舞厅、外滩公园、百货公司等公共娱乐场所繁华一时，作为市民文化载体和营造社会舆论的报刊等市民文化空间也迅速发展起来，正是这些公共领域为各类人物的行为交往提供了自由的空间，带来了现代价值观念和生活方式。戴望舒自中学时代就开始接受了西方文化的影响，尤其是在震旦大学读书及旅法期间更是对波特莱尔、魏尔伦、耶麦、许拜维埃尔等法国现代主义诗人倾心不已。在生活方式上，戴望舒同徐霞村、刘呐鸥、穆时英等海派文友一样有着十分明显的西化倾向，不但出入歌舞厅和电影院，更为重要的是，他一直没有去寻找一份稳定的职业，而只是热衷于写诗和经营报刊、杂志等文学活动。这样一种"都市浪漫"的生活方式和漂泊的生活状态使得向往稳定幸福生活的施绛年非常失望，因此她后来宁愿嫁给一个冰箱推销员也不等候可以为她殉情的留洋诗人，似乎也在情理之中。而戴望舒与穆丽娟和杨静的婚姻

---

① 杨四平：《现代焦虑的诗性表达》，《安徽师范大学学报》，2003 年第 3 期。
② 施蛰存：《我们经营过三个书店》，《沙上的脚迹》，辽宁教育出版社，1995 年。
③ 陈丙莹：《戴望舒评传》，重庆出版社，1993 年，第 34 页。

失败也在很大程度上佐证了上述分析。1936 年 7 月,戴望舒经穆时英介绍与其妹妹穆丽娟经过短暂的相识、相恋并结婚。1938 年 5 月,戴望舒携妻女到香港后,夫妻感情便开始有了分歧,常因一点小事而大动干戈。1940 年冬,穆丽娟回到上海与戴望舒分居并决定离婚。戴望舒得知消息后,给穆丽娟发去了一封"绝命书",力图以死挽回破碎的婚姻。尽管如此,但还是未能动摇穆丽娟离婚的决心。1943 年 1 月,戴望舒只好在离婚协议上签字。同年 5 月,戴望舒与 16 岁的抄写员杨静结婚。美丽、活泼的杨静从小生长在香港。这种性格和年龄的差异,不久便导致了二人在感情上的裂痕。1948 年末,杨静爱上了一位姓蔡的青年,并向戴望舒提出离婚,尽管戴望舒做了种种努力,但都未能奏效。直至去世前,身在北平的戴望舒还希望与香港的杨静重归于好。作为社会中的人,他的一切行为和意识都是在社会关系中发生的。他的思想、情感、欲望和意识都是社会化的。作为其生活形态和情感形态之一的爱情不是抽象之物,在现实生活中,它是非常具体的。爱情的形式和内容都会投射出社会的文化色彩。追求浪漫和笃守世俗是都市文化多元性的不同表征。如果我们在这个层面上来理解戴望舒的爱情悲剧,来解读戴望舒的爱情诗歌,似乎更有其合理性。正是在这个意义上,我们说现代都市游移的生活方式参与了戴望舒爱情诗歌的构建,戴望舒的爱情诗歌是现代都市的浪漫与忧郁。

二、古典的忧愁和现代的焦虑

施蛰存说《现代》的诗"是现代人在现代生活中所感受到的现代情绪用现代的词藻排列成的现代的诗形","所谓现代生活,这里面包括着各式各样的独特的形态:汇集着大船舶的港湾,轰响着噪音的工场,深入地下的矿坑,奏着 Jazz 乐的舞场,摩天楼的百货店,飞机的空中战,广大的竞马场……甚至连自然景物也和前代不同了。这种生活所给予我们的诗人的感情,难道会与上代诗人从他们的生活中所得到的感情相同吗?"①从这里我们不难解读出,当年作为《现代》杂志编辑的施蛰存对于现代诗歌的两种思路,一是在题材上对现代都市景观和

① 施蛰存:《文艺独白·又关于本刊的诗》,《现代》,1933 年第 11 期。

生活方式的描写,二是对都市生活所产生的现代情绪的表现。前者是现代诗的表象,后者是现代诗的内质,二者有时融为一体,有时分而治之,有时把现代情绪表露得一览无余,有时则表现得极为含蓄。《现代》杂志上不乏直接表现都市景观和现代生活的诗作:如徐迟的《都会的满月》把"贴在摩天楼塔上的"钟表比作"都市的满月";前人的《夜的舞会》描写了膨胀着 Jazz 乐和威士忌的舞场;苏俗的《街头的女儿》描写了黄昏时"嘴角衔着一根香烟","提着空皮夹子"在水门汀上漫步的妓女;王心一的《故都的黄昏》直接书写了都市的颓废,"颓废从社会爬进我的灵魂,/它又从各人心上走入人群;/酒与肉把颓废养得多肥"。作为《现代》杂志编务的参与者和主要诗作者的戴望舒,似乎较少直接对都市的繁华景观和现代生活作近距离的观察和表现,他更多的是把都市的浮华沉潜为个人的忧郁和感伤,都市中的"夜行","雨巷"里的徘徊,"幽夜"里的寻梦,是戴望舒体验和想象都市的常见方式。他把这种产生于现代都市的忧郁情绪,在诗歌中用他独有的感觉方式和表达方式,"由真实经过想象而出来"[1],"纯然是现代的诗"[2]。戴望舒是与"雨巷诗人"联系在一起的。如果脱离了爱情来谈戴望舒的诗,那的确有如隔靴搔痒。在戴望舒九十多首诗作中,绝大部分是爱情诗。爱情是戴望舒诗歌创作的灵感和源泉。诗人曾为之痴迷、沉醉、忧疑、焦虑、痛苦,甚至绝望。这些伴随着爱情而产生的情感体验促生了现代新诗史上一首首凄婉动人的诗章。戴望舒的三次爱情经历无疑都是悲剧。其实这一点诗人早有预感,只不过他不愿承认,也不愿放弃,这就必然会导致"知其不可为而为之"的人生悲剧,正是这一内在质素决定了戴望舒诗歌忧郁的感伤基调。

在戴望舒的爱情诗歌中,"丁香"与"蔷薇"是两个最具代表性的意象。在我国古代抒情传统中"丁香"是忧郁和愁苦的象征,如晚唐李商隐和南唐李璟就分别有"芭蕉不展丁香结,同向春风各自愁"(《代赠》)和"青鸟不传云外信,丁香空结雨中愁"(《浣溪沙》)的诗词句。戴望舒在《雨巷》中显然化用了古人的意境,而同时又赋予"丁香"以现代意味。"悠长、悠长又寂寥的雨巷","默默踟蹰"的诗人,"丁香一样的结着愁怨的姑娘",这三者中任何一项都会让人产生寂

---

[1]　戴望舒:《诗论》,《现代》,1932 年第 11 期。
[2]　施蛰存:《我们经营过三个书店》,《沙上的脚迹》,辽宁教育出版社,1995 年。

寞和忧郁的感伤。诗人不但巧妙地把他们融会在同一个意境中,还同时抹上若有似无的梦幻色彩和融入瞬间即逝的人生感叹。寂寥的雨巷和忧郁的诗人是实写,丁香一样的姑娘是虚描。如果说诗人开始时"希望逢着一个丁香一样的结着愁怨的姑娘"还让人有所期待,那么结尾处的"希望逢着一个丁香一样是结着愁怨的姑娘"则的确让人充满了说不出的失望和悲凉。有人认为《雨巷》是戴望舒对若即若离的爱情的感伤,也有人认为《雨巷》是对失落理想的哀歌。其实如果我们了解了它是戴望舒1927年在施绛年家的阁楼上避难时的心曲时,便可明了,这实际上是爱情感伤和理想失落的协奏曲。"蔷薇"意象在戴望舒诗歌中反复出现过多次。如果说"丁香"意象主要来自本土的抒情传统,那么"蔷薇"意象则更多地受西方诗歌的影响。在戴望舒的译诗中涉及蔷薇意象的有保尔·福尔的《夏夜之梦》、果尔蒙的《教堂》、耶麦的《屋子会充满了蔷薇》、苏佩维艾尔的《房中的晨曦》、保尔·瓦雷里的《消失的酒》和洛尔迎的《低着头》等。从生物学的角度上来说,蔷薇虽不能等同于玫瑰(玫瑰属于蔷薇科),但在文学意义上,人们历来把蔷薇与玫瑰象征着爱情,互相指涉。《静夜》中诗人把一段恋中情侣的情感纠葛描绘得十分生动、细腻。恋人的哭泣,"在我的心头开了烦忧路","我"请求恋人"停了泪儿","莫悲伤",在"沉寂又微凉"的"幽夜","且把那原因细讲"。在这里,诗人把"嘤嘤哭泣"的恋人比作"侵晓蔷薇底蓓蕾","含着晶耀的香露"。《夜》表露了诗人对爱情离去的忧虑,"我是害怕那飘过的风,/那带去了别人的青春和爱飘过的风,/它也会带去我们底,/然后丝丝地吹入了凋谢了的蔷薇花丛",在这里"凋谢了的蔷薇花丛"显然象征着凋谢的爱情。《到我这里来》则是对逝去的爱情的回忆和期待。诗人把"有金色花瓣"的蔷薇比作曾经有过的甜蜜的爱情,可是现在"你是不存在着了,/虽则你的记忆还使我温柔地颤动","我"只好"徒然地等待着你"。《有赠》同样表达了对爱情的怀想和忧愁的矛盾心绪,"受过我暗自祝福的人,终日有意地灌溉着蔷薇,/我却无心地让寂寞的兰花愁谢"。这些蕴含着古典忧愁和现代焦虑的"丁香"和"蔷薇"意象,的确是戴望舒对爱情的精微捕捉和别致想象。

三、夜行者的孤独与寻梦者的忧伤

20 世纪 30 年代，戴望舒身处现代都市的上海，他的诗歌想象中无疑有一个现代都市的背景，他所表现的现代人的现代情绪正是现代都市的产物。由于爱情和婚姻生活的失败，光怪陆离的都市生活在戴望舒的视域中失去了明丽的色彩，使得他对理想的寻找，对存在的沉思，对真实的想象，都不可避免地带上了瞬间浮华的现代都市色彩和孤独忧郁的情感基质。戴望舒似乎很少直接对都市的繁华景观和现代生活作近距离的观察和表现，虽然也有些许关于大街、酒场、舞会、妓女等都市景观的描写，但他总是把都市的浮华沉潜为个人的忧郁和感伤。《单恋者》中，诗人描写了暗黑的街头、喧嚣的酒场、妓女的媚眼和腻语，可是"我是一个寂寞的夜行人"，只是"在烦倦的时候"踯躅在"暗黑的街头"。在《昨晚》中，诗人描写了"一次热闹的宴会"："零乱的房里"，摆放着来自巴黎的"粉盒和香水瓶"，"氤氲着烟酒的气味"，残醉的洋娃娃"撒痴撒娇"，跳着"时行的黑底舞"。而这一都市夜晚的狂欢诗人并没有参与，甚至没有目睹，因为这些是"昨晚在我们出门的时候"才发生的。诗人以第三者局外人的视角，从宴会后的凌乱场景想象了这幕都市夜晚的狂欢。而房间那个见证了宴会狂欢的"龙钟的瓷佛"，"他的年岁比我们还大"，"他听过我祖母的声音，/又受过我父亲的爱抚"。诗人在短暂的都市浮华和永恒的人生悲凉之间流露出不尽的感慨和感伤。而《百合子》《八重子》《梦都子》则分别描写了三个在异国都市中的日本妓女。百合子虽然置身于"百尺的高楼和沉迷的香夜"，但她却是一个"怀乡病的可怜的患者"，"度着寂寂的悠长的生涯"，"茫然地望着远处"，"因为她的家是在灿烂的樱花丛里"。"八重子是永远地犹像着"，因为她总是"萦系着渺茫的相思"。梦都子把口红、指爪"印在老绅士的颊上，/刻在醉少年的肩上"，她会"撒娇"，"会放肆"，可她却有着"惯矢的心"，"忤逆的心愿"。三个身处异国都市中的女性在欢娱的背后深藏着怀乡的忧郁。这种忧郁的"怀乡病"不仅是对故土家园的思念，更是对精神家园的向往，它不仅体现在身处异国都市的女性身上，更是诗人自身难以排遣的情结。

戴望舒常常在都市的欢闹背后深切地感受到"我和世界之间是墙"（《无

题》），"日子过去，/寂寞永存"（《寂寞》）。为了传达出身处都市内心独有的孤独和忧郁，戴望舒在诗歌中用得最频繁的意象是"夜"和"梦"。据笔者初步统计，戴望舒现存九十多首诗作中，与"夜"相关的有二十余首。在戴望舒诗作中，"夜"的意象具有丰富的意蕴。都市之夜的黑色外表掩盖着都市之夜忧郁和孤独的内质。在黑夜里，静坐时诗人"独自对银灯，/悲思从衷起"（《夜坐》）；行走时"带着黑色的毡帽，/迈着夜一样静的步子"（《夜行者》）；当"幽夜偷偷从天末归来，/我独自还恋恋地徘徊"（《夕阳下》）；作为一个"流浪者"，诗人要以"颠连漂泊的孤身"，"与残月同沉"（《流浪人的夜歌》）。戴望舒笔下"夜"的意象不但含蕴着忧郁和孤独，更连接着冷漠和死亡。面对"残日"逝去，诗人闻见"远山啼哭得紫了，/哀悼着白日底长终"，"荒冢里流出幽古的芬芳"；在"幽夜"中，诗人把"残月"比作"已死的美人"在山头哭泣"她细弱的魂灵"，"在那残碑断碣的荒坟"，有"怪枭的悲鸣"和"饥狼的嘲笑"（《夕阳下》）。在诗人看来，黑夜是白日死后的产物，残日、残月、残碑、荒冢、荒坟等意象无不散发出死亡的气息，蕴含着凄冷的情调。寻梦意识在戴望舒作品中也几占三分之一，其中"梦"的意象直接出现在作品中达 25 次之多。在佛家看来，梦即是幻，幻即是空，梦是短暂而又虚幻的。戴望舒诗歌中出现的一系列梦的意象都带有这种空幻性和瞬间性的特征。诗人把现实中感受到的孤独和无法实现的爱，寄托于梦中的寻求，"人间伴我的是孤苦/白昼给我的是寂寞；只有甜甜的梦儿/慰我在深宵：/我希望长睡沉沉，/长在那梦里温存"（《生涯》）；"带着我青色的灵魂/到爱和死底梦的王国中睡眠"（《十四行》），梦成了戴望舒寻求温暖和安慰之所。但是敏感的诗人又常常在体悟到梦的短暂和虚幻之后感到更加彻底的失望和痛苦，"欢乐只是一幻梦，/孤苦却待我生挨"（《生涯》），"心头的春花已不更开，/幽黑的烦忧已到我欢乐之梦中来，/我底唇已枯，/我底眼已枯，/去吧，欺人的美梦，/欺人的幻象，/天上的花枝，世人安能疾想"（《忧郁》）。弗洛伊德在《释梦》中认为，"梦是一种被压抑的、被抑制的经过改装后的愿望的满足"，"梦是思想的戏剧化和图像化"[1]。在戴望舒看来，"诗是由真实经过想象而出来的，不单是真实，亦不单是

---

[1] 弗洛伊德：《释梦》，商务印书馆，2003 年。

想象"①。他的这一"真实与想象"的诗歌创作主张,显然与梦的形成原理具有异曲同工之妙。也正是在这个意义上,鲁迅说,"昔之诗人,本为梦者"②。

第三节　徐訏的洋场叙事

徐訏深受传统中国知识分子"天下兴亡,匹夫有责"思想的影响,他说:"抗战军兴,舞笔上阵,在抗敌与反奸上觉得也是国民的义务。"③1938 年初,当他从巴黎回到上海时,"孤岛"给他的第一印象是:"上海已不是上海,但上海人还是上海人,在这人海中,我竟看不见中国的怒吼。"④1933 年至 1936 年,1938 年至1942 年,1946 年至 1949 年,徐訏在上海前后生活了 10 年,其间目睹了洋场的醉生梦死,亲历了战场的风云变幻,因而在他的上海想象中,无论是都市中的"人""鬼"奇恋,舞场与赌窟中的"花魂"传奇,欢场与战场的爱恨情仇,还是江湖旅途的人生历险和平凡人家的颠沛流离,都常常隐现着洋场与战场的双重面影。

一、战争背景下的都市传奇

30 年代末,徐訏在介绍其剧作《月亮》的创作背景时说,"太平洋战争爆发以前的上海,那时候,租界上的人都有说不出的苦闷,连富有的企业家们都是一样,他们已经慢慢地感觉到敌人经济与政治方面的压力"⑤,实际上这也是徐訏大多数关于上海想象的背景。《鬼恋》描写了战争时期女主人公从职业革命生涯的奋发到都市隐居生活的郁闷。《赌窟里的花魂》描写了战争背景下赌场的风云变幻和人生的起落无常。《犹太彗星》借那位在上海开店的犹太人舍而可斯之口诅咒了战争的罪恶,描述了战争对家庭生活、文化艺术和宗教信仰的破

---

① 戴望舒:《诗论》,《现代》,1932 年第 11 期。
② 鲁迅:《诗歌之敌》,《鲁迅全集》,人民文学出版社,1981 年。
③ 徐訏:《风萧萧·后记》,台湾正中书局,1966 年,第 597 页。
④ 徐訏:《回国途中》,《海外的鳞爪》,《徐訏全集》(卷十),1967 年,第 71 页。
⑤ 徐訏:《月亮》,《徐訏全集》(第 9 卷),台湾正中书局,1967 年,第 1 页。

坏。《一家》描写了抗战期间林氏一家从杭州到上海颠沛流离的生活、卑微庸俗的心理和分崩离析的悲剧。《风萧萧》通过"我"与舞女白苹、交际花梅瀛子和美国小姐海伦之间富有传奇色彩的情感经历和间谍生活,把上海沦陷前后洋场的奢靡与战场的惊险演绎得淋漓尽致。《江湖行》通过主人公周也壮在战争乱世的江湖人生和情感历程,着重描写了战争背景下上海的都市风貌。从整体氛围上来看,在战争阴云的笼罩下,徐訏笔下的上海已经失去了昔日新感觉派眼中光怪陆离的色彩,而常常表现出压抑、冷寂和诡秘的氛围。《月亮》中的上海,人们"都有说不出的苦闷"。《鬼恋》中的大街,"死寂而寒冷",弄堂又黑又长,女主人公居住的"屋内阴沉沉的,的确好像久久无人似的"。《赌窟里的花魂》中,"路上行人很稀少,月光凄清地照着马路"。《风萧萧》中上海沦陷以后的北四川路,到处是"仇货的广告,敌人的哨兵,以及残垣的阴灰"。《江湖行》中,"疲倦的街灯投射着凄暗的光亮在死寂的街头浮荡"。在那些关于上海的诗歌中,徐訏直接描写了战争阴云笼罩下都市的萧条、黯淡和凄凉:"黄昏后夜色涂遍了近郊,/我在荒野上不忍再远眺","残垣里炉灶久冷,/纺车与摇篮早没有人摇"(《战后》);"深夜在街头","街灯有点意外的模糊,/树影儿更显出黯淡","夜卖声显得这样清楚,/我心头浮着三分疲懒,/风来时有一声咽鸣,/告诉我春意已经阑珊"(《深夜在街头》)。在《从上海归来》一文中,徐訏真实地记录了他所亲历的太平洋战争爆发后上海沦陷的整个过程,"那天我出门的时候,日军早已进驻租界,市面非常恐慌","物资与金融一片混乱",银行提不出钱,市面断粮,"一星期之中饿死的竟有二三百人之众",文化也遭到摧残,"上海的杂志,除'伪'办以外,只有一二种礼拜六的杂志,还在出版,其他都已完全停刊",沦陷以后的上海"实在太沉闷了"①。

在徐訏的都市想象中,虽然舞场、赌窟、咖啡馆、夜总会等娱乐空间仍然是其笔下人物活动的主要场所,但显然作者已不再只是浮光掠影地表现都市中灯红酒绿和纸醉金迷的生活表面,而是把关注的重心投向它们背后人物的精神世界。徐訏常常在都市与战争的背景下,探讨爱与人性的哲学命题,把孤独、失落、流放、虚无等现代主义情绪,铺展在一个个浪漫传奇的故事中。《鬼恋》讲述了

---

① 徐訏:《蛇衣集》,《徐訏全集》(卷十),台湾正中书局,1967 年,第459—463 页。

"我"与隐居都市的"鬼"偶遇、相恋、离散的爱情传奇和"鬼"过去在枪林弹雨中的革命经历。在冬夜三更的南京路香粉弄口，"我"邂逅了一位自称是"鬼"的黑衣女子，并护送她回家。经过几次约会，"我"已深深爱上了"鬼"，但当我再次造访她的时候，她却不知去向。"鬼"实际上是一个在革命中遭受挫折的职业革命者。她曾有过丰富的革命经历，"暗杀过人有十八次之多"，在枪林弹雨中逃亡，所爱的人被杀害，她"把悲哀的心消磨在工作上面，把爱献给大众"，然而革命失败后，同伴中"卖友的卖友，告密的告密，做官的做官，捕的捕，死的死"，深受打击的她只好隐居都市，"扮演鬼活着"，"冷观这人世的变化"。然而，遭受了心灵创伤退出革命活动的女主人公终究无法与世隔绝，在她身上仍然透露出都市文化的表征。她有着都市女郎的摩登和现代知识女性的学识。她夜走南京路，吸"品海"牌的香烟，有着霞飞路橱窗里"银色立体型女子模型的脸"和"一味的图案味儿"。她"从鬼美讲到灵魂之有无，讲到真假，讲到认识论，讲到道德，讲到爱"，"后来又讲到弗洛依德之精神分析，爱因斯坦的相对论，还有什么波力说，电子说都涉及了"。在三四十年代的上海，曾经热血沸腾的革命青年在遭遇理想的幻灭之后，常常会堕入纸醉金迷的十里洋场寻求精神的麻木和刺激，茅盾、丁玲等左翼作家笔下不乏这样的小资产阶级知识分子形象。与左翼作家迥异的是，徐訏并没有运用阶级分析的眼光来打量都市中的失意青年，而是借都市和革命的题材来思考人生和生命的深层意味。女主人公从积极的"入世"到颓然的"避世"，昭示了人生的失落与生命的虚无。《赌窟里的花魂》同样并没有着意渲染赌窟里迷乱狂热的氛围，而是借"我"与"花魂"传奇的赌场经历和聚散离合的爱情故事，表达了对生命本质和人生意义的哲学探讨。作者着重描写了"我"与"花魂"在赌场惊心动魄的赌博场面。"花魂"凭着高超的赌术，帮我赢回了很多钱，并教给了我久赌必输的道理，把我从赌场中拯救出来，"我"也因此爱上了"花魂"，但后来女儿的来信让"花魂"舍弃了爱情，又一次拯救了"我"的家庭，于是"我们"只能保持着纯洁的友情。"赌窟"是小说中的一个重要意象。赌场如战场，它既暗藏着风险，又充满了机遇；它既是都市的象征，也是人生的隐喻。"花魂"从赌场生涯中领悟了生命的本质，她说："我开过，最娇艳的开过；我凋谢过，最悲凄的凋谢过；现在，我是一个无人注意的花魂。""我"也从聚散离合的爱情经历中体味出人生的哲理，"马路是轨道，马路中还有电车的轨道；汽车走着一定的左右,红绿灯指挥着车马的轨道;行星有轨道,地球有轨道！轨道,一层一层的轨道,这就是人生,谁能脱离地球攀登别个星球呢？依着空间的轨道与时间的历史的轨道,大家从摇篮到坟墓"。在《烟圈》中,徐訏描写了一群中学时代的朋友聚首一处,回想往事,感慨如烟人生的情景。他们来自不同的职业,经历了不同的境遇,有新闻记者、体育家、学者、医学博士、诗人和画家等,然而他们却有着共同的人生体验,"大家不约而同的,感到一种苦,感到一种寂寞"。这些痛苦和寂寞来自大家对前途的渺茫和人生的虚无感受,"谁能知道明天怎样？一点钟以后怎样","人生究竟怎么一回事"。为了求证人生的意义,他们收集每一个人临终时"对人生之谜的解答"。然而,最后一个去世的哲学家周在阅读了所有的答案之后,所得到的结果"也不过是画一个圆圈罢了"。小说着重描写了朋友聚会的情景和对人生意义的探寻,而淡化了具体的都市背景,作者对于人生的哲学探讨超越了世俗的生活主题。在都市与战争的背景下探讨人生与爱的主题,这在徐訏的两部长篇小说《风萧萧》与《江湖行》中表现得更为淋漓尽致。

二、《风萧萧》与《江湖行》:洋场与战场的双重变奏

1937 年"八一三"事变后,上海租界成为日军虎视眈眈下的"孤岛"。与紧张的战争气氛相比,曾经因战事而消沉的娱乐业逐步恢复起来,甚至出现了畸形的短暂繁荣。当时有文章写道:"近来海上娱乐事业,畸形发展,跳舞场之生涯鼎盛,电影院之座客常满。"①徐訏当年风靡一时的长篇小说《风萧萧》以上海"孤岛"为背景,通过"我"与史蒂芬、白苹、梅瀛子和海伦等人浪漫的洋场生活、复杂的情感纠葛和紧张的间谍争斗,展示了上海沦陷前后都市的生活状貌和都市特殊人群的生存方式。小说前半部分着力描绘了"我"与美国朋友史蒂芬、舞女白苹和交际花梅瀛子在舞场、赌窟、夜总会、咖啡馆等娱乐场所的浪漫洋场生活。"我"原本"同所有孤岛里的人民一样,处在惊慌不安的生活中",因无意中救助了美国军医史蒂芬而成为他的朋友。于是在他的带动下,"我"频繁地出入灯红酒绿的洋场,结识了舞女白苹、交际花梅瀛子和美国小姐海伦。对于舞女白

---

① 《孤岛上娱乐事业生气勃勃》,《电影周刊》,1938 年第 11 期。

苹来说，"伴舞是我的职业"，"所有的男子是我的主顾"；对于交际花梅瀛子而言，她是"上海国际间的小姐，成为英美法日青年们追逐的对象"；单纯天真的美国小姐海伦原本与母亲相依为命，对歌唱事业充满了美好的期待，然而战乱时期为了生计，不得不放弃理想沦为日本人的陪女。而主人公"我"则始终在两种矛盾的生存方式中徘徊。一方面，作为一个研究哲学的学者，"我"向往的是清净的书斋生活，常常为自己的荒唐生活忏悔，先是在杭州游玩时不辞而别，后来又借故逃离欢场，租屋读书；另一方面，作为史蒂芬、白苹、梅瀛子等人的朋友，"我"又难以抗拒喧闹生活的诱惑，与他们日夜出入赌窟、酒吧、舞场和咖啡馆等娱乐场所。小说的后半部逐步展开了美、中、日三国间惊心动魄的间谍战。由于太平洋战争打破了以往的生活平衡，"我"感到学者生活的"渺茫和空虚"，"独身主义者也必须要以朋友社会人间的情感来维持他情感的均衡"。史蒂芬、梅瀛子、白苹分别表明了他们作为美国和重庆方面间谍的真实身份，史蒂芬被日本人杀害，"我"与海伦也加入了紧张复杂的间谍斗争。由于日本间谍宫间美子的欺骗，白苹遇害，梅瀛子毒死了宫间美子，为白苹报仇。最后，由于身份暴露，"我"放弃了都市的喧嚣和书斋的幽静，以民族大义超越了个人主义的生存选择，"在苍茫的天色下，踏上了征途"，奔赴内地，投入民族的抗战洪流。浪漫的洋场生活与惊心的战场（间谍）争斗既是徐訏表现都市的主要内容，也是《风萧萧》获取读者喜爱的重要因素。

"人在旅途"的漂泊是徐訏小说的一个重要主题。徐訏说"我一生都在都市里流落"①。他笔下的人生故事正是经由这些漂泊而产生的。在徐訏看来，"没有故事的人生不是真实的人生，没有人生的故事是空洞的故事"，"我所有的也许只是对我生命在人生中跋涉的故事"②。长篇小说《江湖行》以主人公周也壮在江湖人生和情感世界的漂泊为主线，着重描写了战争背景下上海的都市风貌，展开了关于人生与爱的哲学探索。都市是一个大熔炉，充满了无数改变命运的可能，周也壮、葛衣情、舵伯、紫裳、映弓、小凤凰等的人生命运都因来到上海而发生了根本改变。周也壮由流浪者变成了作家，葛衣情由乡下戏子变成了都市交

---

① 徐訏：《鸟语》，《徐訏全集》，台湾中正书局，1966 年。
② 徐訏：《江湖行》，《徐訏全集》，台湾中正书局，1966 年，第 1—2 页。

际花,舵伯由江湖游商变成了都市巨贾,紫裳由一个流落街头的卖唱小姑娘变成了一个红遍上海滩的电影明星,映弓由一个不更世事的尼姑变成了一个意志坚定的革命者,小凤凰由一个戏班花旦变成了一个好学上进的女学生,作品着重表现了都市对人的改变和偶然性对人生的决定性意义。小说中,"我"的人生经历充满了无数的偶然,"我"因为结识舵伯而认识并爱上葛衣情,为了葛衣情而到上海念书,为了躲避葛衣情而加入老江湖的流浪剧团。因为流浪演出而认识并爱上了紫裳。因为结识穆胡子,而选择了流浪江湖。因为流浪,而结识了阿清一家,结识了野凤凰和小凤凰。因为战乱,留居上海而失去紫裳,因为救助阿清而失去容裳,等等。舵伯、葛衣情、老江湖、何老、紫裳、穆胡子、阿清、野凤凰、小凤凰等这些偶然中结识的人们,处处改变了"我"的人生选择和命运走向。正如小说开头的一段感慨,"人生是什么呢? 我们还不是为一个偶然的机缘而改变了整个人生的途径,也因而会改变了我们生命里最个别的性格"。在对都市的想象和战争的关注中,徐訏超越了感性的具象层面,探索的是人生和生命的本质性问题,从而进一步开拓了 30 年代新感觉派的都市想象空间。正如有学者指出,徐訏从文化哲学和文化心理的角度切入,追求存在与生命的本质,其"寻找"和"超越"的主题与西方现代主义的核心思想有着深刻的相通,同时这些作品那种全面走向心理的倾向也正是现代派的典型表征。①

在洋场与战场的双重变奏中,"对于情爱甚至性爱,徐訏小说有较高的文化探讨的热情。情爱和性爱既代表一种现实的生命,又代表一种超越的生命,高尚的性爱与生命同构,具有悲剧的性质,而真正的情爱稍纵即逝,易于幻灭,难以保持自尊,也在揭示生命的严峻性。所以徐訏男女爱情的结局都无从圆满,性爱的形而上的表现处处与西方现代主义文学穷究人生哲理的倾向相通"②。贯穿《风萧萧》与《江湖行》两部小说的是男主人公与不同女性之间错综复杂的爱情故事。作者通过男主人公与不同女性之间的情爱关系,对"情爱甚至性爱"进行了深层的文化探讨。《风萧萧》中的"我"与白苹、梅瀛子、海伦之间保持着复杂的情感关系。"我"喜欢"银色"的白苹,她常常"带着百合花的笑容",然而她的心

---

① 孔范今:《论中国现代小说发展中的后期现代派》,《悖论与选择》,明天出版社,1992 年。
② 钱理群、温儒敏、吴福辉:《现代文学三十年》,北京大学出版社,1998 年,第 519 页。

底却深藏着"潜在的凄凉与淡淡的悲哀"。"我"为"红色"的梅瀛子所倾倒,她像太阳一样眩人耳目,浑身散发着永不妥协的进取精神和支配力量。"我"爱慕"白色"的海伦,她"恬静温文","像稳定平直匀整的河流"。三位女性代表了三种不同的生命形态和文化内涵,而"我"作为一个"独身主义者"从洋场欢娱,到战场争斗,始终与她们保持着若即若离的情爱关系,站在一定的距离欣赏她们的"性美"。《江湖行》展示了主人公周也壮与葛衣情、紫裳、阿清和小凤凰等人在爱情世界的悲欢离合。主人公在不同的生命阶段的不同类型的爱情具有不同的文化内涵。最初与葛衣情的爱混杂着欲的冲动,后来与紫裳的爱体现了情的纯洁无私、与阿清的爱包含了人道主义的同情、与小凤凰的爱则寄寓着理想的追求。然而,这些爱情最后都以悲剧告终,葛衣情患上了精神病,紫裳嫁给了宋逸尘,阿清殉情自杀,小凤凰与吕频原结婚远赴加拿大,在江湖人生和情爱世界中漂泊的周也壮最终放弃了世俗的情爱,隐居峨眉山静心写作。像其他作品中的主人公一样,周也壮并不是一个玩弄爱情的浪荡子,他因为爱葛衣情而到上海读书,因为葛衣情的世俗而选择了紫裳,因为帮助阿清而失去了小凤凰,他是一个对爱真诚付出的人,然而最后得到的总是痛苦。正如他自己所说,"我也曾细细分析自己,觉得我虽使我所爱的人痛苦,但我都出发于爱。我总是想使每一个人都快乐而结果则是使每个人都痛苦,包括自己在内。如果人没有爱情,只有肉欲,那也许就没有这些痛苦,只是同禽兽没有分别了,我越是有这许多思想,也越是使我未能忘怀于这个纷乱的环境",主人公最后把自己的爱情悲剧归结为"纷乱的环境"。为了爱情,周也壮三度来到上海,又三度离开。第一次因为葛衣情"要嫁一个读过书的人",受到刺激的周也壮来到上海读书。上海作为一个全新的世界而出现,读书生活让他感到"新鲜有趣","那时候一种新的潮流把我们青年卷入了漩涡,我们从对于马克思学说的兴趣,很快的就变成了政治的狂热",周也壮他们"组织读书会","干戏剧运动","办刊物","发传单","贴壁报","讨论时局","响应罢工","成了最活泼的社会运动的人物",然而政治运动中的尔虞我诈让周也壮又重新回到了舵伯的生活中。为了躲避葛衣情,周也壮加入了老江湖的杂耍团,离开上海,在流浪演出中认识了紫裳,七个月后,周也壮随剧团重回上海。因为紫裳的成名,周也壮选择了与穆胡子一道浪迹江湖,再度离开上海。为了唤回与紫裳的爱,三年后的周也壮又一次回到上海。这时的上海

"依旧是拥挤的高楼与拥挤的人群。面对着这个庞大混乱的都市",主人公"突然感到一种说不出的自卑,这个都市里没有我已经很久,但是它并不因我的不在而有所变化。一瞬间,一切我所想所梦的似乎都落了空"。"八·一三"事变后,周也壮积极地投身抗战,他与映弓一起"发动学生工人,团结文化界人士,号召全上海市民,积极的宣传支援前线"。上海沦陷后,为了与容裳相聚,周也壮又一次离开上海。可见,都市对于主人公来说,始终是个无法融入的"他者"。《江湖行》不但直接描写了上海"八·一三"的抗战场面,而且把战乱作为故事情节发展的重要关节。周也壮因战乱而被捕入狱,因与葛衣情的关系而失去紫裳,因战乱而途遇阿清,因帮助阿清而失去容裳(小凤凰)。正如小说中人物所感叹的那样,"在乱世中,我们无法抵抗不可捉摸的流动的环境与不可捉摸的变幻的情感","在这个大战乱的时期,我们已经管不了这许多,大家有一天可找快乐,就享受一天吧,也许明天我们什么都没有了"。都市的流动性和异质性常常使人产生漂泊感和孤独感,而战争的破坏和威胁则更进一步增添了人生无常的虚无感。徐訏一如既往地在都市与战争的背景下探讨爱与人性的主题,正如有学者指出,"作者身在'孤岛'而心在汪洋,他通过悲欢离合、儿女情长的风流故事,超越纷纭的人世,趋向清澈通明的哲理和人性的世界"①。

三、自觉的文化意识与执着的生命探询

徐訏是一个学者型的作家,具有自觉的文化意识。在《海外的鳞爪》《西流集》《蛇衣集》《传薪集》《个人的觉醒与民主自由》《在文艺思想与文化政策中》等系列散文随笔集中,徐訏对东西文化和人情人性等问题作了广泛而深入的思考与比较。在人情方面,徐訏认为,"中国的民族最富人性","中国人最富于人性与温情","在困苦之中生活,他们宁愿两个人吃一块面包,不愿一个人吃两块面包"。虽然"上海并不是富于中国民族性的人民居住的地方,它同许多码头一样","是被国际流氓市侩歪曲了的地方,但是在战乱时候,这租界里每个家庭都尽量容纳外客"。与西洋人相比,"中国人不信领袖","没有宗教","不能普遍

①　杨义:《中国现代小说史》,人民文学出版社,1998年,第428页。

的永常的相信主义","但信'兄弟'与'朋友'"。中国对外移民,"靠的不是武力与军器,而是人生中一点点人情的契合"①。"二战"时期,上海成为各国难民无需签证的避难所,充分体现了徐訏所称赞的"中国人的人性与温情"。在艺术方面,徐訏认为,"中国艺术是分析开来把握,西洋艺术是整个来体会的","西洋艺术重在从自然中取来放到社会里去","中国艺术重要在从自然中取来属于自己,把自己的能力与欲望放进去"②。在宗教情感与文化接受方面,徐訏认为,"西洋对于宗教是爱与奉献","中国人没有宗教","尽人事是中国文化最中心的骨干","童年以前为父母,成年以后为爱人与太太,中年以后为子女"。徐訏主张借鉴符合"时代精神"的西方文化,但是在借鉴的时候,自己要有"一个中心坚强的骨干与信仰",要"直接的推进"而不能"间接的模仿"③。由于徐訏幼时在畸形的家庭中长大,离开家庭后又进入到陌生的学校环境中住读,他"稚弱而胆怯的心灵是孤独的","在偶然的场合中",他发现朋友是他"唯一的慰藉",友情成为他"一切情感逃避的所在"。因而在他看来,友情是人类所有感情中最重要最基础的部分。徐訏把友情与爱情进行了比较,他认为,"友情中可以没有爱情,但是爱情中必须有友情","友情的微妙有甚于爱情","爱情都是由浅而深,由淡而浓的,友情虽也由历史与时日而增进,但往往由浓趋于淡"④。徐訏还从美的角度来审视性与爱,他认为,"绝对的精神恋爱可说是一种变态,但完全是肉欲的也是一种变态","所谓性美,正是灵肉一致的一种欣赏与要求"。实际上,徐訏更看重的是精神上的性美,他说:"性美随着欲的满足而消失,但把性美作为爱的启示则是永久的。"⑤从这里,我们不难看到,徐訏在小说中为何描写了那么多介乎友情和爱情之间的模糊情感故事。徐訏对于东西文化的比较与思考,体现了他所受到的两种文化的熏陶,对于人性的深层思考,体现了他对世俗生活层面的文化超越,这种自觉的文化意识无疑会渗进他的文学想象中。

徐訏笔下的上海人物大多蕴涵着鲜明的都市文化精神,彰显着不同的生命

---

① 徐訏:《谈中西的人情》,《海外的鳞爪》,《徐訏全集》(卷十),台湾中正书局,1967年。

② 徐訏:《谈中西艺术》,《西流集》,《徐訏全集》(卷十),台湾中正书局,1967年。

③ 徐訏:《西洋的宗教情感与文化》,《西流集》,《徐訏全集》(卷十),台湾中正书局,1967年。

④ 徐訏:《谈友情》,《传薪集》,《徐訏全集》(卷十),台湾中正书局,1967年。

⑤ 徐訏:《性美》,《传薪集》,《徐訏全集》(卷十),台湾中正书局,1967年。

形态。《风萧萧》中的史蒂芬是生活在上海租界的美国军官,在他身上充分体现了"爱冒险,爱新奇,爱动"的西方文化精神和对中国文化的东方主义想象。"他是一个好奇的健康的直爽的好动的孩子,对一切新奇的事物很容易发生兴趣","他谈话豪放,但并不俗气,化钱糊涂,一有就化,从不想到将来","他由好奇中国式的生活,慢慢到习惯于中国式的生活,后来则已到爱上了中国式的生活",他"爱找不会说洋泾浜的中国舞女跳舞",喜欢上四马路的中国小菜馆吃饭,这种对具有东方女性美的追求和中国菜的喜爱体现了史蒂芬的东方趣味。在"我"的身上则体现了东方文化的特质。"我是一个研究哲学的学者",虽然身在洋场,但"我更爱的是在比较深沉的艺术与大自然里陶醉。对于千篇一律所谓都市的声色之乐,只当作逢场作戏,偶尔与几个朋友热闹热闹,从未发生过过浓的兴趣","而我的工作,是需要非常平静的心境,这是关于道德学与美学的一种研究"。然而深处洋场社会的"我",在史蒂芬等人的影响下,又"不得不用金钱去求暂时的刺激与麻醉",出入舞场、赌窟、咖啡馆、夜总会等都市娱乐消费场所。在与白苹等人产生感情之前,"女人给我的想像是很可笑的,有的像是一块奶油蛋糕,只是觉得在饥饿时需要点罢了;有的像是口香糖,在空闲无味,随口嚼嚼就是;还有的像是一朵鲜花,我只想看她一眼,留恋片刻而已","我"骨子里对女人的情感态度显示出中国传统男性的工具化心理和玩赏的艺术趣味。"我"既向往"书斋的幽静",又无法抗拒"都市的繁华",在"我"身上集中体现了中国现代知识分子在东西文化碰撞中左右失据的文化心态。《风萧萧》中的女性大多具有融合东西两种文化的特征。梅瀛子无论是家庭出身、身体特征,还是精神气质,都代表了东西文化融合的范型,是上海世界主义的集中体现。她在日本长大,父亲是中国人,母亲是美国人,"她具有西方人与东方人所有的美丽",是"上海国际间的小姐,成为英美法日青年们追逐的对象","她有东方的眼珠与西方的睫毛,有东方的嘴与西方的下颚,挺直的鼻子,柔和的面颊,秀美的眉毛,开朗的额角,上面配着乌黑柔腻的头发;用各种不同的笑容与语调同左右的人谈话"。白苹一方面有着西方文化的热情果敢,作为百乐门的当红舞女,她开放洒脱,日夜沉迷在舞场、赌窟、饭店、夜总会、咖啡厅等娱乐场所,充分体现了都市的消费文化精神;另一方面她又不乏东方文化的娴静温柔,一旦从喧闹的欢场回到幽静的卧室,一种孤独寂寞常常添满了她的心底,从"赌窟"到"教堂"充分体现了她身上杂糅的文化蕴涵。而海伦虽是美国小姐，却有着东方少女的单纯、天真和娴静，"她很害羞"，"她的低迷的笑容，她的含情的歌声，她的温柔的迟缓的举动"，都"有一种特别的温柔"。《江湖行》中的主要人物也都彰显出上海文化的不同侧面。舵伯从一个行走江湖的船夫变成名动上海滩的巨贾，无论是他奇迹般的发家史，还是暴发户式的思想观念和生活方式，无不体现出讲冒险投机、好享乐铺排的上海商业文化特征。在人生信念方面，他与大多数上海滩闯荡者一样，认为"读书是没有办法的人干的事"，"做人只有两方面，一方面是会冒险吃苦，另一方面是会享乐"。在生活方式上，舵伯讲排场，好奢华，他的花园洋房里"豪华的布置与奢侈的场面很使我吃惊"，"他手上巨大的宝石指环"，"使我想到与其说是装饰，无宁是一种武器"。与舵伯来往的客人都是"富商、豪绅，还有大学教授与文坛耆宿"，他们在一起"谈事谈人，谈金钱，谈事业"。紫裳从一个流落街头的卖唱小姑娘到一个红遍上海滩的电影明星，无论是她的成名过程，还是前后的精神气质，都充分体现了重名利、讲包装、爱虚荣的上海演艺文化特征。为了捧红紫裳，舵伯先是为她在国泰饭店包房间，便于她学戏和交际；接着为她请来"所有上海的豪商巨贾，落伍的军政要人，酸腐的文人学士"和新闻记者召开发布会，为她演出捧场；最后为她量身打造电影剧本，等等。在舵伯的全力打造下，紫裳"一夜成名"。成名后的紫裳也成了舵伯电影公司的"金矿"。正如作品中周也壮的感叹，"在我以后的生命中，我看过不少人很快的成名，不少人一夜就成富翁；但没有一个人的成功像紫裳那么快的。这不光是名，不光是利，而是一种蜕变"，"我亲眼看见她花布包着头，穿着敝旧的布衣踏进我的船舱，两眼呆木地望着油灯的神态"，而如今，"她穿一件粉红色的衣服，戴着明珠的耳环"，头上烫着"非常流行时髦的发样"，手上戴着"耀目的钻戒"，手指上修饰着"鲜红的蔻丹"，"面貌也已经有了都市的美容，鲜艳得像刚开的玫瑰"，"她已是被全城称作活观音的明星，当地的缙绅、官贵、富商都来请她赴宴，这是无法退却的"。紫裳的"一夜成名"和"精神蜕变"正是无数上海演艺界红伶的写照。此外，《江湖行》还表现了上海繁荣的剧团文化和混乱的政治文化。为了成名，葛衣情等人的戏班，老江湖等人的杂耍团和野凤凰等人的剧团都纷纷进驻上海滩的大舞台，他们都有一套演艺宣传策略，都全力打造自己的当家"花旦"，除了上述舵伯对紫裳的打造外，再如野凤凰等人对小凤凰包装，"我们很自然的都在创造小凤凰。陆梦标专心在技艺上给她指点,我与野凤凰则在心理上给她一种准备,在谈吐举止风度处世接物上,小凤凰必须有一种训练"。这些正是当年"海派"剧团文化的写照。在映弓、周也壮、革命者魏、黄文娟等人的经历中,则不同程度地折射出上海的革命文化,映弓由一个胆怯的小尼姑成长为坚定的革命者;周也壮曾经充满了政治激情,热衷马克思主义,组织各种革命活动,却不料最终发现是被人利用;革命者魏以革命的名义玩弄女性,与黄文娟发生关系后,又与别的女人胡闹,还要借口革命批评黄文娟是"小资产阶级的情感主义"和"恋爱至上主义",颇似鲁迅当年所讽刺的上海滩的"流氓 + 才子"。

在表现方式上,徐訏似乎继承了 30 年代新感觉派对"光"与"色"的都市感觉,但他不是用来描写都市空间,而是用来描写都市女性,象征都市的生命形态。《鬼恋》中的"鬼",全身都是黑色,"黑旗袍,黑大衣,黑袜,黑鞋",充满了神秘色彩,隐喻了主人公在革命激情退却后隐居都市的黯淡心理和灰色人生。《赌窟里的花魂》中的女主人公,穿着"一件紫色的条纹比她眼白稍蓝底旗袍","中指食指与大指都发黄",有"一对浅蓝色的眼白配二只无光的眼珠","面色苍白,嘴唇发干,像枯萎了的花瓣",这是都市繁华褪尽后生命枯萎的象征。《风萧萧》中,三位女性三种颜色,代表了三种不同的性格特征和生命形态。白苹喜欢银色,"象征着潜在的凄凉与淡淡的悲哀",她的"性格与趣味,像是山谷里的溪泉,寂寞孤独,涓涓自流,见水藻而漪涟,逢石岩而急湍,临悬崖而挂冲,她永远引人入胜,使你忘去你生命的目的,跟她迈进"。梅瀛子喜欢红色,像太阳一样光芒四射,眩人耳目,象征着人生中永不妥协的进取精神和支配力量,她"如变幻的波涛,忽而上升,忽而下降,新奇突兀,永远使你目眩心幌不能自主"。海伦喜欢白色,"恬静温文","她像稳定平直匀整的河流,没有意外的曲折,没有奇突的变幻,她自由自在的存在,你可以泊在水中,也可以在那里驶行"。在这三位女性中,作者着重描写了白苹和银色。白苹的装饰打扮和房间布置都是银色的,"银灰色的旗袍,银色的扣子,银色的薄底皮鞋,头上还带着一朵银色的花",在她的房间里,"被单是银色的,沙发是银色的,窗帘是银色的,淡灰色的墙,一半裱糊着银色的丝绸,地上铺着银色的地毯"。"我"对银色作出了生命的思考,"银色的女孩病在银色的房间里,是什么样一个生命在时间中与青春争胜呢",白苹以舞女生活掩饰着间谍身份,最后成为政治斗争的牺牲品,她所代表的"银色象征着潜在的凄凉与淡淡的悲哀","一瞬间凝成了寂寞与孤独"。在白苹的银色中还有庄严、肃穆的一面。在灯红酒绿的舞女生活和错综复杂的间谍生活背后,她内心向往庄严肃穆的教堂和宁静幽雅的书斋。一夜狂舞豪赌之后,她从赌窟步行到教堂,"在教堂的门口,她的态度忽然虔诚起来","眼睛注视着神龛,安详而庄严地一步步前进","像是有深沉的幽思",眼里"发着异样天真的光芒",让"我"感到她的"雅致"和"纯洁"。白苹之所以爱慕"我",是因为"我"是一个喜欢幽静书斋的学者,她为我租房另居,布置书房,尝试在都市的繁华中获取书斋的幽静。

综上所述,徐訏对于上海的文学想象大多是在战争的背景下展开的,因而时常隐现着洋场与战场的双重面影。其小说常常通过浪漫的爱情故事和漂泊的都市人生进行人性与爱的哲学探讨,因而具有鲜明而自觉的文化意识。有学者认为,徐訏成功的艺术经验在于对现代主义进行了中国化、浪漫化和通俗化的改造,尤其是"现代主义主题与传奇浪漫故事的遇合"①。然而,无论是现代主义的主题还是传奇的浪漫故事,都市与战争是二者遇合不可或缺的土壤和媒介,孤独、寂寞的产生与居大不易的都市和瞬间即逝的浮华息息相关,战争的威胁和命运的无常之于流放、虚无的生命体验不可或缺。

第四节　张爱玲的上海"传奇"

1943 年 8 月,从香港回到上海一年多的张爱玲在一篇散文中表明了自己"到底是上海人"的身份和为上海人写"传奇"的初衷:"我为上海人写了一本香港传奇,包括《沉香屑·第一炉香》《沉香屑·第二炉香》《茉莉香片》《心经》《琉璃瓦》《封锁》《倾城之恋》七篇。写它的时候,无时无刻不想到上海人,因为我是试着用上海人的观点来查看香港的。只有上海人能够懂得我的文不达意的地方。"②当然,张爱玲所写的不光是"香港传奇",更多的是关于安稳人生的"上海

---

① 孔范今:《通俗的现代派——论徐訏的当代意义》,《当代作家评论》,1999 年第 1 期。
② 张爱玲:《到底是上海人》,《流言》,花城出版社,1997 年,第 3 页。

传奇"。张爱玲"在一个低气压的时代,水土特别不相宜的地方"①给人们呈现出了令人惊艳的"上海想象"。

一、"上海沦陷,才给了她机会"②

丹纳认为,"作品的产生取决于时代精神和周围的风俗"③。张爱玲之所以要向上海人讲述她的"传奇",同样也取决于40年代初上海特有的精神气候。20世纪三四十年代对上海影响最大的事件无疑是战争,"八·一三"事变和随后爆发的太平洋战争给上海的政治、经济、文化等社会生活带来了巨大的影响,使之呈现出不同的生存景观和文化特征,上海由华洋共处到孤岛沦陷,民族的焦虑感上升为一种普遍的社会情绪,从而形成了一种特殊的战争文化心理。"沦陷"时期的上海,已完全由日本人控制,大批作家离沪,而留沪文人则大多回避敏感的社会问题,不甘写附逆文章,于是大多选择了沉默。赵景深回忆说:"这三年上海文坛已经非常的沉寂。所有有骨气的文人,因家累过重,无法离开上海,都是搁笔辞稿,闭门杜客。我个人就抱了三不主义,就是'一不写稿,二不演讲,三不教书'。"④战争给张爱玲个人造成的直接后果是,1939年因战事的影响,没有去成英国留学,改入香港大学,1942年又因战事影响,不得不中断港大的学业回到上海。战争完全阻断了张爱玲"书山有路勤为径"的最初人生设想。尽管我们无法判断张爱玲假如出国深造之后的职业前途,但因战争张爱玲提前作出了"卖文"为生的人生选择,这一点是确证无疑的。张爱玲自小在封闭没落的旧式家庭长大,又受到母亲和姑姑叛逆性格的影响,一直渴望做个自食其力的人。她说:"用别人的钱,即使是父母的遗产,也不如用自己赚来的钱来得自由自在,良心上非常痛快。"⑤回到上海后,急欲自立的她,首先想到的是自小颇为自信的创作,而此时"孤岛"沦陷后文坛的沉默状态提供了她出名的最好时机,正如柯灵

---

① 迅雨(傅雷):《论张爱玲的小说》,《万象》,1944年5月。
② 柯灵:《遥寄张爱玲》,《读书》,1985年4月。
③ 丹纳著,傅雷译:《艺术哲学》,安徽文艺出版社,1998年,第70页。
④ 赵景深:《文坛忆旧》,上海北新书局,1948年4月,第134页。
⑤ 余斌:《张爱玲传》,广西师范大学出版社,2001年,第76页。

所说，"偌大的文坛，哪个阶段都安放不下一个张爱玲；上海沦陷，才给了她机会"①。1943 年 5 月，抱着"出名要趁早"的张爱玲带着两篇小说《沉香屑·第一炉香》和《沉香屑·第二炉香》登门拜访了《紫罗兰》的主编周瘦鹃，并很快在《紫罗兰》的第 1、2 期上发表。随后张爱玲的许多作品先后在《万象》《杂志》《古今》等上面发表。1944 年，《杂志》出版社和中国科学公司出版了她的小说集《传奇》和散文集《流言》，"孤岛"时期的上海掀起了"张爱玲热"。

张爱玲之所以选择"上海人"的文化身份主要来自她对上海的文化认同。张爱玲从不隐讳她是"上海人"的身份和她对市民文化的认同。她自称是"自食其力的小市民"②，喜欢住在都市的公寓楼里逃避世俗的烦恼，享受生活的乐趣，"喜欢听市声"，甚至"非得听见电车声才睡得着觉"③。她喜欢看京戏，读小报，认为"新兴的京戏里有一种孩子气的力量，合了我们内在的需要"④，而小报的"日常化"和"生活化"给她"一种回家的感觉"⑤。在那篇著名的《到底是上海人》的文章里，张爱玲十分深刻地指出，"上海人是传统的中国人加上近代高压生活的磨练。新旧文化种种畸形产物的交流，结果也许是不甚健康的，但是这里有一种奇异的智慧"，"上海人之'通'并不限于文理清顺，世故练达"，他们"坏得有分寸"，"会奉承，会趋炎附势，会混水摸鱼"。在介绍了上海人的"奇异智慧"之后，张爱玲说，"只有上海人能够懂得我的文不达意的地方"，"我喜欢上海人，我希望上海人喜欢我的书"⑥，这里既有一个作者的文化认同，也有她的写作期待。

张爱玲之所以向上海读者讲述"人生安稳的一面"，主要是因为战争文化语境下读者的阅读期待。如前所述，战争直接导致了张爱玲提前作出"卖文"的职业选择，战争形成了"孤岛"时期上海特有的文化语境，这一文化语境直接影响了张爱玲写作方式的选择。张爱玲在《烬余录》中详细地描述了她在香港亲历战争的见闻和感受："我们坐在车上，经过的也许不过是几条熟悉的街衢，可是

---

① 柯灵：《遥寄张爱玲》，《读书》，1985 年 4 月。
② 张爱玲：《流言》，花城出版社，1997 年，第 87 页。
③ 张爱玲：《流言》，花城出版社，1997 年，第 27 页。
④ 张爱玲：《流言》，花城出版社，1997 年，第 13 页。
⑤ 张爱玲：《流言》，花城出版社，1997 年，第 113 页。
⑥ 张爱玲：《流言》，花城出版社，1997 年，第 3 页。

在漫天的火光中也自惊心动魄。就可惜我们只顾忙着在一瞥即逝的店铺的橱窗里找寻我们自己的影子——我们只看见自己的脸,苍白,渺小;我们的自私与空虚,我们恬不知耻的愚蠢——谁都像我们一样,然而,我们每一个人都是孤独的。"①后来很多人在分析张爱玲小说中的梦魇氛围和苍凉感受时总是强调其早年受旧式家庭的影响,其实更多的应该是来自她战时的人生体验。李欧梵说,20世纪上半期的大多数时候,上海人的身份问题并没有发生过什么太大的问题。②的确,在华洋分治的政治格局和文化网络中,"阿拉是上海人"的身份还是十分牢固的。然而,战争完全打破了此前的平衡,使得上海整体"沦陷",民族危机使得上海人对现实生活和未来身份产生了多重焦虑,于是更加渴求一种"安稳的生活"。身置其中的张爱玲既对战争有着切身的感受,更对上海市民的这一心态有着深入的体察。她说:"我写作的题材便是这么一个时代,我以为用参差对照的手法是比较适宜的。我用这手法描写人类在一切时代之中生活下来的记忆。而以此给予周围的现实一个启示。我存着这个心,可不知道做得好做不好。"③

二、新旧杂糅的都市生活空间

19世纪末至20世纪初,上海外滩的摩天大楼和沿街的石库门民居,车水马龙的都市大街和曲径通幽的后街弄堂,租界的十里洋场和华界的酒肆茶楼,"两个空间无休止的'越界',使上海形成了一种所谓的'杂糅'的城市空间"④。而自19世纪后期以来,小刀会起义、太平天国战争和连年的军阀混战使得江、浙一带的地主、士绅纷纷迁居到上海租界避难,进一步在华洋杂糅的城市空间增添了一些遗老遗少的没落气息。出身于没落贵族家庭的张爱玲便常常通过遗老遗少们的旧家大宅展示出新旧杂糅的都市生活空间。《倾城之恋》中的白公馆"门掩上了,堂屋里暗着,门的上端的玻璃格子里透进两方黄色的灯光,落在青砖地上。

---

① 张爱玲:《烬余录》,《流言》,花城出版社,1997年,第64页。
② 李欧梵:《上海摩登》,北京大学出版社,2001年,第326页。
③ 张爱玲:《自己的文章》,《流言》,花城出版社,1997年,第173页。
④ 刘建辉:《魔都上海:日本知识人的"近代"体验》,上海古籍出版社,2003年,第2页。

朦胧中可以看见堂屋里顺着墙高高下下堆着一排书箱,紫檀匣子,刻着绿泥款识。正中天然几上,玻璃罩子里,搁着珐琅自鸣钟,机括早坏了,停了多年。两旁垂着朱红对联,闪着金色寿字团花,一朵花托住一个墨汁淋漓的大字。在微光里,一个个的字都像浮在半空中,离着纸老远"。在流苏看来,"白公馆有这么一点像神仙的洞府:这里悠悠忽忽过了一天,世上已经过了一千年。可是这里过了一千年,也同一天差不多,因为每天都是一样的单调与无聊"。《金锁记》中的姜公馆虽是早期的洋房,但"堆花红砖大柱支着巍峨的拱门,楼上的阳台却是木板铺的地。黄杨木阑干里面,放着一溜大簸箕子,晾着笋干。敝旧的太阳弥漫在空气里像金的灰尘,微微呛人的金灰,揉进眼睛里去,昏昏的"。在童世舫眼中,七巧家"门外日色黄昏,楼梯上铺着湖绿色花格子漆布地衣,一级一级上去,通入没有光的所在"。《留情》中,杨家住的虽是中上等的弄堂房子,但"在那阴阴的,不开窗的空气里,依然觉得是个老太太的房间。老太太的鸦片烟虽然戒掉了,还搭着个烟铺","半旧式的钟,长方红皮匣子,暗金面,极细的长短针,唑唑唆唆走着,看不清楚是几点几分"。《小艾》中的匡家住在"一座红砖老式洋楼上","这种老式房子,房间里面向来是光线很阴暗的"。可见,张爱玲笔下的这些旧家大宅,无论是整体氛围还是器物陈设,无不散发出古旧、衰败的气息。傅雷当年批评张爱玲小说中的这种衰败气息使人"恶梦无边"[1],半个多世纪后,王德威则说她的小说里"鬼影幢幢"[2]。然而,这些旧宅子里的人们又置身于处处散发着西方文明气息的现代都会上海,于是他们的生活起居又常常体现出杂糅在传统中的现代意味。《倾城之恋》中的白家太太、小姐们喜欢时新款式的首饰,也去看电影,"诗礼人家"出身的白流苏甚至学会了跳舞。《留情》中,杨家过去有过"开通的历史,连老太太也喜欢各色新颖的外国东西","房间里有灰绿色的金属品写字台,金属品圈椅,金属品文件高柜,冰箱,电话"。《花凋》中,郑家的"留声机屉子里有最新的流行唱片",有时还"全家坐了汽车看电影去"。《小艾》中的席五老爷也赶时髦地"新买了一部汽车",太太们则都瞒着老太太打麻将。这些新旧混杂的气息流布在张爱玲笔下的日常生活空间。张爱玲曾对《传奇》的封面

---

[1] 迅雨(傅雷):《论张爱玲的小说》,《万象》,1944 年 5 月。
[2] 王德威:《女作家的现代鬼话》,《台港文学选刊》,1989 年第 3 期。

解释说："借用了晚清一张时装仕女图,画着个女人幽幽地在那里弄骨牌,旁边坐着奶妈,抱着孩子,仿佛是晚饭后家常的一幕。可是在栏杆外,很突兀地,有个比例不对的人形,像鬼魂出现似的,那是现代人,非常好奇地孜孜往里窥视。如果这里有使人感到不安的地方,那也正是我希望造成的气氛。"①从这里我们不难解读出作者"古今杂糅"的手法。在"现代人"看来,传统"家常的一幕"是"非常好奇"的;而在"晚清仕女"看来,"现代人"则"很突兀","比例不对","像鬼魂似的"。可见,《传奇》的"奇"主要来自"传统"与"现代"的杂糅和错位。

近代的上海是新旧文化交流的畸形产物,"生活方式如此迥异,伦理道德那么不同;一幅光彩夺目的巨型环状全景壁画,一切东方与西方、最好与最坏的东西毕现其中"②。除了遗老遗少的深院旧宅外,张爱玲还通过上海的另一类生活空间——公寓,展现出上海日常生活的另一面。与遗老遗少的深院旧宅相比,新式公寓常常表露出都市室内生活空间的现代气息,上下升降的电梯,自动供水的浴室,可随时拨打的电话,西式的家具和屋顶花园,等等。高层公寓常常给予人们两种不同的都市生活体验,一是生活的私密性,二是人生的苍凉感。在张爱玲看来,"公寓是最合理想的逃世的地方","在公寓房子的最上层你就是站在窗前换衣服也不妨事"③。封闭狭窄的公寓往往掩藏着不为人知的"传奇"和"流言"。《红玫瑰与白玫瑰》中的佟振保兄弟与朋友王士洪、王娇蕊夫妇合住在福开森路公寓。同处一室的振保与娇蕊在相互窥伺和引逗中,很快由调情走向私通。然而一旦走出公寓,振保便是一个负责任的好男人,娇蕊也必须是本分的王太太。《心经》中住在"白宫"公寓的许峰仪和许小寒父女在"亲近""猜忌""试探"中,竟然发生了令人匪夷所思的畸恋。许小寒觉得"对于男人的爱,总得带点崇拜性",因而爱上了自己的父亲,排斥自己的母亲。许峰仪害怕女儿长大,他们之间"就要生疏了",后来又为了逃避内心的谴责,选择了与女儿的同学绫卿同居。公寓不仅是一个私密性的生活空间,也是一个观察城市的最佳视角。站在高层公寓的阳台上,凭栏远眺,是张爱玲及其笔下人物观察上海的常见角度,她们也因此而产生一种"郁郁苍苍"的苍凉感。在《我看苏青》中,张爱玲写

---

① 张爱玲:《〈传奇〉再版的话》,《传奇》(增订本),上海中国图书公司,1946 年。
② 熊月之:《历史上的上海形象散论》,《史林》,1996 年第 3 期。
③ 张爱玲:《公寓生活记趣》,《流言》,花城出版社,1997 年,第 26—32 页。

道："我一个人在黄昏的阳台上,骤然看到远处的一个高楼,边缘上附着一大块胭脂红,还当是玻璃窗上落日的反光,再一看,却是元宵的月亮,红红地升起来了。我想着:'这是乱世。'晚烟里,上海的边疆微微起伏,虽没有山也像是层峦叠嶂。我想到许多人的命运,连我在内的;有一种郁郁苍苍的身世之感。"①日落黄昏,独自凭栏,再加上乱世人生,张爱玲小说中的苍凉意蕴由此而来。《心经》中的许小寒坐在屋顶花园的栏杆上,"仿佛只有她一人在那儿,背后是空旷的蓝绿色的天,蓝得一点渣子也没有——有是有的,沉淀在底下,黑漆漆,亮闪闪,烟烘烘,闹嚷嚷的一片——那就是上海。这里没有别的,只有天与上海与小寒"。《桂花蒸·阿小悲秋》的开头,"丁阿小手牵着儿子百顺,一层一层楼爬上来。高楼的后阳台上望出去,城市成了旷野,苍苍的无数的红的灰的屋脊,都是些后院子,后窗,后巷堂,连天也背过脸去了,无面目的阴阴的一片"。在日常世俗的生活场景中不经意地释放出人生的苍凉感受,既是张爱玲对上海孤岛的城市印象,也是她由俗至雅的现代派叙事策略。

三、"沦陷"后的大街与"封锁"时的情感

当然,张爱玲不止单单描写这些新旧杂糅、几近封闭的室内生活空间。她有时也会涉及大街、电车、弄堂、楼道、电梯等开放或半开放的外部生活空间。然而在张爱玲笔下,由于城市的沦陷,繁华的都市大街常常变得灰暗、静寂,流动开放的电车竟也陷入了"封锁"(《封锁》),嘈杂的弄堂有时显得"空荡荡"的(《留情》),楼道和电梯里常常是幽暗的(《红玫瑰与白玫瑰》),即使有灯也是坏的(《心经》)。这里我们不妨以《留情》和《封锁》中的"街道"和"电车"来分析张爱玲笔下开放或半开放的都市外部生活空间。《留情》以60多岁有病妻在床的米晶尧和30多岁便守了10多年寡的敦凤这样一对再婚夫妇去拜访亲戚杨太太为线索,串起了米家、大街、弄堂和杨家等不同的都市生活空间。杨家是小说描写的重点,人物的主要活动和对话都在这里发生,但大街和弄堂又是人物活动不可缺少的过场。米晶尧和敦凤先是一路相跟着在街上走,后来坐三轮车到杨太

---

① 张爱玲:《我看苏青》,《张爱玲散文全编》,浙江文艺出版社,1992年,第272—273页。

太家。像张爱玲的大多数小说一样,天气"潮腻腻的",在下雨。在这里,作者几乎屏蔽了街上的建筑景观和来往行人,即使敦凤中途下车去买了包栗子,也没有提及路边的商贩和行人,唯一的现代性标志——邮政局,也只是一笔带过,而"一座棕黑的小洋房"和"灰色的老式洋房"及其周边的景致却被作者描写得细致入微。景物的本身并没有什么特别之处,而它们让米晶尧和敦凤分别想起各自过去不幸而又难忘的婚姻才是作者要表现的主旨。米晶尧"没什么值得纪念的快乐的回忆",只记得与前妻"一趟趟的吵架","然而还是那些年青痛苦,仓皇的岁月,真正触到了他的心,使他现在想起来,飞灰似的霏微的雨与冬天都走到他眼睛里面去,眼睛鼻子里有涕泪的酸楚"。正是因为这些,才有了米晶尧和敦凤在去时的路上"小小地闹别扭","在回家的路上还是相爱着"。小说结尾时,米晶尧和敦凤从杨家出来,巷堂仍是"空荡荡的","街上行人稀少","这一带都是淡黄的粉墙,因为潮湿的缘故,发了黑。沿街种着小洋梧桐,一树的黄叶子,就像迎春花,正开得烂漫,一棵棵小黄树映着墨灰的墙,格外的鲜艳。叶子在树梢,眼看它招呀招的,一飞一个大弧线,抢在人前头,落地还飘得多远"。在这里引发作者兴味的仍然是楼道里冒白烟的小风炉和沿街飘飞的梧桐树叶。从它们身上,男女主人公悟出了,"生在这世上,没有一样感情不是千疮百孔的"。张爱玲小说中的时间便常常如此地附着于一些有特别意蕴的空间形式上,使其时间空间化,空间主体化。正是在这个意义上,我们说张爱玲笔下的那些开放或半开放式的外部生活空间,实际上只是人物室内生活的延续和位移,它们是作为人物内心活动的陪衬和室内生活的转场延续而获得意义的。

《封锁》这部具有张爱玲式都市隐喻色彩的短篇小说历来被人称道。张爱玲对电车素来有着特别的感情。她说她是"非得听见电车声才睡得着觉的"。张爱玲曾经住在电车厂附近,她把"电车进厂"看成"电车回家",让这个"没有灵魂的机械"洋溢着"无数的情感"。"如果不碰到封锁,电车的进行是永远不会断的",这是个运动的开放的空间。然而"封锁了","切断了时间与空间",运动开放的电车忽然间便成为了静止封闭的生活空间。小说中两个原本循规蹈矩而又素不相识的都市男女在封锁时的电车上演绎了一段短暂的"爱情"传奇。在这里我们姑且先搁置吕宗桢和吴翠远"传奇"式的爱情,来看看封锁时的大街和电车。作品中对大街有过三次描写,第一次是在电车停下的时候,第二次是在翠远和宗桢相谈正欢的时候,第三次是封锁解除后。第一次描写了大街的主要景观"行人"和"商店",然而行人在奔跑,商店已关门,作者凸显的是大街反常的"静";第二次描写了大街上的异常景观"军车"和"士兵",凸显的是翠远与宗桢的"异常接近";第三次描写了街上不同职业和不同国族的"行人",然而描写的不是人群却是个体,凸显的是翠远对"刹那"的人生体验。三次对大街的描写都没有都市的感觉,而是为了电车中的"爱情"发展和人物的心理活动作铺垫。对于"封锁"中的电车,作者实际上是把它作为一个封闭的室内生活空间来描写的,只是在这个特殊的室内空间中引入大量的社会化内容,因此从整体上来看,它是沦陷时期上海"孤岛"的隐喻。"电车里的人相当镇静。他们有位可坐,虽然设备简陋一点,和多数乘客的家里比较起来,还是略胜一筹",作者一开始便把"电车"与"家"对比,电车因此而具有了室内生活的前景。电车里有几个谈论同事的公事房里的人、一对长得颇像兄妹正在口角的中年夫妇、一个剥着核桃的老头、一个抱着小孩的奶妈、一位画人体骨骼图的医科学生等,"大家闲着没事干,一个一个聚拢来,三三两两,撑着腰,背着手",围绕着医科学生,"看他写生",讨论他的画。这完全是一副茶余饭后"家常的一幕",全然没有战时的恐慌和都市的忙乱。男女主人公正是在这种"家常"的背景下开始从无聊的"调情"发展到似是而非的"爱情",最终在"封锁"解除后恢复了陌生的"常态"。"封锁期间的一切,等于没有发生。整个的上海打了个盹,做了个不近情理的梦。"

大街本该是一个人群拥挤和过客匆匆的都市空间,爱情理应是一种甜蜜永恒的期待。然而,由于城市的"沦陷"和大街的"封锁",张爱玲笔下的街道却呈现出反常的灰暗与静寂,而"封锁"时期的爱情也只不过是人性自私的见证。

四、高压生活中的"上海气"与战争背景下的"荒凉感"

人口众多,居住拥挤,是所有城市的共性,尤其对于三四十年代的上海,更是如此。开埠以后,上海以它的开放性和包容性吸纳了世界各地和五湖四海的移民。由于经济、政治、战乱等各种原因进一步促进了上海人口的快速增长。1900

年,上海人口超过 100 万,1915 年跃过了 200 万。1937 年全面抗战开始,大批各沦陷区人民来上海避难,到 1945 年抗战结束,上海人口达到 330 万。① 人口的急剧增长和战争的破坏造成了生存空间的逼仄和生活压力的加重。张爱玲说:"上海人是传统的中国人加上近代高压生活的磨练。新旧文化种种畸形产物的交流,结果也许是不甚健康的,但是这里有一种奇异的智慧。"②张爱玲小说中的人物无论是旧家族的遗老遗少,还是新公寓的洋场新人,都在拥挤逼仄的环境中和都市生存的压力下养成了精明算计、自私重利、淡薄亲情的"上海气"。如果说张爱玲笔下的都市场景体现了上海文化东西杂糅的特征,反映了沦陷时期上海日常生活的一面,那么其笔下的人物则浸透了上海文化中世故练达、自私重利的商业精神,也即杜衡所说的"上海气"③。

张爱玲笔下人物的"上海气"主要表现在家庭内部的冲突和男女私情的角逐上。《倾城之恋》先是由白流苏与哥嫂间为"钱"而争,后是由白流苏与范柳原间为"情"而斗。离婚后回到娘家的白流苏因哥哥做投机生意花光了她的钱而心存芥蒂,哥嫂也因流苏长年吃住在娘家而心生怨言。流苏前夫的死把这一矛盾推向了前台,白家兄妹姑嫂间为了"钱"而撕破脸皮。白三爷先是假装为了妹妹的将来着想,劝她回去给前夫奔丧守节,继承家产,叶落归根,等到流苏点明了他是因为花光了自己的钱而怕她多心时,便收起了虚情假意跟流苏算起账来:"你住在我们家,吃我们的,喝我们的,从前还罢了,添个人不过添双筷子,现在你去打听打听看,米是什么价钱?"四奶奶先是假仁假义地说"自己骨肉,照说不该提起钱来",接下来却把白家兄弟做金子、做股票失败的原因归咎于流苏的晦气,"她一嫁到婆家,丈夫就变成了败家子。回到娘家来,眼见得娘家就要败光了——天生的扫帚星"。张爱玲说,"以美好的身体取悦于人,是世界上最古老的职业,也是极普遍的妇女职业,为了谋生而结婚的女人全可以归在这一项下"(《谈女人》)。受到哥嫂排挤的白流苏最后只得把寻找一桩可靠的婚姻作为自己摆脱生活困境的唯一出路。白流苏与娘家人的第二次"智慧之争"表现在对花花公子范柳原的争夺上。本来是介绍给妹妹宝络的对象,四奶奶私下里在为

① 邹依仁:《旧上海人口变迁的研究》,上海人民出版社,1980 年,第 114 页。
② 张爱玲:《到底是上海人》,《流言》,花城出版社,1997 年,第 3 页。
③ 杜衡:《文人在上海》,《现代》,1933 年 12 月。

两个女儿使劲,最后会跳舞的流苏却在角逐中赢得了范柳原的青睐。白流苏"决定用她的前途来下注",与花花公子范柳原周旋。"然而两方面都是精刮的人,算盘打得太仔细了",流苏需要的是一个靠得住的婚姻,范柳原需要的是一时的感情刺激,但最后城市的沦陷成就了这一对自私男女的婚姻。类似于白流苏式的上海智慧在《金锁记》中曹七巧的身上则演绎成一段黄金劈杀人性的悲剧。七巧在争夺和坚守财产的过程中表现出"奇异的智慧"。分家前,她曾调查过姜家各地的房产和每年的收入,分家时她都"一一印证",连老太太陪嫁过来的首饰也不放过。为了争取更多的财产,她先试图用"孤儿寡母"的不幸博取大家的同情,再用捶胸顿足的撒泼表示自己的不平,但最后"还是无声无息照原定计划分了家"。为了守住来之不易的财产,七巧先是使手段逼死了儿媳,后又要计谋破坏了女儿的婚姻,亲手葬送了儿女的幸福。七巧在夺财和守财过程中所表现出来的"精明算计"可谓是上海文化精神的一个典型范例,这在张爱玲的其他小说中也随处可见。《红玫瑰与白玫瑰》中"想做好男人"的佟振保与有着"稚气的娇嫩"的王娇蕊在窥伺、试探、调情中完成了始乱终弃的传统故事。娇蕊对振保说:"我的心是一所公寓房子。"振保笑道:"那,可有空的房间招租呢?"娇蕊笑着不答应了。振保道:"可是我住不惯公寓房子。我要住单幢的。"娇蕊哼了一声道:"看你有本事拆了重盖!"以上这段富于性暗示的调情充分表现出上海人世故练达的"通"和有分寸的"坏"。《封锁》中的吕宗桢在封锁的电车中为了躲避麻烦,而去诱引吴翠远,等到封锁一过,又恢复了萍水相逢的冷漠,上海人的精明自私在吕宗桢始乱终弃的短暂"爱情"中得以充分体现。《沉香屑·第一炉香》中的薇龙想借助姑母梁太太完成学业,而梁太太却想利用薇龙为她留住身边的男人,两个上海女人在诱引与堕落的"传奇"中表现出了精明自私的"上海气"。《桂花蒸阿小悲秋》中那位久居上海的西方人哥儿达竟也谙熟了一套世故的处世方法和精明的情场经验。对于保姆阿小,他心中想道,"再要她这样的一个人到底也难找,用着她一天,总得把她哄得好好的"。对于风月女子,"他深知'久赌必输'、久恋必苦的道理,他在赌台上总是看看风色,趁势捞了一点就带了走,非常知足"。饮食男女是日常生活最普遍的形态,"人类失掉了一切的浮文,剩下的仿佛只有饮食男女这两项",张爱玲说,她注重的是"人生安稳的一面","甚至只是写些男女间的小事情",因为它有着"永恒的意味"①。张爱玲笔下的人物正是在日常世俗的生活中为了各自的利益精打细算、勾心斗角,充分表现出世故练达、精明自私、务实重利的上海商业文化精神。

虽然张爱玲说她的作品里"没有战争,也没有革命"②,但是在她的小说中战争的背影无处不在。《创世纪》中,匡老太太紫薇"大块大块,灰鼠鼠的"人生片断是对于战争的记忆,从"八国联军""拳匪之乱""辛亥革命""军阀混战",一直到眼前的"上海沦陷"。《桂花蒸阿小悲秋》中,战时的上海实行自来水限制,家家都准备着储水的大缸。《倾城之恋》中,战争竟然成就了一对自私男女的世俗婚姻。《封锁》中,战时的封锁"让整个上海打了个盹",演绎了一场短暂的爱情传奇。可见,张爱玲写的仍然是战争中的乱世上海。只不过她不正面写悲壮的战争场面和惨烈的战争过程,而是侧面表现战争对日常生活的影响。因为"人是为了要求和谐的一面才斗争的",战争总会结束,而战争的影响则难以消逝,它将成为一个时代的记录,永远存在于记忆之中,因此它"有着永恒的意味"。亲历了"沪战"和"港战"的张爱玲,深深体验了世事的无常和人生的苍凉。在她看来,"这时代,旧的东西在崩坏,新的在滋长"(《自己的文章》),"个人即使等得及,时代是仓促的,已经在破坏中,还有更大的破坏要来。有一天我们的文明,不论是升华还是浮华,都要成为过去。如果我最常用的是'荒凉',那是因为思想背景里有这惘惘的威胁"③。正是这一"惘惘的威胁",成为张爱玲想象上海的思想背景,那些旧家族的争斗、新公寓的隐私、街道的沉寂和弄堂的昏暗等,都由此而来。

---

① ② 张爱玲:《自己的文章》,《流言》,花城出版社,1997 年,第 173 页。
③ 张爱玲:《〈传奇〉再版的话》,《张爱玲散文全编》,浙江文艺出版社,1992 年。

第五章 同遇与殊途

"五四"新文学伊始,现代作家同时置身于半殖民地半封建的文化语境,同样面临着启蒙与救亡的时代主题。新文学团体最初在"同一战阵"中携手并肩,除旧布新,为建立"国语的文学和文学的国语"而共同努力。然而,"五四"退潮以后,原本同一战营中伙伴"散掉了,有的高升,有的退隐,有的前进"①。实际上,现代作家们这种同遇与殊途的情形并非只是出现在"五四"退潮以后,而是持续在后来的整个现代文学时期,表现在他们的创作、学术和生活中。

第一节 东西融合中的趋同与分化

胡适与鲁迅都是"五四"新文化运动的倡导者和开拓者,是现代文学史和现代学术史上各走一脉的巨擘。胡适由提倡"文学改良"到"整理国故"(直到晚年仍然致力于《水经注》的考证),而鲁迅曾经由"整理国故"(抄古碑、校勘古代典籍、研究古代小说)到致力于白话文学,二人虽路向不同,但都成为一代宗师,成为现代文学与学术范式的开创者,并影响至今而不衰。在此,我们不妨把二人对白话文学的倡导和引领纳入其学术行为之中,在东西文化交融的背景下来考察他们学术路向的趋同与分化。

---

① 鲁迅:《〈自选集〉自序》,《南腔北调集》,《鲁迅全集》(第4卷),人民文学出版社,第456页。

一、文学革命的倡导与新文学样式的确立

1917 年,胡适在《新青年》上首倡白话文学,在那篇著名的《文学改良刍议》中提出"八事"的主张,掀起了"文学革命"的声浪。他从内容与形式两方面提出了文学改良的主张。"须言之有物""不摹仿古人""不作无病之呻吟",强调文章要有思想和情感;"须讲求文法""务去滥调套语""不用典""不讲对仗""不避俗字俗语",则从形式上提出了新文学的要求。① 胡适提倡白话文学的策略是明确的。他说:"我们认定文学革命需有先后的程序,先要做到文字体裁的大解放,方才可以用来做新思想新精神的运输品"②,建设起"国语的文学和文学的国语"③。显而易见,胡适十分明白"欲工其事先利其器"的道理。虽然胡适最初在自己的旗子上用了"改良刍议"这样颇具学术色彩的字眼,不像陈独秀用"革命""推倒"等那样张扬,但随后其态度越来越果决。在《历史的文学观念论》和《建设的文学革命论》等文章中,他悍然地宣称"一时代有一时代之文学"④,把旧文学称为"死文学","要在三五十年内替中国创造出一派新中国的活文学"⑤。几乎在解放文学工具的同时,胡适开始从文体着手,进一步深化文学革命的进程。他选择了诗歌作为突破口,因为诗歌是中国旧文学最成熟的文体。1916 年 6 月,他率先在《新青年》第四期第一号上发表了他的"尝试"之作《鸽子》等白话诗四首,并及时进行了经验的总结和理论的引导。在《谈新诗》一文中,他指出,新诗要解放诗体,要有"丰富的材料、精密的观察、高深的理想、复杂的感情"。在具体的作法上,胡适提倡"写诗如作文",强调"抽象的题目用具体的写法"⑥。虽然这些探索现在看来显得有些粗浅,但在新文学尝试初期,它们对新诗的发展是十分重要的。正因如此,茅盾和朱自清分别把他的《谈新诗》誉为新诗创作和

---

① 胡适:《文学改良刍议》,《新青年》(2 卷 5 号),1917 年 1 月。
② 胡适:《新文学的建设理论》,《中国新文学大系导论集》,上海良友复兴图书公司,1940 年。
③⑤ 胡适:《建设的文学革命论》,《新青年》(4 卷 4 号),1918 年 4 月。
④ 胡适:《历史的文学观念论》,《新青年》(3 卷 3 号),1917 年 5 月。
⑥ 胡适:《谈新诗》,《星期评论》,1919 年 10 月 10 日。

理论的"一根大柱"①和"金科玉律"②。胡适说新文学运动的两个作战口号是"活的文学"和"人的文学"③，前者注重形式，后者偏重内容。虽然胡适在《文学改良刍议》中早已提出过新文学"须言之有物""须有高远之思想，真挚之情感"，但他自己也坦言，"那只是悬空谈文学内容"④，更重要的是关注形式。然而，在形式初步得到解放之后，胡适开始真正注重起新文学的内容建设。他在《易卜生主义》一文中提出"写实主义"的主张，指出"易卜生的文学、易卜生的人生观只是一个写实主义"⑤。虽然胡适在当时未能像鲁迅后来在《娜拉走后怎样》中深刻地指出，由于缺乏经济的自立，娜拉走后"不是堕落就是回来"，但正如鲁迅当时所赞誉的那样，"这是文学革命军进攻旧剧的城的鸣镝，那阵势是以胡适将军的《易卜生主义》为先锋的"⑥。自1916—1923年的这段时期，"五四"初期的胡适对白话文学的倡导可以说是不遗余力的，从语言文字到新诗诗体，最后落实到思想内容，对新文学的建立和发展可谓功莫大焉。当然这也为他"暴得大名"并终身显赫。

相较于胡适的主动和积极而言，文学革命伊始的鲁迅显得有些犹豫。这从他与钱玄同(金心异)的那段著名的关于"铁屋子"的对话中可以得到印证。尽管在日本时期，弃医从文的鲁迅就有了改良国民的"第一要著"是文艺的深刻认识，但辛亥革命的失败让他陷入了沉寂。鲁迅是在《新青年》同人的鼓舞下，一发不可收地发表了《呐喊》《彷徨》等一系列白话小说，显示"文学革命"实绩的。虽然鲁迅的《摩罗诗力说》没有像胡适那样旗帜鲜明的"鼓吹"新诗体的特征和作法，但在某种程度上他触及了更深的层面。⑦首先，在风格上提倡"立意在反抗指归在动作"的"摩罗诗力"；其次，在诗的本质和功能上提出"审美愉悦"和"涵养神思"的主张；再次，在"破旧立新"的思路上，鲁迅与胡适大致相同，都主张"今且置古事不道，别求新声于异邦"，只不过胡适的灵感来自美国，鲁迅的视角是经由日本到达俄国和欧洲。

① 茅盾:《论初期白话诗》,《中国文论选》(现代卷),江苏文艺出版社,1996年。
② 朱自清:《现代诗歌导论》,《中国新文学大系导论集》,上海良友复兴图书公司,1940年。
③④ 胡适:《新文学的建设理论》,《中国新文学大系导论集》,上海良友复兴图书公司,1940年。
⑤ 胡适:《易卜生主义》,《新青年》(4卷6号),1918年5月。
⑥ 鲁迅:《〈奔流〉编校后记(三)》,《鲁迅全集》,人民文学出版社,1981年。
⑦ 鲁迅:《摩罗诗力说》,《鲁迅全集》,人民文学出版社,1981年。

"五四"时期,胡适主要是以"尝试"的姿态提倡新文学的,而鲁迅则主要是以"创作"来体现新文学实绩的,《呐喊》《彷徨》《野草》《朝花夕拾》和大量杂文以"思想的深切和形式的特别"开创了现代白话小说、散文诗、忆旧散文和杂文的新范式。同时,鲁迅在大量的杂文、随笔、序、跋和书信中对白话文学创作的经验和理论也进行了及时的总结和概括,引导着新文学的潮流,其成就和影响远非胡适能比。在创作的题材上,鲁迅主张"取材要严,挖掘要深"①;在创作方法上,他主张"采取一端,加以改造""杂取种种,合成一个"和"用极省俭的笔墨画出一个人的特点"②;在思想情感的表达上,他主张"取下假面,深入地大胆地看取人生并且写出他的血肉来"③,"诗歌是本以发抒自己的热情的","但也愿意有共鸣的心弦",不要因为统治者及遗老们"一摇头而慌忙辍笔"④。鲁迅疾呼"新的文场"和"猛的闯将",在他看来,"没有冲破一切传统思想和手法的闯将,中国是不会有新文艺的"⑤。

由此可见,正是由于胡适、鲁迅的白话文学的倡导、引领和实践,白话诗歌、小说、散文和戏剧等新的文学样式才得以确立。

二、国故的整理与研究范式的建立

白话文学的倡导和创作分别为胡适和鲁迅赢得了最初的声誉。但从学术史的角度来看,胡适与鲁迅对于中国现代学术研究范式的建立也无疑是开风气之先的。从文学革命的倡导到国故的整理,很多人认为胡适是从《新青年》团体散掉后转向了"高升"和"保守"。其实这是缺乏思考的妄加推测。早在倡导白话文学的同时,胡适等革命派的内心并非像他们表面那样与传统文化"水火不容"。其实,"整理国故"的口号最早是由新文学社团"新潮社"提出来的。1919年,《新潮社》主编傅斯年在发表于《新潮》第一卷第五期上署名"毛子水"的文章《国故和科学的精神》后面加上"附识",他提出要区分"整理国故"与"追慕国

---

① 鲁迅:《关于小说题材的通信》,《鲁迅全集》,人民文学出版社,1981 年。
② 鲁迅:《我怎么做起小说来》,《鲁迅全集》,人民文学出版社,1981 年。
③⑤ 鲁迅:《论睁了眼看》,《鲁迅全集》,人民文学出版社,1981 年。
④ 鲁迅:《诗歌之敌》,《鲁迅全集》,人民文学出版社,1981 年。

故"两种不同的态度。而时任《小说月报》主编的茅盾也明确表示:"我知道整理旧的也是新文学运动题内应有之事,但是当时白话文尚未在全社会内成为一类信仰的时候,我们必须十分顽固,发誓不看古书的。"①因而在 1920 年,即北洋政府教育部决定在全国中小学开始使用白话语文教材的第二年,文学研究会在其成立时的章程里明确地宣布"本会以研究介绍世界文学,整理中国旧文学,创造新文学为宗旨"。"事实上,此时的鲁迅、茅盾、郭沫若等人都已开始或即将开始从事专门的中国古代小说、神话和社会研究。"②因此根据以上分析来看,胡适在1919 年先后发表的《新思潮的意义》《论国故学》《清代学者的治学方法》等一系列文章,提倡"研究问题,输入学理""整理国故""再造文明"等主张,并不是"阵前倒戈",而是在特殊时代背景下"其作为学界领袖的内在思路",是为新文学及时和必要的矫枉和"架桥铺路"。胡适在学术上最大的贡献是确立了现代学术范式和研究思路。1920 年 7 月,胡适在南京东南大学的演讲《研究国故的方法》中提出了"整理国故"的原则和方法,即"历史的观念""疑古的态度""系统的研究整理"。显然,胡适是以"价值重估"的眼光来整理国故的。在《清代学者的治学方法》和《实验主义》等文章中,胡适把"输入学理"和"整理国故"结合起来,把杜威的实证主义和清代学者的考据学进行了成功的嫁接,提出了具有创新精神和严谨作风的"大胆假设和小心求证"的治学方法。胡适晚年回忆说,他平生主要兴趣和两大目标,一是中国文学史,另一是《中国哲学史》。③ 他的《先秦名学史》《中国哲学史大纲》(上)、《说儒》等都是"用现代哲学去重新解释中国古代哲学,又用中国固有的哲学去解释现代哲学","从组织材料、安排篇章结构、语体、理论语言的运用等方面,为后来继起者起了最初的示范"④,对顾颉刚、丁文江等产生了深远的影响。它们"第一次突破了千百年来中国传统的历史和思想史的原有观念、标准、规范和通则,成为一次范式性(paradigm)的变革"⑤。运用新的思路和方法对古代文献和小说进行考证,是胡适为现代学术范式确立的

---

① 茅盾:《进一步退两步》,《茅盾全集》,人民文学出版社,1989 年。
② 陈平原:《中国现代学术之建立》,北京大学出版社,1998 年,第 222 页。
③ 胡适:《胡适口述自传》(唐德刚译注),华文出版社,1992 年。
④ 王茂:《胡适与中国哲学》,《胡适研究》(第一辑),东方出版社,1995 年。
⑤ 余英时:《中国近代思想史上的胡适》,见李泽厚的《中国现代思想史论》,天津社会科学出版社,2003年。

又一主要贡献。陈平原认为"《红楼梦考证》乃新红学的开山之作,也是胡适最为成功的学术论文之一"①。胡适说他要"打破从前种种穿凿附会的红学,创造科学方法的《红楼梦》研究","处处想撇开一切先入为主的成见"②,这完全是一种重建学术规范的自觉努力。胡适曾说,"哲学是我的职业,文学是我的娱乐,政治只是我的一种忍不住的新努力"③。但是众所周知,从呼吁"多研究些问题,少谈些主义",到发表"我们的政治主张",以至于出使美国,参选总统,任"中研院"院长,胡适最终也没能摆脱"学而优则仕"的文人传统,最终也只得留下半部"哲学史"和半部"文学史"的遗憾。

在现代学术史上,同胡适一样,鲁迅也是一位开风气之先的学者。他的中国小说史研究,不但奠定了现代小说研究的基础,而且至今未有出其右者。《中国小说史略》开篇那种"中国小说自来无史"的勇气和自信,使得后来者不得不承认"有史自鲁迅始"。鲁迅从古代神话到明清小说的发展脉络进行了梳理和论析,开辟了以文本为基础,从社会的、文化的、心理的多重视角观照文学的文学史研究思路。后来的《〈中国新文学大系〉小说二集导言》虽是对20年代白话小说创作的评述与总结,但完全可以看作《中国小说史略》的发展与延伸。鲁迅说:"我总以为倘要论文,最好是顾及全篇,并且顾及作者的全人,以及他所处的社会状态。这才较为确凿,要不然是很容易近乎说梦的。"④他的名文《魏晋风度及文章与药及酒之关系》便是这方面的典范。鲁迅从饮酒与吃药这一魏晋时期特殊的文化现象生发开去,结合社会动乱的时代背景,别开生面地论析了魏晋风度的形成及其对文章的渗透。在对古籍、碑文、佛经等"国故"的考订和整理方面,鲁迅用力甚勤,成就颇丰,毫不逊色于一位专门家。《古小说钩沉》《唐宋传奇集》《嵇康集》《会稽郡故书杂集》等古籍的校定与整理,显示了鲁迅深厚的研究根底和严谨的治学态度。尤其是《嵇康集》,从1913年到1935年,鲁迅先后校勘达10余遍。

鲁迅曾向许广平袒露心迹,"如果使我研究一种关于中国文学的事,大概也

---

① 陈平原:《中国现代学术之建立》,北京大学出版社,1998年,第211页。
② 胡适:《〈红楼梦〉考证》,《胡适红楼梦研究论述全编》,上海古籍出版社,1988年。
③ 胡适:《我的歧路》,《胡适文存》,上海亚东图书馆,1924年。
④ 鲁迅:《"题未定"草》,《鲁迅全集》,人民文学出版社,1981年。

可以说出一点别人没有见到的话来,所以放下也似乎可惜"①。的确如此,鲁迅在学术方面的天赋一点也不让于其文学创作。他总是能另辟蹊径,发人之所未发。鲁迅同胡适一样有着书写中国文学史和汉字变迁史的"野心",并切实地准备过,他几乎拟好了结构和提纲,但令人遗憾的是,由于当时社会环境的恶劣,鲁迅既要与反动政府、守旧文人"作战",又要提防同一战阵中的"冷枪",连他最为擅长的小说创作都不得不放弃了,而只得"杂感杂感下去",哪有余暇坐下来作研究呢?虽有《汉文学史纲要》成文,但系统详备的"文学史"和"字体变迁史"始终未能写成,最终也是留下一个现代学术史的巨大遗憾。在这一点上,胡、鲁二人似乎是有些殊途同归了。

三、从"同仁"到"陌路"

鲁迅与胡适的交往始于《新青年》时期。自 1918 年起,陈独秀把《新青年》改为同人刊物,鲁迅与胡适都成为编辑部主要成员和主要撰稿人。"五四"时期的胡适与鲁迅时有来往,书信不断。据统计,从 1918 年 8 月至 1924 年 9 月,六年中《鲁迅日记》中提到胡适的地方就有 39 次。② 据《胡适的日记》记载,仅1921 年至 1924 年,鲁迅与胡适先后通信达 28 封。③ 这个时候的胡适与鲁迅在创作与学术上互相鼓励,互相帮助。鲁迅不但应约为胡适的《尝试集》删改诗作,而且对胡适的《红楼梦》《水浒传》等研究和白话诗创作十分赞赏。鲁迅称胡适的《五十年来中国之文学》"精辟之至,大快人心",并希望早日印成。④ 胡适对于鲁迅的小说创作和小说史研究也极为推许。他在《五十年来中国之文学》中说:"他的短篇小说,从四年前的《狂人日记》到最近的《阿 Q 正传》,虽然不多,差不多没有不好的。"并说它们是白话小说中"成绩最大的"⑤。1924 年,鲁迅出版《中国小说史略》时曾赠给胡适一本。胡适对鲁迅的《中国小说史略》给

---

① 鲁迅:《两地书·六六》,《鲁迅全集》,人民文学出版社,1981 年。
② 鲁迅:《鲁迅日记》,《鲁迅全集》,人民文学出版社,1981 年。
③ 胡适:《胡适的日记》,中华书局,1979 年。
④ 胡适:《胡适来往书信》,中华书局,1979 年。
⑤ 胡适:《五十年来中国之文学》,《胡适文存》,亚东图书馆,1924 年。

予了高度评价，称誉"这是一部开山的创作，搜集甚勤，取材甚精，断制也甚严，可以替我们研究文学史的人节省无数精力"①。而胡适在写作《中国章回小说考证》时，也多次向鲁迅请教。即便是后来二人因思想不一，政见相左，关系破裂，胡适仍然对鲁迅是十分敬重的。他在 1929 年致周作人的信中说："生平对于君家昆弟，只有最诚意的敬爱，种种疏离和人事变迁，此意始终不减分毫。"②1936 年鲁迅逝世后不久，苏雪林在给胡适的书信中谩骂鲁迅为"诚玷辱士林之衣冠败类，二十五史儒林传所无之奸恶小人"。胡适在回信中对苏进行了规劝："凡论一人，总需持平。爱而知其恶，恶而知其美，方是持平。鲁迅自有他的长处。如他的早年文学作品，如他的小说史研究，皆是上等工作。"③直到 1958 年 5 月 4 日，胡适在台北"中国文艺协会"演讲时仍然说："我们那时代一个《新青年》的同事，他姓周，叫豫才，笔名叫'鲁迅'，是个健将，是个大将。我们这般人不大十分创作文学，只有鲁迅喜欢创作东西，他写了许多《随感录》《杂感录》，不过最重要的是他写了许多短篇小说。"④胡适对鲁迅的评价采取的是学术上的"持平"态度。在鲁迅一方面，随着《新青年》阵营的分化，他慨叹《新青年》同人"有的高升，有的退隐，有的前进"，他"成了游勇，布不成阵了"⑤。胡、鲁二人在文学创作和学术研究上的同人关系也日渐分化，乃至后来的相互敌视。早在 1919 年胡适发表《论国故学》《问题与主义》《新思潮的意义》等文章，提出了"整理国故""多研究一些问题，少谈些主义"等主张。1923 年，在北京大学《国学季刊》的发刊宣言中，胡适又进一步论述了"整理国故"的原则和方法。其后 1925 年，更在《现代评论》上发表《爱国运动与求学》，认为"呐喊"救不了国家，要求青年学生"踱进研究室"，利用学校的环境和设备"研究学问"。对于胡适"整理国故"的这些主张，鲁迅在《所谓"国学"》《以震其艰深》《未有天才之前》《青年必读书》《春末闲谈》等一系列文章中批评"整理国故"是"老先生"所为，是"读死书"，是精神上的"畸形物"。此后，鲁迅对胡适拜见清朝废帝溥仪和亲近国民党主席蒋介

① 胡适：《白话文学史·自序》，《白话文学史》，新月书店，1928 年。
②③ 胡适：《胡适来往书信》，中华书局，1979 年。
④ 胡适：《胡适演讲集》，台北远流出版公司，1986 年。
⑤ 鲁迅：《〈自选集〉序》，《鲁迅全集》，人民文学出版社，1981 年。

石等"干政"行为进行了讥讽。① 鲁迅对胡适抨击最严厉的是在《出卖灵魂的秘诀》(其实此文乃瞿秋白所作,用鲁迅的笔名发表),后来鲁迅将其收入《伪自由书》)、《算帐》《关于中国的两三件事》和《田军作〈八月的乡村〉序》等文章中,骂胡适为日本侵略者献策,"不愧为日本帝国主义的军师"②。鲁迅对胡适的态度用的是"攻其一点不及其余"的杂文笔法。胡适由提倡"文学改良"到"整理国故"(直到晚年仍然致力于《水经注》的考证),而鲁迅曾经由"整理国故"(抄古碑、校勘古代典籍、研究古代小说)到致力于白话文学,二人虽路向不同,但都成为一代宗师,成为现代文学与学术范式的开创者,并影响至今而不衰。

胡适与鲁迅二人在学术路向上从 20 年代的"同仁"到 30 年代的"陌路",究其缘由也是多方面的。胡适出身于官僚地主兼商人家庭,家庭环境较开明。从小对人谦和有礼,性格宽厚从容。鲁迅出身于没落的地主士大夫家庭,早年又经历了家庭中落和父亲病故的重大创伤,作为长子的他自觉地与母亲一道承担起家庭的重担,洞悉了世态炎凉和人情冷暖,由此形成了他愤世嫉俗的心理。这种由于家庭环境不同而形成性格上的迥异也必然体现在学术路向的选择上。鲁迅与胡适自幼都曾受到"四书五经"等传统文化思想的熏陶,但鲁迅主要接受庄子对现实悲观虚无和韩非对社会愤世嫉俗的影响。他说:"就是在思想上,也何尝不中些庄周、韩非的毒,时而很随便,时而很峻急。孔孟的书我读得最早最熟,然而倒似乎与我不相干。"③胡适则主要受老子"不争"和墨子"非攻"思想的影响。他说,"我在十几岁的时候,就已经深受老子和墨子的影响","我个人对不抵抗主义的信仰是发源于老子"④。在求学的道路上,胡适去的是开放民主的美国。鲁迅去的是偏执狂热的日本。众所周知,胡适的"八事"主张主要感兴于美国意象派的"六不主义",而意象派的源头之一则是中国古代诗歌。胡适在强调"输入学理"时不忘"整理国故"。他"大胆假设和小心求证"的学术思路正是美国杜威的实证主义和清代朴学思想的融合。鲁迅虽然也主张"拿来主义",从达尔文

---

① 鲁迅:《知难行难》,《鲁迅全集》,人民文学出版社,1981 年。

② 关于鲁迅斥责胡适为日本侵略者献策一事应是鲁迅对胡适的误解,其中缘由已有不少学者作出辨析,在此不再赘述。可参见房向东《鲁迅和他骂过的人》、孙郁《鲁迅与胡适》、林贤治《鲁迅与胡适的分歧所在》文章或著作。

③ 鲁迅:《写在〈坟〉的后面》,《鲁迅全集》,人民文学出版社,1981 年。

④ 胡适:《胡适口述自传》(唐德刚译注),华文出版社,1992 年。

的进化论到尼采的超人哲学,从厨川白村的"苦闷"到安特莱夫的"阴冷",但他偏执地强调"今且置古事不道,别求新声于异邦"①,号召青年人不要读古书。② 若从胡、鲁二人所处的地域文化来看,鲁迅身处吴越文化的重镇绍兴,浙人"人性柔慧,尚浮屠之教,原于洋味,善进取,急图利,而奇技之巧出焉"③。他曾引用明人王思任的话:"会稽乃报仇雪耻之乡,非藏垢纳污之地"④,即便是在去世的前夕他仍然表示"自为越人,未忘斯义"⑤,可见他对吴越文化精神是何等的认同与持守。胡适浸淫于徽州文化深处,徽州新安学"重视对理欲、心物、义利、道德、天人及其关系的逻辑论证",徽人"正其义不谋其利,明其道不计其功",有着深厚的理性主义传统。⑥ 这种地域文化上的差异反映在学术路向上,鲁迅重民间文化的整理,好魏晋独立不羁和尼采自由叛逆之风;胡适重传统文化的承继,好先秦名学、清代考据和杜威实证主义。因而鲁迅峻急的启蒙思想和深广的愤世心理与胡适平和的学者气度和宽厚的朋友胸襟,似乎都有这两种地域文化不同程度的投射。

第二节 从"同路人"到"第三种人"

20 年代后期至 30 年代初,"普罗文学运动的巨潮震撼了中国文坛,大多数作家,大概都是为了不甘落伍的缘故,都'转变了'"⑦。随着左翼思潮的高涨,施蛰存、戴望舒、杜衡、刘呐鸥、穆时英等现代派作家在思想和创作上一度深受左翼思潮的影响。他们积极译介马克思主义文艺理论,创作具有左翼倾向的小说和诗歌。在他们主编的《无轨列车》《新文艺》《现代》等现代派杂志上,现代主义

---

① 鲁迅:《摩罗诗力说》,《鲁迅全集》,人民文学出版社,1981 年。
② 鲁迅:《青年必读书》,《鲁迅全集》,人民文学出版社,1981 年。
③ 脱脱等:《宋史·地理志》,中华书局,1977 年。
④ 鲁迅:《女吊》,《鲁迅全集》,人民文学出版社,1981 年。
⑤ 鲁迅:《书信·致黄苹荪》,《鲁迅全集》第 13 卷,第 306 页。
⑥ 耿云志、闻黎明编:《胡适与徽州文化》,《现代学术史上的胡适》,生活·读书·新知三联书店,1996 年。
⑦ 施蛰存:《我的创作生活之历程》,《施蛰存七十年文选》,上海文艺出版社,1996 年,第 56 页。

和左翼思潮相容共生,并行不悖。然而,后来由于政治情势的加剧和左倾路线的影响,现代派群体与左翼作家在艺术与政治的主张上产生分歧,日渐疏离,现代派群体内部也产生了分化。现代派群体与左翼阵营的矛盾实际上是特定历史时期文艺与政治冲突的表征。

一、政治与文学上的同路人

20 年代,施蛰存、戴望舒、杜衡等人受到时代风潮的影响,一度思想激进,倾向革命,成为左翼政治和文学上的"同路人"。1923 年,施蛰存与"兰社"好友戴望舒、杜衡一起到上海求学,施、戴二人进上海大学,杜衡入南洋中学。创办于1922 年的上海大学实际上由共产党人主持着,有着浓厚的革命色彩。上海大学的实际校务由总务长邓中夏和教务长瞿秋白负责,各系领导和教师大多为中共党员,影响最大的中文系和社会学系主任分别是陈望道和瞿秋白,教师主要有张太雷、恽代英、任弼时、萧楚女、沈雁冰、田汉、蒋光慈等人。在这样一所"赤色"学校里,施蛰存和戴望舒受到了最新的文化思潮和革命思想的熏陶。施蛰存曾回忆说,"田汉讲雨果的让·华尔让,讲梅里美的嘉尔曼,讲歌德的迷娘。沈雁冰讲希腊戏剧和神话,方光焘讲厨川白村和小泉八云,瞿秋白讲十月革命,恽代英讲封建主义、帝国主义和民主主义,学生都很有兴味","我在这所大学的非常简陋的教室里,听过当时新涌现的文学家和社会学家的讲课。时间仅仅一年,这一群老师的言论、思想、风采,给我以至今也忘不掉的印象","它的精神却是全国最新的大学"①。1925 年,"五卅"运动爆发,上海大学师生走在了革命的最前沿。施、戴、杜三人在革命风潮的激荡下,也积极地参与了进步学生运动。施蛰存日后在诗中描述了当时意气风发的情形:"青云子弟气吞牛,欲鼓风雷动九州。沧海腾波龙起蛰,成仁取义各千秋。"②"五卅"运动后,上海大学被查封,戴望舒、施蛰存(施曾于 1924 年秋转入大同大学)先后转入震旦大学法文特别班学习,为日后去法国留学作准备,此时,他们结识了同在法文班学习的刘呐鸥。

---

① 施蛰存:《〈刘大白选集〉序》,《北山散文集》(二),华东师范大学出版社,2001 年,第 1372 页。
② 施蛰存:《浮生杂咏·三十五》,《沙上的脚迹》,辽宁教育出版社,1995 年,第 202 页。

刘呐鸥不仅给他们带来了日本新感觉派小说,同时也带来了日本的普罗文学。1925 年秋冬之际,施、戴、杜三人一起加入共青团,随后又跨党加入了国民党,经常参加地下党组织的飞行集会、散发传单等革命活动。1927 年 3 月,由于有人告密,戴望舒和杜衡被捕入狱(而施蛰存由于已回松江而躲过一劫),后幸得同学陈志皋父亲保释出狱。

"四·一二"反革命政变后,白色恐怖笼罩上海,施蛰存等人在国民党反动派的血雨腥风面前,开始了新的人生选择。他们在短暂的分别之后又聚首到松江施蛰存家的小厢楼里,在"政治避难"的同时开始了"文学工场"时期。他们"闭门不出,甚至很少下楼,每天除了读书闲谈之外,大部分时间用于翻译外国文学"①。1928 年,冯雪峰的加入为施蛰存等人的"文学工场"注入了普罗文学的新鲜"血液"。冯雪峰对戴望舒、杜衡翻译英国颓废诗人陶孙的诗集不赞成,他带来了日本、苏联的现代诗和普罗文艺理论,而此前冯雪峰已在北京出版过三本系统介绍苏联文学的书。施蛰存说,"他的工作,对我们起了相当的影响,使我们开始注意苏联文学",以至于后来他们翻译出版了两集《俄罗斯短篇杰作选》和《科学的艺术论丛书》(曾命名为"马克思主义文艺论丛")。施蛰存等人还经由冯雪峰结识了许钦文、王鲁彦、魏金枝、胡也频、姚蓬子等南下的左翼文学青年,并且与鲁迅取得了联系。施蛰存说,这时冯雪峰还动员他们恢复党的关系,但他们自从"四·一二"政变以后,知道革命不是浪漫主义的行动。他们三个人都是独子,多少还有些封建主义的家庭顾虑。再说,在文艺活动方面,也还想保留一些自由主义,不愿受到被动的政治约束。②从这里可以看出,施蛰存等日后与左翼相疏离的内在原因。但这个时期的施蛰存、戴望舒等人在最初的普罗文学运动中仍然保持着很高的热情,冯雪峰也把他们看作"政治上的同路人,私交上的好朋友"③。1930 年"左联"成立时,冯雪峰介绍戴望舒、杜衡成为左联第一批成员(当时施蛰存在松江,没有参加左联成立大会)便是一个明证。

20 年代末至 30 年代初,以普罗文学为主要内容的左翼文化运动最初从创造社、太阳社成员提倡"革命文学"开始,接着经过与鲁迅、茅盾等人的论争壮大声色,最后到左联成立而达到高潮。这一左翼文化思潮当年在上海之所以能突

①②③　施蛰存:《最后一个老朋友——冯雪峰》,《新文学史料》,1983 年第 2 期。

破国民党白色恐怖的警戒,超越"民族主义文学"和"自由主义文学"的羁绊而成为主流话语,"固然有所谓'红色的 30 年'这一国际背景",但其内在的原因是大革命失败后进步青年的政治焦虑和国民党政府打压进步文学力量所产生的大众逆反心理所导致的政治文化心理使然。① 此外,30 年代上海租界相对宽松的政治文化环境也是其不可或缺的前提。与上次一样,在汹涌的左翼文化思潮的鼓荡下,施蛰存、戴望舒、杜衡等人又一次积极地参与了普罗文学运动,所不同的是,上次是政治上的"同路人",这次是文学上的"同路人"。施蛰存、戴望舒等人的普罗文学活动主要表现在出版、翻译和创作上。1928 年 3 月,他们准备创办《文学工场》,并编印出了清样交给光华书局出版,但光华书局的老板沈松泉看了清样之后觉得内容激进,不肯出版。在未曾印行的《文学工场》的创刊号上,包括苏汶(杜衡)翻译的《无产阶级艺术的批评》、画室(冯雪峰)的《革命与智识阶级》、安华(施蛰存)模拟苏联式的革命小说《追》、江近思(戴望舒)纪念革命友人的诗歌《断指》、画室翻译的《莫斯科的五月祭》等 5 篇作品,从这些内容来看完全是普罗式的。1928 年 9 月,由刘呐鸥出资,他们创办了"第一线书店",出版了《无轨列车》。虽然"无轨"的意思是"刊物的方向内容没有一定的轨道"②,但从实际内容来看,除了现代派文学外,主要是普罗文学,如画室翻译的描写俄国革命的小说《大都会》、杜衡的反映工人罢工斗争的小说《机器沉默的时候》、杜衡翻译的反映十月革命的小说《革命底女儿》、戴望舒的《断指》、冯雪峰的《革命与智识阶级》等。1928 年 12 月,第一线书店因"宣传赤化嫌疑"被勒令停业,《无轨列车》也因"藉无产阶级文学,宣传阶级斗争,鼓吹共产主义"而被查禁。③

　　1929 年 9 月,刘呐鸥、施蛰存等人又创办了水沫书店和《新文艺》月刊,走的仍是普罗主义与现代主义的路线。水沫书店先后出版的普罗文学书籍主要有冯雪峰的译诗《流冰》、施蛰存的小说《追》、柔石的《三姐妹》、胡也频的《往何处去》、沈端先的译著《在施疗室》、杜衡的译著《革命底女儿》、沈端先的译著《乱婚裁判》、周扬的译著《伟大的恋爱》等。除上述译、著外,尤其值得重视的是《科学的艺术论丛书》的出版。在冯雪峰的带动下,水沫社同人认为"系统地介绍苏

① 朱晓进:《政治文化心理与三十年代文学》,《文学评论》,2000 年第 1 期。
② 施蛰存:《最后一个老朋友——冯雪峰》,《新文学史料》,1983 年第 2 期。
③ 施蛰存:《我们经营过三个书店》,《新文学史料》,1985 年第 1 期。

联文艺理论是一件迫切需要的工作,我们要发展无产阶级革命文学,必须先从理论上打好基础"①,于是准备出版一套《新兴文学论丛书》,甚至还通过冯雪峰邀请鲁迅来担任主编。鲁迅同意了施蛰存、戴望舒等人的约请,并答应承担几部译著,但不出面主编,并建议把丛书名改为《科学的艺术论丛书》。这套丛书原本计划12种,后来只印行了5部,再加上此前刘呐鸥、戴望舒的2部,一共出版了7部,即《艺术之社会基础》(冯雪峰译,卢那卡尔斯基著)、《新艺术论》(苏汶译,波格但诺夫著)、《艺术与社会生活》(冯雪峰译,蒲力汗诺夫著)、《文艺与批评》(鲁迅译,卢那卡尔斯基著)、《文学评论》(冯雪峰译,梅林格著)、《艺术社会学》(刘呐鸥译,弗里采著)、《唯物史观文学论》(戴望舒译,伊可维兹著)。从1929年5月至1930年6月,水沫书店率先"系统地介绍苏联文艺理论",不但切合了30年代初左翼文化思潮的脉搏,而且获得了很好的市场效益,并引起了其他书店的争相仿效,"这种风气,竟也打动了一向专出碑版书画的神州国光社,肯出一种收罗新俄文艺作品的丛书了"②,这是水沫书店最为兴盛的时期。《新文艺》创刊后的最初几期虽然偶尔也有茅盾、冯雪峰、沈端先、彭家煌、许钦文等左翼作家的作品,但主要以现代派文学为主。于是有署名"何俭美"的读者来信说,"在目前这个时代,不是无产阶级文学正高唱入云的时候么?我以为贵刊也应该顺应潮流给我们的读者介绍几篇普罗的作品"(1卷4期);署名"RT"的读者则更是在来信中要求"系统底介绍新兴文艺底理论""先进各国底普罗文艺运动""新兴文学的创作和翻译"等(1卷5期)。为了响应读者的要求,编者答复道:"关于普罗派作品我们也很重视着想竭力介绍给读者"(1卷4期),"本刊第一卷因为种种关系,只能做到包罗各种性质的文艺的'十样锦'式的杂志,所以对于普罗文学方面没有特大的成绩,但现在正计划从第二卷起把本刊改革一下,性质侧重新兴文学"(1卷5期)。实际上,《新文艺》从第1卷第4期就开始应读者要求,刊登了葛莫美(刘呐鸥笔名)翻译的日本左翼文艺理论家藏原惟人的长文《新艺术形式的探求》,探讨了"关于普罗文艺当面的问题"。在本期的"编辑的话"中,编辑还着重推荐了这篇文章,指出"《新艺术形式的探求》是一篇很重要

---

① 施蛰存:《最后一个老朋友——冯雪峰》,《新文学史料》,1983年第2期。
② 鲁迅:《〈铁流〉编校后记》,《鲁迅全集》(第7卷),人民文学出版社1981年版,第365页。

的文章。原作者藏原惟人为日本无产阶级文艺理论介绍的专家,本篇不但议论正确精密,而文字也清晰有序"。第 1 卷第 6 期《新文艺》的普罗色彩明显加重,如小说有穆时英的《咱们的世界》、许钦文的《同情泪》、安华的《阿秀》和戴望舒翻译的伊可维支著的理论长文《唯物史观的诗歌》等。在本期"编辑的话"中,编辑又重点推荐了穆时英描写无产者的著名小说《咱们的世界》和戴望舒翻译的《唯物史观的诗歌》,称前者是"一个能使一般徒然负着虚名的壳子的'老大作家'羞愧的新作家",后者是"以唯物史观的立场来观察诗歌的可以注意的文字,希望读者加以注意"①。到了第 2 卷第 1 期,《新文艺》完全转向了普罗文学,仅从其篇目便可见一斑,包括一组"新兴文艺底理论":《艺术之社会的意义》(弗理契著,洛生译)、《新演剧领域上的实验》(玛察著,雪峰译)、《无产阶级运动与资产阶级艺术》(蒲力汗诺夫著,郭建英译)、《唯物史观与戏剧》(伊可维支著,戴望舒译);一组反映无产者的小说:《黑旋风》(穆时英)、《花》(施蛰存)、《监》(巴别尔著,杜衡译);诗歌则有赞美无产阶级机械生产和革命的《我们的小母亲》《流水》(戴望舒);书评有苏汶评论蒋光慈的《冲出云围的月亮》;随笔有《国际歌的作者及其历史》(孙春霆);文坛消息有"苏联文坛的风波""英国无产阶级文学运动""国际劳动者研究会"等。《新文艺》的转向主要是在时代精神气候的影响下,读者、编者和作者三方共同作用的结果。施蛰存说,"这时候,普罗文学运动的巨潮震撼了中国文坛,大多数的作家,大概都是为了不甘落伍的缘故,都'转变'了。《新文艺》月刊也转变了"②,"于是从第二卷第一期起,《新文艺》面目一变,以左翼刊物的姿态出现"。1930 年 4 月以后,"形式突然变坏了,《论丛》被禁止发行",再加上经济问题(书款收不回,刘呐鸥又无法再投入资金),先是《新文艺》主动停刊,然后是水沫书店停业。1931 年初,水沫书店改组为东华书店,打算改变出版方向,多出一些大众常用书以缓解政治和经济的双重压力,但随后"一·二八"事变爆发,东华书店来不及出书,便"流产了"③,施蛰存、杜衡、戴望舒、刘呐鸥、穆时英等人的左翼文学"同路人"时期也随之结束了。

---

① 《编辑的话》,《新文艺》,第 1 卷第 6 期。
② 施蛰存:《我的创作生活之历程》,《施蛰存七十年文选》,上海文艺出版社,1996 年,第 56 页。
③ 施蛰存:《我们经营过三个书店》,《新文学史料》,1985 年第 1 期。

二、"第三种人"的文学主张与"左翼"的文化批判

1931 年,水沫社的解体标志着施蛰存、戴望舒、杜衡等人作为左翼"同路人"时期的结束。1932 年 5 月,施蛰存主编的《现代》杂志创刊,预示着"现代派"群体的形成。虽然施蛰存在创刊伊始便宣布:"本志是文学杂志,凡文学的领域,即本志的领域。本志是普通的文学杂志,由上海现代书局请人负责编辑,故不是狭义的同人杂志。因为不是同人杂志,故本志不预备造成任何一种文学上的思潮、主义或党派。因为不是同人杂志,故本志希望得到中国全体作家的协助,给全体的文学嗜好者一个适合的贡献。因为不是同人杂志,故本志所刊载的文章,只依照编者个人的主观为标准。至于这个标准当然是属于文学作品的本身价值方面的。"①这份宣言表明了今后刊物的性质、编者的态度和选稿的标准。以往许多学者常常只注意到这份宣言所强调的"文学性"表层主张,而忽视了它背后所暗含的复杂意味。实际上,施蛰存在这里强调《现代》的"非同人性",正是为了遮蔽和消解此前他们所经营的几个刊物的"左翼"色彩,而并非针对"现代派倾向"的,这一点从《现代》杂志此后的具体内容上可以得到确切的证实。在《现代》杂志上,施蛰存等再也未提倡"新兴文学""马克思主义""科学的艺术论""无产阶级"或"普罗主义"等主张了,虽然仍时有鲁迅、茅盾、郭沫若、叶圣陶、欧阳予倩、洪深、老舍、巴金、丁玲、周扬、冯雪峰、张天翼、穆木天、黎锦明等左翼作家或进步作家出现,但那只是从"文学"和"市场"的角度,为《现代》提升知名度,使"门市维持热闹"。施蛰存、杜衡、戴望舒、穆时英、刘呐鸥等现代派群体与左翼文学阵营的正面冲突是从 1932 年 7 月杜衡与左翼阵营关于"第三种人"的论争开始的,在 1933 年 4 月刘呐鸥、穆时英、黄嘉谟等与左翼阵营关于"软""硬"电影的论争中也得到反映。

1932 年 7 月,杜衡以苏汶的笔名在《现代》第一卷第三期上发表了《关于"文新"与胡秋原的文艺论辩》一文,正式亮出了"第三种人"的身份,随后一场持续一年之久的关于"第三种人"的论争在《现代》杂志上展开。苏汶从文艺自由

---

① 施蛰存:《创刊宣言》,《现代》,1932 年 5 月,创刊号。

的角度出发,在分析了当前文坛的不自由后,提出"在'知识阶级的自由人'和'不自由的、有党派的阶级'争着文坛的霸权的时候,最吃苦的却是这两种人之外的第三种人。这第三种人便是所谓作者之群"①。苏汶的"第三种人"主张随后遭到左翼阵营的一致批判。易嘉(瞿秋白)在《文艺的自由和文学家的不自由》中指出,"每一个文学家,不论他们有意的,无意的,不论他是在动笔,或者是沉默着,他始终是某一阶级的意识形态的代表。在这天罗地网的阶级社会里,你逃不到什么地方去,也就做不成什么,'第三种人'"②。鲁迅在《论"第三种人"》中也表达了与瞿秋白类似的观点,"生在有阶级的社会里而要做超阶级的作家,生在战斗的时代而要离开战斗而独立,生在现在而要做给与将来的作品,这样的人实在也是一个心造的幻影,在现实世界上是没有的。要做这样的人,恰如用自己的手拔着头发,要离开地球一样"③。周起应(周扬)在《到底是谁不要真理,不要文艺?》中则指出,"苏汶先生的目的就是要使文学脱离无产阶级而自由,换句话说,就是要在意识形态上解除无产阶级的武装"④。此外,还有舒月的《从"第三种人"说到左联》也批判了胡秋原和苏汶的"文艺自由论"。针对瞿秋白、鲁迅、周扬、舒月等人的批判,苏汶在《"第三种人"的出路——论作家的不自由,并答复易嘉先生》《答舒月先生》《论文学上的干涉主义》等文章中一一作了辩驳。苏汶并不完全反对文学的"武器的作用",但他反对把文学的阶级性和革命性扩大化。他认为,文学虽然有"武器的作用","可是这作用是有限的","不是一切文学都是有阶级性的","只要作家是表现了社会的真实,没有粉饰的真实,那便即使毫无煽动的意义也都决不会是对于新兴阶级的发展有害的","'第三种人'的唯一出路并不是为着美而出卖自己,而是,与其欺骗,与其做冒牌货,倒不如努力去创造一些属于将来的东西"⑤。苏汶反对政治干涉文学,但他并非反对一切干涉,而是反对那种"会损坏了文学的真实性"的干涉。他认为,文学的永久任务是"指出社会的矛盾,以期间接或直接帮助其改善",而不应该成为"某

①　苏汶:《关于"文新"与胡秋原的文艺论辩》,《现代》,1932 年 7 月,第 1 卷第 3 期。
②　易嘉:《文艺的自由和文学家的不自由》,《现代》,1932 年 10 月,第 1 卷第 6 期。
③　鲁迅:《论"第三种人"》,《现代》,1932 年 11 月,第 2 卷第 1 期。
④　周起应(周扬):《到底是谁不要真理,不要文艺?》,《现代》,第 1 卷第 6 期。
⑤　苏汶:《"第三种人"的出路——论作家的不自由,并答复易嘉先生》,《现代》,第 1 卷第 6 期。

种政治势力的留声机"，从而失去"做时代的监督的那种效能"①。在这场论争中，左翼阵营与"第三种人"从各自不同的立场表明了自己的文学主张，同时也暴露出各自的不足。"第三种人"坚持自由主义的文学立场，主张文学的真实性、艺术性，但忽视了文学的社会性和社会的现实性；左翼阵营坚持普罗主义的文学立场，注重文学的社会性、阶级性，却忽视了文学的艺术个性和艺术的真实性，在强调同一性的同时表现出排他性。左翼这一"关门主义"的倾向引起了中共中央的注意。1932 年 11 月，时任中共中央宣传部部长的张闻天以"歌特"的笔名在中共中央机关报《斗争》上发表了《文艺战线上的"关门主义"》。他吸收了"自由人"和"第三种人"的合理成分，分析了左翼内部存在的问题。张闻天指出，"左倾空谈"是当前的"主要危险"，"左的'关门主义'"是左翼文艺运动发展的"最大障碍物"，对于"自由人"和"第三种人"不应排斥，应该给他们以"自由"，从而实现"广泛的革命统一战线"②。张闻天从党的政治策略出发，尊重文艺的自身规律，高屋建瓴地分析了左翼文坛当前存在的问题，提供了解决的方法和原则，这对于当时左翼文坛认清形势纠正问题无疑起到了重要作用。在他的影响下，丹仁（冯雪峰）在《现代》第二卷第三期上发表了总结性的文章《关于"第三种文学"的倾向与理论》，一方面承认了左翼内部存在"指友为敌"和"宗派性"的错误，要改变"对于苏汶先生等"的态度，"不把苏汶先生等认为是我们的敌人，而是看作应当与之同盟战斗的自己的帮手，我们应当建立起友人的关系来"；另一方面也为"第三种文学"指出"真正的出路"："我们认为苏汶先生的'第三种文学'的出路，是这一种革命的，多少有些革命的意义的，多少能够反映现在社会的真实的现实的文学。他们不需要和普罗革命文学对立起来，而应当和普罗革命文学联合起来的。"③冯雪峰一方面作为左联的党团书记、中共中央宣传部文化工作委员会主任，代表左翼对"第三种人"采取了团结的策略，另一方面又作为苏汶的老朋友进行了规劝。苏汶同时也在《现代》上发表了总结性文章《一九三二年的文艺论辩之清算》，他从三个方面总结了这次论争的成果："第一，文艺创作自由的原则是一般地被承认了"，"第二，左翼方面的狭窄的排

---

① 苏汶：《论文学上的干涉主义》，《现代》，第 2 卷第 1 期。

② 歌特（张闻天）：《文艺战线上的"关门主义"》，《斗争》，1932 年 11 月。

③ 丹仁（冯雪峰）：《关于"第三种文学"的倾向与理论》，《现代》，第 2 卷第 3 期。

斥异己的观念是被纠正了”，“第三，武器文学的理论是被修正到更正确的方向了”①。在苏汶看来，论争的最后胜利似乎是在自己一方，这也导致了他后来不但没有按照老朋友冯雪峰所指的“出路”发展，做左翼的“同路人”，而是与杨邨人、韩侍桁等结盟，彻底走向了左翼的反对面，乃至最后投靠了国民党，遭到左翼阵营更强烈的批判。

在苏汶同左翼阵营开展论争的过程中，他的“现代派”同人施蛰存、戴望舒、刘呐鸥、穆时英等人都没有袖手旁观，而是以不同的方式给予了声援。虽然施蛰存事后说，“对于‘第三种人’问题的论辩，我一开头就决心不介入”，“在整个论辩过程中，我始终保持编者的立场，并不自己认为也属于‘第三种人’”②。但事实上，他的一些言论和态度处处表露出他对“第三种人”文学主张的认同。在《现代》第二卷第一期的《社中日记》中，施蛰存表明了对本期苏汶的《论文学上的干涉主义》的认同，“凡进步的作家，不必与政治有直接的关系”，“我们的进步的批评家都忽视了这事实，所以苏汶先生遂觉得非一吐此久鲠之骨不快了。这篇文章也很有精到的意见，和爽朗的态度”③，而对同期上鲁迅的《论“第三种人”》则未作评论，并且在编排上把它置于苏文之后。在《现代》第二卷第三期的《社中日记》里，施蛰存说：“苏汶先生送来《一九三二年的文艺论辩之清算》一文，读后甚为快意。以一个编者的立场来说，我觉得这个文艺自由论战已到了可以相当的做个结束的时候。苏汶先生此文恰好使我能借此作一结束的宣告。”④如前所述，苏汶在这篇文章中正是以胜利者的口吻进行总结的。对于同期上左翼的两篇总结性文章《并非浪费的论争》（洛扬，即瞿秋白），《关于“第三种文学”的倾向与理论》（丹仁，即冯雪峰）却未作表态。在《现代》第二卷第五期的《社中日记》中，施蛰存针对谷非（胡风）批评“苏汶先生等焦急地想在艺术领域里建造一个‘中立’地带”表示，“我对于文艺的见解是完全与苏汶先生没有什么原则上的歧异的”⑤。1934 年，施蛰存在《现代》第五卷第六期的《现代美国文学

① 苏汶：《一九三二年的文艺论辩之清算》，《现代》，1933 年 1 月，第 2 卷 3 期。
② 施蛰存：《〈现代〉杂忆》，《沙上的脚迹》，辽宁教育出版社，1995 年。
③ 施蛰存：《社中日记》，《现代》，1932 年 11 月，第 2 卷第 1 期。
④ 施蛰存：《社中日记》，《现代》，1933 年 1 月，第 2 卷第 3 期。
⑤ 施蛰存：《社中日记》，《现代》，1933 年 3 月，第 2 卷第 5 期。

专号》的"导言"中指出，美国文学的一个重要特征是"它是自由的"，"在现代的美国文坛上，我们看到各种倾向的理论、各种倾向的作品都同时并存着"，"任何一种都没有用政治的或社会的势力来压制敌对或不同的倾向"，"我们所要学的，却正是那种不学人的、创造的、自由的精神"①，这可以说是对"第三种人"文艺自由论的又一次呼应。戴望舒对"第三种人"的声援始自 1933 年 6 月的"法国通信"《关于文艺界的反法西斯谛运动》（《现代》第三卷第二期）。身在异域的戴望舒在这篇通讯中，借法国文坛的"第三种人"纪德与法国革命作家之间相互"携手"的关系，嘲讽了国内左翼作家把"'第三种人'当作惟一的敌手"。他说："正如我们的军阀一样，我们的文艺工作者也是勇于内战的。在法国的革命作家和纪德携手的时候，我们的左翼作家想必还在把所谓'第三种人'当作惟一的敌手吧！"②1933 年 7 月 1 日，鲁迅因戴望舒从国外对"第三种人"的声援而在《文学》（《现代》的主要竞争者）的创刊号上发表了《又论"第三种人"》，反驳了戴望舒的观点，认为中国与法国文坛情况不一样，"第三种人"也与纪德不同，文艺上"不偏不倚"的"第三种人"实际上是没有的，"在这混杂的一群中，有的能和革命前进，共鸣；有的也能乘机将革命中伤，软化，曲解。左翼理论家是有着加以分析的任务的。如果这就等于'军阀'的内战，那么，左翼理论家就必须更加继续这内战，而将营垒分清，拔去了从背后射来的毒箭"③。穆时英、刘呐鸥虽然没有正面对"第三种人"进行声援，但他们几乎与此同时在与左翼电影界关于"软""硬"电影的论争中表示了与"第三种人"同样的"文艺自由论"主张。1933 年至1935 年间，刘呐鸥、穆时英、黄嘉谟等发表了系列文章批评左翼电影"内容偏重主义"，"多半带有点小儿病"④；反对把电影"利用为宣传的工具"，指责左翼电影"硬要在银幕上闹意识，使软片充满着干燥而生硬的说教的使命"⑤；批评左翼影评人"要求演员和导演不但是胶片上的马克思主义者，而且是实生活上的马克思主义者"⑥。与此同时，刘呐鸥、黄嘉谟、穆时英等人也被左翼电影界批判为

---

① 施蛰存：《现代美国文学专号·导言》，《现代》，1934 年 10 月，第 5 卷第 6 期。
② 戴望舒：《关于文艺界的反法西斯谛运动》，《现代》，1933 年 6 月，第 3 卷第 2 期。
③ 鲁迅：《又论"第三种人"》，《文学》，1933 年 7 月，创刊号。
④ 刘呐鸥：《中国电影描写的深度问题》，《现代电影》，1933 年第 3 期。
⑤ 黄嘉谟：《硬性电影和软性电影》，《现代电影》，1933 年第 6 期。
⑥ 穆时英：《当今电影批评检讨》，《电影画报》，1935 年 8 月。

"纯艺术论""纯粹电影题材论""美的照观态度论""冰淇淋论"和"软性电影论"①。虽然施蛰存等人并不承认自己属于"第三种人",但是他们相似的文学主张和帮扶的同人姿态,致使左翼和外界都把他们视作"第三种人"的同类。1939年11月,《文艺新闻》上刊登的《"第三种人"的近况》便把施蛰存、戴望舒、穆时英、杜衡、叶灵凤一同归为"第三种人"。鲁迅也在多种场合把施蛰存等视作是"所谓'第三种人'杜衡辈"②。作为"第三种人"第二阶段的代表韩侍桁也说,"客观上讲,或许在'第三种人'的名称下,是应当含有施蛰存、叶灵凤、戴望舒、穆时英、甚至高明等人"③。施蛰存本人也说,"《现代》从三卷一期起,由我和杜衡(苏汶)合编,给文艺界的印象,确实好像《现代》已成为'第三种人'的同人杂志或机关刊物"④。施蛰存等人事后之所以对"第三种人"身份忌讳,主要原因恐怕是"事态的发展对'第三种人'在文坛上的存在日形不利,环围的冷嘲与热讽,使'第三种人'变成一个耻辱的名称,这些被人硬载上'第三种人'帽子的作家们,更是设法避免这个并不十分荣誉的头衔"⑤。而这一"事态",就是1933年2月以后从左翼阵营"叛逃"的杨邨人、韩侍桁主动靠近"第三种人",并于1935年与苏汶一起创办了《星火》月刊,公然反对左翼文学,这已经是"第三种人"的第二个阶段了。施蛰存等人对"杜衡的这一倾向极不满意,因而连朋友的交情也从此冷淡了"⑥。由于"第三种人"第二阶段的主张施蛰存等"现代派"同人并不赞成也未涉及,而且又突破了文学范畴,涉及政治层面的意识形态问题,故不在本文的讨论范畴之内,所以我们探讨的只是《现代》时期的"第三种人"问题。

综上所述,关于"第三种人"的论争主要围绕着"文学与政治"的关系而展开,争论的焦点是"文学的自由""文学的真实性""文学的阶级性"和"文学的功能"等问题。苏汶、施蛰存、戴望舒等坚持自由主义的文学立场,信守文学的真实性、艺术性和个性主义,其间受到时代精神气候的影响曾感染了普罗色彩,一旦觉察与自己的文学理想相背离便很快又回到文学自身的轨道上来;而左翼批评界坚持普罗主义的文学立场,主张文学的社会性、阶级性、革命性和集团主义,

①　详见李今:《海派小说与现代都市文化》,安徽教育出版社,2000年。
②　鲁迅:《〈准风月谈〉后记》《题未定草(九)》,《鲁迅全集》,人民文学出版社,1981年。
③⑤　韩侍桁:《"第三种人"的成长及其消解》,《文艺月刊》,1940年4月。
④⑥　施蛰存:《〈现代〉杂忆》,《沙上的脚迹》,辽宁教育出版社,1995年。

一旦发现与自己的文学思想相冲突便展开了集体的批判。这场论争实际上是在特定历史时期两种文学观的争辩。经过这场争辩，施蛰存、杜衡、戴望舒等人坚持自由主义文学的立场更为鲜明，此前曾有过的普罗色彩进一步退却，现代派的群体形象也更为清晰。由于双方站在不同的立场和角度，对待这些问题的看法和理解也必然不同。根据施蛰存的理解，"所谓'知识阶级的自由人'，是指胡秋原所代表的资产阶级自由主义者及其文艺理论。所谓'不自由的、有党派的阶级'，是指无产阶级及其文艺理论。在这两种人的理论指挥棒之下，作家，第三种人，被搞得昏头转向，莫知适从。作家要向文艺理论家的指挥棒下争取创作自由，这就是苏汶写作此文的动机。不是很明白吗？'第三种人'应该解释为不受理论家瞎指挥的创作家"①。但在左翼阵营看来，"由于国民党反动派对左翼文化的压迫一天一天严重，他们就公开打出小资产阶级的旗帜，声称他们既不是资产阶级的作家，也不是无产阶级的作家，而是小资产阶级的作家，算是'第三种人'。他们在国民党压迫左翼作家，限制自由创作的情况下，不向国民党去争取创作自由，而向左翼方面去争取创作自由"②。如果以今天置身事外的立场来看，苏汶等争取文艺自由并不为过，也符合文学的自身规律和要求，但对任何事物的判断都不能脱离彼时彼地的文化语境。正如有学者所分析，30年代处于一个特殊的政治文化语境中，国民党为了建立和巩固一党独裁政权，在文化领域施行"党化教育"，查禁进步书刊，打击进步文化团体，迫害文化界进步人士，"凡左联作家所作书籍，概予以焚毁"③。在这种情势下，左翼阵营一方面在与国民党及其所扶持的"民族主义文学"斗争，另一方面又在与"新月派"梁实秋和"自由人"胡秋原等人进行着关于文学的阶级性、人性和自由等问题的论争。本是左翼"同路人"的苏汶却在此时向"腹背受敌"的左翼文坛提出"争取创作自由"的"第三种人"主张，引起左翼的激烈反应也情有可原。而对于苏汶来说，一方面多少带有声援"兰社"旧友的心理，另一方面也是他长期以来对左翼粗暴、武断干涉文艺自由的集团主义感到压抑和不满的表现。

---

① 施蛰存：《〈现代〉杂忆》，《沙上的脚迹》，辽宁教育出版社，1995年。
② 任白戈：《我在左联工作的时候》，《左联回忆录》（上），中国社会科学出版社，1982年。
③ 朱晓进：《政治文化与中国二十世纪三十年代文学》，人民出版社，2006年，第19页。

三、"理智与情感底冲突中"的困惑与焦虑

施蛰存、戴望舒、杜衡等人与"左翼"普罗文学渐行渐远,其原因一方面正如施蛰存所说,"在文艺活动方面,也还想保留一些自由主义,不愿受到被动的政治约束"①,另一方面其根本原因则是他们在价值观念和生活方式上开始倾向于现代都市文化,而 30 年代的上海都市文化是筑基于资本主义工商文化基础之上的,这与左翼的无产阶级世界观和马克思主义的理论基础是相背离的。然而,任何事物的变化都不是非此即彼泾渭分明的。"某种集合性的'真正自我',隐藏在许多其他更表层的或人为的'自我'之内"②,霍尔关于"本质主义"的认识也同样适合于解释苏汶等"第三种人"在文学主张和思想认识上的复杂性。事实上,苏汶、施蛰存、戴望舒、穆时英等人与左翼文学的关系由靠近到疏离无论是在"第三种人"论争之前、之中还是之后,都时常呈现出一方面深受左翼的影响另一方面又想努力摆脱的焦虑。

早在 1928 年杜衡倾向"普罗文学"的同时就感到困惑甚至痛苦。他一方面"不甘心于只写供青年男女消消遣的作品,而不得不把文学底社会意义来郑重地考量",到 1928 年夏季下决心"除有积极的意义的东西之外一概不写",并创作了"以工人斗争为题材"的《黑寡妇街》和"以罢工为题材"的《机器沉默的时候》。另一方面,他又"要求自己作品里要有真实的人生","文学作品假使还是以使人读了感动为目的,那么就只有从作者心里说出来的话才属可能",可是自己"所见本属有限",一些材料"都像林琴南翻译西文一样,用耳朵代眼睛;耳朵不足,继之以想象;想象不到,则以文字底魔术来掩饰",这种"理智的写法"使他的作品"极端地机械化"。他意识到自己"只能学到像无产阶级那样地去思索,不能学到像无产阶级那样地去感觉",于是他又下决心"仅写两篇,就此完结",此后"只字不写"③。像杜衡那样对左翼的不适感在施蛰存、戴望舒、穆时英等人身上也同样反映出来。1929 年前后,"普罗文学运动的巨潮震撼了中国文坛,大

① 施蛰存:《最后一个老朋友——冯雪峰》,《新文学史料》,1983 年第 2 期。
② 乔治·拉伦(Jorge Larrain):《意识形态与文化身份》,上海教育出版社,2005 年,第 215 页。
③ 杜衡:《在理智与情感底冲突中的十年间》,楼适夷编:《创作的经验》,天马书店,1933 年,第 81 页。

多数的作家,大概都是为了不甘落伍的缘故,都'转变'了",施蛰存说,于是他也"转变了",写了《阿秀》《花》两个短篇,但是"在这两个短篇之后,我没有写过一篇所谓普罗小说。这并不是我不同情于普罗文学运动,而实在是我自觉到自己没有这方面发展的可能"①,"我明白过来,作为一个小资产阶级知识分子,他的政治思想可以倾向或接受马克思主义,但这种思想还不够作为他创作无产阶级文艺的基础"②。同样戴望舒在发表了《断指》和《我们的小母亲》之后,也再未创作过类似的普罗式诗歌,他甚至还在编辑诗集《望舒草》时,特意把前期有普罗倾向的《断指》和《我们的小母亲》抽掉。1932 年,当左翼刊物《北斗》向戴望舒征询当前"创作不振的原因及其出路"时,戴望舒认为,"生活缺乏,因而他们的作品往往成为一种不真切,好像纸糊出来的东西","我希望批评者先生们不要向任何人都要求在某一方面是正确的意识,这是不可能的,也是徒然的"③。戴望舒先后译介了一些国外无产阶级文学,在这些介绍中他都有自己独到的理解。如在介绍"英国无产阶级文学运动"时,他指出"新兴无产阶级的作家只能从底层劳动者中崛起",暗示了小资产阶级不可能成为无产阶级作家④。在《诗人玛耶阔夫斯基之死》中,他指出"革命,一种集团的行动,毫不容假借地要排除了集团每一分子的内心所蕴藏着的个人主义的因素",暗示了革命对文学中最重要的因素"个性和情感"的扼杀。⑤ 在译作《唯物史观的诗歌》中,他借伊可维支之口介绍了未来主义对机械的力学的都市的表现,此书在纳入《科学的艺术论丛书》时还因其含有资产阶级思想而遭到置疑。

在论争期间,争辩双方实际上并非水火不容而是互有来往的。施蛰存说,他让"许多重要文章,都先经对方看过",然后送到他这里来,"几乎每篇文章"在印出以前,他都送给鲁迅审阅,还请鲁迅写了总结性的文章《论"第三种人"》,而且尽可能把辩论双方的文章刊载在同一期杂志上,让读者更好地了解论辩双方的观点。⑥ 戴望舒和苏汶还都是左联的盟员,在声援苏汶的同时,戴望舒与法国左

---

① 杜衡:《在理智与情感底冲突中的十年间》,楼适夷编:《创作的经验》,天马书店,1933 年,第 81 页。
② 施蛰存:《我们经营过三个书店》,《新文学史料》,1985 年第 1 期。
③ 戴望舒:《一点意见》,《北斗》,1932 年 1 月。
④ 戴望舒:《英国无产阶级文学运动》,《新文艺》,第 2 卷第 1 期。
⑤ 戴望舒:《诗人玛耶阔夫斯基之死》,《小说月报》,1930 年 12 月。
⑥ 施蛰存:《〈现代〉杂忆》,《沙上的脚迹》,辽宁教育出版社,1995 年。

翼人士来往密切，并因此而被开除回国。在论战之后，1933 年 5 月，杜衡、施蛰存还应楼适夷之约分别撰写了《在理智与感情底冲突中底十年间》和《我的创作生活之历程》，收入其主编的《创作的经验》（该书实际主编为鲁迅），稿酬都捐给了左联作经费。这前后，杜衡还与鲁迅多次通信，请他为《现代》写稿，并得到鲁迅的同意。可见，施蛰存、戴望舒、苏汶等人当时并非是在政治意识上要与"左翼"决绝，而是在文学观念上与他们"不相为谋"，正如施蛰存所说，"我们自己觉得我们是左派，但是左翼作家不承认我们。我们几个人，是把政治和文学分开的"，"我们标举的是，政治上左翼，文艺上自由主义"①。"政治上左翼，文艺上自由主义"也许在理论上能够成立，但在实际创作中是很难调和的，因为思想意识常常会潜移默化地制约着作家对生活观察角度和文学创作方法的选择。这一点鲜明地表现在穆时英和杜衡的小说创作中。

虽然穆时英、杜衡等人没有按照左翼批评家们的要求和希望，"以前卫的姿态，参加现实的当前问题的斗争，定要和政治取着平衡的发展，突进到问题的最前线最中心的方面去，在集团的命运上教育或者慰籍"②，但是他们仍然在左翼文化的影响下按照自己对生活对艺术的理解创作了一批既反映社会现实又不同于左翼文学的小说。30 年代初，穆时英连续发表了《咱们的世界》《黑旋风》《南北极》《生活在海上的人们》等一系列反映城市底层人物生活面貌和精神状态的"粗暴风"小说，引起了文坛的注意，"几乎被推为无产阶级文学的优秀作品"，甚至被誉之为"普罗文学之白眉"，"一时传诵，仿佛左翼作品中出了个尖子"③。事实上《南北极》中的人物大多充满了民间的江湖义气，虽然具有强烈的反抗精神，但却没有丝毫自觉的阶级意识，与左翼文坛所期待的无产阶级形象相去甚远。这一点很快便被阿英、楼适夷、舒月、瞿秋白等左翼批评家们发觉，于是他们展开了对穆时英小说的"集团式批判"。他们认为，穆时英笔下的人物具有"非常浓重的流氓无产阶级的意识"④，他的作品是"红萝卜"，"外面的皮是红的，正是为着肉的白而红的。这就是说：表面做你的朋友，实际是你的敌人，这种敌人

---

① 施蛰存：《沙上的脚迹》，辽宁教育出版社，1995 年，第 181 页。
② 舒月：《社会渣滓堆的流氓无产者与穆时英的创作》，《北斗》，第 1 卷第 1 期。
③ 施蛰存：《我们经营过三个书店》，《新文学史料》，1985 年第 1 期。
④ 舒月：《社会渣滓堆的流氓无产者与穆时英君的创作》，《北斗》，第 1 卷第 1 期。

自然更加危险"①。针对上述批评和指责,穆时英进行了大声地抗辩,他说:"我是比较爽直坦白的人,我没有一句不可对大众说的话,我不愿像现在许多人那么地把自己的真面目用保护色装饰起来,过着虚伪的日子,喊着虚伪的口号,……我以为这是卑鄙龌龊的事,我不愿做。说我落伍,说我骑墙,说我红萝卜剥了皮,说我什么可以,至少我可以站在世界的顶上,大声地喊:'我是忠实于自己,也忠实于人家的人!'……我不愿意自己的作品受误解,受曲解,受政治策略的排斥,所以一点短解释也许是必需的。"②在小说《PIERROT》中,穆时英还借笔下的人物表现了对左翼集团主义的不满:"他们要求我顺从他们,甚至于强迫我,他们给了我一个圈子,叫我站在圈子里边,永远不准跑出来,一跑出来就骂我是社会的叛徒,拒绝我的生存,我为什么要站在他们的圈子里边呢?"尽管穆时英拒绝"站在他们的圈子里边",但是他对左翼文坛的"影响焦虑"始终无法弃绝。即便是《公墓》(小说集)中那些极尽都市洋场风景被左翼批评家指责"全是与生活,与活生生的社会隔绝的东西",仍然表露出受左翼文学影响的痕迹。在这些小说中,作者是带着对有产者罪恶的诅咒,对"被生活压扁了的人"的悲悯来写的。那些"被生活压扁了的人"虽然没有像左翼作家笔下人物那样的反抗精神,但是他们都尝着"生活的苦味","在心的深底里都蕴藏着一种寂寞感",而这些"差不多全是我亲眼目睹的事"③。左翼文学的影响在穆时英的长篇佚作《中国一九三一》中表现得更为突出。在这部长篇未被发现之前,《上海的狐步舞》因其对都市颓荡生活的表现历来被视作穆时英"新感觉风"的代表,但事实上它只是"长篇《中国一九三一》时的一个断片,只是一种技巧上的试验和锻炼"④。这部曾"预告了三年"连载于《大陆杂志》(1932年11月至1933年1月)的长篇,"写一九三一年大水灾和九一八的前夕中国农村的破产,城市里民族资本主义和国际资本主义的斗争"。虽然作者在这部小说里"保持了他特有的轻快的笔调,故事的结构,也有了新的发现"⑤,具有明显的新感觉派风格,但正如有学者分析,他试图全景式反映20世纪30年代中国城市和农村广阔社会现实图景的写作思路和思想内容,明显受到茅盾《子夜》和丁玲《水》的影响,而这部小说之所以迟迟

---

① 瞿秋白:《瞿秋白文集》(第1卷),人民文学出版社,1985年,第407页。
②③④ 穆时英:《〈公墓〉自序》,《穆时英小说全集》,时代文艺出版社,1998年,第718页。
⑤ 《良友》画报第113期封底广告,1936年1月15日。

未正式出版（即使连载也未完毕），也正是因为茅盾《子夜》的发表使得它失去了价值和光辉。① 直至被暗杀的前两年（1938），穆时英仍然没有摆脱所受到的左翼思想影响的困惑与焦虑，他说："在我的身体里边的犬儒主义和共产主义，蓝色狂想曲和国际歌，牢骚和愤慨，卑鄙的私欲，和崇高的济世渡人的理想，色情和正义感"，"终年困扰着我，蛀蚀着我"，"我的像火烧了的杂货铺似的思想和感情，正和这宇宙一样复杂而变动不居"②。

在施蛰存、穆时英等的现代派群体中，杜衡的小说创作成绩一方面因为常常被其理论锋芒所遮蔽，使得当时的人们忽视了它的存在，而另一方面由于政治意识形态的原因，使得杜衡的小说创作到现在仍然不大为人所知。其实杜衡早期的小说创作无论是在思想内容还是在艺术形式上都很有特色，他既不同于刘呐鸥、穆时英、施蛰存等人的都市"新感觉风"，又与当时的左翼现实主义小说殊异，从而表现出徘徊于二者之间的独特个性。1928 年，杜衡在《机器沉默的时候》和《黑寡妇街》发表之后，下决心"仅写两篇，就此完结"，此后"只字不写"，然而沉默了五年之后，他"对于文学的热心，便冷锅里爆出热栗子来似地回来了"③，在《现代》等杂志上发表了系列小说。在 1928 年至 1937 年的 10 年间，杜衡主要发表了小说集《石榴花》（第一线书店，1928 年 9 月）、《怀乡集》（现代书局，1933 年 5 月）、《旅舍辑》（上海良友图书公司，1935 年 11 月），长篇小说《叛徒》（又名《再亮些》，曾连载于《现代》1934 年 5—11 月号，后由未名书屋 1935 年 12 月出版）、《漩涡里外》（上海良友图书公司，1937 年 2 月）等。杜衡把他小说创作的 10 年称作"在理智与情感底冲突中的十年"。他说"在许多应当听从理智的时候"，"时常害怕伤于感情底虚伪以及事实底架空"，而"往往注力于艺术的完成"④。在杜衡的小说中，无论是工厂的书记员还是洋场的交际花，无论是学校教师还是地下革命者，无论是工人还是农民，他都按照"真实的原则"，注重人物复杂的内心世界，描写真实的社会状貌。《在门槛边》讲述了纱厂书记员陈二南在帮助革命者顾均逃走而自己被捕的故事。杜衡对这种左翼小说中常见的革命叙事进行了迥然不同的处理，小说中的陈二南根本算不上英雄，他既无自

---

① 参见旷新年：《穆时英的佚作》，《杭州师范学院学报》，2003 年第 4 期。
② 穆时英：《无题》，香港《大公报》，1938 年 10 月 16 日，第 425 期。
③④ 杜衡：《怀乡集·自序》，现代书局，1933 年。

觉的阶级意识更无崇高的革命精神,而是在经历了剧烈的内心斗争后,根据一个正直的人的本性——良心作出了最后选择,帮助顾均逃走而自己被捕的。杜衡小说中不乏像《在门槛边》这样的"革命题材"小说。《人与女人》中的哥哥"为要使自己和自己底同伴在十年二十年之后过好一点的日子"而走上革命斗争的道路,妹妹珍宝为了"不做工也有饭吃"而选择了洋场交际花的人生。哥哥后来因革命被捕,而妹妹不但自己衣食无忧,还经常接济哥哥一家,更令人感到震惊和无奈的是,嫂嫂最后也不得不走上靠出卖色相度日的道路。然而,作者并没有把这一不同的人生选择作简单化的褒贬处理。珍宝自始至终都把哥哥的话"当作不变的真理似地承认下来","人应得像哥哥所说地那样","可是女人是有她们自己底道理的",她只不过是从一个普通的"女人"或者"人"的本性出发,在艰难的社会现实环境中要求过上幸福安稳的日子。杜衡坚持"表现社会真实"的文学观,"必然地呈现旧社会的矛盾状态",这在长篇小说《漩涡里外》和《叛徒》中,表现得更为充分。前者描写了德生中学师生的斗争风潮,以尤丹初、黎汉为代表的反动势力,以徐子修、樊振民为代表的进步力量和以张静斋、吕次青为代表的中间派在驱逐校长的斗争漩涡中表现出复杂的矛盾冲突,作者尽量遮蔽自己的主观倾向,而力图呈现出真实的社会状貌。后者通过一个多重性格的地下党领导人"老张"在革命斗争中复杂的内心世界和多面生活,真实地再现了革命的复杂性。老张时而狂热、时而消沉,时而为革命出生入死,时而为情欲失去理智。最后为了嫉妒、报复的本能,老张杀死了特务头子汤定武,毁灭了爱人刘静蕙而被巡捕枪杀。在"万事动乱"的 30 年代(《叶赛宁之死》),作为一个"要求自己作品里要有真实的人生"的作家,杜衡像大多数左翼作家一样,关注着社会民生,表现风云激荡的生活。然而在题材的处理上,他又完全不同于左翼作家那样带着清醒的阶级意识和自觉的反抗精神。在这些作品中,他描写的大都是些"时代落伍者",虽然他也想按照左翼文学的思路去"指示出他们底必然的没落,可是终于还免不了流露着一些偏爱与宽容"[1]。在这些小说中,杜衡完全消解了左翼革命小说的斗争模式,而是本着"真实"的信念,描写了那个时代的社会人生。杜衡对革命对现实的这一处理方式,尤其是《叛徒》(《再亮些》),又引发了

---

[1]　杜衡:《在理智与情感底冲突中的十年间》,楼适夷编:《创作的经验》,天马书店,1933 年,第 81 页。

左翼批评界的"非难，责问，攻击"，甚至有署名"张瓴"（实名立贞）的人写了《奉献与杜衡一类的人》的信寄给他，以小说的形式隐射他，说他"是侮辱了革命，是毒恨地企图在前驱者底血迹上抹上一层非议"，"是间接服务于敌人"。针对这些非难，杜衡在《致立贞》的回信中进行了申辩和驳斥，他说"'再亮些'是表现着我和跟我一'类'的人对中国革命诸姿态的认识。我并不企图抹杀，但也不打算'讳疾'"，"发表以后会受到如何的非难，责问，攻击，这一切都在我意料之中"，然而，"我有我底自信，我更渐渐有了我自己底正义观"，"在我身上是有着一个傻子和一个通达世故的人底二重人格"，"我也并没有厚着脸皮硬要做任何方面底'同路人'；我底路，是只有我，以及跟我一'类'的人在那里走"①。杜衡的这一回复不但阐明了他对革命题材的主张，也是对"第三种人"文学观的又一次呼应。

通过以上的分析不难看出，杜衡、施蛰存、戴望舒、穆时英等人从左翼文坛的"同路人"到自由主义的"第三种人"，既彰显了时代精神气候的影响，也表明了作家对文学路向的自觉选择。

第三节　"九叶"与"左翼"的聚散

自 1937 年全面抗战爆发至 1949 年解放战争结束，整个 40 年代的中国笼罩着战争的阴霾。战争的影响不仅表现在社会的表层，也渗透到文化的肌理。战时的价值判断、行为方式、思想倾向渗透到社会公共意识中，形成了一种明显带有战争文化特征的社会心理，进而深刻地影响了作家的创作心理和审美方式。正是在这一战争文化语境下，杭约赫等九叶诗人与臧克家等左翼诗人一度共同打造了《诗创造》初期的繁荣局面，唐湜等九叶派与胡风、艾青等七月派也曾相互激赏。然而，由于多种原因，《诗创造》团体后来发生了分裂，九叶派另办《中国新诗》，阿垅等七月派和另一具有左翼倾向的《新诗潮》社分别展开了对九叶派的批判。在左翼文学界的影响下，九叶诗人在坚持现代主义诗学的同时也不

---

① 杜衡：《致立贞函一通》，孔另境编：《现代作家书简》，花城出版社，1982 年，第 31—33 页。

放弃对时代现实精神的追求,表现出对现代主义诗歌民族化探索的努力。

一、从《诗创造》到《中国新诗》

由于战争的影响,40 年代的文化环境呈现出不同的地域性和阶段性特征。抗战时期,民族矛盾急剧上升,随着战火的蔓延,政治区域的不断改变也带来文化格局的相应变化,国统区、解放区和沦陷区既有各自不同的政治形态,也彰显出殊异的文化状貌,从而深刻地影响着各自的文学生态。在国统区,处于执政地位的国民党政府,"一方面既想在军事上抗击日寇,负起民族兴亡的责任;另一方面又想在政治上和文化上排斥共产党",对进步人士和抗战宣传在一定程度上采取的是既包容又害怕的"怀柔"策略①,甚至一度将抗战宣传"几乎全部留给了共产党及其同情者"②。因而,这一时期进步文学组织和社团十分活跃,他们大多以宣传抗战为职志,艾青曾说:"抗战在今天的中国,在今天的世界,都是最大的事件,不论诗人对于这事件的态度如何,假如诗人尚有感官的话,他总不能隐瞒这事件之触目惊心的存在。"③然而,由于人们对战争的严酷性认识不够,体验不深,一度使得文学出现了浪漫化和工具化的倾向,正如当时的《救亡日报》所宣传的:"在这种全国抗战的非常时期,我们的诗歌工作者,谁还要哼着不关痛痒的花、草、情人的诗歌的话,那不是白痴便是汉奸。目前最迫切的任务,就是将我们的诗歌,武装起来。"④激情式的叫嚣和工具化的宣传必然要以损失艺术的个性和本质为代价,即便是向来以凝练艺术风格著称的臧克家当时也不得不自我反省:"一只眼睛看过去,看过去写下的诗篇,我羞于承认它们是我生产的。这并不是因为抗战没有能写出好诗来,而是没深入抗战,没有自己变成一个真正的战斗员,才没能够写出好诗来……我的歌颂就悬在了半空。这歌颂,你不能说它没有热情,但它是虚浮的,刹那的;这歌颂,你不能说它没有思想内容,但它是

---

① 朱晓进等:《20 世纪中国文学与政治文化关系史论》,南京师范大学出版社,2004 年,第 169 页。
② 《剑桥中华民国史》,中国社会科学出版社,1993 年,第 534 页。
③ 艾青:《诗与时代》,《诗论》,人民文学出版社,1980 年。
④ 《中国诗人协会抗战宣言》,《救亡日报》,1937 年 8 月 30 日。

观念的,口号的。"①然而,在战争凌辱下的大地上也出现了如"深沉的河"般的九叶派和如"崇高的山"般的七月派。

在40年代战争文化语境下,国统区崛起了一个令人瞩目的现代主义诗人群体——九叶诗派。由于"九叶"的得名自80年代《九叶集》的问世,而实际上这个诗人群体的集结却是以40年代《诗创造》和《中国新诗》两份杂志的诞生为标志。1947年7月,曹辛之(杭约赫)在臧克家等人的支持下在上海创办了《诗创造》杂志,唐湜、陈敬容、林宏、沈明和郝天航等人协助编稿。作为负责人的曹辛之在创刊号上一方面表明了"兼容并蓄"的编辑方针,另一方面也强调了"对诗艺术的研求",他说:"我们并不存有任何奢望——一个号召,一个标榜,或一次轰轰烈烈的运动。我们只是在解决了个人的衣食问题之外,还有这样一份精力,这样一份热忱,来辟这块小园地,供给自己也供给诗友们发表作品和相互对诗艺术的研求。"②因此,尽管曹辛之说,在他负责编辑的前十二辑中,"发表作品的作家和诗人有一百多人,作品的风格多种多样",但是《诗创造》上还是流露出了较为明显的现代主义倾向。这里既有辛笛的《诗三章》《冬夜》,陈敬容的《无线电绞死春天》《青春之歌》《有人向旷野去了》《我在城市中行走》,杭约赫的《伪善者》《动物寓言诗》《仇恨的埋葬》《带路的人》,唐祈的《圣者》《最末的时辰》《雪夜森林》《严肃的时辰》,唐湜的《鸟与林子》《华盖·古砚·教授》《虹》等现代主义诗作;也有里尔克的《钢琴练习》(徐迟译)、《少女的祈祷及其他》(陈敬容译),魏尔哈伦的《诗两首》(戴望舒译),艾略特的《燃烧的诺顿》(唐湜译),桑德堡的《星星·歌曲·容貌》(柳一珠译)等西方现代派诗歌译作;还有袁可嘉的《新诗戏剧化》,唐湜的《诗的新生代》《严肃的星辰们》,陈敬容的《真诚的声音》《和方敬谈诗》,沈济的《艾略式论诗》等现代派诗论。对此,有学者指出,"《诗创造》的'兼容并蓄'方针本身,在当时对于现代派诗起到了保护与提倡的作用"③。事实上,由于曹辛之、唐湜、陈敬容等人的现代主义编辑取向,终于引发了《诗创造》的"内忧外困"。一方面,它招来了一些朋友的非议,给他们送来了"市侩主义""唯美派"等帽子。另一方面,在《诗创造》内部最初因艺术思想分

---

① 臧克家:《十年诗选序》,重庆时代出版社,1944年。
② 曹辛之:《编余小记》,《诗创造》(第1辑),1947年7月。
③ 孙玉石:《中国现代主义诗潮史论》,北京大学出版社,1999年,第273页。

歧潜伏着的矛盾也日渐公开化,曹辛之、唐湜、陈敬容、辛笛等九叶同人最后退出《诗创造》,另办《中国新诗》。自 1948 年 7 月,改版后的《诗创造》的编辑工作改由林宏、康定、沈明、田地等人负责,直至 1948 年 11 月,随星群出版社的被搜查,《诗创造》也遭到查禁。

1948 年 6 月,《中国新诗》创刊,由杭约赫、辛笛、陈敬容、唐祈、唐湜、方敬等编辑出版,连同北方的穆旦、杜运燮、郑敏、袁可嘉成为刊物的主要作者。至此,这群当时 20 多岁有着共同艺术追求的"南北才子才女"在《中国新诗》上实现了"大会合"①。《中国新诗》一共出版了五集,分别是《时间与旗》《黎明乐队》《收获期》《生命被审判》《最初的蜜》等,直至 1948 年 11 月与星群出版社及《诗创造》一起被查禁。五集《中国新诗》共刊载了近百篇长短诗和组诗,主要是九叶同人及其前辈或同辈的现代主义诗作和译作,如第一集中有唐祈的《时间与旗》、郑敏的《最后的晚祷》、穆旦的《世界》、杜运燮的《闪电》、李瑛的《春的告诫》等,第二集中有辛笛的《尼亚加拉瀑布》、袁可嘉的《上海》《南京》、卞之琳译奥登的《战时在中国作》、陈敬容译里尔克诗七章等,第三集中有穆旦的《暴力》、羊羊的《收获期》、唐祈的《雾》、陈敬容的《珠和觅珠人》,以及金克木和徐迟的作品,第四集中有方敬的《挽诗》、唐湜的《手》、穆旦的《城市的舞》、辛笛的《风景》、方宇晨的《微末》、南瓔的《太阳之子》和莫洛的《生命被审判》,第五集中有马逢华的《哭泣》、杜运燮的《雷》、唐湜的《庄严的人》、唐祈的《兰伽的夜歌》、杭约赫的《最初的蜜》等。相对于前期"兼容并蓄"的《诗创造》而言,《中国新诗》缩小了作者面,提高了选稿标准,曹辛之、唐湜等人曾经"压抑住"的感情和"默藏在心里"的计划在新的园地上得以尽情施展。虽然他们当时并"没有打出过什么主义的旗帜",但是他们共同追求着"诗艺的现代化","以诗的语言、风格、意象来表现流派的色彩"②,最终"在《中国新诗》这块园地里,逐渐形成了一个具有鲜明特色的新诗流派"③。

九叶诗人是"一群自觉的现代主义者"④,他们大多在早期就热衷于现代主

---

① 张羽:《南北才子才女的大会串——评〈中国新诗〉》,《新诗潮》,1948 年 7 月,第 3 辑。
② 唐湜:《九叶在闪光》,《新文学史料》,1989 年第 4 期。
③ 曹辛之:《面对严肃的时辰:忆〈诗创造〉和〈中国新诗〉》,《读书》,1983 年第 11 期。
④ 唐湜:《诗的新生代》,《诗创造》,1948 年 2 月。

义诗歌艺术,一方面向前辈现代派诗人学习,另一方面积极接近西方现代派诗歌。辛笛在大学读书时就"广泛吟读西方诗歌",其中主要有"现代派中的叶芝、艾略特、里尔克、霍布金斯、奥登等人的作品,每每心折",后来留学英国时,又与艾略特、史本特、刘易士、缪尔等现代派大师"时时过从","在写作中受到了不小的影响"①。唐湜在浙江大学外文系学习时,开始迷恋浪漫主义诗歌,后来接触到欧美现代派诗作与诗论时,"就由雪莱、济慈飞跃到里尔克与艾略特们的世界"②。穆旦、郑敏、杜运燮、袁可嘉都曾经是西南联大的学生,在那里接受了浓郁的现代主义诗学氛围的熏陶,冯至、卞之琳、李广田等前辈现代派诗人向他们热心介绍艾略特、里尔克、奥登等西方现代派诗人,指导他们诗歌创作;朱自清、闻一多等分别编写了《现代诗钞》和《新诗杂话》,向他们介绍现代诗歌艺术;而英国现代派诗人和评论家燕卜荪在西南联大开设了《当代英国诗歌》课程,在课堂上领着他们一起研读西方现代派诗歌。当时同在西南联大学习的王佐良回忆了这些联大的诗人们"如何地、带着怎样的狂热,以及怎样蒙昧的眼睛"读着艾略特与奥登,"在许多下午,饮着普通的中国茶,置身于乡下来的农民和小商人的嘈杂之中,这些年轻作家迫切地热烈地讨论着技术的细节。高声的辩论有时伸入夜晚:那时候,他们离开小茶馆,而围着校园一圈又一圈地激动地不知休止地走着"③。

　　九叶诗人是在战争烽烟和民族危亡的严峻现实面前开始现代化诗歌艺术探求的。他们深刻反思了"五四"以来新诗的发展进程,对"走出人生"忽视艺术和"走出艺术"忽视人生的两种极端倾向进行了批评和扬弃。他们认为,"中国新诗虽还只有短短的一二十年的历史,无形中却已经有了两个传统:就是说,两个极端。一个尽唱的是'梦呀,玫瑰呀,眼泪呀',一个尽吼的是'愤怒呀,热血呀,光明呀',结果是前者走出了人生,后者走出了艺术,把它应有的将人生和艺术综合交错起来的神圣任务,反倒搁置一旁"④。他们对社会现实作出了清醒的认识,提出诗歌"扎根现实""服役人民"的同时,又强调不能放弃对艺术的追求。

---

① 辛笛:《辛笛诗稿·自序》,人民文学出版社,1983 年。
② 唐湜:《我的诗艺探索历程》,《新文学史料》,1994 年第 2 期。
③ 王佐良:《一个中国新诗人》,《"九叶诗人"评论资料选》,华东师范大学出版社,1995 年,第 306 页。
④ 默弓(陈敬容):《真诚的声音——略论郑敏、穆旦、杜运燮》,《诗创造》(第 12 辑),1948 年 6 月。

他们认为，"这是一个严肃的时代，它要求一切属于这时代的严肃的声音"①，"我们既属于人民，就有强烈的人民意识"②。他们提出，诗歌"首先得要扎根在现实里"，但是"又要不给现实绑住"③，"不许现实淹没了诗，也不许诗逃离现实要诗在反映现实之余还享有独立的艺术生命，还成为诗，而且是好诗"④。正是在对传统的深刻反思和对现实的清醒认识中，九叶诗人把目光投向了与自己具有共同语境和思想倾向的西方后期现代派作家里尔克、艾略特和奥登等人。里尔克"观察遍世上的真实，体味尽人与物的悲欢"的现实态度和艺术精神，让九叶诗人感佩⑤，"艾略特主张的艺术家的责任感要求诗人的个人的热情同他宣传的社会思想合感情之间的'和谐'统一这一美学原则引起了'中国新诗'派诗人们的共鸣，奥登以现代派的方法直接表现中国抗战现实生活的创作和他的美学探求，激发了这个诗人群体对于新诗现代性美学探索与实践的热情"⑥。作为艾略特与奥登、史班德们的"私淑者"⑦，陈敬容翻译了里尔克的《少女的祈祷及其他》《里尔克诗七章》，唐湜翻译了艾略特的《燃烧了的诺顿》（选译自《四个四重奏》），袁可嘉发表了《托·史·艾略特研究》，《中国新诗》第二集上登载了奥登的《战时在中国作》（卞之琳译）。

正是在汲取里尔克、艾略特和奥登等西方后期现代派大师的诗学营养的基础上，以袁可嘉、唐湜为代表的九叶诗人建构了他们中国式的"新诗现代化"理论。1946 年至 1948 年间，袁可嘉先后发表了《新诗现代化》《新诗现代化再分析》《论现代诗中的感伤性》《诗与主题》《新诗戏剧化》等系列文章，全面系统地阐述了"新诗现代化"的理论主张。袁可嘉提出，"现代诗歌是现实、象征、玄学的新的综合传统"，"现实表现于对当前世界人生的紧密把握，象征表现于暗示含蓄，玄学则表现于敏感多思、感情意志的强烈结合及机智的不时流露"⑧。他

① 唐湜：《严肃的星辰们》，《诗创造》（第 12 辑），1948 年 6 月。
② 唐祈：《编后记》，《中国新诗》（第 2 集），1948 年 7 月。
③ 默弓（陈敬容）：《真诚的声音——略论郑敏、穆旦、杜运燮》，《诗创造》（第 12 辑），1948 年 6 月。
④ 袁可嘉：《诗的新方向》，《新路周刊》，1948 年，第 1 卷第 17 期。
⑤ 陈敬容：《少女的祈祷及其他·附记》，《诗创造》（第 10 辑），1948 年 4 月。
⑥ 孙玉石：《中国现代主义诗潮史论》，北京大学出版社，1999 年，第 290—291 页。
⑦ 唐湜：《诗的新生代》，《诗创造》，1948 年 2 月。
⑧ 袁可嘉：《新诗现代化》，《大公报·星期文艺》，1947 年 3 月 3 日。

进而认为,"新诗戏剧化"是拯救新诗的途径,它主要有三个方向,一是里尔克式的,"把搜寻自己内心所得与外界的事物的本质(或动的或静的)打成一片,而予以诗的表现","把思想感觉的波动借对于客观事物的精神的认识而得到表现";二是奥登式的,"利用诗人的机智、聪明及运用文字的特殊才能写诗";三是艾略特式,"以剧诗为媒介,现代诗人的社会意识才可得到充分表现","另一方面剧诗又利用历史做背景,使作者面对现实时有一个不可或缺的透视或距离使它有象征的功用"①。唐湜在《诗的新生代》《论风格》《论意象》《论意象的凝定》《论〈中国新诗〉》以及其他大量诗论中提出了以现代主义为核心的"融合"诗学主张。在艺术本体方面,唐湜认为,诗歌艺术应该融合一切对立因素,按照生命的内在旋律组成一个有机和谐的整体。他说:"艺术的一个最高理想是凝合一切对立因素,如声音、色彩与意义,形象与思想,形式与内容,韵律与意境,现实与联想为一个和谐的生命,按照生命的内在旋律相互抗持又相互激动地进展前去。"②在艺术思潮方面,唐湜认为,任何一种思潮既有长处又有缺陷,应该扬弃的不足,融合优势,创造出具有新的生命力的现代诗。他说,"浪漫主义者强烈地感受到梦境与它所代表的潜意识流的真实与力量,但他们把自己的头埋在这水流里去,迷醉在里面任自己的意识灭顶;机械的现实主义者或理性主义者、假古典主义者把人看成一个意识的机械,否认或忽略了生命最有力、最纯真的核心,最大的'能'——潜意识流的作用"③,"真正的诗,却应该由浮动的音乐走向凝定的建筑,由光芒焕发的浪漫主义走向坚定凝重的古典主义、这是一切诚挚的诗人的道路,是 R·M·里尔克的道路,也是冯至的道路"④。在唐湜看来,艺术的融合是因为时代和生活的需要,"我们所有的不是单调沉滞的时代,从生活到艺术的风格,一切走向繁富的矛盾交错的统一,一个超然的浑然的大和合,只有它经得起一切考验,因为它自己正是这一切试炼的成果"⑤。可见,在探求新诗现代化的方式上,袁可嘉的"新的综合传统"说与唐湜的"融合"说实际上走的是

① 袁可嘉:《新诗戏剧化》,《诗创造》(第 12 辑),1948 年 6 月。
② 唐湜:《论意象》,《新意度集》,生活·读书·新知三联书店,1990 年,第 9 页。
③ 唐湜:《论意象》,《新意度集》,生活·读书·新知三联书店,1990 年,第 13 页。
④ 唐湜:《论意象的凝定》,《新意度集》,生活·读书·新知三联书店,1990 年,第 15 页。
⑤ 唐湜:《我们呼唤》,《中国新诗》(第 1 集),1948 年 7 月。

同一理路,他们都是在现代主义诗学中融合现实主义因素,以现代主义表现现实生活,这就是九叶派的"中国式现代主义"。

二、《诗创造》内部的合作与分歧

虽然作为左翼文艺组织的左联为了适应新的革命形势于 1936 年初自行宣布解散,但左翼文学界一直存在并活跃着,这是不争的事实,而此后的的左翼文学界一直存在着诸多的矛盾和分歧,这也为众所周知。譬如,两个口号的论争、民族形式问题的讨论、延安文艺整风等。40 年代的左翼文学界既表现在延安等解放区革命作家,也包括众多活跃在国统区的左翼作家,他们秉承着 30 年代左翼文学的革命传统,强调时代的责任意识和现实主义的战斗精神,"以笔为旗",在黑暗里"为祖国而歌"(胡风《为祖国而歌》),在受难中"为人民而歌"①,甚至提出"要像子弹,/穿出闷抑的枪膛,/向黑暗的中够南方的低沉的密云深处/打出去"(徐放《在动乱的城记》),高举着"火把""向太阳"的方向前进(艾青《火把》《向太阳》)。在某种意义上,40 年代的文学主潮仍然是以左翼作家为主导的革命现实主义文学。

置身"水深火热"的 40 年代,九叶诗人自始至终都受到左翼文学界的深刻影响。这一影响首先来自《诗创造》群体内部。《诗创造》的队伍主要由两部分人组成,一是与臧克家来往密切或受其影响的青年诗人,他们或者是共产党员,或者是政治思想上倾向共产党的左翼人士,主张革命现实主义。另一部分则是杭约赫、唐湜、陈敬容等九叶同人,在政治上也倾向革命,譬如杭约赫就曾"喝过延河水,在陕北公学、鲁迅艺术学院接受党的教育"②,但他们在主张拥抱现实的同时更要强调个性,自觉地追求现代主义。尽管两部分人在艺术思想上存有分歧,但"在政治上都是反蒋、反美、拥共的,大目标是共同一致的"③。正因如此,杭约赫、唐湜、陈敬容等九叶同人与臧克家、林宏、沈明、郝天航等左翼作家共同打造了《诗创造》及星群出版社的繁荣局面。《诗创造》的创办动因始于 40 年代

① 胡风:《给为人民而歌的歌手们》,《胡风论诗》,花城出版社,1988 年,第 93 页。
② 曹辛之:《最初的蜜·后记》,文化艺术出版社,1985 年。
③ 林宏、郝天航:《关于星群出版社与〈诗创造〉的始末》,《新文学史料》,1991 年第 3 期。

初的重庆时期,当时曹辛之与臧克家、林宏、沈明、郝天航等左翼作家"过往较密",谈诗论艺,同声相惜,并有了创办出版社和杂志的想法。作为培植了《诗创造》和《中国新诗》两个刊物的星群出版社,是由袁可嘉和臧克家、林宏、郝天航等几个爱好文艺的左翼作家朋友抗日战争结束时在重庆筹备,1946 年于上海成立的。后来《诗创造》虽然由曹辛之负责,也有唐湜、陈敬容等九叶同人帮助组稿、选稿和编稿,但是杂志的主要出资人还有臧克家、林宏、沈明和郝天航等人,后三者还参与了实际的编务工作。臧克家虽然没有出面负责编务,但他实际上是《诗创造》的幕后核心人物,《诗创造》及其背后的星群出版社最初都主要是借助他的影响创办和发展的。曹辛之回忆说:"臧克家同志,为出版社写稿、联系作家、推荐稿件、筹募资金,不遗余力。"①林宏、郝天航也回忆说,虽然"臧克家先生没有参加《诗创造》的具体编辑工作",但是"他仍然十分关心《诗创造》,经常在大方向上给予指导。我们迄今还记得,在决定办《诗创造》时,他提出要注意两点:一、刊物一定要搞现实主义;二、不要太暴露,否则出不了两期就会出问题(大意如此)。他的关心更具体地体现在:一是刊物每期发稿之前,辛之一定到克家先生处商量定稿,同时商谈星群出版社的一些事务;二是代为组稿,动员更多的朋友关心支持星群出版社和《诗创造》。回忆一下,经克家先生介绍与星群出版社经常联系的就有:辛笛、方平、田地、陈敬容、唐湜、黎先耀以及马凡陀(袁水拍)、任钧、劳辛、穆木天、李白凤等诗人,他们又都是《诗创造》的长期作者;三是为星群出版社主编丛书。"吴组湘的《山洪》(原名《鸭嘴涝》),骆宾基的《北望园的春天》,吴祖光的《牛郎织女》和克家先生的《泥土的歌》《罪恶的黑手》等书陆续出版,引起当时上海文化界的注意,星群出版社到这时总算站住脚了"②。从上述两人的回忆不难看出,臧克家不但为《诗创造》定下了现实主义的基调,指导其编务,还出面联系了大量左翼作家,在星群出版社出版作品的大多是左翼作家。由于臧克家、林宏、郝天航等人的影响,作为刊物负责人的曹辛之在《诗创造》的创刊号上表明了"在大方向一致下兼容并蓄的编辑方针"。据统计,在曹辛之负责的前十二辑中,"发表作品的作家和诗人有一百多人,作品的风格多

---

① 曹辛之:《面对严肃的时辰:忆〈诗创造〉和〈中国新诗〉》,《读书》,1983 年第 11 期。

② 林宏、郝天航:《关于星群出版社与〈诗创造〉的始末》,《新文学史料》,1991 年第 3 期。

种多样,其中有十四行诗,也有山歌民谣;有政治讽刺诗,也有抒情小唱。绝大部分是反映国统区人民的生活、斗争,思想性强,写作风格明快的作品"①。当然需要指出的是,作为"九叶诗派"的同人,也几乎都在这里发表了他们具有现代主义倾向的诗歌作品和思想主张。

前期的《诗创造》实际上"兼容并蓄"着现实主义和现代主义两种倾向,而现实主义则更胜于现代主义。在臧克家等人的影响下,杭约赫和唐祈从第二辑开始进一步加强了《诗创造》的现实性和战斗性,在第二辑的编后记里他们提出:"在内容上更强烈拥抱住今天中国最有斗争意义的现实,纵使我们还有着各式各样的缺陷,但广大的人民道路已指出了一切最复杂的斗争的路,我们既属于人民,就有强烈的人民政治意识。"②然而,尽管如此,《诗创造》内部的分歧还是越来越明显。1947年8月,《诗创造》第二辑上刊载了洁民的《勇于面对现实》,文章"特别强调诗的政治内容";第四辑上刊载了劳辛的《诗的粗犷美短论》,提出"这时代有着粗犷美的性格,所以我们要求那些能与时代脉搏底节拍符合的作品,像田间、臧克家这一类的诗",同时还指名批评袁可嘉《空》一诗"无论其气质和表现的手法都是与今天的战斗的时代精神不统一的"。作为编者的曹辛之对于这些强调时代感与政治性的思想主张既表明了"不能完全赞同"的意见,又流露出些许无奈的心理,他在《编余小记》中说,"这种看法,我们虽然不能完全赞同,新诗距离决定性的胜利尚远,它前面的路决不止一条;但这也不失为一个很有意义的远见"③;"假如读者有为此而责备我们的,我们只有请求体谅,在我们本身,压抑住自己的感情,也是一种莫大的苦楚"④。作为编者,"林宏、康定等人的意见与辛之、唐湜等人不时发生矛盾"。而作为主要出资者的臧克家与曹辛之更是"有时争得面红耳赤"⑤,"前者认为在残酷的现实环境下,要多刊登战斗气息浓厚与人民生活密切联系的作品,以激励斗志,不能让脱离现实、晦涩玄虚的西方现代派诗作充斥版面;后者则强调诗的艺术性,反对标语口号式的空泛之

---

① 曹辛之:《面对严肃的时辰:忆〈诗创造〉和〈中国新诗〉》,《读书》,1983年第11期。

②③ 曹辛之:《编余小记》,《诗创造》(第2辑),1947年8月。

④ 曹辛之:《编余小记》,《诗创造》(第6辑),1948年1月。

⑤ 林宏、郝天航:《关于星群出版社与〈诗创造〉的始末》,《新文学史料》,1991年第3期。

作,主张要讲究意境和色调,多作诗艺的探索"①。分歧的结果是,臧克家"要'收回'这个由他领衔发起的诗刊"②,九叶同人退出《诗创造》。曹辛之在第十一辑的《编余小记》上第一次以"杭约赫"的名字回顾了"这十一个月里辛劳的收获"和"遗憾",并宣布"自七月份起,'诗创造'在编辑方针上或有所变更,对读者从现实里所写下的诗作,将以最大的篇幅给以刊载"。自 1948 年 7 月第十三辑起,《诗创造》的编辑工作改由林宏、康定、沈明、田地等人负责,曹辛之仍担负着《诗创造》的编辑技术工作和经理业务。林宏在改组后的第十三辑《诗创造》上发表《新的起点》,表明了《诗创造》改组后的编辑方针:"从本辑起,我们要以最大的篇幅来刊登强烈地反映现实的作品,我们要和人民的痛苦和欢乐呼吸在一起,我们这里要有人民的痛苦的呼号、挣扎或者战斗以后的宏大的笑声。我们对于艺术的要求是:明快、朴素、健康、有力,我们需要从生活实感出发的真实的现实的诗。"改组后的《诗创造》共出了四期,即《第一声雷》《土地篇》《做个勇敢的人》《愤怒的匕首》,正如曹辛之后来指出:"从这些书名上,也反映出诗刊的内容题材和写作风格",后期《诗创造》完全走向了战斗的现实主义。从最初的"过从甚密",同声相惜,到后来的"面红耳赤",分道扬镳,《诗创造》群体内的现代主义与现实主义两种力量终于各走一途,但是臧克家等人的现实主义主张显然对曹辛之等人产生了极其重要的影响,这在九叶同人的诗学主张和诗歌创作中显而易见。

三、"九叶"与"七月"及其同路人的相惜与论争

左翼文学界对九叶诗人的另一影响主要来自"七月诗派"及《新诗潮》社。"七月诗派"因胡风主编的《七月》杂志而得名,通常是指自 1937 年至 1949 年间,围绕在《七月》《希望》《诗垦地》《泥土》等刊物周围,目标一致、风格相近的一批诗人群体,他们"由于气质和风格相近,逐渐形成了一个相互吸引、相互感染、相互激励前进的流派"③。当然,并不是所有在这些杂志上发表过作品的作

---

① 林宏、郝天航:《关于星群出版社与〈诗创造〉的始末》,《新文学史料》,1991 年第 3 期。
② 唐湜:《九叶在闪光》,《新文学史料》,1989 年第 4 期。
③ 绿原:《白色花·序》,人民文学出版社,1981 年。

者都属于"七月诗派",但从 20 世纪 80 年代出版的七月派诗选《白色花》和《七月诗选》中,我们可以大致认定其主要成员有绿原、阿垅、鲁藜、冀汸、曾卓、牛汉、孙钿、彭燕郊、方然、芦甸、胡征、罗洛、贺敬之、公木、苏金伞、徐放、邹荻帆等 20 余人,胡风是这个诗派的理论家和组织者,艾青和田间是他们创作上的引领者。七月诗派在当时主要是一些 20 岁左右的青年诗人,他们大多是共产党员。从抗战之初至内战结束,"七月诗派"始终坚持独特的现实主义文学路线,强调诗歌关注社会现实,倡导"主观战斗精神",他们"把高度自觉的使命感化为强烈的政治意识和战斗者的欲望,赋予他们的一切题材和体裁的诗歌以一种异常强烈的反抗精神和'复仇的哲学'"①。在硝烟弥漫的 40 年代,七月诗派"带着战斗的人格、灼人的诗情,怀着所向披靡的气概登上诗坛"②,以《七月》《希望》及其相关刊物为阵地,一方面团结艺术观念和创作风格相近的同人,另一方面也在一定程度上排斥观念和风格相左者。

九叶诗派与七月诗派的关系较为复杂,既有同声相惜的一面,也有批评与反诘的来往。从艺术主张和诗歌创作来看,九叶派与七月派存在诸多契合之处。首先,九叶派与七月派一样强调诗歌的现实精神。九叶派认为,"这是一个严肃的时代,它要求一切属于这时代的严肃的声音"③,诗歌"首先得要扎根在现实里"④,"绝对肯定诗应包含,应解释,应反映人生现实性"⑤,诗歌"要服役于人民"⑥,"我们既属于人民,就有强烈的人民意识"⑦。作为七月诗派推崇的引领者,艾青就曾明确指出,九叶诗人"他们接受了新诗的现实主义的传统,采取欧美现代派的表现技巧,刻画了经过战争大动乱之后的社会现象"⑧,实际上,这也是艾青本人所采取的诗歌创作路向。其次,七月派与九叶派一样,也强调诗歌的艺术性。九叶派强调,"诗在反映现实之余还享有独立的艺术生命,还成为诗,

---

① 龙泉明:《中国新诗流变论》,人民文学出版社,1992 年,第 497 页。
② 龙泉明:《中国现代作家审美意识论》,武汉出版社,1993 年,第 152 页。
③ 唐湜:《严肃的星辰们》,《诗创造》(第 12 辑),1948 年 6 月。
④ 默弓(陈敬容):《真诚的声音——略论郑敏、穆旦、杜运燮》,《诗创造》(第 12 辑),1948 年 6 月。
⑤ 袁可嘉:《新诗现代化——新传统的寻求》,《大公报·星期文艺》,1947 年 3 月 3 日。
⑥ 袁可嘉:《"人的文学"与"人民的文学"》,《大公报》,1947 年 7 月 6 日。
⑦ 唐祈:《编后记》,《中国新诗》(第 2 集),1948 年 7 月。
⑧ 艾青:《中国新诗六十年》,《艾青论创作》,上海文艺出版社,1984 年,第 173 页。

而且是好诗"①,"在不否定政治的作用下,我们必须坚持文学的立场、艺术的立场"②。胡风说,作家"不应只是空洞地狂叫,也不应该作淡漠的细描"(《剑·文艺·人民》),"作家应该去深入或结合的人民,并不是抽象的概念,而是活生生的感性的存在"(《置身在为民主的斗争里》),"作品底价值应该是用它所反映的生活真实的强弱来决定的,这种对于文艺的理解叫做现实主义"(《文学与生活》)。第三,在诗歌美学的追求上,九叶派与七月派都表现出现代主义与现实主义相融合的倾向。九叶派在现代主义的主体中融合了现实主义因素,常常运用讽刺、白描等写实手法揭示国统区的黑暗现实,如杭约赫的《丑角的世界》、辛笛的《夏日小诗》、杜运燮的《追物价的人》等讽刺诗。七月派则在现实主义基础上汲取了现代主义的合理成分。胡风独特的现实主义理论主要是吸收厨川白村、卢卡契等现代主义和马克思主义文艺思想的合理内核形成的。胡风的"主观战斗精神论"明显受到厨川白村《苦闷的象征》的影响,但他又超越了厨川白村的唯心主义局限,主张表现人民群众的"精神底创伤",把"自我扩张"与现实生活结合在一起。在关于文艺与政治的关系、创作方法与世界观的关系、现实主义的真实性品质等方面,胡风的见解与卢卡契保持一致,但胡风主客体融合的真实观又明显超越了卢卡契单一的客观真实观。七月派在创作上"私淑着鲁迅先生的,尼采主义的精神风格"③,且把受现代主义影响很深的艾青作为他们学习诗歌创作的榜样,常常运用象征派、印象派和未来派的表现手法,如绿原的《童话》、牛汉的《鄂尔多斯草原》、阿垅的《纤夫》等诗作。因此,有人称七月派为"现代现实主义流派"(如吕汉东)或"主体的现实主义"(如龙泉明)。直到90年代以后,牛汉还说:"人们谈论我的诗,最初总是归入现实主义的大类,后来觉得不合适,说我有超现实主义的情调,还带着某些象征主义的色彩。"④

正是因为九叶诗派与七月诗派在诸多方面有着契合之处,《诗创造》上就曾发表过七月派邵燕祥以及与"七月派"有着较深渊源的诗人庄涌、王采的作品。而作为九叶派诗歌理论的代言人之一,唐湜对七月派多有赞赏。1948年2月,

---

① 袁可嘉:《诗的新方向》,《新路周刊》,1948年,第1卷第17期。
② 袁可嘉:《"人的文学"与"人民的文学"》,《大公报》,1947年7月6日。
③ 唐湜:《诗的新生代》,《诗创造》,1948年2月。
④ 牛汉:《梦游人说诗》,华文出版社,2001年,第5页。

唐湜发表了《诗的新生代》一文,站在新诗现代化的角度,认为七月诗派与九叶诗派"可以相互补充,相互救助又相互渗透"。他把七月诗派同视为40年代诗的新生代的"浪峰"大加赞赏,称赞绿原他们"不自觉地走向了诗的现代化的道路,由生活到诗,一种自然的升华,他们私淑着鲁迅先生的尼采主义精神风格,崇高、勇敢、孤傲,在生活里自觉地走向了战斗。气质很狂放,有吉诃德先生的勇敢与自信"①。最后,唐湜热情呼唤七月诗派与九叶诗派"拥抱在一起","让崇高的山与深沉的河来一次'交铸'","以自觉的欢欣来组织一个大合唱",并"特别要求《诗创造》来担负这一个艰辛的工作,组织一个诗的丰收年"②。此外,唐湜还在《路翎与他的〈求爱〉》一文中对七月派小说的杰出代表路翎和丘东平赞赏有加,他称"路翎无疑的是目前最有才华的,想像力最丰富而又全心充满着火焰似的热情的小说家之一","东平写得比较单纯、比较有力。爱与憎的感情也最突出,最凝练"③。然而,在战争文化语境下的40年代,唐湜所期待的"浇铸"与"合唱"不但没有到来,而且他们之间很快发生了激烈的冲突和抵牾。

1947年7月,在《诗创造》创刊不久,七月派同人刊物《泥土》第3期发表了署名"初犊"的文章《文艺骗子沈从文和他的集团》,把穆旦、袁可嘉、郑敏等人及《诗创造》社划归为"沈从文集团",指责沈从文是"有意无意将灵魂和艺术出卖给统治阶级,制造大批的谎话和毒药去麻痹和毒害他人的精神的文艺骗子",称袁可嘉、郑敏等人是沈从文的"喽啰"诗人,是"乐意在大粪坑里做哼哼唧唧的蚊子和苍蝇",只会"玩弄玄虚的技巧","在现实面前低头,无力,慵惰,因而寻找'冷静地忍受着死亡'的奴才式的顺从态度",他要"为除这些壅路的粪便,剪断这些死亡主义和颓废主义的毒花",批评《诗创造》"公然打着'只要大的目标一致'的旗帜,行进市侩主义的'真实感情'","这正是我们的敌人该打击之"。另一位对九叶派猛烈抨击的是七月诗派的主要代言人阿垅。据统计,阿垅涉及九叶派诗人的批评性文字近10篇④,如《我们今天需要政治内容,不是技巧》《"现代派"片论》《〈旗〉片论》等,主要收集在这一时期的论文集《人和诗》中。在这

① ② 唐湜:《诗的新生代》,《诗创造》,1948年2月。
③ 唐湜:《路翎与他的〈求爱〉》,《新意度集》,生活·读书·新知三联书店,1989年,第68、69页。
④ 张岩泉:《诗人的聚合与诗坛的分化——40年代与九叶诗派有关的三次论辩述评》,《湖北三峡学院学报》,2000年第3期。

些诗论中,阿垅主要是从现实与政治的角度来解读诗歌,批评指责九叶同人及其关系密切者。他批评与九叶派关系甚深的臧克家"自命不凡,既脱离现实,又神经大发",他的诗是"反现实的,反进步的,反战斗的,反人民性的","在艺术上失败了,政治上也没有胜利"①。他批评穆旦的诗是"对于人民,似乎突入了世纪底背光面而称颂了他们,信赖着他们底地下的力而为他们的负荷和创痛发言。可是这一切结果却是宿命论或者定命论的"②。阿垅在《人和诗》中还尖锐地批评九叶派诗人所提倡的"智慧的诗",是"神秘而颓废地谈玄","不过似是超现实主义,'逃避主义','世纪末,空想家,和反动派罢了'"。此外,他还点名批评了郑敏、杭约赫、杜运燮、唐湜和唐祈等是脱离现实的"形式主义"③。对于初读、阿垅等的过激批评指责,《诗创造》社和九叶同人最初保持了容忍的态度,"就是为了想避免和他们作这一种浪费的周旋",直到几个月后,曹辛之才代表九叶同人和《诗创造》社表明了他们的态度。他首先不点名地批驳了初读的思想观点、攻击方式及其危害,"在今天的文坛上(诗坛也是一样),有某些'进步'得很的论客,对于一些不属于自己这一小集团的朋友,常常会捏住你文字里的一句半句泼妇骂街似的来施以'打击'","这一种不辨是非,不分敌我,疯狗式的乱咬乱叫,这对于目前这个斗争,对于整个文艺运动的进步和团结上不会有些微的效果的";接着,他阐明了要尊重作家作品,进行实事求是批评的观点,"对于一个作家的批判,一篇作品的评论,我们都应该尊重","批评绝不是谩骂,批评一个作家得从他底群众的影响上去比较他底优劣的;应该顾及他所处的环境,他的生活情形和他底所属的阶层,给他以善意的诚恳的推动和鼓励"④。曹辛之的这些观点是符合事实的,正是由于这些批评指责,使得本来就存有分歧的《诗创造》社最终走上了分化。

对九叶诗人的外来攻击还有一支重要力量,即是与"七月派"有着同一倾向的《新诗潮》社。40 代初,《新诗潮》创刊于桂林,主要编者为麦紫、罗迦,1944年,因受战事影响一度停刊。1948 年 1 月,又以"丛刊"的形式在上海复刊,其作

---

① 阿垅:《诗与现实》(第一册),五十代出版社,1951 年,第 384 页。
② 阿垅:《诗与现实》(第三册),五十年代出版社,1951 年,第 251 页。
③ 阿垅:《人和诗》,上海书报杂志联合发行所,1949 年,第 7、18、91、100、106、114 页。
④ 曹辛之:《编余小记》,《诗创造》(第 5 辑),1947 年 11 月。

者主要以抗战时期初事写作的青年诗人,如麦紫、罗迦、王采和吴视等,主要以发表新诗为主,兼载一些诗论和国外诗歌译作。1948 年底,《新诗潮》出版第四辑后停刊。《新诗潮》复刊伊始就明确表示倡导写实性的"社会诗":"不管诗人们是有所歌而歌,或是有所诅咒而诅咒,如果,我们敢于正视现实,又怎能忽视社会生活呢?去透视它!而且启发苦难者的思想吧!让诗人的灵魂拥抱在一起。时代需要好诗,诗人们应该尽忠地为时代歌唱。"①《新诗潮》社无论是在诗歌主张还是创作倾向上都与"七月诗派"一致,其主要负责人罗迦与胡风来往较多,50 年代后还因"胡风事件"牵连,被打为"右派",因此,可以视作"七月诗派"的同路人。1948 年在《中国新诗》创刊后不久,《新诗潮》第 3、4 辑连续发表了张羽的《南北才子才女的大会串——〈评中国新诗〉》和舒波的《评〈中国新诗〉》,对九叶同人及《中国新诗》展开了猛烈抨击。张羽沿着此前初读的思路,首先认为《中国新诗》是"上海的货色"与"北平'沈从文集团'的精髓"的合流,是"集中国新诗中的一种歪曲倾向的大成",并指出"上海的这一集团的诗人要以陈敬容为代表","这一本《中国新诗》,也就是沈从文和陈敬容的私生子,从南到北的才子才女的大会串","这是一群蝙蝠在黑暗里追逐着,在夜鬼的手掌中憨笑,是一群放射黑色毒水的乌贼,骄傲的颠倒在混沌的大海中"。然后从阶级、政治的角度对穆旦、杭约赫、郑敏、陈敬容等的创作和唐湜的诗论进行指责和否定。他认为,从穆旦的《我想要走》中"可以看出这个悲哀彷徨犹疑贪婪自私的嘴脸,和一个为旧社会所豢养的和有毒的血液所滋育的腐烂的知识分子的消极堕落悲观失望动摇不定的可怜相";指责杭约赫的《严肃的游戏》是恶劣的"绅士作风","竟然把一个历史上的大事件,看成游戏",甚至讥讽"杭约赫"这个名字是"轻佻的浮夸","是一种病态,是一种危机";讽刺陈敬容的《个体的完全》是"疮痂",嘲笑她"死守这没落阶级的破烂文化堡垒","站在将台上杀气腾腾的作空虚的詈骂,而且在卖弄自己的风姿";而对唐湜的《论风格》则讥讽为"古今中外论诗的人的意见的复写","很会教人联想到一具古墓中的僵尸的舞蹈"。张羽最后判定仅出一期的《中国新诗》"已经走向了一极端恶劣的道路",里面充满了个人主义、

---

① 《编者·读者·作者》,《新诗潮》,1948 年 1 月。

才子佳人、没落阶级的流行通病，"实在是中国新诗的恶流"①。舒波的《评〈中国新诗〉》继续沿袭着张羽的思路与观点，首先认为上海诗坛存在着五大问题，"一、才子佳人的搔首弄姿；二、超凡入圣者的才情至上主义；三、十足洋相之流的莫测高深；四、隐士们的阴阳怪气；五、买办洋奴代言人的狂吠"，而代表了这些问题的袁可嘉、穆旦、郑敏、辛笛、陈敬容等人先出现在《大公报·文艺副刊》，然后与唐湜、唐祈、杭约赫、方平等人拥在《诗创造》，最后汇集在《中国新诗》，并由此认为《中国新诗》是"无廉耻的'白相诗人'集中的大本营"。然后，他以解放区的枪杆诗、墙头诗、报告诗、朗诵诗和李季等人的民歌体新诗为参照对象，对《中国新诗》中除杜运燮外的所有九叶派诗歌进行了"体无完肤"的粗暴批判，认为他们的诗歌都是"不健康的色素，枯黄的花草，带着糜烂性的有毒的果子"，"我们要连根带叶一起从诗坛上拔出去"。最后，舒波的结论仍然是"《中国新诗》确实是今天诗坛上的一股逆流。所以，在今日开展诗歌批判运动，我们认为是非常必要的"。如果说"七月诗派"初读和阿垅等人对九叶同人的批评是带有思想偏见和宗派情绪的"谩骂"式批评，那么《新诗潮》社的批判则已不止是"谩骂"，甚至还有人身攻击。譬如，张羽对杭约赫名字的讥讽，舒波对陈敬容"悲惨命运"的嘲弄。因此对于《新诗潮》社的攻击，九叶派诗人迅速进行了驳斥。1948 年 8 月，袁可嘉发表《诗的新方向》一文，驳斥《新诗潮》社"以政治狂热为借口"，"对同路人放纵，曲容，对于所谓'异党'滥施攻伐，以戴帽子的惯技代替判断"，"以叫嚣掩饰空洞，进而否定全面的人生意义"，这实际上是"一方面自己懒于工作，或根本缺乏工作的才能，一方面必害怕别人真正做出一点成绩来，摆脱他们的控制，于是勾心斗角，种种说不得的事情一变而为常态的斗争法则"，他还结合《中国新诗》前两辑上郑敏、穆旦、唐祈、杜运燮、唐湜、辛笛、陈敬容等的作品，着重指出《中国新诗》出现的重要意义：一是推动了新诗的现代化，"南北青年诗人们的破例合作"，"并非基于某种武断的教条，而是想在现实与艺术间求得平衡"；二是《中国新诗》代表着新诗发展多种路径的可能，它"所代表的方向确定地比别的广阔、自由、更有收获优秀果实的希望"②。1948 年 8、9 月，唐

---

① 张羽：《南北才子才女的大会串——〈评中国新诗〉》，《新诗潮》，1948 年第 3 辑。
② 袁可嘉：《诗的新方向》，《新路周刊》，1948 年，第 1 卷第 17 期。

湜连续发表了《论乡愿式的诗人与批评家》和《论〈中国新诗〉——给我们的友人与我们自己》。唐湜指出，《新诗潮》和《泥土》对九叶派的批评，是"空洞浮嚣的政治化批评"，是"直觉推论方法的误解"，他们假借时代激荡的力量"风魔别人"，这种"自我扩张的结果导致自蔽更昧于人"①。他认为，抗战胜利后的中国诗坛乃至整个文坛是由复活了的保守的民粹派统治着，他们"只偷工减料地以迎合人民落后意识与低级趣味为能事，毒化并降低了人民的生活与由此而生的自觉力"。由此，唐湜进一步指出，《中国新诗》是"在中国历史发展的进步的必然性的基础上接受了世界思想与诗传统的丰富发展的逻辑"，它所面临的痛苦是"孤独者在坚韧中的痛苦，一个先觉者不能不有的痛苦"，而"现在的孤独与坚贞也正是将来能获得人民爱情的保证与表现"②。

　　40 年代末，九叶诗派与七月诗派及其同人《新诗潮》社与的这场论争，当然一方面是有着诗歌观念和创作路向不同的原因。前者更强调战争文化语境下诗人的责任意识和战斗精神，在诗歌艺术与现实政治之间更偏向后者，在他们看来，"现实主义者底第一任务是参加战斗，用他的文艺活动，也用他的全部行动"，③"第一是人生上的战士，其次才是艺术上的诗人"④。而对后者而言，即使是在特殊的战争年代，诗歌既"要扎根在现实里"，但是"又要不给现实绑住"⑤，"绝对肯定诗与政治的平行密切关系，但绝对否定二者之间有任何从属关系"⑥。前者在艺术观念上存在着排他性，后者在艺术观念上更体现出包容性。在写作路向和艺术风格上，九叶诗人自觉地追求现代主义，主张现实、象征与玄学的综合，智性与感性的融合，主要"表现于暗示含蓄"，"表现于敏感多思、感情意志的强烈结合及机智的不时流露"⑦，注重思考的"力"；而七月派则始终坚持现实主义，提倡"主观战斗精神"，强调主观拥抱客观，用"燃烧的热情""敏锐的感受

① 唐湜：《论乡愿式的诗人与批评家》，《华美晚报》，1948 年 8 月 16 日。
② 唐湜：《论〈中国新诗〉——给我们的友人与我们自己》，《华美晚报》，1948 年 9 月 3 日。
③ 胡风：《论战争期的一个战斗的文艺形式》，《胡风评论集》（中），人民文学出版社，1984 年，第 23 页。
④ 胡风：《胡风评论集》（中），人民文学出版社，1984 年，第 364 页。
⑤ 默弓（陈敬容）：《真诚的声音——略论郑敏、穆旦、杜运燮》，《诗创造》（第 12 辑），1948 年 6 月。
⑥ 袁可嘉：《新诗现代化——新传统的寻求》，《大公报·星期文艺》，1948 年 10 月 30 日。
⑦ 袁可嘉：《新诗现代化》，《大公报·星期文艺》，1947 年 3 月 3 日。

力"和"深邃的思想"去"突入现实","肉搏现实"①，注重"战斗的力"。正如唐湜所指出，九叶诗人的"气质是内敛又凝重的"，七月诗人的风格是"崇高、勇敢、孤傲"的，前者是"深沉的河"，后者是"崇高的山"。另一方面，双方的争论在不同程度上明显带有门户之见，尤其是七月诗派及其同人《新诗潮》社缺少了学术的科学理性和艺术的包容态度，那种小集团式的宗派情绪彰显无遗。阿垅的诗论明显存在片面和缺陷，初犊、张羽、舒波等的那些指责和批评更是缺乏文艺争鸣应有的科学态度和学理精神，运用的语言有些粗暴低俗，采用的方式近乎人身攻击，所作的判断也过于武断。七月派及其同路人的批评话语明显表露出两军对垒时的非友即敌的战争文化心理特征，正如有学者指出，阿垅他们具有"严重的宗派情绪"，"与自己一个派别的作品，则大加赞扬"，对不同派别的诗人则"大加贬斥"②，他"带着诗人的激情，容易激动，或资料不足，或囿于一端，则又时或出现偏颇，形成局限"③。相对而言，九叶派更多一些艺术上的包容和学术上的理性，虽然他们对初读、张羽、舒波、阿垅等人进行了反驳，但仍然把七月诗派及其《新潮社》同人当作是同一个阵营的朋友，并且呼吁他们对于那种谩骂式批评的恶劣风气应该"赶快把它清除掉；这样自己的阵营才会扩大和巩固，对友人的团结始能无间"④。

第四节　文化语境转换与现代性嬗变

通常来说，中国现代文学在外延上是以 1917 年《新青年》的改版至 1949 年第一次文代会的召开为时间区划的，在其内涵上则主要体现为"现代性"的时代诉求和文学品质。这一时期，中国社会正经历着内忧外患、生死存亡和新旧转型的重大变化，从文化启蒙，到政治革命，再到抗战救亡，不同历史时期的文化语境和时代主题也各不相同，文学的现代性诉求也因时因地而变。

---

① 胡风：《置身在为民主的斗争里面》，《希望》，1945 年 1 月。
② 古远清：《中国当代诗论 50 家》，重庆出版社，1986 年，第 37 页。
③ 刘扬烈：《诗神·炼狱·白色花——七月诗派论稿》，北京师范学院出版社，1991 年，第 104 页。
④ 曹辛之：《编余小记》，《诗创造》（第 5 辑），1947 年 11 月。

发轫于西方的现代性问题向来包含着社会学和美学两种不同性质的互相冲突的现代性,前者是科学技术进步、工业革命和资本主义带来的经济社会变化的产物,相信科技,崇拜理性,以建立现代物质文明为核心价值;后者是导致先锋派艺术产生的现代性,倾向于激进的反资产阶级态度,并通过极其多样的手段来表达对资产阶级价值标准和现代物质文明的厌恶、反叛以至于自我流放。① 中国现代性研究著名学者周宪在其主编的《〈现代性研究译丛〉总序》中指出:"在中国思考现代性问题,有必要强调两点:一方面是保持清醒的'中国现代性问题意识',另一方面又必须确立一个广阔的跨文化视界。"②这是一个十分富有洞察力的提醒。中国近现代史是以追求构建现代民族国家为旨归的"现代性"变革史。晚清以降,不同历史文化语境中的现代性内涵有着显著的差异,自洋务运动的器物引进,辛亥革命的制度仿效,"五四"时期的思想启蒙,以至于后来的新民主主义革命,现代性是中国先进知识分子的理想诉求和现代社会发展的内在动力。然而,无论是改良的现代性、启蒙的现代性,还是革命的现代性,其终极目标都是构建现代民族国家,只是选择的路径和实施的方案不同而已。正是在这一具有社会功利性的现代性追求中,西方两种存在着"无法弥合的分裂"的现代性同时登陆了"前现代"的中国,这就不可避免地导致了中国现代性追求中的复杂纠缠。

一、启蒙文化语境中的现代性追求

"五四"新文化运动既是一场反封建的启蒙运动,也是一场追新求变的先锋运动。在这场追求现代化的思想启蒙运动中,新文化先驱者以叛逆的姿态"且置古事不道,别求新声于异邦"③,西方自 18 世纪以来的各种文艺思潮都被赋予"新"的名目引进中国。对此,郑伯奇曾描述道:"这百多年来在西欧活动过了的文学倾向也纷至沓来地流入到中国。浪漫主义、现实主义、象征主义、新古典主义,甚至表现派、未来派等尚未成熟的倾向,都在这五年间中国文学史上露过一

---

① 卡林内斯库:《现代性的五副面孔》,商务印书馆,2004 年,第 48 页。
② 周宪:《现代性研究译丛·总序》,《现代性的五副面孔》,商务印书馆,2004 年,第 3 页。
③ 鲁迅:《摩罗诗力说》,《鲁迅全集》(第 1 卷),人民文学出版社,1981 年,第 63 页。

下面目。"①这些纷至沓来的文艺新潮既包括资产阶级早期的人文主义思潮,也包括现代段的各种现代主义思潮和社会主义思潮。中国现代文学正是在这种除旧布新的开放姿态中获取了现代新质从而汇入世界文学潮流的。

"五四"时期,新文化先驱是循着先"立人"后"立国"的思想路线选择和接受外来文化思潮。正如鲁迅所指出:"角逐列国是务,其首在立人,人立而后凡事举;若其道术,乃必尊个性而张精神。假不如是,槁丧且不俟夫一世。"②因此,在思想启蒙的文化语境中,现代主义思潮反叛传统、张扬个性的的现代意识首先吸引了中国现代作家的目光,激发了他们的译介热情。在思想启蒙的文化语境中,现代主义思潮对"五四"作家的影响首先是思想意识方面的,尤其是作为现代主义的主要精神来源——尼采"价值重估"的思想引起了他们的强烈共鸣。1919 年 5 月,傅斯年在《新潮》杂志的《随感录》中,高举"尼采"旗帜,呼吁"提着灯笼沿街寻'超人',拿着棍子沿街打魔鬼",提出"让每件东西的价值都被你重新决定"的口号。③ 鲁迅也在《随感录》中,号召大家以"近来偶像破坏的大人物"尼采等为榜样破除一切旧偶像。在《呐喊》《彷徨》和《野草》中,身陷"囹圄"的"狂人"、科场失意者孔乙己、孤独者魏连殳、漂泊者吕纬甫、无路可走的过客以及陷入"无物之阵"的战士,无不表露出查拉图斯特拉式的"孤独"与"反抗孤独"、"绝望"与"反抗绝望"的挣扎。尼采对于郭沫若文学上的影响,主要体现在早期的诗歌创作中。在《立在地球边上放号》《天狗》《晨安》《炉中煤》《凤凰涅槃》《笔立山头展望》等诗作中,抒情主人公吞吐宇宙山河的磅礴气势和飞奔、狂叫、燃烧、爆炸的心灵躁动,分明彰显出尼采式的酒神精神,在鲁迅的幽深峻切之外,代表了"五四"狂飙突进的一面。此外值得一提的是,"五四"新诗的"压阵大将"童汉章不但因尼采而改名白采,而且在他的著名长诗《羸疾者的爱》中塑造了一个查拉图斯特拉式的主人公羸疾者,信奉着尼采的社会优生学,孤独地前行。

郁达夫说:"五四运动的最大的成功,第一要算发现'个人'的发现。"④弗洛

---

① 郑伯奇:《中国新文学大系·小说三集·导言》,上海文艺出版社,1981 年。
② 鲁迅:《文化偏至论》,《鲁迅全集》(第 1 卷),人民文学出版社,1981 年,第 51 页。
③ 傅斯年:《随感录》,《新潮》,1919 年 5 月,第 1 卷第 5 号。
④ 郁达夫:《中国新文学大系·散文二集·导言》,上海良友图书印刷公司,1935 年。

伊德精神分析学说对人性的深层揭示激发了"五四"作家对人自身的认识热情和对封建礼教压抑人性的强烈批判,切合了"五四"个性解放的时代诉求。鲁迅、郭沫若、郁达夫等"五四"作家大多信奉"文学是苦闷的象征"①,他们早期创作对人物心理尤其是性心理的出色表现都明显受到弗洛伊德学说的影响。鲁迅的《不周山》是按照弗洛伊德的学说描写"性的发动与创造"②,而《肥皂》和《高老夫子》则分别借洗澡的肥皂和女生的头发表现了主人公潜意识中的性幻想,至于《野草》则大多是作者通过梦境对客观事物的扭曲变形来曲折表达内心的复杂感受。郭沫若的早期小说"着力点并不是注重在事实的进行",而是"注重在心理的描写","描写的心理是潜在意识的一种流动"③。《残春》《喀尔美萝姑娘》《叶罗提之墓》等分别描写了男主人公对女性压抑的情欲通过梦幻的释放,在情节结构和人物塑造上几乎是弗洛伊德性欲理论的文学阐释。郁达夫的《沉沦》《茫茫夜》《秋柳》等大部分小说更是大胆地揭示"现代人的苦闷,——便是性的要求与灵肉的冲突"④。此外,叶灵凤的《女娲氏之遗孽》、白采的《被摒弃者》、冯沅君的《我已在爱前犯了罪》、滕固的《石像的复活》、周全平的《楼头的烦恼》等"五四"小说都明显受到弗洛伊德学说深刻影响。可见,弗洛伊德学说对"五四"作家的影响是经由思想观念的改变,进一步落实在文学创作中的,不但彻底开启了几千年来封建礼教对人性欲望的蒙昧,而且使得中国现代小说在现代思想意识的烛照下深入到前所未有的心理深度,以现代的品质汇入世界现代文学潮流。

现代主义文学思潮所彰显的现代性首先是与一切传统猝然决裂的"新的意识"和"人类思维的新状态"⑤。"五四"作家对西方现代主义文学思潮的应和也更多地表现在思想意识层面。"五四"伊始,首倡"文学改良"的胡适便是在美国意象主义的启发下提出了新文学的"八事"主张。陈独秀参照"现代欧洲文艺"高举"文学革命"大旗时所注重的是它们的思想意识,他说:"西洋所谓大文豪,

① 郭沫若:《暗无天日的世界》,《文艺论集》,人民文学出版社,1979年,第266页。
② 鲁迅:《故事新编·序言》,《鲁迅全集》(第2卷),人民文学出版社,1981年,第341页。
③ 郭沫若:《批评与梦》,《文艺论集》,人民文学出版社,1979年,第117页。
④ 郁达夫:《沉沦·自序》,《沉沦》,上海泰东书局,1921年。
⑤ 麦·布鲁特勃莱:《现代主义的称谓和性质》,《现代主义文学研究》,中国社会科学出版社,1989年。

所谓大作家,非独以其文章卓越时流,乃以其思想左右一世也。"①鲁迅在译介对"五四"作家产生广泛影响的厨川白村的表现主义文艺论著《苦闷的象征》时,更是称赞它具有"天马行空似的大精神",这是"萎靡锢蔽"的中国所需要的。②"五四"时期现代主义思潮的积极倡导者茅盾明确指出,介绍西方现代思想要比文学艺术更为重要,他说:"介绍西洋文学的目的,一半是欲介绍他们的文学艺术来,一半也为的是欲介绍世界的现代思想——而且这应是更注意些的目的,而在尚未有成熟的'人的文学'之邦像现在的我国,翻译尤为重要;否则,将以何者疗救灵魂的贫乏,修补人性的缺陷呢?"③郑振铎也在《杂谭》中指出,"现在的介绍,最好是能有两层的作用:(一)能改变中国传统的文学观念;(二)能引导中国人到现代的人生问题,与现代的思想相接触"④。

当我们把"五四"文艺新潮纳入到世界现代文学架构中时,不难发现一个"耐人寻思的问题":中国和欧洲几乎同时发生史无前例的文学革命,但双方由"革命"所产生的艺术作品却大异其趣。虽然"五四"作家"意欲和涌自西方的新潮流并驾齐驱",但是他们所产生的"中国新文学却与西方现代文学新潮流绝不相同"⑤,西方20世纪文学史上影响广泛的先锋派文学却在中国现代文学进程中短暂地"露过一下面目"后,很快便偏于一隅,甚至长时间被斥为反动的"变态的已经腐烂的'艺术之花'"⑥。20世纪初这一中西先锋文学运动的错位有着历史的和现实的复杂因素,既因为深远的文化差异和现代主义思潮本身的复杂性,还由于不同文化背景下的现代性问题所导致。

众所周知,"五四"作家是站在前工业社会的乡土中国怀着对现代民族国家的憧憬进行文化启蒙的,他们在接近西方发达工业化时代的精神产物现代主义时与西方现代派作家所处的文化语境不同,所产生的精神诉求也完全两样。李欧梵在考察"中国现代文学中的现代主义"时,富有洞见地指出,西方现代主义"反抗包藏在十九世纪日增月涨的物质文明中的虚伪和粗鄙","这批新的艺术

① 陈独秀:《现代欧洲文艺史谭》,《青年杂志》,1915年第3、4期。
② 鲁迅:《〈苦闷的象征〉引言》,《鲁迅全集》(第10卷),人民文学出版社,1981年,第232页。
③ 茅盾:《新文学研究者的责任与努力》,《小说月报》,1921年2月。
④ 郑振铎:《杂谭》,《文学旬刊》,1922年8月11日。
⑤ 李欧梵:《中西文学的徊想》,香港三联书店,1985年,第23页。
⑥ 沈雁冰:《论无产阶级艺术》,《文学周报》,1925年5月2、17、31日。

叛徒,厌倦了空洞而浪漫的人文主义",进而"排弃在浪漫艺术和写实主义中显著的人文因素",他们在"对外在世界丧失兴趣"的同时,"以主观主义和摧毁偶像的姿态,毅然在他们自己的创作活动中再创立新的'艺术现实'"。而中国现代作家"在某种程度上,同样具有西方美学的现代主义那种艺术性的反叛意识,但他们并未抛弃对科学、理性和进步的信心",他们反对的不是"包藏在日增月涨的物质文明中的虚伪和粗鄙",而是植根于落后乡土社会中的专制和愚昧,他们不是厌倦"浪漫的人文主义",而是在思想启蒙过程中表现出现实的责任和浪漫的热情。作为产生于19世纪末20世纪初的世界性思潮,现代主义无论是在历时性的进程中还是在共时性的层面上都表现出难以统一的复杂性,正如欧·豪在梳理"现代主义的概念"时所感叹,"我深知这个词令人费解、变幻无常,定义又极其错综复杂"①。在美学起源和审美方式上,现代主义与浪漫主义有着千丝万缕的联系。它一方面继承了浪漫主义重主观表现的传统,另一方面又扬弃了浪漫主义的理想化审美方式,把社会之丑和人性之恶作为审美对象,把主观表现推向深层内心。"五四"作家在追求文学的现代性时,不但把现代主义称为新浪漫主义大加提倡,而且对它寄予了挽救文学、引领人生的现实"厚望"。在茅盾等人看来,新浪漫主义不但能够"补救写实主义丰肉弱灵之弊"②,而且还"能引我们到真确人生观","所以今后的新文学运动该是新浪漫主义的文学"③。因此,我们说,在"五四"启蒙文化语境中,现代作家在追求现代性、接近现代主义时明显表现出"浪漫化"倾向。

二、革命文化语境中的现代性嬗变

"五四"时期,先进知识分子在追求现代性的过程中,参照的对象是西方现代文明,选择的路径是文化启蒙,实施的方案是反封建。正是在这种注重思想启蒙的文化语境中,"五四"作家在引进西方现代主义思潮时,关注的是其反传统的现代性和艺术革新的先锋性,而悬置了包含其中的颓废性因素,或者说颓废主

---

① 欧·豪:《现代主义的概念》,《现代主义文学研究》,中国社会科学出版社,1989年,第169页。
② 雁冰:《〈欧美新文学最近之趋势〉书后》,1920年9月,第17卷第18号。
③ 雁冰:《为新文学研究者进一解》,《改造》,1920年9月,第3卷第1号。

义和唯美主义因素并没有妨碍他们拥抱现代性的热情。然而,这一状况在"文学革命"转向"革命文学"的 20 年代后期发生了变化。"五四"落潮以后,知识分子的现代性诉求发生了由文化启蒙向社会革命的转变。在新的文化语境中,注重阶级分析和提倡社会革命的马克思主义在中国思想意识领域获得了更多的关注,从而使得曾经作为先锋思潮的现代主义唯美颓废的一面被凸显,先锋进步的一面被遮蔽,现代主义逐渐被左翼文艺界指称为资产阶级腐朽、堕落的艺术,而成为无产阶级革命文学的反面。现代主义在中国现代文学中的这一变化既有社会的外在因素,也有艺术自身的内部原因,尤其是这一时期苏联和日本激进左翼文艺思潮的影响。正是在这一背景下,曾经积极提倡现代主义的现代作家几乎发生了集体性转向,郭沫若、茅盾、田汉等人大多转而成为革命文学的倡导者和现代主义的批判者,一度热衷于象征主义诗歌的穆木天、冯乃超、王独清等人也放弃了"纯诗"的主张,从"象牙塔"走向了"十字街头",施蛰存、戴望舒、杜衡、刘呐鸥、穆时英等现代派群体也在很大程度上表现出现代主义与左翼兼容并举的倾向。在 20 年代后期至 30 年代中期的革命文化语境中,现代主义思潮被贴上资本主义、个人主义、自由主义、唯美主义、颓废主义等标签,遭到左翼文艺界的否定和批判,现代性的内涵和诉求也随之发生了相应变化,社会革命取代了文化启蒙。

在"文学革命"转向"革命文学"的进程中,以郭沫若、田汉、茅盾等为代表的"五四"作家在转向革命文学的同时,对曾经热情提倡的现代主义展开了清算和批判。1923 年底,郭沫若放弃了对尼采《查拉图司屈那》的继续翻译,他说因为"中国革命运动逐步高涨,把我向上看的眼睛拉到向下看,使我和尼采发生了很大的距离"[①]。在译完日本著名的马克思主义学者河上肇的《社会组织与社会革命》后,郭沫若更明确表示:"今后打算把自我表现的文学无限期地搁置起来,而从现在起就把文学当作一种武器。"[②]转向后的郭沫若对自己过去的文艺思想进行了清算,他批判曾经寄予"无穷希望"的现代主义是"幻美的""自我表现的""个人的""自由主义的""资产阶级的""反革命的"文艺,把它置于革命文学的

---

① 　郭沫若:《雅言与自力》,《文艺论集》,人民文学出版社,1979 年,第 75 页。
② 　郭沫若:《孤鸿》,《郭沫若全集》(第 16 卷),人民文学出版社,1992 年,第 10 页。

反面。他感谢马克思主义把他从"半眠状态""歧路的彷徨"和"从死的暗影里救出"①。当左翼思潮磅礴到来的时候,曾经推崇并标榜新浪漫主义的田汉在思想和创作上发生了"左"转,发表了七八万字的长文《我们的自己批判》,对过去"误入歧途"的思想和艺术倾向进行了深刻的自我反省和批评,并决心"将以一定的意识目的从事艺术之创作与传播,以冀获一定的必然的效果","新的戏剧得为新时代的民众制造新的语言与新的生活方式"②。转向后的田汉积极地投入左翼文艺运动,创作出一批富有时代感和革命性的现实主义剧作《梅雨》《顾正红之死》《洪水》《乱钟》《暴风雨中的七个女性》等,彻底告别了新浪漫时期的唯美主义感伤色彩。1925 年,《论无产阶级艺术》的发表标志着茅盾文艺思想彻底转向马克思主义。在这篇著名的长文中,茅盾在对无产阶级艺术产生的条件、范畴、内容、形式及当前创作状况进行全面阐述的同时,把现代派艺术作为无产阶级艺术的反面,用阶级分析的方法对其进行了意识形态层面的批判与清算。他认为,"无产阶级艺术对资产阶级——即现有的艺术而言,是一种完全新的艺术";而"未来派、意象派、表现派"等曾经的"最新派",是"旧的社会阶级在衰落时所产生的变态心理的反映",是"变态的已经腐烂的'艺术之花',不配作新兴阶级的精神上的滋补品"③。

20 年代后期,在日益高涨的左翼思潮中,创造社的三位著名象征派诗人穆木天、冯乃超和王独清在思想意识和诗歌艺术的现代性追求上发生了显著转变。1926 年,冯乃超因受到日本普罗文艺运动和朱镜我、成仿吾等人的影响,"开始阅读了一些马克思主义、列宁主义的书籍",清算自己此前"生活上的空虚"和"艺术至上主义倾向"④,后来应成仿吾之邀中途退学,与朱镜我一道回国参加创造社工作,编辑《创造月刊》和《文化批判》,成为后期创造社的中坚分子,并参与发起了对鲁迅、茅盾、叶圣陶等"五四"作家的批判。1930 年左联成立时,冯乃超任党团书记兼宣传部长,后又参与中共中央机关报《红旗》的组建工作,彻底完成了从"为艺术"的象征派诗人到"为大众"的革命活动家的身份和立场的转变。

①　郭沫若:《孤鸿》,《郭沫若全集》(第 16 卷),人民文学出版社,1992 年,第 10 页。
②　田汉:《我们的自己批判》,《南国月刊》,1930 年 4 月,第 2 卷第 1 期。
③　沈雁冰:《论无产阶级艺术》,《文学周报》,1925 年 5 月 2、17、31 日。
④　冯乃超:《革命文学论争·鲁迅·左翼作家联盟》,《冯乃超文集》,中山大学出版社,1986 年。

同样,左联成立后,穆木天担任了左联创作委员会诗歌组的负责人,并与杨骚、蒲风、任钧等人发起成立中国诗歌会,提出了诗歌要与现实结合,以"诗歌大众化"的口号完全置换了象征主义的"纯诗"主张。1928 年,王独清在《致〈畸形〉同人书》中表明了自己转向无产阶级革命文学的立场,宣称要"努力于无产阶级文学","极力克服自我,极力去获得无产阶级的意识","裸裸地站在无产阶级底战队里面"①。总之,在 1927 年前后,三位象征派诗人先后从异域回到故国,在日益高涨的革命思潮影响下,几乎以同样的姿态转向了"革命文学",投身于左翼文化运动,从象征主义的"象牙塔"走到了革命的"十字街头"。

　　20 年代末至 30 年代初,在日益高涨的左翼思潮的影响下,施蛰存、戴望舒、杜衡、刘呐鸥、穆时英等现代派群体也在思想和创作上表现出鲜明的"左翼"倾向(戴望舒和杜衡还一度加入"左联")。由刘呐鸥、施蛰存、杜衡、戴望舒创办和经营的《无轨列车》《新文艺》《现代》等杂志和"第一线"、水沫、东华等书店表现出现代主义和左翼兼容并举的编辑方针。在创作上,施蛰存、杜衡、戴望舒、穆时英等人也在这一时期受到左翼思潮的影响,关注社会现实,描写底层民众生活和无产阶级斗争,如施蛰存的《追》、杜衡的《机器沉默的时候》、戴望舒的《我们的小母亲》和穆时英的《南北极》等作品。尤其是穆时英的一系列反映城市无产者生活面貌和精神状态的"粗暴风"小说,一度"几乎被推为无产阶级文学的优秀作品",甚至被誉之为"普罗文学之白眉"②。但是,现代派群体在倾向左翼的同时并没有放弃对现代主义先锋艺术的探索,他们对左翼思潮的态度也与左翼文艺界有很大的不同。在施蛰存、刘呐鸥等人看来,"新兴"的无产阶级普罗文学和"尖端"的资产阶级新流派都是文学的新潮,在艺术的本质上并没有什么两样正如。施蛰存所说:"比较左派的理论和苏联文学,我们不是用政治的观点看,而是把它当一种新的流派看。"③然而,现代派关于现代主义和左翼思潮兼容并举的主张并没有获得左翼文艺界的认可,双方很快由此展开了关于"第三种人"、关于"软""硬"电影的论争。论争双方主要围绕着"文学与政治"的关系而展开,争论的焦点是"文学的自由""文学的真实性""文学的阶级性"和"文学的

---

① 王独清:《我文学生活的回顾》,《王独清自选集》,乐华图书公司,1933 年影印版,第 5 页。
② 施蛰存:《我们经营过三个书店》,《新文学史料》,1985 年第 1 期。
③ 施蛰存:《沙上的脚迹》,辽宁教育出版社,1995 年,第 181 页。

功能"等问题。苏汶、施蛰存、戴望舒等坚持自由主义的文学立场,信守文学的真实性、艺术性和个性主义;而左翼批评界坚持普罗主义的文学立场,主张文学的社会性、阶级性、革命性和集团主义。在某种意义上,革命文化语境中的这场文学与政治关系的论争也可看作艺术现代性与革命现代性的一次正面交锋。

三、救亡文化语境中的现代性转化

抗战是中国现代文学分期的一个重要表征。它不但改变了"五四"以来中国社会的现代性进程,也相应地转换了新文学的现代性方向。正如陈思和先生指出,"抗战改变了知识分子在中国现代化进程中的社会地位及其与中国民众的关系,战争文化规范的形成取代了知识分子启蒙文化规范",抗战在改变中国政治文化地图的同时,也使"'五四'以来知识分子精英传统独占主流的文学现象受到遏制,民间文化形态开始进入了当代文化建构"[1]。1937 年全面抗战爆发后,民族矛盾急遽上升,抗战救亡成为时代主题,现代性艺术追求显得有些不合时宜,正如当时的《救亡日报》所主张:"在这种全国抗战的非常时期,我们的诗歌工作者,谁还要哼着不关痛痒的花、草、情人的诗歌的话,那不是白痴便是汉奸。目前最迫切的任务,就是将我们的诗歌,武装起来。"[2]正是在抗战救亡的时代语境中,曾经活跃于上海的现代派作家施蛰存、戴望舒、穆时英、刘呐鸥等人此时基本上停止了现代主义的先锋艺术追求。当然,值得注意的是,40 年代仍然不乏一批年轻的先锋艺术探索者。杭约赫、辛笛、陈敬容、唐祈、唐湜、穆旦、杜运燮、郑敏、袁可嘉等九叶诗人提出"现实、象征、玄学"综合的诗歌主张,创作出"在反映现实之余还享有独立的艺术生命"的"好诗"[3],表现出现代主义艺术与现实主义精神相融合的倾向。然而,救亡语境下,九叶诗人既要"反映社会现实"又要"享有独立艺术"的努力,被左翼文艺界指斥为"超凡入圣者的才情至上主义"和"十足洋相之流的莫测高深","确实是今天诗坛上的一股逆流"[4]。

---

① 陈思和:《中国新文学整体观》,上海文艺出版社,2001 年,第 11 页。

② 《中国诗人协会抗战宣言》,《救亡日报》,1937 年 8 月 30 日。

③ 袁可嘉:《诗的新方向》,《新路周刊》,1948 年,第 1 卷第 17 期。

④ 舒波:《评〈中国新诗〉》,《新诗潮》,1948 年第 4 辑。

1942 年延安文艺座谈会的召开和毛泽东《在延安文艺座谈会上的讲话》的发表,成为中国现代文学进程发生转向的重要标志。毛泽东认为,在抗日救亡的革命形势下,解放区抗日根据地"和国民党统治区不同,和在抗战以前的上海更不同"。革命根据地是"无产阶级领导的革命的新民主主义的社会",是"人民大众当权的时代","文艺作品在根据地的接受者,是工农兵以及革命的干部"。革命文艺要站在"人民大众的立场","为革命的工农兵群众服务"。然而,广大的工农兵群众"由于长时期的封建阶级和资产阶级的统治,不识字,无文化",而"文艺工作者同自己的描写对象和作品接受者不熟","所以目前条件下,普及工作的任务更为迫切",然后才是"在普及的基础上提高"。为了"普及"和"提高",革命的文学家艺术家"必须无条件地全心全意地到工农兵群众中去","和工农兵大众的思想感情打成一片","认真学习群众的语言","虚心地学习马克思列宁主义"。在解决了文艺是"为什么人服务"和"如何服务"两个基本问题之后,毛泽东进一步阐述了文艺与革命的关系、文艺批评的标准、作品的暴露与歌颂以及文艺工作者的思想作风等一系列问题。毛泽东认为,"革命文艺是整个革命事业的一部分",二者是"齿轮和螺丝钉"的关系;"文艺服从于政治",政治标准第一,艺术标准第二;"一切危害人民群众的黑暗势力必须暴露之,一切人民群众的革命斗争必须歌颂之"。最后,毛泽东把"延安文艺界中存在着的种种问题"归结到"作风不正"上,把文艺界纳入到党的"整风运动"体系中来,要求延安文艺界在思想上和组织上展开斗争,剔除一切"非无产阶级的思想"[①]。毛泽东的《讲话》从根本上改变了"五四"以来的大众化路向,把"五四"以来"化大众"的文学转变为"大众化"的文学。在他看来,真正的"大众化"不是知识分子改造工农兵大众的思想,而是知识分子到工农兵大众中去改造自己的思想,"认真学习群众的语言","和工农兵大众的思想感情打成一片",只有这样才能"使自己的作品为群众欢迎",实现真正的"大众化"。

座谈会之后,左翼文人和知识分子根据《讲话》所确立的文艺方向纷纷检讨小资产阶级的"旧我",以"洗心革面"的姿态投入到文艺整风运动和工农兵文学

---

① 毛泽东:《在延安文艺座谈会上的讲话》,《文学运动史料选》(第四册),上海教育出版社,1979 年,第 518—546 页。

创作中。曾经以女性意识和批判精神著称的丁玲承认自己是"小资产阶级出身",接受过"非马克思主义",表示要用"一颗愿意受苦的决心",去承受改造"人格中的种种磨炼","即使有等身的著作,也要视为无物。要拔去这些自尊心、自傲心"①。曾经吹奏着欧罗巴"芦笛"的现代派诗人艾青承认"初到延安时,我的思想认识并不明确,带着许多小资产阶级的观念",并给毛主席写信,主动"要求到前方去",并创作了"一些歌颂劳动英雄的诗,受到了表扬"②。曾获《大公报》文艺奖金的现代派"画梦"诗人何其芳承认自己"是一个害欧化病很深的人"③,甚至真诚地自我贬损道:"整风以后,才猛然惊醒,才知道自己原来像那种外国神话里的半人半马的怪物,一半是无产阶级,还有一半甚至一多半是小资产阶级④。"座谈会后,延安文人在革命领袖的理论光芒和个人魅力的照耀下诚恳地检讨,自觉地改造,心悦诚服地剔除"小资产阶级个性",积极主动地投入到工农兵集体洪流中。由此,"五四"以来具有启蒙精神和先锋意识的现代性追求发生了根本性转换。

40年代末随着战争的结束,原本不同政治区域中存在的不同文学力量在即将到来的"一体化"文学进程中,很快被整饬和规范到延安文艺整风所确立的"文艺新方向"中来。正如有学者指出,"在中国文学总体格局中,左翼文学成为最具影响力的派别,应该说在30年代就已开始。到了40年代后期,更成了左右当时文学局势的主流文学力量"⑤。毋庸讳言,在40年代末50年代初的文学转换时期,左翼文学界以毛泽东文艺思想为理论依据,以延安工农兵文艺为发展方向,对40年代的作家队伍和文学派别进行了"类型"和"等级"的划分。在新的政治文化语境中,曾经追求"智性与感性融合"的九叶派和强调"主观战斗精神"的七月派都因"崇拜西欧资产阶级文艺,轻视民族文艺遗产"而划归到"反马克思主义"和"反现实主义"的"逆流"中。⑥ 在艺术现代性追求几乎完全隐失的50至70年代,文学创作也遭遇了普遍的"艺术困境",这一尴尬的状况直到"文革"结束后才得以改观。

---

① 丁玲:《关于立场问题我见》,《谷雨》,1942年6月15日。
② 艾青:《延安文艺座谈会前后》,《诗刊》,1982年5月10日。
③ 何其芳:《杂记三则》,《草叶》,1942年6月。
④ 何其芳:《改造自己,改造艺术》,《解放日报》,1943年4月3日。
⑤ 洪子诚:《中国当代文学史》,北京大学出版社,2001年,第7页。
⑥ 林默涵:《胡风事件的前前后后》,《新文学史料》,1989年第3期。

后　记

　　窗外蝉声肆意,盛夏已然来临,这里是北卡达勒姆的Louise circle小区。一周后,我将离开这个住满了中国学者的美国小区,结束在杜克大学既漫长又短暂,既新奇又单调的访学生活。光阴如水,岁月留痕。这部《生命意识与文化启蒙——中国现代文学专题研究》虽然是此前陆陆续续累积的结晶,但毕竟是在杜克整理完成的,连同基本完稿的《20世纪以来中国大学叙事小说研究》,一年来的访学也算差强人意了。当然收获不止如此,带着家人自驾纵横美利坚,耳闻目染了异国风情;徜徉在美丽的杜克校园,聆听了后现代主义大师弗雷德里克·詹姆逊(Fredric Jameson)和导师罗鹏(Carlos Rojas)先生的精彩授课,都是令人难忘的记忆。

　　"中国现代文学专题研究"本是我此前给汉语言文学专业本科生和中国现当代文学专业研究生开设的专业选修课。这些现代文学专题在与同学们的讨论过程中不断得到深入,有些已成为我后来研究的增长点,譬如"先锋与革命"是拙著《中国左翼文化思潮与现代主义文学嬗变》讨论的中心,"都市与传奇"成为拙著《上海文化与现代派文学》的重要组成部分,其他部分也大多形成论文发表。需要说明的是,本书既可以作为教材使用,又有显著不同于一般《中国现代文学专题研究》教材的地方。一是在每个专题里面,不再面面俱到地讨论作家作品的思想艺术成就,而是择其某些方面深入下去,这种专注可能产生不能窥其全貌的遗憾,但却希望有所新的发现。譬如,鲁迅小说中男女形象的失衡、茅盾的新浪漫主义情结、徐訏的马克思主义嬗变、曹禺的神秘性书写、戴望舒的都市"忧郁"等问题,应该都有自己的一些心得。二是在结构上,不像一般《中国现代文学专题研究》那样分散随意,而是有着相对统一的主题和纲目,即是围绕"生命意识与文化启蒙"主题,从文化、生命、人性、政治、乡土、都市等多个视角切入,既有横向的共时性展开,也有纵向的历时性深入。

毋庸讳言,从现代文学专题角度而言,本书在体制上并不周详,难免有诸多不尽如人意处,但于我而言,这是继《上海文化与现代派文学》《中国左翼文化思潮与现代主义文学嬗变》和《古典韵致与现代焦虑的变奏》之后的又一努力成果,是我对现代文学的一孔之见,粗略鄙陋之处,敬乞方家不吝指出。

最后,我要真诚地感谢妻子姜国华女士为我做出的默默奉献,感谢一路扶持我的父母和师长,感谢南昌大学人文学院对拙著的支持,尤其感谢我一向敬重的陈世旭先生在百忙之中,为本书作序。

2016 年 7 月 12 日于杜克